Sombre été

DU MÊME AUTEUR

Marguerite, Nouvelles Plumes, 2019

Suzanne GACHENOT

Sombre été

Éditions de Noyelles,
avec l'autorisation des Éditions Nouvelles Plumes

31, rue du Val de Marne, Paris

ISBN : 978-2-298-15845-8

À ma Babou,
qui manque chaque jour à ma vie.

À mes parents et à mes frères :
Jean-Baptiste, Matthieu et Louis,
en souvenir de nos vacances grecques.

L'erreur entraîne les remords,
et les remords empoisonnent la vie.
Charlotte Brontë, *Jane Eyre*

Prologue

À bout de souffle, elle n'eut pas d'autre choix que de s'arrêter quelques instants ; l'interminable escalier de terre et de cailloux dansait devant ses yeux, mais elle ne pouvait pas encore en distinguer le sommet, perdu dans l'azur.

Les paupières closes, elle essayait de se concentrer, de compter mentalement les marches qu'il lui restait à gravir.

Un, deux, trois, encore quelques pas, quatre, cinq, six, retrouver mon fils !

La comptine envahissait son esprit et elle secoua vivement la tête pour chasser ces paroles tout aussi puériles qu'inutiles. La peur plus que toute autre chose la faisait avancer.

Une nouvelle marche se présenta. Elle leva le pied avec toute l'énergie du désespoir mais le vertige la gagna et elle tangua dangereusement.

Il n'était pas encore neuf heures, mais la chaleur, accablante, pesait lourdement sur ses frêles épaules. Le ciel, vierge de tout nuage, éclaboussait le paysage d'un bleu tendre et doux, aussi pur et innocent que le papier peint couleur layette d'une nurserie d'enfants. Mais elle n'y voyait qu'un ciel électrique, lourd et menaçant, prêt à exploser en mille gouttelettes de culpabilité.

Sous sa capeline de paille dorée, son chignon s'était fait la belle. Des mèches de cheveux ombrés pendaient négligemment, brouillant sa vue, dévorant son si joli visage. L'effort physique et la chaleur avaient eu raison d'elle et, bien que simplement vêtue d'une robe légère en coton blanc, elle était en nage. Des gouttes de sueur perlaient sur son front, roulaient le long de son nez, semblaient réapparaître dans son dos, sous ses seins, jusque derrière ses genoux. Ses larges lunettes de soleil glissaient sur son nez humide, et menaçaient de finir dans la poussière du chemin où les lézards détalaient au moindre bruit. Elle regarda ses pieds. Couverts d'une pellicule grise et poudreuse, on ne distinguait même plus sa jolie manucure. Quelle idée d'avoir choisi ces spartiates ! Une paire de baskets aurait mieux fait l'affaire et elle serait peut-être déjà arrivée en haut de ce maudit escalier !

Elle luttait. Chargée comme elle l'était, elle devait ressembler à l'un de ces vieux mulets qui déambulaient encore aujourd'hui dans les ruelles de l'île. L'image lui arracha une vilaine grimace, mais la question de son apparence était pour le moment plus qu'accessoire et elle n'y pensa bientôt plus, l'esprit assailli par les monstres qui la poursuivaient.

L'inconcevable la talonnait, l'impensable était à ses trousses ; elle ne pouvait pas se retourner, de peur de les voir la rattraper.

« Il n'y a pire eau que l'eau qui dort », disait le proverbe. Un autre encore : « La vérité finit toujours par triompher. » N'aurait-elle pas mieux fait de se fier à la sagesse populaire et se préparer à ce qui allait indéniablement arriver ? Au lieu de cela, elle s'était enorgueillie de pouvoir se jouer du destin, égoïstement illusionnée qu'elle seule détenait la clef de ses secrets et que personne n'aurait pu la lui arracher.

Elle avançait ainsi depuis vingt minutes déjà, entre conscience et divagation, sous un soleil de plus en plus lourd et écrasant.

Elle tenta de respirer, plus calmement, mais elle

suffoquait et son cœur battait comme un tambour. Elle reprit pourtant son ascension, motivée par une obsession, une seule : retrouver ses enfants et foutre le camp de cette île maudite.

Cette escapade à travers la colline était habituellement un moment plaisant où elle profitait de la relative fraîcheur du matin pour descendre jusqu'au port et faire quelques courses pour la journée. Elle ne se lassait pas de la vue imprenable sur les collines et la mer lorsque l'on empruntait le petit chemin de pierres. Quant au parfum de l'origan sauvage, il se mêlait à celui du pain frais qu'elle rapportait et bien souvent lui ouvrait l'appétit. Elle s'autorisait alors parfois à en grignoter quelques miettes, creusant la croûte puis la mie comme l'aurait fait une petite souris. Pas de baguette à la française ici, on ne trouvait que de gros pains rustiques, à la mie dense et moelleuse.

Le plus dur était finalement de ne pas craquer pour une délicieuse *bougatsa*, dont le suave et gourmand parfum de cannelle flottait déjà dans l'air, bien avant d'arriver devant la vitrine de la petite boulangerie. Elle y faisait la queue au milieu des touristes et des locaux ; l'endroit ne désemplissait pas jusqu'à treize heures, heure à laquelle l'unique boulangerie de l'île fermait ses portes jusqu'au lendemain matin. Mieux valait donc être prévoyant.

Elle se rendait ensuite chez le primeur, le boucher ou encore au petit supermarché. Les commerces ne se bousculaient pas dans les petites rues de l'île et il n'y avait parfois pas beaucoup de choix. Mais ils se contentaient de peu ici, des repas pris sur le pouce lorsqu'ils ne dînaient pas à l'extérieur.

Mais elle était, ce matin-là, bien loin d'une simple promenade de santé.

Depuis son lever, tout son être bouillonnait, et avant que le lait ne déborde, elle avait pris sa décision : elle ne pouvait pas rester chez elle, à se morfondre, en attendant que la vérité éclate. L'inquiétude était trop grande.

Elle s'était donc habillée à la hâte, et ses mains, tremblantes, avaient boutonné avec peine le corsage de sa robe. Elle avait presque couru le long du chemin, dévalant à toute vitesse la colline qui surplombait le port.

Un calme inhabituel régnait dans le petit village. Les rues semblaient désertes, à peine avait-elle croisé quelques locaux qui la dévisagèrent avec insistance. Elle avait trouvé la grille du restaurant tirée et son cœur s'était emballé. Aucune pancarte, aucun signe de vie à l'intérieur. Rien.

Elle avait navigué de boutique en boutique, bien décidée à obtenir des renseignements. Hélas les commerçants n'étaient guère loquaces et tous la regardaient comme une bête curieuse, chuchotant sur son passage, polis, mais distants. Ana n'avait jamais été du genre bavarde et encore moins abordable, aujourd'hui elle regrettait son indifférence, les habitants ne lui diraient rien. Elle continua ses commissions comme si de rien n'était, avec l'oppressante impression de porter au-dessus de sa tête un nuage noir de danger, prêt à exploser.

Les terrasses étaient elles aussi désertées. Quelques vieux faisaient tourner leur *komboloï* tout en buvant leur café. Pas de touristes, aucune trace de Jean ou des enfants. Seule la présence en masse de policiers sur le port rappelait le drame.

Ce n'était donc pas un cauchemar…

Elle hésita à pousser la porte du poste, mais elle se ravisa.

Découragée, elle s'apprêtait à rentrer, lorsqu'elle passa devant la pharmacie. La migraine qui s'était invitée depuis deux jours menaçait ses réserves d'antidouleurs, et elle décida d'entrer pour acheter un ou deux tubes de comprimés.

Là, dans l'atmosphère feutrée et intimiste de l'officine, sa quête de vérité prit fin et face à ce qui aurait dû être un soulagement, sa vie tourna en un instant au cauchemar. Quelques mots de grec attrapés au vol, des chuchotements, des regards entendus, son monde qui s'écroule.

Et pour la toute première fois, Ana voulut fuir cette île qu'elle avait tant aimée.

Au bout de ses bras pendaient de lourds sacs en plastique bleu. Ces derniers lui sciaient les mains et pesaient sur ses épaules. Elle n'avait qu'une envie, jeter ses provisions dans un buisson et continuer son chemin, plus légère, plus rapide. Elle s'imagina même un instant qu'elle pouvait déposer ses craintes et ses angoisses dans ces sacs, les abandonner dans un coin, se débarrasser de son ancienne vie. Mais il était trop tard, ses pires démons avaient fini par la rattraper.

Elle qui n'avait jamais rien eu à se reprocher connaissait pour la première fois la peur du policier. Les flics étaient devenus quelques instants plus tôt une véritable obsession et elle les imaginait déjà, rôdant autour de sa famille, menaçants, prêts à tout détruire en quelques mots seulement. Elle devait donc donner le change, ne rien modifier de ses petites habitudes, rester naturelle.

Facile à dire quand votre être tout entier s'affole comme une boussole !

Garder le cap, elle devait garder le cap...

— *Kalimera !*

Ana sursauta, manquant de tomber à la renverse dans les escaliers. Devant elle se tenait le petit vieux.

Comme chaque matin, il était assis sur une chaise en plastique, devant sa maison, et comme chaque matin, il la saluait de sa canne tordue, avant de lui offrir un sourire édenté.

Comment avait-elle pu se laisser surprendre ?

Elle le savait bien pourtant qu'il serait là, immanquablement, immuablement, accroché à sa chaise, à sa maison, à sa colline, comme s'il craignait qu'un nouveau tremblement de terre ne l'en arrache.

Il passait ses journées là, à surveiller son île, regardant les oliviers pousser et les touristes passer. Bien sûr, il s'absentait pour la sieste, mais même tard dans la nuit, on pouvait voir briller le mégot de sa cigarette.

— *Kalimera*, bafouilla-t-elle, le cœur au bord des lèvres.

Il cognait si fort dans sa poitrine, dans ses oreilles, dans tout son corps, qu'elle n'entendait même plus le chant entêtant des cigales. Le vieux la dévisageait en silence.

Mal à l'aise, elle reprit son ascension sans un mot, le regard brûlant du vieux dans le dos. Plus que quelques minutes et elle verrait enfin les premières maisons du village. Soulagée et ragaillardie, elle attaqua les derniers mètres, serrant si fort les poignées en plastique dans ses mains, que le sang ne coulait plus dans le bout de ses doigts devenus blancs.

Derrière elle, sur sa chaise en plastique bleu, le vieux la regardait partir, incrédule. Il attrapa machinalement la branche d'olivier qui lui servait de canne, avant d'y nouer ses mains fatiguées. À ses pieds, le vieux cabot qui lui servait de compagnon ne bougeait pas. Le menton posé sur les jointures tordues de ses doigts, le vieil homme regardait la silhouette blanche de la jeune femme tanguer dans les escaliers. Il plissa les yeux, soucieux.

Dans quelques jours, il se souviendrait du visage affolé et des grands yeux apeurés de la belle Française qui, ce matin-là, semblait avoir regardé la mort en face.

Et il comprendrait…

D'ailleurs, le pire à ses yeux était déjà arrivé quelques jours plus tôt et l'île entière était encore sous le choc. Il devait se faire une raison, rien ne serait désormais plus pareil sur ce petit morceau de terre qui l'avait vu naître.

Toutes les familles heureuses se ressemblent,
chaque famille malheureuse l'est à sa façon.
Léon Tolstoï, *Anna Karénine*

1

Quelques jours plus tôt…

La mer semblait immobile.

Tantôt bleu nuit, plus tard cobalt, toujours profonde, impénétrable, imperméable au monstre d'acier qui fendait ses eaux.

Pourtant elle frémissait, vivante, ruisselante de gouttes de lumière, sous un soleil blanc, tant il était éblouissant.

Accoudée au bastingage, Ana savourait ce moment tant attendu, les yeux perdus dans ce désert monochrome que seul le soleil semblait habiter. Aucun oiseau de mer, pas le moindre bout de terre, rien. Mais elle guettait l'horizon, imaginait son apparition, dévorée par une excitation qui lui faisait battre le cœur. Elle trépignait, plissait les yeux, se brûlait la rétine ; elle avait oublié ses lunettes de soleil dans la voiture. Rien ne pouvait gâcher son bonheur, la liberté qu'elle ressentait à ce moment précis, le sentiment d'être vivante.

Elle était sortie sur le pont supérieur depuis un moment déjà, irrémédiablement attirée. Ils n'étaient plus très loin, elle le sentait. C'était comme si elle l'entendait, comme si elle l'appelait…

Enfin elle l'aperçut ! Petit point au loin, silhouette presque fantomatique dans cette étendue désolée, comme une oasis au milieu de ce désert bleu. Son cœur se gonfla de joie et lui arracha même un petit rire bête.

Si elle avait été seule, peut-être même aurait-elle crié. Mais là, au milieu des autres passagers amassés sur le pont, elle se contenta de se redresser pour sentir encore plus fort l'air marin sur son visage.

Elle n'était pas la seule à s'être pressée sur le pont, mais elle aimait à penser qu'elle était bien différente de ces vulgaires touristes accrochés à leurs appareils photos ou leur *Guide du routard* qu'elle toisait avec un dédain naturel et assumé.

Ana n'était pas comme eux, une simple touriste en voyage, elle était ici comme chez elle, un peu comme une reine en visite sur ses terres.

La magie opérait parfois comme aujourd'hui, et un banc de dauphins apparut, accompagnant le bateau sur quelques centaines de mètres. Leur peau douce et luisante glissait dans l'écume des vagues et malgré l'habitude et les années, la beauté du spectacle lui flanqua la chair de poule. Elle sentit des frissons lui chatouiller l'échine et des larmes lui piquer les yeux. D'une sensibilité exacerbée, Ana se trouvait parfois totalement submergée par la beauté d'un paysage ou la simple vue d'un animal sauvage. Elle qui, enfant, n'avait jamais rien vu d'autre que les pavés gris de Paris s'émerveillait naïvement devant la beauté saisissante de la nature.

Elle agrippa le garde-corps rongé par l'air salin et se hissa pour profiter pleinement du spectacle. Elle se trouvait sur le pont avant du ferry et ses cheveux, emmêlés et poisseux, volaient dans la brise marine. Son brushing matinal n'était plus qu'un lointain souvenir et elle goûtait le sel sur ses lèvres, le nez assailli par cette odeur de mazout si particulière que crachait l'énorme cheminée du bateau.

Bientôt elle put enfin distinguer le bijou de verdure surgi des eaux et ils longèrent ses côtes escarpées où les ondulations de la mer caressaient les rochers. Ana respira avec délice son odeur, mélange d'aiguilles de pin sèches et d'origan sauvage, et elle sut que l'arrivée était proche.

Le bateau ralentit sa course et on continua de glisser sur son erre. Elle dressa l'oreille. Impossible de savoir si c'était seulement dans sa tête, mais elle était certaine d'entendre déjà le chant entêtant des cigales.

C'était comme retrouver une vieille tante à la voix chantante, au parfum enivrant, à la robe bariolée et au rouge à lèvres foncé. Ana aurait tant aimé pouvoir l'embrasser, la serrer dans ses bras, lui confier ses plus intimes secrets. Cette île faisait partie de sa vie à part entière, un peu comme un membre de sa famille.

Les paysages qu'elle connaissait par cœur défilaient devant ses yeux, elle reconnaissait chaque flanc, chaque crête, chaque crique, chaque arbre même...

Quand la baie se dessina devant ses yeux, elle se sentit l'âme d'une gamine joyeuse et rejoignit le salon intérieur en sautillant, le cœur en fête.

Elle tira la lourde porte d'acier à la peinture blanche piquée de rouille et se laissa happer par la fraîcheur climatisée du salon feutré. Elle frissonna sous son caraco en dentelle et s'empressa d'enfiler son gilet, soigneusement plié sur le dossier de la banquette. Personne ne sembla remarquer sa présence, ni ses deux adolescents d'enfants, ni même son mari.

Pour eux le charme de l'arrivée ne semblait plus opérer et ils attendaient tranquillement l'entrée du bateau au port, sans même jeter un coup d'œil par le hublot. Son cœur se serra. Quelle tristesse ! Ses enfants n'étaient plus ces petites têtes blondes qui partaient explorer le bateau et la tiraient par la main pour aller voir les dauphins. Ils ne réclamaient même plus de sucreries, même pas l'un de ces infâmes croissants fourrés qu'ils adoraient et qu'elle détestait : trop gras, trop sucrés...

Elle devrait finir par s'y faire, ses enfants avaient grandi.

Jean était comme toujours plongé dans ses notes. Il avait déplié sur la banquette une carte de l'île, devenue illisible tant il l'avait annotée, griffonnée, gribouillée même.

Il mâchouillait encore et toujours son crayon et Ana se retenait pour ne pas le lui arracher de la bouche. Elle trouvait cette vilaine habitude d'étudiant répugnante et souffla d'exaspération. Son mari leva la tête et la regarda à travers ses petites lunettes rondes.

Il coupait toujours ses cheveux pour leurs vacances d'été et rajeunissait ainsi un peu tous les ans. Même passée au fil des ciseaux, sa mèche rebelle résistait et il tentait vainement de la discipliner en passant constamment sa main dans ses cheveux. Elle devait bien avouer qu'il était toujours très séduisant, dans le genre intello qui s'entretient. Il était déjà bronzé avant même d'arriver, et sous sa chemisette en lin blanc on devinait un corps ferme et musclé. Ils formaient un très beau couple, elle le savait, mais les choses n'étaient pas toujours aussi simples. Pour preuve, il lui suffisait de sentir son regard peser sur elle pour sentir la culpabilité l'envahir et, gênée, elle détourna les yeux.

Rien ne devait gâcher cette journée, pas même ses sentiments qui l'acculaient.

— On arrive, glissa-t-elle, le regard baissé et en rassemblant leurs affaires éparpillées sur les banquettes de tissu vert.

— Oui, j'ai vu.

Depuis bien longtemps habituée à ses réponses plus que succinctes, quasi laconiques, elle ne releva pas, mais se mordit la lèvre de frustration. Comment pouvait-il rester toujours aussi imperturbable alors qu'elle-même bouillonnait d'impatience ?

« Un calme olympien », se dédouanait-il, comme si le simple fait d'avoir escaladé le mont aux origines divines, quelques années auparavant, expliquait tout. *Un simple tas de cailloux*, pensait-elle, sans oser exprimer à voix haute son indifférence pour ce que son mari considérait comme un exploit.

— Merde ! J'y étais presque !

Ana frémit. Sa fille Sophie, quinze ans, venait visiblement d'échouer encore une fois au dernier niveau de son jeu vidéo et, tout absorbée par sa partie, n'avait pas vu sa mère arriver.

— Jeune fille !

Prise sur le fait, l'adolescente se recroquevilla sur son fauteuil pour se faire toute petite.

— Désolée..., murmura-t-elle, la tête basse.

Sophie n'était pourtant pas particulièrement vulgaire – c'était même plutôt le contraire – mais Ana ne laissait rien passer, surtout en public. La vulgarité n'avait aucune place dans cette famille, pas plus que les mauvaises manières.

Jean aimait taquiner son épouse sur ses idées très « vieille école », voire démodées, qui tranchaient férocement avec son allure sophistiquée. Son corps était fait pour cette époque mais son esprit n'y trouvait pas sa place. Ana n'en était que plus fascinante.

Il l'observait discrètement, tandis qu'elle se recoiffait avec une petite brosse de poche qu'elle avait sortie de son sac. Dissipés par l'humidité et l'air marin, ses cheveux refusaient de se laisser dompter et il la vit, amusé, déployer force et patience pour les discipliner du bout de ses doigts, lissant, mêlant intimement ses longues mèches dorées qui caressaient son visage.

À moitié satisfaite et la bouche pincée, elle sembla vouloir se venger lorsqu'elle s'attaqua à la longue chevelure soyeuse de Sophie.

— Tiens-toi droite, intima-t-elle à sa fille.

Sophie obtempérait, bien trop heureuse d'obtenir un peu d'attention maternelle. Ana tirait un peu fort, mais qu'importe, l'adolescente aimait la présence de sa mère, penchée sur elle, à l'image d'une figure bienveillante.

Les cheveux de sa fille coulaient entre ses doigts, lisses

et blonds, identiques aux siens au même âge. Elle les arrangea sans mal dans un chignon haut de danseuse et fouilla dans son sac pour en sortir quelques épingles.

Pour une fois, Sophie restait silencieuse, la tête bien droite, et Ana lui en sut gré. Sa fille était brillante et affectueuse, mais beaucoup trop bavarde. L'un des pires défauts pour une femme, pensait-elle.

Le profil de l'adolescente se découpa dans la lumière du hublot et un pincement lui serra le cœur. Sa fille lui ressemblait, indéniablement, mais elle ressemblait à sa propre mère bien plus encore : un nez plus fort, un front plus haut et cette moue boudeuse qu'elle aurait aimé voir plus souvent lorsqu'elle était enfant.

Mais maintenant qu'elle l'avait tous les jours devant les yeux, elle aurait préféré ne jamais l'avoir remarquée...

— Tu te fais des idées, disait son mari. Cette enfant est ton portrait craché.

Mais Ana ne voulait pas partager. Sophie ressemblait à Cathy, il n'y avait pas à discuter !

— Voilà ! Tu es bien plus présentable comme ça, ne put-elle s'empêcher d'ajouter en rangeant la petite brosse dans une poche de son sac.

Son regard croisa de nouveau celui de Jean et elle se raidit. Elle craignait constamment qu'il ne lise en elle. N'en avait-il pas toujours été ainsi ? Ce pouvoir qu'elle lui conférait l'intimidait et pour fuir son regard indiscret elle se tourna vers son fils aîné en soupirant.

Elle repoussa les pieds qu'il avait posés sur la petite table où ils s'étaient installés et fronça les sourcils lorsqu'il daigna lever les yeux de sa console portable pour découvrir le visage réprobateur de sa mère. Son casque sur les oreilles, il se contenta de lui sourire comme si de rien n'était et retourna à son écran.

Elle était toujours plus conciliante lorsqu'il s'agissait de son aîné et aucun commentaire ne s'échappa de ses lèvres pincées. Dès qu'il était question de Dimitri, la source de son amertume semblait se tarir comme par enchantement. Il était son meilleur garde-fou, sa béquille, la maturité et le recul qui lui manquaient souvent. Elle ne put s'empêcher de le couver du regard.

Elle ne s'habituait toujours pas aux poils qui tapissaient désormais ses mollets, ni à la pointure gigantesque de ses chaussures. Elle regrettait de le voir grandir si vite. Elle le savait, il deviendrait bientôt un adulte indépendant et distant. Mais que ferait-elle quand il quitterait la maison ?

Cette question la terrorisait et elle préférait ne pas y penser. C'était un jour joyeux et elle avait décidé de laisser toutes ses noires pensées à la maison. Elle n'en voulait pas dans ses valises !

Naïve ! entendit-elle murmurer dans sa tête. Mais elle décida de ne pas y prêter attention.

Après avoir ramassé les reliefs de leur déjeuner qui finirent dans une grosse poubelle ronde dont le couvercle d'inox claqua, elle se frotta les mains et rassembla ses troupes.

— On arrive. N'oubliez pas de vérifier sous les fauteuils et chacun porte sa valise !

— Ouais, ouais, grommela son fils.

Dimitri était très doué pour afficher le comportement de l'ado moyen, mais sa mère savait que ce n'était qu'une façade. Il était bien trop intelligent pour dévoiler ses faiblesses à qui voudrait lui nuire et elle seule connaissait l'étendue de sa sensibilité. Son fils l'épatait tant sa force d'adaptation était grande. Elle n'avait pas son courage et se contentait de faire illusion en priant pour que personne ne se mette en travers de sa route. Comme aucun d'eux ne semblait décidé à bouger, elle attrapa son sac à main griffé en soupirant et partit sans les attendre, traînant péniblement sa grosse valise dans les couloirs à l'épaisse moquette rouge, dans laquelle ses roulettes besognaient.

Une fois sur le ponton, elle suivit distraitement la manœuvre d'entrée au port du capitaine. Depuis l'extension du quai, l'amarrage était beaucoup plus facile et elle n'avait plus à trembler de voir le ferry accoster à quelques mètres seulement des baigneurs.

Ici le port n'avait rien du charme des îles comme Santorin ou Paros, bien plus photogéniques et touristiques. Mais elle n'en appréciait que plus son essence rustique et authentique. Une simple jetée en béton, quelques caïques – bateaux de pêche rustiques et colorés –, des cafés et restaurants aux chaises en plastique, des maisons construites en vrac, sans recherche d'esthétisme, parfois seulement à moitié terminées. Des toits-terrasses défigurés par de grosses citernes d'eau et des kilomètres de fils à linge à n'en plus finir.

Lorsqu'elle était venue pour la première fois, Ana avait été terriblement déçue par ce qu'elle découvrait. Toutes les îles que le bateau avait desservies avant celle-ci lui avaient paru paradisiaques et celle qu'elle observait là n'était pas beaucoup plus excitante qu'un petit port breton. Où étaient les dômes bleus des églises et les moulins à vent des cartes postales ?

Et puis son cœur avait vu. Le caractère unique de cette île perdue au milieu de la mer Égée, son cadre exceptionnel, la beauté et la singularité des gens qui vivaient ici.

Bientôt rejointe par sa famille, Ana observait déjà sur le port de menus changements, qu'elle ne put s'empêcher de détailler.

— Regardez ! Ils ont changé les fauteuils et les parasols du *Blue Bar* !

— Ouais. Ils ont enfin compris que le bleu c'était leur concept, en fait.

Dimitri était terriblement moqueur, mais pour le coup il avait parfaitement raison.

— Ce n'est pas faux, rit-elle.

Il n'y avait que les Grecs pour appeler un établissement *Le Blue Bar* et le décorer tout en orange…

Le bruit retentissant de l'ancre que l'on descendait à grand fracas leur fit serrer les dents. On largua les amarres et le bateau pivota pour se glisser le long du quai. Puis ce fut le tour du lourd vacarme métallique de la rampe d'embarquement qui s'écrase sur le quai, laissant presque immédiatement le flot de voitures s'échapper des cales, dans un concert de klaxons et de cris, ponctués par les sifflets des membres d'équipage qui moulinaient furieusement des bras pour guider tout ce petit monde vers la sortie.

Les piétons se dirigèrent vers la passerelle pour descendre à leur tour, dans le ronflement des moteurs et les émanations des pots d'échappement, happés par la fournaise qui régnait sur le port et rendait l'air plus irrespirable encore.

Après des mois d'attente ils y étaient enfin, les vacances pouvaient commencer !

Il était quinze heures ici, soit quatorze heures en France. Une heure de décalage, ce n'était pas la mer à boire, mais le dépaysement, lui, était total. La petite famille s'apprêtait à vivre un mois hors du temps et à la grecque. Il ne leur faudrait pas longtemps pour s'adapter au rythme de l'île et de ses habitants.

Ils traversèrent la jetée en traînant leurs lourdes valises, le grondement des roulettes résonnait dans leurs oreilles, quelques graviers venaient perturber leur chemin.

Devant la cahute en bois qui devait accueillir et orienter les touristes – mais qu'ils n'avaient jamais vue en service – leur voiture de location les attendait, clef sur le contact. Le vol semblait ne pas exister sur cette île où tout le monde se connaissait et Ana avait d'ailleurs tout un tas d'anecdotes pour le prouver. Comme cette paire de tongs oubliées sur la plage un été, et qu'ils avaient retrouvées l'année suivante, ou encore ce commerçant zélé qui les avait fait rechercher pour quelques pièces de monnaie oubliées.

Les locaux étaient nombreux à les saluer, souriants, sincèrement heureux de les revoir, demandant des nouvelles.

— *Kalimera ! Kala isse ?*

— *Kala kala*, répondait la famille en chœur.

Après avoir entassé les valises dans le coffre, Jean s'installa au volant du petit tout-terrain décapoté. Avec sa chemisette en lin, ses lunettes rondes et son panama, il ressemblait à un explorateur en partance pour un safari. L'image arracha un sourire à Ana qui se recoiffait dans le rétroviseur. Décidément, l'air marin ne lui réussissait pas.

— Démarre, Papa, vite ! réagit leur fils Dimitri.

— Kostas arrive, dépêche-toi ! renchérit Sophie en s'agrippant au siège de son père.

Ni une, ni deux, Jean démarra le moteur avant d'effectuer une manœuvre maîtrisée et de passer au nez et à la barbe, ou du moins à la moustache, dudit Kostas.

— Attention, Kostas ! s'esclaffa Dimitri lorsque leur voiture frôla presque le pauvre Grec.

— Bien joué, Papa ! s'exclama Sophie en sautillant sur son siège.

— On l'a échappé belle, rit leur mère. Heureusement que le bateau avait un peu d'avance, sinon il nous attendait sur le quai ! On va encore devoir jouer au chat et à la souris avec lui tout l'été… Quelle plaie !

Tous se taisaient mais partageaient son agacement. Kostas n'était pas bien méchant, mais c'était un vrai pot de colle et il avait pris la famille de Français en affection. Du genre envahissant, il sonnait à leur porte avec des fruits et des légumes de son jardin, s'invitait à leur table au restaurant, s'éternisait, bref, ils l'évitaient. Ana n'aimait pas vraiment la manière qu'il avait de la regarder en coin et n'appréciait guère de le voir tourner autour de sa fille.

Un vieux garçon comme lui, un peu benêt et qui vivait toujours chez ses parents, elle se méfiait.

Leur voiture s'engagea sur l'unique route qui grimpait au vieux village. Un long ruban de béton gris qui sillonnait les collines, bordées de ravins et de rares panneaux, piqués de rouille. Ici le port de la ceinture n'était pas entré dans les habitudes, tout comme celui du casque en deux-roues, ce qui rendait Ana hystérique. Elle avait pourtant fini par s'habituer à voir circuler ces scooters, transportant des familles entières, père, mère et enfants, sans la moindre protection. Elle qui ne laissait jamais ses enfants sortir à vélo sans casque, coudières et genouillères...

Un peu plus haut, ils croisèrent l'unique bus de l'île. Avec sa peinture bariolée, on le repérait de loin.

— Tu vois, Maman, il roule toujours, nargua Dimitri.

— Moque-toi ! Tu verras quand tu auras des enfants.

— On n'est jamais trop prudent, persifla Sophie en imitant leur mère.

Et ils pouffèrent comme deux ados qu'ils étaient.

— Ça suffit ! coupa leur père.

Ana le remercia d'un regard. Elle n'y pouvait rien si elle était phobique de la route. Sa mère était morte dans un accident de voiture, après tout... Et ce bus était un vrai danger public. Elle ne comprenait d'ailleurs pas qu'on le laisse circuler ainsi. Tous les ans elle prédisait un accident, et ça faisait marrer ses enfants.

Le bourdonnement du moteur ne couvrait pas le chant des cigales qui emplissait l'atmosphère et Ana préféra se concentrer sur ce bruissement familier. L'air chaud portait avec lui des odeurs d'herbes sèches et de terre ; derrière eux s'étendait la mer à l'infini.

Lorsque les premières maisons blanches apparurent, Ana sentit son cœur se gonfler de joie et l'excitation la gagna. Penchée par la fenêtre, elle se perdait dans la contemplation des petites criques que l'on pouvait distinguer, tout en bas, à front de falaises.

— Maman, on peut prendre une pastèque tout de suite ? Ça me fait trop envie, steuplaît...

Sophie avait le chic pour geindre comme une enfant dès qu'elle réclamait quelque chose et Ana eut à peine le temps de lever les yeux au ciel que déjà Jean se garait sur le bord de la route où des vendeurs ambulants proposaient des fruits frais, à même leur camion. Elle sortit donc son porte-monnaie qu'elle tendit à sa fille en grimaçant avant de la regarder s'éloigner dans le rétroviseur.

Sophie se débrouillait plutôt bien avec la langue et était capable de se faire comprendre pour les choses simples du quotidien. Elle prenait donc beaucoup de plaisir à faire les commissions ou à commander les plats au restaurant.

L'adolescent qui l'accueillit devait avoir l'âge de Dimitri. Le tee-shirt sale, la peau brunie par le soleil, il en affrontait la brûlure, indifférent, assis à l'arrière d'un vieux tacot rouillé.

Sophie se rappela les paroles de son père : ces vendeurs à la sauvette – des Roms – étaient les mêmes qu'elle croisait sur les trottoirs de Paris, et ces enfants étaient bien souvent déscolarisés, obligés de travailler. Ils débarquaient en famille sur l'île pour la saison et vendaient sur le bord des routes d'énormes pastèques qu'ils empilaient à même le sol comme sur un étal, près desquels leur campement s'organisait. Mais la fillette, aveuglée par sa candeur et sa gourmandise, n'y avait jamais prêté grande attention. Jusqu'à aujourd'hui. Comme si d'un coup la réalité la frappait de plein fouet.

— *Ena karputzi parakalo*, marmonna-t-elle maladroitement, soudain vidée de sa belle assurance et de son enthousiasme.

Elle réprima un frisson. Malgré la chaleur accablante, elle sentit un courant glacé la parcourir.

Était-ce dû au regard perçant du jeune garçon ou aux vagissements d'un bébé qui déchirèrent la touffeur de l'après-midi ?

La vérité était que pour la toute première fois, la

précarité de ces familles, de ces enfants, lui sautait au visage. Pour elle, la misère se cantonnait aux bitumes crasseux des grandes villes, il ne pouvait exister dans ce paradis enchanteur...

Le regard saisissant du jeune homme la bouleversait. Elle y voyait une grande fierté mêlée de honte, un respect coi, tapi dans l'ombre d'une provocation assumée.

Elle étouffait, cherchait un peu d'air dans cet endroit proche du désert et un malaise sourd l'assaillait : qu'attendait-il donc pour la servir ?

Peut-être ne l'avait-il pas comprise...

Le jeune garçon la dévisageait toujours, impassible, un brin d'herbe collé au coin des lèvres, quand elle sursauta.

Dans son dos et impatient, son père klaxonnait. Pantelante, elle farfouilla hâtivement dans le porte-monnaie de cuir rose et tendit un billet de dix euros que le jeune attrapa prestement, avant de renifler bruyamment et de faire disparaître l'argent dans sa poche.

Il désigna du menton un énorme spécimen que Sophie attrapa à bout de bras avant de s'éloigner, les jambes tremblantes, sans demander son reste, ni sa monnaie.

— Aide-moi, Dimitri ! J'ai l'impression que chaque année elles sont de plus en plus lourdes.

La pauvre jeune fille peinait à grimper dans la voiture avec l'énorme pastèque qu'elle portait tant bien que mal.

— Encore un coup de Monsanto et de ses OGM, ça ! plaisanta son frère tout en aidant sa cadette.

Ana soupira. Décidément, ses enfants ne lui faisaient aucun cadeau. Elle se promit d'échanger dès leur retour sur le continent le muesli bio hors de prix qu'elle leur achetait contre des céréales industrielles bourrées de sucre et d'additifs ! Ça leur apprendra !

— Tu en as mis du temps, grogna Jean en démarrant dans un nuage de poussière.

Sophie ne répondit rien et, chassant de sa tête l'image obsédante du garçon aux cheveux noirs, interrogea :

— Tu savais qu'ils ont même inventé des pastèques sans pépins ? J'ai lu ça dans un magazine…

— Une pastèque sans pépins, ce n'est plus une pastèque, trancha Jean.

— Ouais… mais au moins t'en as pas plein les dents, ne put s'empêcher de renchérir Dimitri.

Sophie ne les écoutait plus, anormalement silencieuse. Les yeux perdus dans le vide, elle cherchait à comprendre quelle mouche l'avait piquée, et quelle était cette tempête émotionnelle qui venait de la bousculer.

L'homme jouit du bonheur qu'il ressent,
et la femme de celui qu'elle procure.
Plaire n'est pour lui qu'un moyen de succès,
tandis que pour elle, c'est le succès lui-même.

Pierre Choderlos de Laclos,
Les Liaisons dangereuses

2

C'était l'heure de la sieste. Les ruelles du village, désertes, paraissaient abandonnées et les quelques stigmates encore visibles du tremblement de terre des années soixante accentuaient l'impression d'un village fantôme. En réalité, ils en faisaient tout le charme. Ces toits en ruines aménagés en terrasse, ces façades décrépies aux pierres apparentes, et même quelques éboulis laissés en l'état.

Les terrasses étaient vides, les volets fermés et les rideaux tirés. Les chats semblaient les seuls habitants de cette cité orpheline. Blancs, noirs ou tigrés, il y en avait un devant chaque maison, dans chaque coin d'ombre. Ils se prélassaient avec cet air suffisant, celui qui disait : « Je suis ici chez moi ! » À peine dressaient-ils une oreille au passage fort bruyant des valises de la petite famille, dont le grondement résonnait contre les façades à la blancheur éclatante.

Ana et les siens déambulaient au milieu des lauriers roses, des bougainvilliers et des géraniums, plantés dans de gros bidons d'huile d'olive de Kalamata. Trois marches par-ci, six par-là, c'était un peu escarpé, mais ils étaient presque arrivés. En passant sous un gros figuier, Ana fut happée par son parfum suave et sucré et ne put s'empêcher de cueillir quelques fruits charnus. La pastèque, trop lourde, était restée dans la voiture et ces quelques figues seraient leur première collation sur l'île. Elle avait bien essayé d'en planter dans son jardin de la banlieue parisienne, mais rien à faire, elle n'avait jamais pu manger le moindre fruit.

Encore quelques marches et leur maison blanche aux volets bleus apparut.

— Allez, Maman, ouvre ! trépignait Sophie, tandis que sa mère restait plantée là, à contempler ce qu'elle considérait presque comme son bébé.

Ana glissa la clef dans la serrure, tourna et tout doucement poussa le lourd battant de la porte d'entrée. Il faisait sombre derrière les volets clos et elle sentit instantanément la fraîcheur de la pierre, mais aussi cette odeur si singulière qu'elle ne trouvait qu'ici et qui lui réjouissait le cœur et l'esprit.

Déjà les enfants la bousculaient, envahissaient la maison, s'agitaient dans tous les sens et en l'espace de quelques minutes l'intérieur propre et bien rangé se transforma en un véritable champ de bataille.

— Maman ! T'as pas vu ma crème solaire ? Je n'la trouve pas !

— Papa ! La porte du cellier est encore coincée ! Il me faut mon ballon de volley !

Sophie déambulait déjà en maillot de bain, tandis que sa mère ramassait nonchalamment leurs affaires éparpillées aux quatre coins de la pièce. Elle savait que tant que ses enfants seraient encore dans les parages, il serait inutile d'entreprendre quoi que ce soit d'autre que de les satisfaire. Elle les aida donc à préparer leurs sacs de plage, à regonfler leur ballon, à retrouver des lunettes de soleil égarées, à empaqueter leur goûter, sans oublier leur bouteille d'eau.

Une fois ses deux adolescents envolés pour la plage, Ana savoura enfin la quiétude de l'endroit.

Elle avait acheté cette maison avec l'héritage-surprise que sa mère lui avait laissé. C'était une ancienne maison de pierres, en grande partie détruite par le tremblement de terre, restée à l'état de ruines toutes ces années et qu'ils avaient fait rénover par des artisans de l'île, il y a dix ans déjà. C'est ainsi qu'ils avaient rencontré Kostas, ouvrier à tout faire, qui avait passé beaucoup de temps sur leur chantier.

Ana aimait beaucoup la décoration, mais impossible ici de réaliser ce qu'elle avait fait pour leur maison en France. Il était très compliqué d'acheter ou de se faire livrer quoi que ce soit sur cette île isolée et son intérieur était donc très minimaliste. Des murs et des boiseries blanchis à la chaux, des meubles en bois naturel ou flotté, et tout un camaïeu de bleus par petites touches. Elle était particulièrement fière de son grand escalier de bois d'un bleu céleste, pièce maîtresse de la maison. Il desservait deux petites chambres où dormaient les enfants et une beaucoup plus grande où son mari avait installé son bureau.

— Rien n'a bougé, on dirait.

Ana sursauta, elle pensait son mari à l'étage.

— Oui, Dina a bien travaillé, j'irai la remercier tout à l'heure.

Dina était la voisine à qui ils avaient acheté la maison, ou plutôt les ruines. Durant leurs longues absences, elle entretenait leur intérieur et préparait toujours leur arrivée pour l'été : ménage, courses, lessive… c'était vraiment appréciable ! En échange, Ana lui envoyait des colis avec une sélection de produits français introuvables ici : parfum, foie gras ou chocolats.

— Tu viens ?

Ana acquiesça et suivit son mari dans la cuisine où les attendait une belle coupe de fruits. Elle y déposa les quelques figues cueillies plus tôt et ne put s'empêcher de caresser la peau duveteuse de pêches aussi grosses que des oranges.

Ensemble ils poussèrent les grandes persiennes bleues et clignèrent des yeux, éblouis par la lumière aveuglante. S'aventurant dans la fournaise de l'après-midi, ils passèrent sous l'ombre de la pergola où courait une épaisse vigne vierge, puis s'avancèrent sous le soleil jusqu'au garde-corps qui surplombait le vide.

C'était une sorte de rituel. Chaque année, à leur arrivée, ils allaient, ensemble, admirer la vue.

Sous leurs pieds coulait un tapis de verdure, qui, après une course folle à flanc de collines, venait s'échouer en contrebas, dans l'immensité bleue. Ils examinaient le paysage, attentifs, semblant vérifier que chaque olivier, chaque amandier ou encore chaque rocher était à sa place.

C'était un de ces moments bénis qu'elle chérissait par-dessus tout.

Ils étaient tellement rares qu'ils en devenaient précieux. Ici rien ne pouvait l'atteindre, elle se sentait forte et libre.

Les secondes s'égrainaient, suspendues, comme eux au-dessus du vide.

— Je vais déballer mes bouquins...

Le moment de grâce était passé, retour à la réalité.

— Bien sûr, répondit-elle machinalement.

Ana laissa son mari s'éloigner sans pouvoir s'arracher à sa contemplation. C'était pour elle le plus bel endroit du monde, sa deuxième maison, un havre de paix qu'elle idéalisait ; comme si ici tout était différent, le lieu de tous les possibles.

Un discret sifflement la tira pourtant de sa méditation. Sur la terrasse voisine, quelques mètres plus bas, un homme lui faisait signe de la main. C'était Hans, un quadra allemand divorcé et père de deux adolescents. Il avait acheté la maison voisine l'année précédente et avait passé tout l'été à lui faire du gringue.

Instinctivement elle se redressa et remis de l'ordre dans sa coiffure. L'homme n'était pas un Apollon mais ce badinage n'était pas pour lui déplaire. Elle était toujours flattée, presque fière, de l'effet qu'elle produisait sur la gent masculine et le seul moyen de ne pas se sentir transparente. Excepté sa beauté, elle n'intéressait personne, son existence était insignifiante.

Prudente, Jean n'étant peut-être pas loin, elle le salua d'un petit geste calculé, puis regagna la maison sans oublier de faire onduler son corps, moulé dans un short en jean déchiré.

À l'intérieur, la fraîcheur la saisit et elle frissonna. Elle avait soif. Du frigo elle sortit une bouteille d'eau et se servit un grand verre. Ce petit échange avec Hans l'avait troublée et l'eau glacée lui remit les idées en place. Les vacances s'annonçaient palpitantes.

— Jean ! Tu veux boire quelque chose ?

— ...

— Jean ?

Elle l'entendit marmonner de façon inaudible et décida quand même de lui monter un verre. Elle grimpa à l'étage, tout en laissant courir sa main libre sur la rampe de l'escalier qu'elle avait elle-même poncée. En passant, elle jeta un œil dans les chambres de ses enfants, dont les portes étaient restées entrouvertes. Si elle n'avait pas été aussi détendue, elle aurait volontiers hurlé.

Leurs valises éventrées, qui sur le lit, qui sur le bureau. Leur linge, qu'elle avait soigneusement plié, était désormais éparpillé, voire piétiné. Quant au flacon de shampooing de Sophie qui avait éclaté pendant le vol, il s'était répandu dans sa trousse de toilette, qu'elle avait laissée en l'état sur sa table de chevet. À la fois atterrée et désemparée, comme tout parent d'adolescents, elle respira comme elle l'avait appris au yoga. Après tout, si ces enfants voulaient passer toutes leurs vacances dans une porcherie, c'était leur problème, pas le sien. Son mari semblait très bien le vivre, lui ! Sous les combles la température était beaucoup plus élevée, d'autant que Jean avait ouvert en grand la fenêtre et les volets. La pièce était baignée de lumière et une brise chaude et légère faisait danser les rideaux de coton blanc, levant parfois le voile sur une vue à couper le souffle. Un vrai paysage de carte postale.

Son mari avait aménagé la pièce en bureau. Une planche et deux tréteaux, quelques étagères, beaucoup, beaucoup de livres et une montagne de papiers. Les murs étaient tapissés de photos, de relevés topographiques et de cartes géologiques colorées. Sa collection de « cailloux » ne passait pas inaperçue, puisqu'elle occupait une bibliothèque à elle seule. Il y avait là des prélèvements de chaque recoin de l'île, même de sédiments sous-marins, la marotte de son mari depuis plus de quinze ans.

Une mezzanine en bois occupait une grande partie de la pièce mansardée. On y accédait par une échelle de meunier très étroite et l'on ne pouvait s'y tenir que courbé en deux. Un grand matelas occupait tout l'espace, cela faisait bien longtemps qu'ils faisaient chambre à part. Leurs emplois du temps n'étaient pas vraiment compatibles, ni leurs envies, d'ailleurs.

— Ah, c'est toi !

Il ne l'avait pas entendue monter, ni entrer, mais ne semblait pas non plus vraiment surpris de la trouver là, un verre à la main. Il prenait simplement les choses comme elles venaient.

— Merci.

Il saisit le verre qu'elle lui tendait et le but d'une seule traite, avant de reprendre tranquillement son aménagement.

— De rien, se contenta-t-elle de murmurer.

Elle l'observait avec attention. Jean ne souffrait aucunement de la chaleur, tandis qu'elle mourait littéralement de chaud dans la moiteur de la pièce. Son mari, lui, s'agitait sans peine, vif et frais.

Jamais il ne transpirait et elle ne lui avait jamais acheté le moindre déodorant. Il était fait pour vivre ici, ou même dans le désert, un vrai dromadaire.

— Tu descends à la plage ?

Ana s'arracha à ces considérations plus qu'inutiles et haussa les épaules.

— Je ne sais pas trop. Je suis un peu fatiguée...

Mais Jean ne l'écoutait déjà plus, trop occupé à trier ses papiers, c'est pourquoi elle redescendit dans la fraîcheur du rez-de-chaussée. Son mari n'avait même pas remarqué qu'elle avait quitté la pièce.

Elle attrapa la poignée de sa lourde valise restée au milieu de l'entrée et la tira jusqu'à la porte de ses appartements. Elle dormait dans l'unique chambre du bas, la plus spacieuse, avec ses grands placards creusés dans la pierre et surtout son accès direct à la terrasse.

Elle commença à défaire sa valise, suspendant soigneusement ses nouvelles robes aux côtés des plus anciennes, défroissant leur tissu du plat de la main, coordonnant les coloris. Son dressing était digne d'une reine du shopping, démesuré, mais pour elle totalement essentiel. Ana se voulait parfaite. Non pas qu'elle fût narcissique, mais l'image qu'elle renvoyait était la seule chose qu'elle maîtrisait, sur laquelle elle avait un réel pouvoir. Et puis, petite, on n'avait pas cessé de lui répéter : les apparences, toujours soigner les apparences. Elle se regarda dans la grande psyché qui occupait un coin de la pièce et s'étudia sans complexes. Finalement, peut-être étaitelle un poil narcissique... Elle n'éprouvait aucune gêne à avouer que ce qu'elle voyait lui plaisait. Toutes ces années passées derrière une barre de danse à parfaire le moindre geste, à s'observer sous toutes les coutures, à souffrir dans sa chair et dans sa tête, n'y étaient peut-être pas étrangères. La quête de la perfection, ancrée à jamais dans son ADN.

Elle s'étira. La fatigue du voyage commençait à se faire sentir et elle était plus qu'hésitante. Avait-elle oui ou non le courage de descendre à la plage ?

Comme elle déballait ses nouveaux maillots de bain, elle ne put résister à l'appel de la mer. Elle enfila donc un deux-pièces corail, une tunique blanche, une paire de sandales et finalisa son sac de plage. Une bouteille d'eau, sa protection solaire, un bouquin, son chapeau : le strict nécessaire.

Quelques minutes plus tard elle descendait la colline, son chapeau sur la tête, empruntant des chemins de traverse, s'égratignant les jambes dans les broussailles. Habituellement, elle préférait descendre par la route, mais en coupant tout droit depuis leur maison, elle gagnait un temps précieux. Les enfants descendaient d'ailleurs toujours par ici et elle avait récupéré si souvent leurs vêtements déchirés qu'elle savait que cet itinéraire *bis* était périlleux.

Il fallait sans cesse enjamber, contourner, s'accrocher, un vrai parcours du combattant ! Sous ses pieds, les cailloux roulaient dans la poussière et elle manqua de se tordre la cheville à plusieurs reprises. Elle se jura de ne plus jamais emprunter ce raccourci.

Pourtant la vue était exceptionnelle et l'immersion dans ce paysage sauvage, totale. Les bruits, les odeurs, la nature entière s'exprimait en toute liberté.

En nage et exténuée, elle arriva enfin sur la plage aux gros galets gris, bordée de pins et d'oliviers, où nichait une petite taverne aux chaises de bois bleu et aux nappes de papier. Elle aimait s'y installer avec un thé glacé et un bon roman, profiter sans voir les heures passer.

Au loin, elle aperçut ses enfants, engagés dans une partie d'aqua-volley et cette image l'apaisa profondément. Elle avait besoin de les voir et de les savoir heureux pour faire taire ses angoisses les plus profondes et vivre sans crainte.

Rassurée, elle longea la mer jusqu'à l'extrémité ouest et s'avança dans les rochers avant de s'installer à l'abri des regards. Depuis que ses enfants étaient devenus des adolescents, ils lui interdisaient de se montrer seins nus sur la même plage qu'eux.

— Tu te rends pas compte, Man, c'est la honte !

— Et puis tous les garçons te regardent...

Ana comprenait la gêne ressentie par ses enfants, mais impossible pour elle de se risquer sur le chemin des marques de bronzage disgracieuses. Qu'à cela ne tienne, elle se faisait discrète. Elle quitta donc sa tunique, son haut de maillot et, à moitié nue, se coula avec délice dans les eaux chaudes de la mer Égée. Elle fit quelques brasses tout en s'avouant qu'elle aurait préféré une eau plus rafraîchissante. Mais elle était tellement heureuse de nager à nouveau dans cette mer calme et limpide que cela ne gâchait en rien son plaisir. Elle fit des ronds dans l'eau, puis la planche, légère, tellement légère. Elle finit par plonger la tête sous la surface et ouvrit les yeux quelques secondes, juste assez pour entrevoir des oursins noirs sous ses pieds, ou plutôt des échinoïdes, comme aimait à le rappeler son scientifique de mari. Elle se déporta un peu, nageant en crabe. Elle appréciait les oursins, mais seulement coupés en deux et arrosés de jus de citron ! Elle en avait passé des soirées avec sa pince à épiler, à tenter d'extraire les minuscules morceaux d'épines, fichés dans la plante des pieds de ses enfants. Ils adoraient ramasser leurs squelettes colorés, surtout les violets, qu'ils collectionnaient et entassaient sur les étagères de leur petite chambre de vacances.

Délassée et parfaitement détendue, elle s'allongea encore mouillée sur sa serviette et laissa le soleil sécher les gouttelettes d'eau sur sa peau. Elle aimait la sensation de tiraillement que laissait en traînée l'eau salée une fois évaporée, mais il fallait aussi se protéger. Elle se tartina donc généreusement de crème solaire indice 20 – sa peau était déjà bronzée – et se délecta de son parfum inégalable : celui des vacances.

Elle sortit un livre de son sac et s'installa sur le côté, le soleil dans le dos. Au loin, elle distinguait la clameur et les encouragements d'une partie de volley aquatique et elle sourit, en les entendant sans les voir, de savoir ses enfants si près. *Si seulement il pouvait toujours en être ainsi*, pensa-t-elle avec nostalgie…

Au bout de quelques lignes, elle renonça. Elle était bien trop agitée pour se concentrer sur sa lecture et elle s'allongea sur le ventre. La poitrine écrasée contre la chaleur des galets et le visage enfoui au creux de ses bras, elle laissa son esprit vagabonder sous la chaleur de la fin d'après-midi.

L'année qui venait de s'écouler avait été difficile et comme souvent elle comptait sur les ressources de l'île pour chasser les nuages gris qui peuplaient sa vie à Paris. Jean s'était beaucoup absenté pour son travail, Dimitri – de plus en plus secret – l'avait tenu un peu plus éloignée, alors que Sophie n'avait cessé de tourner en rond, toujours fourrée dans ses pattes.

Elle se sentait donc particulièrement enthousiaste et excitée par ces vacances, et comme souvent, elle s'en était fait tout un film, qu'elle se répétait dans sa tête. Elle fantasmait des retrouvailles, de nouvelles rencontres, des aventures. Son cœur s'emballait, son corps en frissonnait d'avance et, perdue dans ses rêves, elle s'assoupit sous la caresse du soleil, bercée par le chant des cigales dont le ronronnement rappelait celui de leur vieux chat Koshka.

Comme souvent lorsqu'elle somnolait ainsi en journée, elle rêva. Et lorsqu'elle se réveilla en sursaut, elle but un peu d'eau pour reprendre ses esprits et crut se souvenir qu'il était question d'un bateau, de son mari, mais elle n'en était pas vraiment sûre, souvent les visages se mélangeaient. Un peu groggy, elle hésita à reprendre un bain de mer mais décida qu'il était un peu tard. Le soir tombait vite et elle ne voulait pas se retrouver seule dans la pénombre. Elle était du genre poule mouillée, même si ici, il ne pouvait clairement rien lui arriver.

Elle se rhabilla, rassembla ses affaires et lorsqu'elle passa près du groupe de jeunes entassés sur quelques serviettes à écouter de la musique, fit signe à sa fille qu'il était l'heure.

Elle qui n'avait jamais eu d'amis comprenait mal le plaisir, le besoin même, qu'avaient ses enfants d'être en permanence collés à leurs copains. Ils étaient assez populaires et étaient sans cesse invités chez les uns ou les autres, à la piscine ou au ciné. Elle avait souvent songé à les garder près d'elle, pour les protéger, interdire les sorties, refuser les invitations, mais elle avait vite compris que ce n'était pas une solution. Et elle ne devait pas oublier qu'elle avait elle-même souffert d'avoir passé son enfance dans une prison faussement dorée.

Quand elle quitta la plage, le soleil commençait juste à descendre sur la mer.

De retour à la maison, elle commença par rincer son maillot de bain dans l'évier de la cuisine puis l'étendit à côté de sa serviette sur la terrasse. Assoiffée, elle se versa un verre de San Pé bien fraîche et se coula dans l'un de ses affreux transats en plastique blanc, rendus confortables par d'épais et moelleux coussins rayés.

Le village reprenait vie après de longues heures de sommeil et Ana aimait écouter les bruits de la vie quotidienne.

Ici tout lui paraissait si authentique, si coloré. À Paris, elle fuyait la vie, les gens, la promiscuité. Elle vivait cloîtrée derrière les grilles de sa propriété et ne sortait que par nécessité. À peine était-elle capable de reconnaître le visage de ses voisins lorsqu'elle les croisait au supermarché du coin.

Son ventre cria famine lorsqu'une odeur de poisson grillé lui assaillit le nez. Elle était pourtant végétarienne, mais lorsqu'elle avait faim, elle ne répondait plus de rien. L'instinct, peut-être...

Mais avant tout, elle rêvait de prendre une bonne douche. Le sel, la crème et le soleil lui collaient à la peau. Il fallait laver, rincer, faire briller.

Elle se leva enfin, un peu étourdie, et s'avança sur la terrasse. Les dalles sous ses pieds nus étaient délicieusement chaudes et elle déambula, faussement occupée à relever ses cheveux collés par le sel, et l'air de rien jeta un œil sur la terrasse du bas.

Personne... Dommage ! Hans l'avait ratée en maillot de bain.

Elle se glissa dans sa chambre, attrapa sa trousse de toilette et sortit dans le salon, en direction de la salle de bains.

C'est le moment que choisit Jean pour enfin venir récupérer sa valise de vêtements. C'était une toute petite valise, compensée par l'énorme sac de livres qu'il emportait.

— Ah ! Finalement tu es descendue à la plage ? remarqua-t-il en la découvrant en maillot.

Absorbé par son aménagement, il ne s'était même pas rendu compte qu'elle avait disparu presque deux heures.

— Oui, je n'ai pas su résister...

— Elle était bonne ?

— Presque trop chaude...

— Tu n'oublies pas qu'on dîne chez Yannis ? demanda-t-il, alors qu'il remontait déjà les escaliers.

Elle secoua la tête. Non, elle n'avait pas oublié. Elle allait d'ailleurs se refaire une beauté...

Comme elle est belle ! Mais il y a quelque chose en elle qui m'inspire une immense pitié.

Léon Tolstoï, *Anna Karénine*

3

Du haut de l'escalier, Jean regarda sa femme onduler jusqu'à la salle de bains ; elle ne marchait pas, elle glissait, aussi souple et gracieuse qu'un félin. Toutes ces années de danse classique avaient sculpté son corps avec précision et il savait apprécier sa plastique autant que son impérieuse beauté. Elle était à ses yeux un très bel objet, comme l'une des pierres qu'il collectionnait. Il l'avait vue grandir, évoluer, devenir femme, et lorsqu'il la regardait aujourd'hui, il ne pouvait échapper au même souvenir, celui de la petite fille aux cheveux tressés, dans son uniforme bleu nuit à écusson doré. Une petite fille à la fois sage et sauvage, qui avait attisé sa curiosité et qu'il avait instinctivement voulu protéger.

Après toutes ces années de mariage, elle restait encore pour lui un mystère. En bon scientifique, il savait être patient et il se plaisait à penser qu'elle était un trésor dont personne n'avait la clef. Pas même lui. Leur couple n'avait rien de conventionnel mais jamais ils n'en discutaient. Ce qui les unissait allait bien au-delà de l'amour ou d'une simple passion. Il avait promis de l'aimer et de la protéger jusqu'à ce que la mort les sépare et il comptait bien tenir ses engagements.

Il avait bien conscience du caractère fantasque et romanesque de son épouse, mais ce n'était pas ce qui l'inquiétait. Comme lui, elle avait sa part d'ombre et il espérait ne jamais la voir perdre pied. Il avait d'ailleurs toujours tout fait pour l'éviter, mais le souvenir de la grand-mère d'Ana n'était jamais loin et revenait souvent le hanter. Son épouse et lui avaient tant en commun que le destin avait forcément uni leurs chemins. Pourtant très cartésien, lorsqu'il s'agissait d'Ana et de leur histoire, Jean se laissait volontiers vampiriser.

La porte de la salle de bains claqua et Jean s'arracha à ses pensées. Il n'était pas du genre à rêvasser, chaque minute passée était une minute de perdue. Il consulta sa montre et, satisfait, constata qu'il lui restait encore une bonne demi-heure pour travailler avant le dîner : fini de paresser !

Le soir était enfin tombé et c'était assurément le moment qu'Ana préférait. L'atmosphère si particulière des soirées d'été, les couleurs de la nuit, les lumières qui scintillent dans l'obscurité.

Les enfants étaient aussi rentrés de la plage, enchantés, sentant le sel et l'été.

— Pour le scooter, c'est toujours OK ? demandait Dimitri l'air de rien.

— On doit encore y réfléchir.

— Mais Papa, vous m'aviez promis...

— À une seule condition...

— Oui, oui je sais, le casque. Pas de problème. Je le mets bien en France, c'est pareil ici.

Ana écoutait la conversation depuis sa chambre où elle finissait de se préparer. Ils étaient tous prêts et l'attendaient.

Elle avait enfilé une robe blanche tout en dentelle qu'elle avait payée une petite fortune. Sur sa peau déjà dorée elle faisait son petit effet, à la fin des vacances ce serait vraiment parfait ! À l'aide de son fer à friser elle dessina quelques boucles floues dans ses cheveux déjà secs. Elle admirait sa nouvelle couleur aux mèches ombrées, presque platine, qui éclaircissaient son blond cendré naturel. Idéal pour l'été.

Elle peaufina son maquillage, naturel et lumineux. Ses grands yeux bleus suffisaient à mettre en beauté son visage aux traits fins, mais elle aimait la touche glamour du khôl et du mascara. Une paire d'escarpins dorés, quelques bijoux, son sac à main : elle était prête.

Elle allait sortir dans le salon quand elle rebroussa chemin. Elle avait oublié un détail, essentiel... Sur sa petite coiffeuse, elle attrapa une jolie bouteille en verre et vaporisa un nuage de parfum dans lequel elle plongea avec délice. C'était son parfum pour ici et il lui avait vraiment manqué. Un mélange fleuri et sucré, des notes de fleurs blanches, jasmin et fleur d'oranger, une touche exotique de frangipane. Un parfum solaire et féminin, envoûtant.

— T'es prête ?

Un dernier regard dans le miroir.

— J'arrive ! Je ferme derrière vous.

Elle claqua la porte d'entrée avec détermination et s'engagea dans les ruelles avec prudence, perchée sur ses talons, excitée par la soirée qui l'attendait.

Ils descendirent sur le port en voiture et trouvèrent à se garer sans difficulté. Début juillet, les touristes étaient encore peu nombreux à fréquenter l'île.

Ils longèrent les quelques restaurants sur le port. Sur les terrasses encore vides, les tables l'étaient tout autant, on ne les dressait qu'au dernier moment. Les serveurs s'occupaient comme ils pouvaient. Ils fumaient, s'interpellaient, franchissaient les frontières de leur territoire pour se chicaner. À leur passage, tous retrouvaient leur sérieux, on les saluait de la main, on les invitait à s'asseoir, on extirpait d'un immense aquarium de grosses langoustes qui frétillaient. Mais ils ne fréquentaient jamais ces restaurants « attrape-touristes », idéalement situés sur le port et dont l'apparente modernité dissimulait une cuisine médiocre, voire surgelée et une addition trop salée. Ce que la famille de Français recherchait, c'était ces petites tavernes traditionnelles à la cuisine authentique. *Chez Yorgos*, *Chez Vassilis*, *Chez Panagiotis*, ils étaient tous frères ou cousins et installaient leurs restaurants les uns à côté des autres, sans se soucier de la concurrence qu'ils pouvaient s'occasionner.

Alignés comme les perles d'un collier, on ne pouvait se rendre dans l'un sans avoir traversé tous les autres.

Ils y proposaient une cuisine familiale, au sens premier du terme, c'est pourquoi il n'était pas rare de trouver les enfants au service, les mères et les grands-mères en tablier dans les cuisines et les hommes attablés, à jouer aux cartes ou deviser devant un verre d'ouzo bien corsé. Ici vous choisissiez votre viande ou votre poisson dans de grandes vitrines frigorifiques qui ronronnaient, tout comme les incontournables congélateurs et leurs photos de glaces aux couleurs passées.

D'un établissement à l'autre, les cartes des menus différaient peu, tout comme le mobilier vieillot. Les tables, toujours carrées, ne possédaient pas moins de trois épaisseurs de nappe chacune. La première était en épais tissu à carreaux bleus, la seconde en PVC transparent – pour ne pas avoir à faire la lessive – et comme cela ne suffisait pas, une troisième en papier gaufré où étaient représentés une carte de l'île, des dauphins ou encore des bateaux ; le tout joliment accessoirisé par des pince-nappes en plastique. Concernant les chaises, vous aviez le choix, mais pas dans la couleur, toujours bleues. Pour le reste, corde, paille ou scoubidou, vous étiez assurés de vous tortiller toute la durée du dîner.

La décoration de table n'était pas en reste, salière, poivrière, huilier et cure-dents à volonté…

Bien sûr, c'était compter sans l'incontournable filet de pêche garni qui ornait toutes les salles de restaurant et qui faisait frémir Ana dès qu'elle en étudiait le contenu. Il y avait là plus de mouches mortes et de toiles d'araignées que de coquillages et crustacés…

Mais c'était dans ces tavernes-là, qu'ils appelaient

affectueusement « boui-boui », que l'on dégustait les meilleurs plats. Une cuisine authentique, sans chichis, sans aucun doute cuisinée avec beaucoup d'huile d'olive, et surtout avec beaucoup de générosité...

Pour ce soir, aucune hésitation, ils dîneraient dans la meilleure taverne de l'île, un lieu pour eux hautement symbolique puisque c'est là qu'ils avaient mangé pour la première fois dix-huit ans auparavant.

Une fois dans la rue principale, ils bifurquèrent dans une petite ruelle sur la droite et après avoir grimpé une longue volée de marches larges et plates, ils arrivèrent devant une petite taverne modestement appelée *L'Apollon*.

Une vigne vierge luxuriante courait au-dessus de leurs têtes lorsqu'ils franchirent le pas d'une première petite terrasse que se disputaient quelques tables en métal blanc. On y servait les petits-déjeuners de la pension d'à côté, très prisée par les Anglais : omelette garnie, yaourt au miel, salade de fruits ou encore *bougatsa* crémeuse.

Perdue dans la contemplation de l'ardoise des *breakfast*, Ana n'avait pas vu sa famille disparaître sous l'arche de pierres et lorsqu'elle s'avança sur la deuxième terrasse, incomparablement plus grande, elle entendait déjà la voix du propriétaire des lieux.

— Mes amis ! Quel plaisir de vous revoir !

Son français était excellent mais sa prononciation laissait à désirer. Il roulait les *r* comme une vieille femme russe, transformait les *u* en *ou* à l'italienne et marquait les *i* comme des STOP. Plus jeune, il avait passé deux années en France – une formation en hôtellerie-restauration où il avait tout appris – et toutes ces années au contact des touristes français lui avaient permis d'entretenir sa pratique de la langue.

Tous se laissèrent enlacer et embrasser par la ferveur toute méditerranéenne de l'homme, même Jean et son flegme légendaire, qui laissait échapper un sourire devant tant d'exaltation.

Ana s'approcha l'air de rien, posa sa main sur l'épaule du Grec et se laissa couler dans ses bras. Il l'embrassa avec tendresse et elle sentit la chaleur de leur étreinte brûler plus qu'elle ne devrait.

— Heureuse de te voir Yannis, susurra-t-elle à son oreille.

— Vous m'avez manqué, lui répondit-il les yeux dans les yeux, comme s'il s'adressait à l'assemblée. Mais je vous attendais plus tôt, s'étonna-t-il. Heureusement que Dina m'a prévenu.

— Dimitri passait ses épreuves pour le baccalauréat cette année, expliqua Ana.

— Avec mention, se vanta le jeune homme, pas peu fier.

— Comment ça une mention ? demanda Yannis en haussant les épaules.

Pendant qu'ils discutaient, le restaurateur les avait conduits jusqu'à la meilleure table et les installait avec tous les égards voulus.

— Avec les félicitations du jury, l'éclaira Ana, tout en dépliant sa serviette.

— *Daxi, daxi*, je comprends ! Pour fêter ça, « c'est ma tournée », comme on dit chez vous !

Tous rirent d'entendre cette expression prononcée avec son accent inimitable.

L'Apollon pouvait se targuer d'être non seulement le meilleur restaurant de l'île, mais aussi d'avoir le plus beau point de vue sur la baie. D'ici, ils surplombaient toute la partie basse du port, mais aussi la petite plage de cailloux et surtout la mer, noire, miroitant sous les lumières de l'île. L'air du soir portait les dernières ardeurs de cette fin de journée et la chaleur commençait à s'essouffler, timidement. Ces parfums qui n'appartiennent qu'à la nuit déployaient leurs exhalaisons, fortement suaves et sucrées.

Une fois les rafraîchissements servis, sodas pour les ados et Martini blanc pour leurs parents, Yannis déposa sur la table une belle salade grecque servie dans une unique assiette, où tout le monde grappillerait, qui une olive, qui une tomate. Dimitri se rua sur la feta, Sophie n'aimait pas les oignons.

Ils retrouvaient avec délice ces saveurs qu'on ne trouvait qu'ici et qu'ils tentaient vainement de reproduire à la maison.

Pas besoin de menu, chacun savait à l'avance ce qu'il prendrait.

— Et voilà une moussaka végétarienne, préparée spécialement pour la plus belle femme de l'île…

Personne ne sembla relever. Yannis était l'image parfaite du Casanova méditerranéen, charmeur et généreux en compliments.

Mais Ana savait combien ces mots étaient lourds de sens.

— Merci beaucoup, Yannis, appuya-t-elle.

Leurs regards et leurs sourires parlaient pour eux, ils disaient combien ils étaient heureux de se revoir, mais déjà plongés dans leurs assiettes, tous dégustaient leurs calamars ou leurs côtelettes d'agneau sans remarquer leurs échanges complices.

— C'est bon ? s'enquit Ana.

— Comme d'hab ! répondit Dimitri.

— C'est trop bon, enchérit Sophie la bouche pleine de frites.

Sa mère sourit de la voir se régaler ainsi. Elle la revoyait enfant, à tout juste deux ans, voler dans l'assiette de son grand frère et pleurer de se voir refuser certains mets.

— Et la plage, alors ? Vous ne nous racontez pas ?

Sophie se lança dans un résumé très détaillé de leur après-midi. Quelle copine était arrivée, laquelle ne viendrait pas, qui sortait avec qui, et patati et patata. Ana, qui comme toute mère de famille avait développé l'art de faire deux choses en même temps, écoutait attentivement sa fille, tout en observant à la dérobée Yannis qui s'activait en cuisine.

— Tu vois, Maman, les parents de Camilla divorcent, donc elle ne viendra pas cette année. Elle ne viendra peut-être plus jamais...

— Ce qui veut dire que Lukas est libre, non ?

— Maman ! rougit Sophie. Je suis triste pour Camilla !

— Oui, ma chérie, je sais.

Ana n'était pas du genre à prendre des gants et devait parfois se modérer pour ne pas vexer la susceptibilité de sa fille.

Dimitri ne put s'empêcher de taquiner sa sœur qui se mit à protester et ce fut parti pour dix minutes de chamailleries des plus inintéressantes.

La cuisine du restaurant était ouverte sur la terrasse qui accueillait même un espace grill, pour la cuisson de la spécialité maison : les brochettes. Poissons, viandes, légumes ou encore fruits, la carte proposait des compositions de brochettes sur mesure. Yannis ne travaillait pas seul en cuisine, le fidèle et très discret Vassili occupait le rôle de commis et les deux amis de toujours s'accordaient parfaitement derrière les fourneaux. La terrasse était le royaume de Yorgos, sauf lorsque Yannis tenait à servir lui-même ses invités.

Yorgos avait le physique type du garçon de café un peu lent, et Ana s'amusait à l'imaginer dans ce film français culte, *Le Grand Restaurant*. Il avait cette allure de grand dadais, un peu voûtée, et une physionomie digne d'une asperge, avec un crâne dégarni, orné d'une couronne de cheveux plats et bruns. De Funès lui aurait sans aucun doute botté les fesses !

Yorgos se traînait d'un point à l'autre de la terrasse, son plateau à la main, et dans sa chemise blanche un peu bouffante, il faisait peine à voir. Mais c'était un cousin du patron, et Yannis, qui n'avait que peu de famille, ne pouvait abandonner le pauvre homme à son triste sort. C'est pourquoi il l'embauchait tous les étés pour la saison touristique.

Vassili était aussi blond que Yorgos était brun. Des boucles serrées, un visage rond et le sourire permanent, comme figé sur son visage bronzé. Il ne ressemblait guère à un Grec, un Allemand tout au moins, et pourtant il était né ici.

Mais celui qui faisait l'objet de toutes les attentions d'Ana, c'était Yannis. Il préparait une série de brochettes tout en plaisantant avec son ami et elle entendit son rire retentir. Elle tressaillit. Les années passaient, mais son désir pour lui demeurait. Elle trouvait même que vieillir lui allait fichtrement bien. Il faisait partie de ces hommes chanceux qui décuplaient leur pouvoir de séduction avec le temps. Elle ne connaissait d'ailleurs pas vraiment son âge car il éludait toujours la question. Il refusait de se voir vieillir et se considérait toujours comme un jeune homme, comme un Apollon ! Ana lui donnait une bonne cinquantaine d'années, cinquante-cinq tout au plus. Jean misait sur la soixantaine, mais elle trouvait que c'était un peu exagéré.

Yannis avait conservé un physique athlétique, mais certains signes du temps ne trompaient pas. Ses tempes, puis ses cheveux et même ses sourcils s'étaient teintés de fils argentés. La peau de son visage, éclaboussée de soleil, avait perdu en fermeté et de belles entailles accentuaient maintenant son visage. Surtout autour des yeux, la ride des hommes heureux.

Ana soupira, d'aise ou de désespoir, difficile de savoir, puis recentra son attention sur ses enfants qui n'avaient visiblement pas terminé de se quereller.

— Est-il possible de dîner en paix ? gronda finalement leur père, agacé.

Les deux adolescents se jetèrent un dernier regard belliqueux puis retournèrent à leur assiette. Le duel avait pris fin, Ana n'en avait rien écouté.

— Tu penses qu'on pourra aller pêcher avec le bateau, Pa' ? interrogea Dimitri.

— On verra. J'ai du travail, moi !

Jean était parfois dur avec ses enfants. Mais c'était sa façon à lui de les aimer. Avec autorité et distance.

Le silence s'installa autour de la table, mais au milieu du brouhaha du restaurant, il n'en paraissait rien. Si l'on dressait l'oreille, on pouvait entendre, sur fond de sirtaki, une bonne dizaine de langues se mélanger, et le restaurant perché prenait des airs de tour de Babel.

Chacun termina son plat sans en laisser une miette, sinon quelques os de côtelettes au bord d'une assiette.

Les restaurants grecs ne proposaient pas vraiment de dessert, éventuellement une assiette de fruits, des glaces ou des yaourts au miel. Mais Yannis avait fait ses classes en France et il proposait notamment une tarte aux figues et aux amandes dont Ana raffolait. Les enfants préféraient se réserver pour une glace sur le port, leur père, lui, n'avait pas le bec sucré.

Yannis apporta donc sa part de tarte à Ana, accompagnée d'une boule de glace à la vanille. Juste à regarder la crème glacée fondre sur la tarte encore chaude, elle se sentit comblée.

> Vous m'aimez... Quel droit avez-vous alors de m'abandonner ? Et vous, de votre plein gré, vous l'avez fait, ce n'est pas moi qui ai brisé votre cœur... C'est vous, et, en le brisant, vous avez brisé le mien.
>
> Emily Brontë, *Les Hauts de Hurlevent*

4

Alors que le restaurant était bondé et qu'il avait très certainement encore beaucoup de travail, Yannis tira une chaise libre et s'installa à table avec la petite famille.

— J'ai une grande nouvelle à vous annoncer, déclara-t-il.

Quatre paires d'yeux le dévisagèrent, avides de curiosité.

Il prit une grande inspiration et se lança, trébuchant sur les mots.

— Cet hiver, j'ai rencontré quelqu'un... Elle... elle s'appelle Irina et elle travaille à la banque. Quand elle est arrivée ici elle ne connaissait personne et... voilà quoi... on a commencé à se voir...

Il semblait assez gêné de raconter tout ça et ne cessait de jeter des petits coups d'œil à Ana, perdue dans la contemplation de sa tarte, qui lui semblait soudain bien amère.

Après une courte hésitation, il reprit, la voix pleine de joie.

— On va avoir un bébé, je vais enfin être papa !

Son bonheur était évident, il illuminait son visage, rendait ses yeux plus pétillants.

Ana, elle, déglutit difficilement. Cette maudite bouchée de tarte ne voulait pas passer et elle la sentait grossir dans sa gorge. Elle attrapa son verre et le vida d'un trait. La bouche pâteuse et l'estomac noué, elle se fit violence, cherchant à se ressaisir. Elle devait dire quelque chose et vite.

— C'est merveilleux Yannis. Nous sommes très heureux pour toi, n'est-ce pas les enfants ?

— Ouais, c'est cool, félicitations.

— Mais c'est une jeune alors ? interrogea Sophie visiblement perplexe.

Yannis rit.

— Oui, Sophia, elle est plus jeune que moi. Mais beaucoup plus vieille que toi, rassure-toi.

— Mais alors vous allez vous marier ?

— Oui, après l'été. Je fais des travaux dans la maison, on habite sur le bateau en attendant.

— Tu nous la présenteras ?

— Elle a hâte de vous rencontrer ! Je lui ai beaucoup parlé de vous. Surtout de toi, Sophia !

Flattée, la jeune fille rougit bêtement et pouffa.

Ana laissa ses enfants mener la conversation tandis qu'elle reprenait ses esprits. Elle était incapable d'ouvrir la bouche et encore moins d'avaler la moindre miette supplémentaire. Son mari, toujours mal à l'aise dans ce genre de conversation, avait félicité laconiquement le futur papa et venait de quitter la table pour se rendre aux toilettes. La fuite comme seul moyen d'expression.

Yannis en profita pour poser sa main sur celle d'Ana qu'elle retira aussitôt, comme brûlée. Comment osait-il ? Elle se sentait trahie, humiliée… elle avait envie de crier.

Il la regarda, le visage un instant las, puis reprit.

— Merci, merci les amis de partager ce bonheur avec moi.

Ana ne partageait pas vraiment ce bonheur, mais il lui fallait cesser d'être égoïste. Yannis ne lui appartenait pas.

Pourtant, cela sonnait à ses oreilles comme une rupture et elle lui en voulait terriblement de l'abandonner ainsi, devant toute sa famille. Vulnérable.

Jean se décida enfin à reprendre sa place à table et

Yannis se détourna instinctivement d'Ana pour s'adresser à son mari. Ce que les Grecs pouvaient être machos !

— Tu trinqueras bien avec moi, mon ami ?

— Bien sûr, Yannis, bien sûr. Avec plaisir.

Jean n'était pas très convaincant et le son de sa voix sonnait faux. Ceux qui le connaissaient savaient qu'il ne buvait que rarement plus d'un verre d'alcool, ce qu'il convenait d'appeler le minimum social. Cela permettait d'éviter les questions et les extrapolations en tout genre. Pragmatique, Jean ne voyait pas bien l'intérêt de noyer ses facultés dans la boisson. Il se délectait bien plus d'avoir le sentiment de tout contrôler que de l'ivresse provoquée par un verre de bourbon.

Ana repoussa son assiette, mais personne ne sembla remarquer qu'elle y avait à peine touché, même pas Yannis qui revenait une bouteille d'ouzo sous le bras et dont il servit deux généreux verres. Les hommes trinquèrent. Ana aussi. À sa façon.

Sophie observait sa mère à la dérobée. Quelque chose clochait. Elle voyait son beau visage se fermer, ses mâchoires se crisper, ses grands yeux se plisser. L'huître se refermait. De la jolie perle éclatante il ne restait plus qu'une coquille terne.

Ana n'était pas vraiment une mère comme les autres, Sophie le savait bien. Alors quand ses amies lui demandaient : « Elle est comment ta mère, toi ? », Sophie ne savait pas quoi répondre : drôle, folle, douce, mélancolique, fantasque, égoïste, triste, belle, ou tout ça à la fois ?

Alors elle répondait comme toutes les ados de son âge : « Chiante ! », et cette réponse convenue semblait satisfaire.

Mais cela ne la satisfaisait pas, elle.

Sa mère était la personne dont elle était la plus proche et qu'elle aimait le plus au monde, pourtant leur relation était loin d'être facile. Mais Ana savait se faire aimer. Envers et contre tous.

Sophie avait souvent l'impression de ne rien connaître de sa mère, ou seulement des bribes. Uniquement ce qu'Ana acceptait de laisser paraître, les quelques endroits où le vernis craquelle.

Parfois elle lui parlait de son enfance, mais entre les souvenirs flous, les récits fantaisistes et les passages en russe, il était parfois difficile de discerner le faux du vrai. Sophie, elle, buvait ses paroles.

Ana parlait de sa mère, belle, jeune et aventurière, partie vivre sa vie, la vraie vie. Mais aussi de sa grand-mère, princesse russe exilée et adulée, figure incontournable du Tout-Paris.

Un grand mystère planait sur les hommes de la lignée, tour à tour agent russe infiltré, homme d'État ou acteur de cinéma, ils n'avaient ni nom ni visage.

Naïvement, Sophie s'inventait un tas d'histoires où elle faisait revivre ces personnages si incroyables, presque merveilleux. Elle ne pouvait s'empêcher de les raconter à son tour et ses amies ouvraient des yeux ronds comme des billes. La petite fille s'offrait ainsi un peu de popularité bien méritée. Après tout, aucune de ses camarades ne pouvait se targuer d'avoir une princesse pour grand-mère. Espérance avait bien une baronne pour tante, mais sur ce coup, Sophie la battait à plates coutures.

Elle profita ainsi de sa petite notoriété durant quelques années, jusqu'au jour où l'école s'en mêla.

Ses parents furent convoqués par la directrice, et comme Ana « ne s'occupait pas de ces choses-là », Jean se rendit seul au rendez-vous. Le soir venu, alors que la petite fille était sagement allongée dans son lit à chercher le sommeil, des éclats de voix la tirèrent hors de sa chambre aux murs roses. Dans le couloir à la moquette épaisse, elle s'avança doucement et prit place sur la marche la plus haute de l'escalier.

En bas, dans la cuisine, son père tentait de raisonner sa mère qui faisait la sourde oreille.

— Mais enfin Ana ! On en a déjà discuté. Tu ne peux pas continuer à lui raconter toutes ces sornettes !

— Des sornettes ? Tu me traites de menteuse ?

Ana était parfaite dans le rôle de victime, qui était de loin son préféré. En d'autres temps, elle aurait fait une parfaite tragédienne. Mais la vie n'était pas une représentation théâtrale, encore moins un conte de fées. Jean et son esprit très « terre à terre » ou « pierre à pierre » – comme se moquait parfois Ana devant le manque de fantaisie de son géologue de mari – refusait que ses enfants grandissent, bercés d'illusions et de chimères. La vie était dure et injuste, il en savait quelque chose et il souhaitait les préparer au mieux à cette réalité. Faire d'eux des adultes raisonnables, autonomes, armés pour la vie.

A contrario, il maintenait son épouse dans une bulle, bien à l'abri du monde extérieur, des tracas du quotidien, des drames de l'existence.

Mais leurs enfants ne devaient pas devenir comme elle. Elle qui n'avait pas été préparée, qui n'était pas faite pour ce monde. Il pensait qu'avec un peu de rigueur et d'autorité, il contrebalancerait l'influence trop romanesque d'Ana et que leurs enfants seraient ainsi parfaitement équilibrés. Du moins il l'espérait.

— Personne ne te traite de menteuse, Ana. C'est bien joli toutes ces histoires que tu racontes aux enfants, mais tu comprends bien qu'ils ont l'âge d'entendre la vérité. Tu ne peux pas toujours tout enjoliver...

— La vérité ? Tu veux que je leur dise la vérité ?

Elle criait.

— Tu ne veux tout de même pas que je leur raconte que ma grand-mère n'était qu'une vieille folle bonne à interner et ma mère une traînée qui voulait simplement épouser le premier homme capable d'aligner des billets ?

Jean détestait ces accès de colère, Ana le savait

et utilisait toujours cette stratégie lorsque la bataille s'engageait.

Il temporisa :

— Mais non, ce n'est pas ce que j'ai dit...

— Ah si ! C'est bien ce que tu as dit ! Tu me traites encore de menteuse ?

Et voilà que les larmes coulaient sur son visage. Deuxième phase de la manœuvre. Sans surprise, elle finit par s'enfermer dans sa chambre en claquant la porte. Elle avait gagné la guerre, Jean s'en voudrait des heures entières. Contrarié, il s'enferma lui aussi dans son bureau et la grande maison redevint silencieuse.

Sophie, encore sous le choc de ce qu'elle venait d'entendre, pleurnichait dans les escaliers. Sa mère lui avait menti et elle avait menti en retour. C'était vraiment trop injuste. Elle qui faisait toujours tout pour satisfaire ses parents, les rendre fiers.

Trop occupée à se lamenter, elle n'avait pas entendu son père approcher. Il était ressorti pour se servir un café et avait entendu ses sanglots.

— Eh bien, jeune fille ? Tu as fait un cauchemar ?

Il espérait égoïstement que ce ne soit que ça.

Elle grimpa sur ses genoux et enfouit son visage dans son vieux sweat délavé.

— Je vous ai entendu avec Maman, chouina la petite fille.

— Je vois...

— Pourquoi elle m'a menti, Maman ? Elle ne m'aime pas, j'ai été une vilaine petite fille, c'est ça ?

Il la serra un peu plus fort. Sophie profita pleinement de ce moment plutôt rare. Son père n'était pas très démonstratif, contrairement à sa mère qui les couvrait de baisers et de câlins. S'était-elle trompée à son sujet ?

— Bien sûr que ta maman t'aime, ma chérie. Elle t'aime même plus que tout !

— Plus que l'univers tout entier ?

Jean sourit. Il détestait cette image de vulgarisation scientifique et qui réduisait l'extraordinaire à l'ordinaire.

— J'en suis certain.

— C'est vrai ce qu'a raconté Maman ? Sur grand-mère et Babouchka ?

Sophie avait neuf ans et était ce qu'on pouvait appeler une petite fille modèle. C'est pourquoi Jean avait été surpris par la convocation reçue ce jour-là. Il ne pouvait en vouloir à sa petite fille d'avoir cru en ces jolies histoires, de rêver comme le doivent les enfants. Mais il ne s'agissait plus ici de fables, de contes, ou de princesses Disney. L'avenir de Sophie se dessinait et il lui devait la vérité, c'était son rôle de père.

— Oui, c'est en partie vrai. Tu es grande maintenant et il y a des choses que tu dois savoir. Mais tu comprendras qu'il ne faut jamais en parler à ta mère, tu entends ? Elle aurait beaucoup trop de peine. C'est pour ça qu'elle raconte des histoires, parce que ce qu'elle a vécu enfant était trop dur. Alors elle préfère inventer, pour oublier.

— Grand-mère était méchante avec Maman ?

— Pas vraiment... disons qu'elle ne s'est jamais occupée d'elle.

— Babouchka était vraiment folle ?

— Elle était surtout malade, tu sais. Malade dans sa tête. Mais ta maman avait une nounou pour s'occuper d'elle, tu sais.

— Elle ne parle jamais d'elle. C'est bizarre...

— Je sais.

— C'est pour ça qu'on a une nounou, nous aussi ?

— Disons qu'en effet, cela rassure ta maman d'avoir quelqu'un à la maison.

— Tu sais, Papa, je vois bien que Maman n'est pas comme toutes les mamans...

— Tu as raison, Sophie, ta maman est unique. Et tu dois bien faire attention à elle et la protéger.

— Oui, parce que toi tu n'es jamais là.

— …

— C'est pour ça que Griselda vit avec nous ?

— Tu es une petite maligne toi…

Et il lui toucha le bout du nez.

— Dis Papa ? Quand je serai grande, tu me raconteras toute la vérité ?

Il l'embrassa sur le front et promit.

Ce soir-là, en s'endormant, Sophie se jura qu'elle protégerait sa maman. Pour toujours.

Leur mère les aimait, elle n'en avait jamais vraiment douté. De toute manière à part elle et son frère, elle n'avait personne d'autre à aimer. Pas de famille, pas d'amis. Juste eux deux. C'était suffisant. Il n'y avait de place pour personne d'autre. Pas même pour leur père. Leurs chambres séparées, ses absences, Sophie avait compris depuis longtemps que ce qui les unissait était autre chose que de l'amour. Au fond ça ne la dérangeait pas, tant qu'ils ne se disputaient pas. Et avec son père, pour se disputer, il fallait être sacrément motivé.

Jamais Sophie ne parlait de tout ça avec Dimitri. Mais il savait lui aussi, il voyait les mêmes choses qu'elle. Et puis son frère était intelligent, ça lui coûtait de devoir l'avouer, mais c'était la vérité. Elle jalousait la relation presque exclusive qu'il entretenait avec leur mère et elle avait toujours eu la sensation d'être de trop. Ou du moins de ne pas bénéficier du même statut que lui.

Mais ce n'était pas le seul problème avec sa mère, car Ana était un genre de femme-enfant, rêveuse et capricieuse, capable de changer d'humeur toutes les heures. Il y avait ces jours où elle les invitait dans son lit pour manger des glaces et regarder des dessins animés, et ces autres où elle ne semblait même pas avoir le courage de leur parler. Ces jours où elle passait des heures à cuisiner avec Griselda, ces autres où elle ne se présentait même pas à table. Ces jours où elle les emmenait au parc, ces autres où elle s'enfermait dans sa chambre pour pleurer. Il y avait les bons jours et les mauvais.

Et pourtant. Pourtant elle ne les abandonnait jamais vraiment. Il leur suffisait de faire leurs grands yeux de chats tristes, ou de réclamer un baiser, pour tout faire basculer. Le sentiment de culpabilité, comprendrait-elle plus tard. Mais en attendant, la porte ne restait jamais totalement fermée. Ana restait avant tout leur maman, avec parfois juste un drôle de comportement.

Le temps de présence de Griselda diminuait à mesure que les enfants grandissaient, Sophie et Dimitri avaient vite pris leur indépendance. Ils prenaient soin de ne pas trop solliciter leur mère, de la laisser respirer. Ils avaient compris qu'elle se battait pour eux chaque jour, et les rôles bien souvent s'inversaient.

Ainsi, même si Ana restait une mère protectrice et attentive, ses enfants œuvraient pour ne pas la mettre en difficulté. Ils connaissaient ses faiblesses, les situations qui la désarmaient, pouvaient anticiper ses sautes d'humeur. Et surtout, ils avaient compris ce à quoi leur maman se raccrochait, son salut, sa bouée de sauvetage : les apparences, toujours sauver les apparences.

Ana était la plus forte pour troquer son pyjama contre un slim noir ou son peignoir contre une robe du soir. Quelques pinces, un trait de crayon noir, personne ne devait savoir.

Alors, pour sauver les apparences et parce qu'elle devinait sa mère en détresse, Sophie tira sa chaise près d'elle et sortit son téléphone.

— Regarde, Maman, les photos que j'ai prises à la plage aujourd'hui.

Ana ne l'entendit même pas. Elle luttait.

Sa pire ennemie la menaçait, elle mettait le pied dans la porte, elle essayait d'entrer. Jamais elle ne cesserait de la tourmenter. Elle la sentait rôder, enjôleuse, elle la redoutait autant qu'elle l'attendait.

— Maman !

Sophie lui attrapa le bras et Ana finit par tourner

ses yeux vides vers sa fille qui lui tendait son écran de smartphone. Les images, floues, défilaient, mais elle n'était pas en mesure d'écouter un traître mot de ce que Sophie racontait.

La jeune fille n'était pas dupe. Sensible et observatrice, elle avait compris depuis longtemps que quelque chose de bizarre unissait sa mère à Yannis. Cela faisait partie des choses qu'elle ressentait, sans vraiment les formuler, une sorte d'instinct. Et l'annonce du restaurateur avait visiblement bouleversé sa mère. Elle devait la protéger, la sortir de là.

— Papa ! Je commence à être fatiguée. Maman nous emmène prendre une glace, tu nous rejoins ?

Et Sophie se leva, entraînant sa mère hors du restaurant, lâchant un joyeux : « Bonne soirée Yannis, et merci ! »

Une fois dans la ruelle, Ana sentit son corps tanguer sur ses talons et ce n'était certainement pas l'unique verre d'alcool qu'elle avait bu qui en était la cause. Elle ne connaissait que trop bien cette sensation d'étourdissement, cette impression d'être déconnectée du monde, de perdre pied. Nombre de fois elle avait cru devenir folle, mais à son plus grand étonnement, jamais elle n'avait sombré.

Il faisait déjà meilleur ici et elle s'appuya contre un mur pour respirer et reprendre son calme. Mais à l'abri des regards et dans l'obscurité, elle sentit l'émotion l'envahir et les larmes commencèrent à couler.

Ana détestait ces situations-là. Perdre le contrôle en public, se sentir ridicule et fragile, impuissante. Sa fille se tenait quelques mètres plus loin et l'attendait patiemment. Depuis longtemps habituée à la sollicitude et la bienveillance de ses enfants, Ana ne réalisait même pas que c'était Sophie qui venait de la tirer de ce mauvais pas. Son trouble lui faisait perdre tout discernement. Dimitri débarqua alors particulièrement contrarié. Il n'avait rien manqué de la scène qui venait de se dérouler et il était très remonté après Yannis. Cela faisait des années que ses sentiments pour le Grec oscillaient entre affection et animosité, depuis le soir où il l'avait surpris embrassant sa mère, dans cette même ruelle sombre. Il n'avait que dix ans, et n'avait su comment interpréter cette scène dont il avait gardé une sorte d'amertume.

Le temps avait passé, mais tous ses sens s'éveillaient dès que sa mère et Yannis se trouvaient à proximité. Et une chose, une seule, avait fini par lui crever les yeux : Yannis rendait sa mère heureuse. C'était évident, cruellement évident.

Cet état de fait rendait Dimitri passablement jaloux. Il vénérait sa mère depuis toujours, si belle, si sensible, si aimante. Elle était son seul repère, celle qui lui avait tout donné. Son père était si exigeant, froid, distant et surtout absent. Elle était tout le contraire, humaine et solaire. Fragile aussi, et il aimait l'idée de la protéger. Et ce soir il avait vu. Vu le désespoir dans les yeux de sa mère, compris l'impact des mots de Yannis. Et parce qu'il avait dix-sept ans et n'était plus un enfant, qu'il ne pouvait plus câliner sa maman comme avant, il lança :

— Bon alors ? On attend la fonte des glaces ou quoi ?

Et l'air de rien, il prit sa mère sous son bras, la serra, l'espace d'un instant, suffisamment, puis l'entraîna vers les rues animées, d'un pas qu'il voulait léger.

L'ambiance des soirées sur l'île était bien loin de celles de Mykonos. Quelques bars *lounge*, une discothèque sans DJ, ce que venaient chercher les touristes ici, c'était la tranquillité et l'authenticité. Dès la tombée de la nuit, les habitants sortaient dans les rues, se mêlaient au flot de touristes qui déambulaient devant les petites boutiques de souvenirs. Plus petits, Dimitri et Sophie avaient passé des heures entières à farfouiller les trésors un brin kitsch des petites échoppes et Ana ne comptait plus les horreurs qu'elle avait fini par acheter, cédant devant leurs suppliques à répétition.

— Man ? Je ferais bien un tour sur le port d'abord.

Sophie voulait donner à sa mère le sentiment qu'elle était encore maîtresse de la situation, que c'était elle qui décidait. Et gagner un peu de temps, essayer de la distraire.

— Si tu veux, oui…

Bras dessus, bras dessous, ils s'aventurèrent le long du quai, serrant de près leur mère, pour la réconforter et lui donner le courage d'avancer.

C'était l'une de leurs petites habitudes lorsqu'ils descendaient dîner au village, l'inspection des yachts qui mouillaient au port pour la nuit. Ce n'était pas Saint-Tropez, mais cet étalage de luxe faisait pétiller les yeux d'Ana, rêver la jeune Sophie et s'extasier Dimitri. Jean, lui, y était indifférent. Chaque bateau faisait l'objet d'une revue détaillée, nationalité, nom de baptême, dimensions et autres fantaisies de millionnaires. Ils avaient parfois eu la chance de reconnaître quelques stars ou personnalités, mais ils n'étaient pas du genre à les déranger.

Ce soir-là, il y avait trop peu de navires amarrés pour les distraire et c'est donc la cargaison abandonnée par le ferry sur le quai qui attira leur attention. La mer étant le seul moyen de liaison entre l'île et le continent, tout, absolument tout arrivait par bateau et il n'était pas rare d'y faire les découvertes les plus insolites. Les propriétaires ne semblaient pas toujours pressés de venir récupérer leurs biens qui encombraient le quai, parfois des jours durant. Mobilier, matériaux de construction, denrées alimentaires, et même animaux vivants.

Ils contournèrent une imposante palette dont le plastique laissait entrevoir une cabine de douche, du genre navette spatiale toutes options, avec des tonnes de boutons et de manettes. Plus loin, c'était une baignoire d'angle version thalassothérapie avec enceintes et néons intégrés.

— Je parie que c'est pour la nouvelle villa dont Papa nous a parlé. Elle doit être gigantesque ! Ils sont fous de laisser ça là ! Il y en a pour une fortune ! Sophie ouvrait ses yeux ronds qui trahissaient encore son âme d'enfant.

— Pfff ! Ça craint rien ! Qui voudrait voler ça ? Déjà, faut le transporter, et puis personne ici n'a une salle de bains assez grande pour les installer. Tu t'imagines te balader dans le village avec une cabine de douche comme ça sous le bras... T'es grillée direct ! On n'est pas dans une série télé...

Dimitri était souvent un peu dur avec sa sœur dont il oubliait parfois le jeune âge et la naïveté.

— T'es pas sympa..., grimaça-t-elle. Je disais ça comme ça, je suis pas bête !

— Ça, ça reste à prouver, insista-t-il.

Sophie souffla, puis les deux ados jetèrent un œil à leur mère, totalement étrangère à leurs échanges. Elle semblait complètement absente, les yeux dans le vague. Leur tentative avait échoué, inutile de s'obstiner.

Ils rebroussèrent donc chemin, traînant leur mère comme un paquet de misère.

— Tu veux aller où ? demanda Dimitri à sa petite sœur.

— Bof... J'ai plus vraiment faim, moi...

— Oui, bah tu as demandé une glace alors tu vas la manger, OK ?

— OK..., soupira la jeune fille, à qui le poids des responsabilités commençait à peser.

Les vacances commencent bien, tiens ! regretta-t-elle. La joie et l'insouciance de l'après-midi passée avec ses amis s'étaient envolées. Elle en avait même oublié le beau Lukas.

Il n'y avait personne devant l'échoppe colorée du glacier artisanal. Dimitri pesta intérieurement lorsqu'il reconnut les boucles brunes de la jeune Helena derrière la vitrine réfrigérée. Elle était pourtant adorable avec son visage de poupée et son petit tablier. Mais il n'était pas intéressé et il lui était difficile de ne pas se trahir devant les avances répétées de la jeune fille qui duraient depuis déjà deux années. Ses copains le charriaient, la sifflaient, son père lui jetait des clins d'œil complices, alors il était obligé de faire ce qu'on attendait de lui, d'un adolescent bourré d'hormones, normalement incapable de résister devant cette beauté.

Il faisait donc illusion. Il flirtait, maladroitement, mais suffisamment pour donner le change. Sophie ricanait bêtement et il lui en voulait de ne pas le comprendre. Sa mère non plus ne semblait pas voir, ne pas savoir. Pourtant elle était celle qui le connaissait le mieux et il aimait à croire qu'au fond d'elle brillait la vérité et que le jour où il se serait décidé, elle l'accepterait sans difficulté.

En fait, ce n'était pas son jugement qu'il redoutait, mais bien celui de son père.

— *Kalispera Sophia ! Dimitrtiiiii...*

Helena minaudait de sa petite bouche en cœur, aux lèvres couleur cerise. Des cheveux réglisse, un teint de lait, des joues rose bonbon, elle était la gravure parfaite de la petite marchande de glaces.

— *Kalispera Helena. Good to see you again.*

Pour une fois, Sophie ne semblait pas encline à taquiner les deux jeunes gens, mais Helena ne releva pas son air détaché, bien trop absorbée par la présence de Dimitri.

— *Kalispera Helena.*

Le ton était froid, mais le jeune homme en avait assez de faire semblant et ce soir en particulier il n'était pas d'humeur à toutes ces singeries.

Il attrapa sa sœur par le bras et lui chuchota :

— Je prendrai une glace à l'italienne vanille-fraise. Et s'il te plaît, Sophie, tu peux lui dire que j'ai déjà une copine en France et que je suis très amoureux, parce que j'en ai marre de toutes ces conneries !

Et il s'éloigna pour rejoindre sa mère assise un peu plus loin, laissant sa sœur bouche bée et la jeune Helena décontenancée.

Ana s'était assise sur un muret, dans un coin mal éclairé où personne ne pouvait la regarder. Elle sentit le corps grand et musclé de son fils se glisser à ses côtés. Sa présence et sa chaleur lui faisaient l'effet d'un baume au cœur. Que serait-elle devenue sans eux ?

Elle ne t'intéresse pas, n'est-ce pas ?

Surpris, Dimitri rit, un peu gêné.

— Non, Man, pas vraiment...

— Ça tombe bien car je ne suis pas encore prête à te partager... Elle posa sa tête sur l'épaule de son fils, et sentit sa main se poser sur sa joue.

— Je t'abandonnerai jamais, Man, tu sais ?

— Mhhhh, j'aimerais que ce soit vrai, Mitia, gémit-elle.

Le silence les enveloppa un long moment, jusqu'à ce que la voix de Sophie ne le rompe.

— On devrait y aller, Papa doit nous chercher partout.

Elle tendit sa glace à son frère qui aida d'abord leur mère à se lever, puis ils s'éloignèrent, laissant derrière eux une petite marchande de glace au cœur brisé.

Lorsqu'ils arrivèrent à la voiture, Jean les attendait, visiblement très en colère.

— Ça fait une heure que je vous attends ! C'est un monde, ça ! Filer comme des voleurs, me laisser tout seul comme un imbécile ! Sophie ! C'est très mal élevé de partir comme tu l'as fait ! Tu n'es plus une gamine, il me semble. Yannis n'a pas semblé apprécier. Vous vous excuserez la prochaine fois, entendu ?

— Oui, oui, Papa, tu as raison, je suis désolée, s'empressa-t-elle de l'apaiser.

Leur père se fâchait rarement et elle devait faire profil bas.

— Ça ira pour cette fois, jeune fille. Et toi, Ana, tu devrais être plus sévère avec eux, je te l'ai déjà dit cent fois. Sa tirade ne souffrait aucune discussion, et il grimpa en voiture sans même regarder son épouse.

Le retour s'était fait dans le silence. Les enfants finirent de déguster leurs énormes glaces, et Jean, encore contrarié, n'avait pas dit un mot. Ana, qui n'avait ni l'envie ni le courage de faire la conversation, en avait profité pour se laisser aller à ses noires pensées.

Maintenant allongée dans son lit, seule dans l'obscurité, elle pouvait enfin laisser couler ses larmes, des larmes d'amertume et de déception. Surprise par ce sentiment de trahison qui l'étranglait, elle devait bien admettre que la situation la désarmait totalement. À dire vrai, elle ne s'était pas attendue à ça.

Toutes ces années, elle avait vu Yannis en éternel célibataire et elle s'était imaginé qu'il n'y avait qu'elle, qu'il n'y aurait plus qu'elle. Il le lui avait si souvent dit qu'elle avait fini par le croire et elle devait bien avouer que cette idée la satisfaisait pleinement.

Un bébé, il va avoir un bébé.

Il avait l'air si heureux, si comblé. Elle le comprenait, lui qui avait toujours rêvé d'être père. Mais il l'était déjà ! Sauf qu'il ne le savait pas…

Les idées se bousculaient dans sa tête et elle étouffait dans la moiteur de sa chambre. Quelle chaleur !

Après s'être tournée et retournée, elle finit par se lever. Ses draps, trempés, lui collaient à la peau et elle les envoya valser au pied du lit. Le sol en pierre sous ses pieds était frais et elle frissonna. Comme elle dormait nue, elle se glissa dans sa nuisette avant de sortir sur la terrasse à la recherche d'un peu d'air.

Quelques lumières brillaient dans la nuit, mais l'île était en grande partie plongée dans l'obscurité. Ici les étoiles brillaient plus fort et en plus grand nombre et la lune paraissait bien plus grosse.

Plus discrets, les grillons avaient pris le relais des cigales et ronronnaient dans la nuit. Sous ses pieds, un hérisson furetait dans les feuilles mortes et Ana écouta un moment les feuilles craquer.

La maison était silencieuse. Les enfants s'étaient certainement endormis en un instant, fatigués par le voyage et leur première journée à la plage. Elle leva les yeux vers le bureau de Jean et fut surprise de trouver la fenêtre déjà plongée dans le noir. Sûrement était-il exténué par le voyage. D'habitude, elle aussi s'endormait rapidement les soirs d'arrivée, même s'il lui fallait toujours plusieurs jours pour s'acclimater et passer de bonnes nuits.

Elle s'installa sur un transat et, les bras autour des genoux, essaya de remettre de l'ordre dans ses pensées. Comme souvent, elle remontait le fil de son histoire, repassait ses souvenirs, s'interrogeait sur sa vie et sur les choix qu'elle avait faits.

De nature mélancolique, elle était de ceux qui tirent les fils du passé, incapable de s'affranchir de son ombre omniprésente.

> Elle était l'amoureuse de tous les romans, l'héroïne de tous les drames, le vague elle de tous les volumes de vers.
>
> Gustave Flaubert, *Madame Bovary*

5

Même avec son imagination débordante, Ana n'aurait jamais pu s'inventer une enfance telle qu'avait été la sienne. Elle était, à ses dépens, une véritable héroïne de roman, mais pas de ceux qu'elle lisait en rêvant.

Elle n'avait toujours connu que ce grand appartement sombre aux parquets grinçants et aux meubles fantômes, drapés de blanc. La moitié des pièces n'étaient pas habitées et elle adorait s'y cacher, surtout dans la bibliothèque aux boiseries dorées où elle se glissait sous le grand bureau d'acajou, vestige du passé.

Elle entrouvrait les grands volets de bois et lisait dans le carré de lumière qui se découpait sur le tapis persan, depuis longtemps dévoré par les mites. Elle aimait contempler l'impressionnante collection de livres que recelaient les rayonnages, caresser du bout des doigts les lettres dorées, frappées sur les reliures au cuir coloré, et piocher au hasard un volume poussiéreux à l'odeur aigre. Mais elle ne les lisait pas. Les écrits russes n'avaient pas ses faveurs, d'autant qu'ils étaient pour la plupart des traités en tout genre, souvenirs du passé politique de son aïeul, en aucun cas des lectures pour enfants. Elle s'y était tout de même essayée mais les avait bien vite refermés.

Une section jeunesse avait été créée pour les trois générations de petites filles qui s'étaient succédé ici et Ana y trouva son bonheur, lisant et relisant les mêmes grands classiques. Des éditions originales, des ouvrages hors d'âge, il y avait ici de quoi faire la fortune des bouquinistes des bords de Seine.

Petite, bien sûr, on lui avait lu les incontournables contes russes et la terrible Baba Yaga avait longtemps hanté ses nuits. La petite Ana fantasmait sur ces personnages féminins aux destins incroyables, dont les qualités inestimables finissaient toujours par triompher du mal. Elle était tantôt l'orpheline, tantôt la princesse, mais toujours victorieuse. Elle n'avait pas attendu d'entrer à l'école pour apprendre à lire, pas étonnant pour cette enfant dont les livres étaient la seule distraction. Peu de jouets, pas de frères et sœurs, ni même de chien, à peine une promenade quotidienne si tout se passait bien.

À quatre ans, Ana déchiffrait ses premiers mots ; à sept, elle lisait ses premiers romans. Perrault ou Andersen furent bien vite chassés par la comtesse de Ségur, elle-même évincée par Hugo, Dumas ou Balzac. La lecture nourrissait son imagination, elle était son seul moyen d'évasion.

Et puis un jour elle avait été assez grande pour atteindre des rayonnages jusqu'ici inaccessibles, et le cœur battant elle avait découvert des lectures qu'elle n'aurait jamais imaginé trouver à sa portée, juste sous son nez. Qui les avait achetés, lus ? Elle ne se posa pas longtemps la question et se jeta à cœur ouvert dans cette littérature qui comblait le vide laissé par ces années de puberté asphyxiée.

Le romantisme avait germé dès lors dans son esprit, porté par un esthétisme qu'elle glorifiait comme une religion, modelant ses pensées, conditionnant sa personnalité. La lecture de certaines œuvres l'avait à jamais marquée, dans sa chair comme dans son âme, éveillant chez la jeune fille des sentiments qu'elle n'aurait jamais imaginés. À tel point qu'il lui arrivait même de douter de leur réelle existence. N'était-ce pas pure invention ?

Une simple ruse pour pousser les jeunes filles naïves à se marier ?

Et c'est ainsi qu'elle avait fait du véritable, du grand Amour la quête de toute sa vie. Elle se rêvait Emma, Jane, Ariane ou même l'infidèle Anna Karénine, au cœur d'une noblesse russe regrettée et fantasmée…

*

— Ania ! Ania ! Où te caches-tu encore ? C'est l'heure de déjeuner.

La petite fille ne répondait pas tout de suite et laissait sa vieille nurse la chercher en pestant, et lorsque Macha finissait par la trouver cachée derrière un rideau, elle la gourmandait gentiment.

— Petite Ania est une petite coquine, aimait-elle lui dire en russe.

La petite coquine suivait alors le pas feutré de sa nounou au chignon argenté. Elle passait par le cabinet de toilette pour se laver les mains avant de se glisser dans la chambre de sa grand-mère où l'on avait dressé la table pour le déjeuner.

— Bonjour Babouchka.

— T'es-tu lavé les mains, Nastia ?

— Oui, Grand-Mère.

— Bien, bien. Où est Maria ? Nous avons deux minutes de retard sur l'heure du déjeuner.

Maria faisait alors son entrée avec une soupière en argent et servait le potage dans une vaisselle de porcelaine fine.

— Merci Macha, murmurait Ana.

La vieille femme lui glissait alors discrètement une noix de beurre, sous l'œil réprobateur de la maîtresse de maison.

— Vous pouvez disposer, Maria. Et tâchez de ne pas rater la cuisson du poisson cette fois…

À chaque repas, Ana était l'unique spectatrice d'une

bien étrange représentation théâtrale, qui tenait à la fois du drame et du comique de boulevard.

D'un côté la gouvernante, Maria, qui était également sa nounou et qu'elle appelait affectueusement « Macha ». Affublée d'un tablier blanc, elle traînait ses soixante-quinze années en pantoufles trouées et satisfaisait les quatre volontés de la maîtresse de maison qu'elle avait élevée et qui, malgré son demi-siècle passé, se comportait toujours comme une enfant gâtée. De l'autre côté, donc, la maîtresse de maison, sa grand-mère Barbara Vladimirovna Popov, qui lui concédait parfois le droit de l'appeler « Babouchka », mais se trouvait de façon générale beaucoup trop jeune pour être affublée d'un tel qualificatif.

Barbara portait ses longs cheveux bruns tressés en couronne, ne s'exprimait qu'en russe et surtout, surtout, n'avait pas mis un pied hors de sa chambre depuis presque trente ans.

Droite comme un I, mince comme un fil, elle chipotait sur tout ce qui passait dans son assiette, picorait du bout de sa fourchette, n'ingurgitait que quelques miettes.

Elle ne paraissait jamais avant midi et Ana avait interdiction de la déranger avant l'heure du déjeuner. La vieille Maria passait des heures à préparer sa maîtresse, coiffure, toilette, bijoux, et c'est ainsi que chaque jour la petite fille déjeunait aux côtés d'une grand-mère aux allures de jeune première, ou pire, de comtesse douairière. Barbara possédait quantité de robes surannées, à perles, à paillettes, en lamé ou en dentelle, portait des diadèmes, des turbans ou des peignes incrustés de petits diamants.

— Avec elle, pas besoin d'arbre de Noël, plaisantait la mère d'Ana.

La chambre à coucher de Babouchka, qui était en réalité l'ancien salon d'apparat de la famille, ressemblait à un palais. La dorure des tableaux et des icônes le disputait à l'éclat du cristal et les couleurs des tentures à celles des grands tapis. Étouffante et surchargée, la pièce prenait des airs de vitrine d'antiquaire et concentrait toutes les œuvres d'art de la maison. Du moins, toutes celles qui n'avaient pas déjà été vendues.

Lorsqu'un objet disparaissait, Ana ne relevait plus, redoutant les remarques acides de sa grand-mère. La dernière fois qu'elle avait demandé où était passé le très beau vase chinois aux si jolis oiseaux bleus, Babouchka avait répondu :

— Il faut bien que quelqu'un paye pour tes cours de danse, Nastia. Cesse donc de m'importuner avec toutes tes questions et tiens-toi droite. Si au moins tu avais été un garçon…, marmonna encore la vieille dame comme pour elle-même.

Ana connaissait la chanson. Si elle avait été un garçon, elle aurait été l'« héritier » de la famille, l'« homme de la maison », elle aurait représenté leur famille dans le « monde », bref, elle n'aurait pas été un fardeau…

Blessée, la petite fille ne répondait rien, mais le soir, lorsque Macha la bordait, elle pleurnichait :

— Pourquoi Grand-Mère est-elle si méchante ? Et puis c'est elle qui veut que je devienne danseuse, pas moi… Pourquoi Maman ne vient-elle pas me chercher ?

Ses questions restaient toujours sans réponses et sa vieille nurse se contentait de la réconforter comme elle le pouvait, en chantonnant les berceuses d'un pays qui n'existait plus que dans son cœur.

Pourtant, durant les premières années de sa vie, Ana s'était laissé éblouir par cette grand-mère aux allures de reine. Elle trouvait toutes les autres dames bien fades à côté de l'éclat dont se parait Babouchka.

Il faut bien dire que la petite fille ne sortait pas beaucoup de l'appartement et la boulangère lui semblait parfaitement quelconque avec sa blouse à carreaux et son petit peigne en écailles.

Et puis Babouchka ressemblait à une héroïne de roman.

— Ta grand-mère est complètement folle, lui répétait sa mère à chacune de ses rares visites.

Et Ana ne comprenait pas pourquoi, alors, elle la laissait là, dans cet appartement glacé aux murs couverts d'humidité.

— Ne me laisse pas, Maman, emmène-moi avec toi !

Elle suppliait, s'accrochait aux jupes de cette belle jeune femme aux cheveux d'or et au parfum enivrant.

— Je t'en prie, ne gémis pas ! Et arrête de m'appeler comme ça, je te l'ai déjà dit... Appelle-moi Cathy, comme tout le monde. Et puis, qu'est-ce que je ferais avec une gamine dans les pattes ? Tu es bien mieux ici, crois-moi...

Pour quelqu'un qui avait passé sa vie à fuir cet endroit, c'était un peu gonflé, mais Ana idolâtrait celle qui refusait d'être sa mère. Elle aimait sa beauté, sa jeunesse, sa fraîcheur, la couleur de son rouge à lèvres qui laissait des traces sur ses joues mouillées car elle ne partait jamais sans l'embrasser, même fâchée.

Elle lui enviait sa liberté de vivre d'amour et d'eau fraîche, naïve enfant qu'elle était, imaginant sa mère courtisée par des comtes ou des princes.

Cathy ne leur rendait pas visite par plaisir. Elle exécrait cet appartement tout comme ces deux vieilles chouettes qui l'avaient élevée. Macha était pourtant une brave femme qui lui avait servi de figure maternelle toutes ces années, mais elle ne l'aimait pas, elle n'était qu'une simple domestique, indigne d'intérêt.

Elle n'avait pas plus d'affection pour la petite fille, même si la culpabilité finissait toujours par l'étrangler au moment de les quitter et qu'elle l'embrassait à regret.

Elle savait bien que ce n'était pas la faute de la gamine mais elle avait gâché sa vie. Elle n'était pas arrivée au bon moment et l'histoire se répétait, cruellement. Impensable pour elle de finir comme sa mère. Peut-être que si les choses s'étaient passées autrement elle aurait pu aimer Ana. Un peu.

Quoi qu'il en soit, elle n'était pas du genre à s'apitoyer et elle n'était ici que pour une seule et bonne raison : l'argent. Mais il fallait jouer finement. Sa mère n'avait pas totalement perdu la boule et elle connaissait chaque objet qui ornait son appartement.

Les premières années, Cathy n'avait pas hésité à « emprunter » quelques bijoux pour financer sa liberté. Du moins le temps de trouver un homme riche qui voudrait bien l'épouser. Après avoir passé toute son enfance bercée par les mêmes histoires, difficile pour elle de ne pas croire au prince charmant. Et les princes n'étaient-ils pas avant tout des hommes riches et puissants ?

Elle franchissait toujours la porte de la chambre de sa mère avec appréhension, c'était son royaume, celui de sa folie.

On dit qu'une fois n'est pas coutume et pourtant chaque visite voyait la même scène se répéter.

À peine Cathy franchissait-elle le seuil que le regard inquisiteur de Barbara l'inspectait de la tête aux pieds.

— Mais qu'est-ce que c'est que cette tenue ? Tu es complètement folle, ma pauvre enfant ! Tu aurais pu t'habiller correctement au moins avant de venir, quel exemple penses-tu donner à notre petite Nastia ?

Cathy aurait pu lui retourner et la question et les reproches ! Car comme toujours, sa mère était habillée à l'image d'une gravure de mode des années folles. Elle ressemblait à ces jeunes premières attendant leur cavalier pour se rendre à leur grand bal de présentation. Mais Barbara n'avait plus rien d'une jeune première et elle était parfaitement ridicule attifée de cette manière.

— Mama ! Pour la millième fois, elle s'appelle Ana, pas Anastasia, alors fais un effort. Pour le reste je ne sais pas qui est la plus folle de nous deux mais j'ai bien une petite idée…

— Catherine !

La jeune femme n'avait pas son pareil pour mettre sa mère en colère, mais elle savait qu'elle jouait avec le feu. Sa présence ici n'était pas sans enjeu. Elle ne devait pas tout gâcher, cette fois encore, avancer à pas de souris et son morceau de fromage lui tendrait les bras.

— Excuse-moi, Mama, tu as raison…

En signe de conciliation, elle prit place à la table et se servit le fond d'une tasse de thé bien noir qu'elle compléta avec l'eau du samovar électrique, qui fonctionnait jour et nuit. Une touche de miel, puis elle respira les effluves d'agrumes qui la replongeaient un instant en enfance. Elle n'était en rien nostalgique de ces années, mais certaines odeurs vous réchauffaient le cœur.

Macha se précipita pour apporter des *barankis* et Cathy se retint de les tremper dans le liquide doré, au risque de contrarier sa mère. Ana se glissa à leurs côtés, tout comme leur gouvernante, qui, une fois ses tâches acquittées, devenait un membre de la famille à part entière.

— Raconte-nous, Catherine. Où en es-tu avec ton Bernard ?

— Roger, il s'appelle Roger…

— Peu importe… Toujours est-il que je ne vois aucune bague à ton doigt.

Connaissant le violent désir de la jeune femme de se faire épouser, la question pouvait paraître cruelle. Mais Cathy n'était en réalité qu'une coureuse vénale, enchaînant les aventures à la recherche du parti idéal. Ana était clairement le grain de sable qui pouvait tout faire capoter, voilà pourquoi elle refusait de s'en occuper. Elle se présentait toujours comme célibataire et sans enfant.

— Non, Mama, je l'ai quitté, nous n'avions pas, comment dire…, les mêmes aspirations.

Ce qu'elle ne disait pas c'est que c'était lui qui l'avait quittée. C'était ce qui arrivait toujours lorsqu'elle approchait du but, épouser un homme riche, très riche.

— De toute façon il n'était sûrement pas assez bien pour toi !

— Mama, je te le répète, les princes ne courent pas les rues de nos jours, pas plus que les comtes ou les ducs… Il va falloir revoir tes prétentions à la baisse et arrêter de fourrer ces idées dans la tête d'Ana. Elle finira par déchanter, crois-moi…

Mais Barbara n'en démordait pas.

— Mais si, mais si, tu verras. Lorsqu'elle sera danseuse étoile, les plus grands viendront l'applaudir et, c'est bien connu, les étoiles sont toujours adulées, courtisées. C'est sa plus grande chance !

— Mais c'est terminé, ça, Mama ! Le théâtre impérial, le Bolchoï, les Romanov ! Ce n'est pas dans sa minable école de danse qu'elle va devenir Anna Pavlova ! Le ton montait. Décidément Cathy avait bien du mal à tempérer son ressentiment.

Les mains gantées et baguées de Babouchka commencèrent à trembler et quelques gouttes de thé tombèrent dans la soucoupe.

— J'ai fait beaucoup de progrès, tu sais, intervint Ana pour calmer les esprits. Mon professeur pense que j'ai toutes mes chances d'intégrer un stage à l'école du ballet de l'Opéra de Paris et…

— Nastia a toutes les prédispositions naturelles nécessaires pour devenir une grande danseuse. Son professeur me l'a certifié au téléphone. Elle a un cou-de-pied naturellement formé, une ossature et un squelette parfaitement adaptés, elle a donc toutes ses chances.

— Si tu le dis…, marmonna Cathy entre deux bouchées.

Elle n'était pas particulièrement convaincue, mais elle devait bien avouer que ces histoires de ballet étaient le cadet de ses soucis. Elle ne se préoccupait pas plus de savoir si sa fille avait de réelles aspirations pour la danse classique ou si elle se pliait à la simple volonté de sa grand-mère.

En vérité, Ana croyait sur parole sa grand-mère et

s'imaginait déjà danseuse étoile, admirée et courtisée par les plus grands.

Cathy, elle, n'était venue que pour l'argent et inventoriait tous les objets de valeur qui l'intéressaient dans le vaste déballage qui s'offrait à ses yeux. Elle nota que le vase chinois avait disparu.

— Mais pour réussir, continua Barbara, il faudrait que Nastia soit beaucoup plus volontaire et ambitieuse. Elle a bien trop tendance à se laisser aller à la rêverie. Mais rassure-toi, j'ai la situation bien en main, un peu de discipline et nous arriverons à faire taire ces petits travers. N'est-ce pas Nastia ?

La petite fille n'eut pas le temps d'ouvrir la bouche que sa mère intervint encore :

— Elle s'appelle Ana ! Fais comme Macha et appelle là Ania si tu veux, mais...

— À la danse, tout le monde l'appelle Anastasia. C'est quand même bien plus approprié pour une danseuse étoile qu'Ana. Ces diminutifs sont d'un vulgaire !

— Pour quelqu'un qui passe son temps à l'appeler Nastia... C'est bien le diminutif d'Anastasia il me semble ?

— Cela n'a rien à voir ! Ce n'est pas comparable ! Et tu le sais très bien, Ka-tiou-cha !

Sa mère avait bien insisté sur chaque syllabe du diminutif qu'elle utilisait lorsqu'elle n'était encore qu'une enfant.

Lorsque Catherine avait voulu se donner une identité plus moderne, loin du carcan qui l'avait tenue prisonnière jusqu'à sa majorité, elle avait hésité à se faire appeler Katya, mais c'était encore bien trop étiqueté slave et elle voulait faire peau neuve.

Elle avait donc choisi Cathy. C'était anglo-saxon, donc à la mode.

La bataille entre la mère et la fille était loin d'être terminée, Macha et Ana se faisaient toutes petites, bien conscientes que la discussion prenait une tournure inhabituelle.

— Nan, mais je rêve ! criait Cathy. Tu n'as aucun droit de changer son nom. C'est ma fille !

— Ta fille ? Je suis très heureuse de l'entendre. Mais à partir du moment où tu te refuses à l'élever, j'ai tous les droits.

— Tu n'en as aucun !

— Je pourrais en obtenir…

C'était la première fois que Barbara s'engageait sur ce terrain-là. Elle n'était pas vraiment du genre pragmatique et ce genre de considérations ne l'atteignait pas. L'information eut donc l'effet d'une claque sur Cathy qui la regarda bouche bée.

— J'ai été conseillée par mon notaire, ma chère. Et il est d'avis que je devrais demander la garde exclusive d'Ana.

— Mais elle vit déjà chez toi !

— En effet, mais je n'ai aucun droit sur elle.

C'était vrai. Cathy restait la seule représentante légale d'Ana.

— Tu ne peux pas tout avoir, ma fille. Heureusement que j'ai mes arrangements et que je me débrouille sans ton consentement…

Cathy avait toujours été impressionnée par les ressources complexes et insoupçonnées dont disposaient sa mère et les nombreux leviers qu'elle pouvait actionner. Personne ne se méfiait de cette femme excentrique, murée dans les vestiges d'une ancienne vie dorée. Et pourtant…

Son héritage ne se comptait pas seulement en actions, bijoux et œuvres d'art. Il comprenait en effet un certain nombre de contacts, redevables à leur famille, et à qui Barbara savait écrire, pour se rappeler à leurs bons souvenirs.

Nous sommes tous obligés,
pour rendre la réalité supportable,
d'entretenir en nous quelques petites folies.

Marcel Proust,
À l'ombre des jeunes filles en fleurs

6

Le grand-père de Babouchka, Vladimir, était un avocat et un homme politique reconnu de la Russie prérévolutionnaire. Grand collectionneur et amateur d'art, il comptait parmi ses amis de nombreux artistes, peintres, écrivains ou poètes.

Lorsque la révolution de 1917 éclata, son épouse et leur fille Olga s'exilèrent en train pour Paris. Elles étaient accompagnées par leur jeune bonne, Maria, qui n'était autre que la fille de leur gouvernante restée en Russie. Olga et Maria s'apprêtaient à fêter leurs dix-huit ans et étaient inséparables depuis leur naissance.

La veille du départ, toutes les femmes de la maison avaient œuvré en silence, dissimulant tous les bijoux de la famille dans les doublures des vêtements des voyageuses. À défaut de grandes toilettes, le trio avait voyagé déguisé en paysannes, seuls l'or et les diamants cousus patiemment pouvaient les trahir.

Mais elles avaient réussi, elles étaient passées de l'autre côté de la frontière, elles étaient libres.

En 1920 et devant une défaite imminente face au bolchevisme, Vladimir avait fini par les rejoindre en France, où il trouva lui aussi refuge.

Grâce à son statut, il put œuvrer spécifiquement au soutien des nombreux artistes russes, désormais sans ressource et dont l'avenir s'annonçait plus qu'incertain. Tous lui devinrent redevables d'une manière ou d'une autre, le remerciant d'abord en œuvres originales puis plus tard en cadeaux.

Presque chaque famille de Russes blancs exilés avait une dette envers Vladimir, et Barbara savait utiliser ce tribut à bon escient. Lorsque le besoin se faisait sentir, elle avait deux solutions : vendre l'un de ses tableaux ou écrire aux descendants de grands artistes russes disparus, poètes, écrivains ou peintres, dont elle gardait jalousement des lettres, mentionnant leur reconnaissance éternelle pour Vladimir et sa famille.

Mais Barbara n'effectuait jamais ses démarches seule. Elle était en permanence épaulée par son notaire, lui-même petit-fils de l'un de ces diplomates russes exilés à Paris. Sans lui, sans son soutien et sa présence indispensable, Barbara n'aurait pu subsister après le décès de ses parents et grands-parents.

Maître Alexandre Terebov avait un physique fade et une personnalité sans relief. Il avait, malgré le poids des années, un physique de jouvenceau et portait à merveille le qualificatif de « vieux garçon ». Ses visites étaient presque quotidiennes et la jeune Ana se demandait si c'était pour cet homme que Babouchka faisait toujours tant d'efforts de toilette. La petite fille aurait tant aimé trouver en lui le soutien qu'elle avait désespérément attendu toute son enfance.

Un peu d'attention, de bienveillance et quelques égards de sa part auraient suffi à Ana pour trouver en lui une figure paternelle, comblant ainsi le vide laissé par les absents.

Mais c'était à peine s'il regardait l'enfant, la saluant vaguement. Elle n'était pour lui qu'un détail.

Maître Terebov avait courtisé Barbara Popov toute sa vie et espérait encore, à cinquante ans passés, qu'elle finirait par lui céder. Il se moquait bien que la jeune femme fût tombée en disgrâce en devenant mère célibataire, tout comme il se moquait de la douce folie qui l'avait emportée. Il pensait sincèrement pouvoir l'en sortir, il l'aimait depuis plus de trente ans et rien ne pourrait l'en dissuader. Il était prêt à tout accepter, même un amour platonique ou à sens unique, du moment qu'elle lui dise « oui ».

Il la couvrait de fleurs, de chocolats et de cadeaux, il brûlait littéralement d'amour pour elle.

— Épousez-moi, lui disait-il à chacune de ses visites.

— Voyons Alexandre, ce n'est pas raisonnable. Vous méritez tellement mieux que moi. Que diraient vos parents de vous voir épouser une femme comme moi ?

— Mes parents sont morts, Barbara. Tout comme les vôtres, vous le savez bien. Plus rien ne vous empêche de m'épouser...

— Mais que diront les gens, Alexandre ? Ils jetteront l'opprobre sur nos familles, nous pourrions tout perdre. Non, vraiment, ce n'est pas raisonnable.

Et elle lui tapotait gentiment la main comme si elle réprimandait un petit garçon.

Il essayait désespérément de la convaincre, de lui faire entendre raison, mais rien n'y faisait. Barbara resterait éternellement cette jeune fille de dix-neuf ans qui tomba follement amoureuse d'un soldat américain venu libérer Paris et qui en paierait le prix toute sa vie. Lorsque sa grossesse devint une évidence, Barbara avait refusé toutes les solutions qui lui furent proposées. Elle déclina la possibilité de se rendre en Suisse dans une clinique privée, tout comme elle refusa les propositions d'hommes jeunes et moins jeunes prêts à l'épouser et à assumer une paternité qui n'était pas la leur. Elle voulait garder cet enfant, fruit de ses amours, la chair de sa chair, la chair de *sa* chair.

Sa mère, la belle Olga, se comporta comme toujours en égoïste et préféra reprendre le rythme de ses croisières avec ses amies, sur qui les années de guerre semblaient n'avoir laissé aucune trace. Depuis son arrivée à Paris, la jeune fille de bonne famille s'était métamorphosée. Libérée de l'autorité paternelle par son mariage, elle découvrait un pays où les femmes s'émancipaient peu à peu et l'inconstance de son époux laissait libre cours à ses envies d'indépendance. Elle sortait, fumait, passait des heures chez le coiffeur, dilapidait la dot de son père. La naissance de sa fille Barbara l'avait laissée de marbre.

Elle n'avait aucun instinct maternel et ne se souciait que d'elle-même. C'est donc la dévouée Maria – qu'elle avait totalement délaissée depuis des années – qui avait élevé sa fille.

Quant au père de la petite Barbara, Pavel, Russe blanc exilé lui aussi à Paris, il se trouva d'abord fort chanceux d'épouser une femme comme Olga. Mais sa nouvelle vie ne lui apporta rien de ce qu'il avait imaginé. Pas même un fils.

Abîmé par la révolution qui lui avait tout pris – sa vie, sa patrie, sa famille –, il s'enfonça chaque jour un peu plus dans l'alcool sans s'attendrir une seconde sur son unique enfant.

Devant le désintérêt évident d'Olga et Pavel concernant la situation embarrassante de leur fille, ce furent ses grands-parents maternels, fort conservateurs, qui décidèrent du sort de Barbara. Vladimir voulut la punir et la cacher, espérant secrètement que sa petite-fille accepterait sous la pression de faire adopter le nourrisson. On la consigna donc dans sa chambre d'enfant jusqu'à l'arrivée du nouveau-né, où on se décida à la déménager dans le salon d'apparat.

Aux côtés de Barbara, Maria veillait. Elle l'avait élevée comme sa fille, tout comme elle le ferait plus tard pour Catherine et Ana. Arrachée à sa famille, à son pays, abandonnée par son amie de toujours, Maria se raccrocha à la mission qu'elle s'était vu confier par sa mère, assassinée par les bolcheviques peu après leur fuite de Russie : protéger la famille Popov.

Son dévouement n'avait aucune limite, Ana ne le comprendrait que des années plus tard.

Après plusieurs mois d'enfermement à pleurer et à

mourir d'amour, Barbara subit le traumatisme d'un accouchement difficile. Atteinte de fièvre puerpérale, elle délira plusieurs jours, dormant d'un sommeil agité, accentué par les sanglots du nouveau-né.

Vladimir voulut profiter de son état pour soustraire le bébé.

— Rien ne nous empêche de le donner à l'adoption et de lui dire qu'il est mort-né, proposa-t-il.

Malgré les protestations de son épouse et de Maria, il mit son plan à exécution.

L'homme avait tout de même des convictions et le sang des Popov coulait dans les veines de cet enfant. Il n'était donc pas pour lui envisageable qu'il soit élevé par n'importe qui. En attendant de trouver la famille idéale, russe orthodoxe cela va sans dire, il plaça le nouveau-né en nourrice, pour s'assurer des bons soins qu'il recevrait. L'homme de loi qu'il était dut se résoudre à déclarer l'enfant auprès de l'état civil, il porterait son nom jusqu'à l'adoption. Il choisit comme prénom Catherine, en référence à la grande impératrice de toutes les Russies. La mention portée « de père inconnu » le conforta dans sa décision, il avait fait le bon choix.

Quelques jours plus tard, Barbara surmonta l'infection qui la terrassait et reprit peu à peu connaissance.

Ses premiers mots furent pour son enfant :

— Le bébé ? Comment va le bébé ? murmura-t-elle.

Maria, paniquée, ne sut quoi répondre et courut chercher son maître. Vladimir estima que tout cela était une histoire de femmes et mandata son insipide épouse pour annoncer la nouvelle à leur petite-fille. Mais celle-ci refusa.

Deux jours de torture suivirent pour Barbara, qui lorsqu'elle revenait à elle ne trouvait ni son enfant, ni de réponses à ses questions. Quand elle fut tout à fait consciente, la jeune femme réclama son bébé à cor et à cri, tant et si bien que Vladimir finit par lui rendre visite.

— Je suis vraiment navré ma petite, mais le bébé n'a pas survécu.

Barbara, hébétée, ne comprenait pas. Elle regardait son grand-père avec de grands yeux vides. La bouche ouverte, aucun mot ne passait le seuil de ses lèvres.

Devant son silence il l'interrogea :

— Tu as entendu ce que je t'ai dit ? Je suis désolé, mais tout est terminé.

La jeune femme était visiblement sous le choc et Vladimir décida qu'il lui faudrait un peu de temps pour digérer l'information. Il quitta donc la chambre de sa petite-fille et retourna tranquillement à son bureau.

À peine avait-il pris place dans son fauteuil en cuir fauve qu'un hurlement guttural lui glaça les sangs. Il ne comprit pas tout de suite d'où venait ce cri et se leva pour ouvrir la fenêtre et jeter un œil dans la rue. Mais les plaintes et les vagissements s'accentuèrent, accompagnés de bruits sourds et, en une seconde, il saisit : Barbara. Il se précipita alors dans la chambre qui ne ressemblait plus du tout à la pièce qu'il avait quittée plus tôt. Tout était sens dessus dessous, le lit défait, les chaises et les lampes renversées ; il n'eut pas le temps d'en voir plus car son attention se focalisa sur une chose, une seule, la silhouette blanche et frêle perchée à la fenêtre, chemise de nuit flottant au vent.

Maria, qui arriva au même moment, poussa un cri, paniquée. La silhouette frémit mais ne bougea pas.

L'émotion passée, Vladimir retrouva son sang-froid et se glissa discrètement mais rapidement jusqu'à la fenêtre. Debout sur le rebord, Barbara fixait le vide. Il ne pouvait l'attraper sans la faire basculer et il perdit de précieuses secondes à rapporter une chaise sur laquelle il grimpa pour se hisser à sa hauteur.

Barbara ne bougeait toujours pas. Immobile, elle semblait flotter comme un drapeau au vent. Il l'agrippa sous les bras et la tira sans mal à l'intérieur. Elle ne résista pas et se laissa glisser sur le plancher mouillé où un vase en faïence s'était brisé.

Maria se précipita pour fermer la fenêtre, comme si par cet acte elle pouvait conjurer le drame qui venait de se jouer.

Amorphe, le corps de la jeune femme fut traîné jusqu'à son lit où il fut soudain pris de convulsions. Les hurlements reprirent.

Vladimir luttait tant bien que mal pour contenir les spasmes de Barbara et tentait de se faire comprendre à travers ses beuglements.

— Maria ! Il faut l'attacher, vite ! Trouvez-moi des liens !

La bonne, apeurée, perdit pied un instant avant de retrouver ses esprits et de se diriger vers la commode d'où elle sortit quelques foulards qu'elle apporta à son maître. Ils ne furent pas trop de deux pour ligoter la furie qui s'était emparée du corps de la jeune femme.

— Maintenant le médecin, Maria, il faut prévenir le docteur Garanine ! Utilisez le téléphone, Madame est sortie.

Quelques heures plus tard, Barbara s'était assoupie, assommée par la piqûre de calmant administrée par un médecin perplexe.

— C'est une crise d'hystérie, je ne vois que ça. Nous devons attendre son réveil et aviser de son état.

— Est-il nécessaire de s'inquiéter ? demanda Vladimir. Peut-elle recommencer ?

— Impossible de savoir, seul le temps nous apportera des réponses, soupira le vieux docteur.

Les crises devinrent régulières. Dans ses rares moments de pleine conscience, Barbara pleurait et réclamait sans cesse son bébé. Elle refusait de s'alimenter et il était nécessaire de la sédater pour annihiler ses réticences.

Au bout d'un mois, Vladimir finit par craquer. La culpabilité le dévorait et lorsque sa fille Olga découvrit l'état de Barbara au retour de sa croisière, elle l'accusa ouvertement d'être la cause de toute cette tragédie. Accablé, Vladimir ordonna le retour du nourrisson à la maison.

Tous persuadés que le bébé serait le meilleur remède au rétablissement de sa mère, ils déchantèrent vite quand Barbara posa son regard vitreux sur l'enfant.

C'est le médecin qui fut chargé d'expliquer à sa patiente le mensonge mis en œuvre après la naissance.

— Elle s'appelle Catherine et c'est bien votre fille. C'est moi qui vous ai accouchée. L'enfant est en pleine forme.

— Catherine, Catherine, Catherine..., répétait Barbara en berçant maladroitement le paquet lové dans ses bras.

Mais le docteur Garanine voyait bien que quelque chose clochait.

Barbara ne regardait pas son bébé, elle était entièrement détachée de lui sur le plan affectif, elle réagissait par automatisme.

Il comprit alors que la mère avait déjà fait le deuil de son enfant, il était déjà mort à ses yeux, et ce, pour l'éternité.

Les mois qui suivirent avaient détruit leur famille pour toujours. Le traitement administré à Barbara la rendait complètement neurasthénique et elle était incapable de s'occuper de sa fille. Maria prit donc le relais, comme toujours. Vladimir fit poser des barreaux aux fenêtres du salon d'apparat qui devint la seule alternative à une cellule capitonnée.

Olga, humiliée d'avoir une fille mère célibataire et folle, s'exila sur la Côte d'Azur pour ne jamais en revenir. Pavel, lui, disparut tout bonnement de la circulation.

Catherine grandit donc entourée d'une mère sujette à des crises délirantes, de deux vieux Russes bientôt grabataires et d'une gouvernante qui se démenait pour satisfaire tout ce petit monde.

L'état de Vladimir se dégrada rapidement, il ne devint bientôt plus que l'ombre de lui-même. Ses fonctions n'étaient plus que consultatives et il n'était plus un acteur de premier ordre. À son décès, son épouse se retira dans sa chambre, où elle mourut à son tour deux ans plus tard.

Par la suite, une chose curieuse se produisit.

Barbara sembla revenir à la vie, sa santé s'améliorait et le médecin décida d'alléger son traitement. Mais il déchanta bien vite. L'état psychologique de sa patiente évoluait, certes, mais ses égarements étaient désormais d'une nature tout autre.

Barbara présentait les signes d'un trouble de la personnalité et d'une amnésie rétrograde.

— Je ne saurais que vous conseiller une prise en charge dans un institut spécialisé, prêcha-t-il. Ce genre de cas est rare et peu connu. Je n'ai moi-même que très peu de connaissances dans ce domaine. Il lui faut un médecin psychiatre. L'évolution de ce genre de maladie est imprévisible.

— Une maison de fous ? s'était écrié Alexandre Terebov, qui s'était imposé comme le représentant légal de Barbara. Vous voulez l'envoyer chez les fous ? Regardez-moi bien, mon ami !

Il le toisait.

— Moi vivant, jamais !

— Il existe des maisons de repos très bien, vous savez.

— Vous pouvez bien leur donner le nom que vous voulez ! Barbara n'ira pas chez les fous, un point c'est tout !

— Très bien, très bien… Mais soyez certain que si elle devient un danger pour elle-même ou pour les autres, je serai forcé d'ordonner son internement.

— Cela va sans dire, docteur. C'est votre devoir.

L'âme de Barbara était devenue trop lourde à porter. Elle avait perdu l'amour de sa vie, leur enfant, et vivre n'avait plus aucun sens. Mais quelque chose la retenait ici, l'empêchait de sombrer totalement. La petite fille peut-être… Qui était-elle déjà ?

Elle choisit donc de rester, mais elle devint quelqu'un d'autre, quelqu'un dont la présence hantait encore ces murs, quelqu'un dont l'absence lui avait toujours pesé et qu'elle fut rassurée d'enfin retrouver : sa mère. Son aura la réconfortait, sa force et son courage, ceux-là mêmes qui lui avaient permis de fuir la Russie, lui donnèrent la volonté de continuer. Du moins en avait-elle l'impression.

C'est ainsi qu'elle commença à revêtir l'ancienne garde-robe de sa mère, abandonnée dans de grandes malles. Elle tenait à ces toilettes d'un autre temps et s'imaginait une nouvelle jeunesse, une seconde chance, une page vierge où tout restait à écrire.

En tant qu'héritière, elle s'intéressa aux affaires familiales, d'abord de loin, puis au fil des ans plus énergiquement. Mais tout finissait par se mélanger. Heureusement, depuis le décès de Vladimir, Maître Terebov veillait.

Parfois elle était Olga, parfois Barbara, elle allait et venait de l'une à l'autre, mais avec le temps, c'est Barbara qui triompha, surtout après la naissance d'Ana.

La présence de l'enfant l'avait apaisée, alors même que celle de sa fille l'avait désintéressée. Elle se protégeait en instaurant une certaine distance, mais elle se souciait quelque peu de son éducation.

Suffisamment, en avait-elle l'impression.

C'est au détour d'une discussion anodine que Terebov prit conscience de l'importance qu'avait Ana aux yeux de Barbara. Elle avait bien plus d'attentes et d'ambition pour cette enfant qu'elle n'en avait jamais eu pour Catherine. Il vit là l'opportunité de marquer des points auprès de celle qu'il aimait et lui suggéra de demander la garde exclusive de la fillette.

Barbara, qui imaginait déjà Anastasia en danseuse étoile, se laissa séduire par l'idée de devenir son imprésario, de gérer son image, sa carrière internationale. C'était bien entendu totalement ridicule, mais la part de rêve que lui offrait cette éventualité la rendit guillerette plusieurs jours d'affilée, pour le plus grand bonheur de Terebov.

Jusqu'à la visite de Cathy.

— Alexandre pense que nous gagnerons aisément cette affaire. J'élève Ana depuis sa naissance, tu es une personne déséquilibrée sans instinct maternel et...

— C'est une blague ! Tu te fiches de moi ?

Barbara manqua de s'étouffer avec un morceau de *baranki* et Macha protégea les oreilles de la petite Ana de ses vieilles mains ridées.

— Comment oses-tu ? s'étranglait Barbara, rouge de confusion.

— Et toi ? Comment oses-tu ? Tu ne t'es jamais occupée de moi, c'est comme si je n'existais pas, tu es complètement folle et en parlant d'instinct maternel je suis même étonnée que tu connaisses ce mot !

Catherine avait bondi et rugissait. La colère, la haine se lisaient sur son visage.

— C'est la dernière fois, tu entends ? La dernière fois que tu me vois. J'aurais dû couper les ponts depuis longtemps, tu n'es qu'un poison, oui, un poison qui me ronge depuis toujours.

Elle quitta la chambre en claquant la porte et en hurlant de rage.

Ana, qui s'était lancée à sa poursuite, manqua de se faire écraser par la lourde porte d'entrée qui claqua elle aussi. Hébétée, la petite fille de dix ans fixait la porte avec force, persuadée qu'elle s'ouvrirait de nouveau sur sa mère. Elle ne partait jamais sans l'embrasser, elle revenait toujours.

Mais la porte ne s'ouvrit pas et ce fut la dernière fois qu'Ana vit sa mère...

*

Elle sursauta, tirée de sa rêverie par l'apparition d'une silhouette sombre qui se découpait dans la pénombre.

Elle reconnut, rassurée, la présence familière de Dimitri et sans qu'ils n'échangent le moindre mot, le jeune homme s'avança et se ménagea une place aux côtés de sa mère. Le plastique de la chaise longue craqua un peu sous son poids et il dut se tortiller pour trouver une position confortable.

Ana se blottit sous l'épaule de son fils et, l'oreille contre sa poitrine, écouta attentivement battre son cœur, ne discernant bientôt plus le rythme du sien, happée par cette vie qui bouillonnait en lui, par cette force de vivre qu'elle sentait palpiter sous sa peau, dans ses veines. Entendre battre un autre cœur que le sien était une expérience déroutante et elle avait souvent écouté celui de ses enfants ou de ses amants pour se libérer de tout le superflu et se concentrer sur l'essentiel : seulement un cœur qui bat.

Ana éternua. Elle supportait difficilement ce parfum épicé, celui que Dimitri s'obstinait à porter et qu'elle trouvait beaucoup trop présent pour un garçon délicat comme lui. Mais il refusait de l'écouter.

— À tes souhaits !

— Merci...

Ce fut les seuls mots qu'ils échangèrent.

Elle se sentait déjà un peu mieux. La présence de son fils la maintenait dans le moment présent, l'empêchait de sombrer à nouveau dans les souvenirs douloureux du passé. Silencieux et pensifs, ils laissaient les bruits de la nuit leur tenir compagnie. Ils n'étaient pas vraiment une famille de bavards et seule Sophie jacassait sans cesse comme une pie. Dimitri aimait la taquiner et insinuer que c'était parce qu'elle avait été adoptée, mais cela rendait toujours Ana nerveuse et il se sentait coupable d'oublier que sa mère n'avait jamais eu de frère ou de sœur à taquiner. Mais il se trompait sur ce qui la tourmentait vraiment.

Le jeune homme se concentrait sur la respiration de sa mère qui se faisait plus longue et régulière. Lui tenir compagnie était à peu près tout ce qu'il pouvait faire pour elle. Parler était impossible ; trop difficile, trop douloureux. Et puis, avec sa mère, il n'en avait pas besoin, les mots n'avaient pas la force des sentiments. Et sa présence ici à ses côtés était la preuve de son amour.

De toute manière, il était bien plus sage qu'il se taise. Car il était en colère, très en colère après elle. Il lui en voulait de se mettre dans tous ses états pour un homme qui ne la méritait pas et égoïstement aussi parce qu'elle menaçait ses plans et qu'il culpabilisait de devoir l'abandonner ainsi.

Comment se débrouillait-elle pour toujours s'entourer de salauds ? D'hommes qui ne la méritaient pas ! Il serra la mâchoire avant de relâcher la pression, sentant le corps de sa mère tressaillir.

Il avait souvent espéré voir sa mère quitter son père. Il n'aimait pas l'emprise qu'il exerçait sur elle, il l'infantilisait et Dimitri trouvait cela insupportable de la voir traiter ainsi, comme une petite chose fragile. Elle pourrait être si forte sans lui, délivrée de son contrôle.

Le jeune homme ne portait pas son père dans son cœur et, contrairement à sa mère, il avait su trouver le moyen de se libérer de lui. Il avait parfois l'impression d'être comme ces hommes qui vivent une double vie et il craignait de devoir se cacher durant toute la sienne.

Mais il avait surtout peur de perdre de vue celui qu'il était vraiment, à force de mensonges et de dissimulations...

Je t'aime et je t'ai toujours aimé, quand on aime ainsi une personne, on l'aime telle qu'elle est et non telle qu'on la voudrait.

Léon Tolstoï, *Anna Karénine*

7

Sa mère s'était enfin assoupie dans ses bras et Dimitri hésitait. Sans sa montre, impossible de savoir s'il était enfin l'heure. Il était tellement excité par ce qui l'attendait qu'il avait dû se faire violence pour garder un air détaché toute la journée. C'était en apparence des vacances habituelles et il lui avait été difficile de ne pas afficher son impatience. Les épreuves du bac avaient rendu l'attente plus longue encore et il avait lutté pour rester concentré jusqu'au bout. Mais l'heure était enfin arrivée.

Il était redescendu un peu plus tôt pour se préparer en cachette, mais une intuition l'avait poussé à jeter un œil dans la chambre de sa mère : le lit était défait et vide. Sans surprise, il l'avait trouvée sur la terrasse, en proie à ses démons. Il détestait la voir dans cet état mais il ne pouvait rien y faire, elle avait toujours été ainsi.

La nuit lui sembla soudain très noire et l'animation de l'île s'était définitivement tue. Même les criquets ronronnaient en sourdine et la panique l'agrippa : il était peut-être déjà trop tard ! Et s'il avait raté son rendez-vous ? Depuis combien de temps se languissait-il sur cette chaise ?

Il bondit presque et Ana se réveilla en sursaut.

— Désolé, Man, je monte me coucher.

Elle marmonna quelque chose d'inaudible avant de se rouler en boule sur la chaise, lui tournant le dos.

Il attrapa une serviette de plage qui séchait sur une chaise et drapa le corps endormi de sa mère, désormais privé de sa chaleur.

Il avait déjà fait quelques pas pour s'éloigner lorsqu'il rebroussa chemin.

— Man ?

Rien ne bougea. Elle devait dormir profondément.

Il hésita, puis submergé par le besoin de s'exprimer, il marmonna, presque pour lui-même :

— Yannis n'est pas quelqu'un de bien, Maman, tu dois l'oublier. Et par pitié, arrête de toujours défendre Papa, il ne nous aime pas. Ni toi ni moi, il n'aime que lui, ce n'est qu'un putain d'égoïste !

Débordé par la colère, il avait parlé bien plus fort qu'il ne l'aurait voulu et alarmé il leva les yeux vers la fenêtre de la chambre de son père, comme s'il s'attendait à avoir déclenché une tempête.

Mais rien de fâcheux n'arriva. Sa mère dormait toujours et le calme qui régnait sur la terrasse avait quelque chose d'inquiétant.

Il était temps de filer. Et sans même repasser par la salle de bains, il attrapa son tee-shirt qui pendait sur l'escalier et sortit par la porte d'entrée en prenant soin de ne pas la claquer.

Son cœur battait la chamade alors qu'il traversait le vieux village endormi. Quelques fenêtres encore allumées s'animaient derrière le reflet des images télévisées et il sursauta lorsqu'un chien sortit de l'ombre et aboya sur son passage. Dimitri pressa le pas. Les chiens l'avaient toujours terrorisé, tout comme les ombres que déployait la nuit.

Il croisa une bande de touristes allemands visiblement éméchés qui l'interpellèrent joyeusement en titubant et il changea de trottoir en se maudissant de n'être qu'une poule mouillée : il ne risquait rien, surtout sur cette île paumée où rien n'arrivait, jamais.

À l'entrée du village, il se faufila dans les bosquets,

tellement absorbé qu'il ne sentit même pas la griffure des ronces qui s'agrippèrent à sa chair. Les pierres roulaient sous ses pieds et les herbes hautes fouettaient ses mollets. La nuit était claire et l'ombre des arbustes qui l'entourait, oppressante, mais rien ne pouvait altérer son bonheur.

La silhouette de la vieille bergerie apparut enfin, masse aux contours sombres qui se détachait à peine dans le ciel gris de la nuit. Ses yeux fouillaient l'obscurité, impatients.

Il siffla pour manifester sa présence et dressa l'oreille, à l'affût du moindre bruit. Mais il ne discerna rien de plus que le râle de son souffle court et les battements de son cœur.

Il siffla de nouveau et seul le silence de la nuit lui répondit.

Je suis sûrement le premier, se dit-il en haussant les épaules, et il se laissa tomber sur une lourde pierre aux contours adoucis par le temps. La roche était encore tiède, il y posa les paumes de ses mains avant de les en arracher, comme brûlé. Il détestait les cailloux, les rochers et tout ce qui relevait du monde minéral. L'obsession de son père l'en avait dégoûté.

Pourtant, enfant, il s'était émerveillé de tous ces trésors, notamment les pierres précieuses ou semi-précieuses que Jean rapportait et qui une fois montées brillaient au doigt, aux oreilles ou au cou de sa mère. Sa beauté n'avait guère besoin d'artifices, mais la noblesse de ces pierres presque brutes s'alliait parfaitement à sa grâce naturelle. Ana feignait de ne rien voir quand le petit garçon empruntait ses bijoux pour les cacher dans sa chambre. Elle s'amusait de le voir si fasciné et l'imaginait marchant sur les traces de son père… Jusqu'au jour où Dimitri avait bravé l'interdit et subtilisé un magnifique cristal de béryl à la structure rare, qui faisait la fierté de Jean. L'enfant n'avait que six ans, mais il savait parfaitement que ce qu'il faisait était interdit. Il se souvenait même très bien du frisson qu'il avait ressenti lorsqu'il avait fait coulisser les parois de verre de la grande vitrine en bois sombre. Son père l'avait surpris alors qu'il faisait jouer les facettes du minéral dans la lumière, et affolé d'être pris sur le fait, le précieux échantillon lui avait échappé des mains. La colère de Jean ce jour-là n'eut aucune limite. Ana s'interposa, mais rien n'empêcha le flot destructeur d'humiliation et de bassesses qui s'abattirent alors sur l'enfant qu'il était.

En grandissant, il avait lutté pour conserver cette image de héros, celle d'un père aventurier, qui ferait sa fierté. Mais la réalité l'avait finalement rattrapé et il avait dû l'accepter : son père ne saurait jamais l'aimer. Encore moins pour ce qu'il était. Il avait beaucoup pleuré avant de se résigner. S'il ne voulait pas finir comme sa mère, il devrait se battre. Impossible de partir, d'abandonner sa mère, sa sœur, c'était inconcevable. Et puis Jean n'était pas là souvent. Alors jouer la comédie, le fils parfait, brillant, cela ne lui coûtait pas tant.

Dimitri lança avec colère un caillou qui se trouvait à ses pieds. Assez ! Il en avait assez de se torturer pour ce père qui ne le méritait pas. Surtout ce soir. Car c'était le grand soir et il refusait que quoi que ce soit ne vienne gâcher son plaisir. Il chassa donc son père de son esprit et se concentra sur ce qui l'avait conduit ici. À cette pensée, il retrouva vite l'excitation, cette délicieuse attente des premiers rendez-vous, où l'on se délecte d'imaginer comment les choses pourraient se passer.

Et le moins que l'on puisse dire, c'est qu'il avait des images plein la tête.

Le temps lui parut soudain long et il se demanda s'il n'était finalement pas arrivé trop tard. Son portable ne passait pas à l'international et il ne l'avait même pas pris avec lui. Il n'avait aucun moyen d'entrer en contact. Attendre était son seul recours… Alors il attendrait, toute la nuit s'il le fallait, oui, il attendrait…

*

À quelques pas de là, sur sa grande terrasse avec vue sur la mer et les yeux grands ouverts, Ana fixait la nuit noire aux yeux d'étoiles. Immobile, elle sentait le poids des mots l'écraser, les mots que Dimitri avait prononcés. Elle n'avait pas tout entendu, égarée dans un demi-sommeil, mais elle était certaine d'avoir distingué le nom de Yannis. Elle était terrifiée à l'idée que son fils puisse découvrir son inavouable secret.

Quant aux terribles paroles prononcées par Dimitri à l'encontre de Jean, elles lui glaçaient le sang.

Elle était coupable. Coupable d'avoir dressé une barrière entre eux, de ne pas leur avoir laissé la moindre chance, d'avoir été égoïste et lâche. Dimitri ne savait rien… Il n'avait pas la moindre idée de la réalité, de leur histoire, de ce lien unique qui la liait à Jean depuis l'enfance. Car Jean était celui qui l'avait sauvée, elle lui devait tout. Mais comment expliquer cela à son enfant ? Comment lui raconter cette histoire qui aujourd'hui encore la hantait et avait fait d'elle la femme qu'elle était ?

Elle ne le pourrait jamais ! Pourtant tout dans cette histoire avait son importance…

*

Chaque matin elle marchait en secret dans ses pas.

Elle ne sait rien de lui. Ni son nom, ni même s'il aime lui aussi les bonbons. Ils trottinent, seuls, sur les trottoirs gris de Paris, bien peignés dans leurs uniformes fraîchement repassés. Personne n'est là pour leur tenir la main, mais on tient à ce qu'ils présentent bien. Elle s'était vite attachée à cette silhouette familière, une sorte de double, un peu comme un frère ; un frère dont elle rêvait en secret et qui la protégerait.

Alors chaque jour elle se tient cachée derrière la lourde

porte du hall d'entrée et, dès qu'elle le voit passer, dévale silencieusement les escaliers pour se glisser derrière lui.

Dans leurs dos la porte claque et seule la petite fille naïve qu'elle est ne l'entend pas. Lui si, mais il ne sursaute pas, il sait qu'elle est là. Jamais il ne la regarde et elle est même persuadée que pour lui elle n'existe pas. Elle se pense invisible, un peu comme une bonne fée, et elle rêve de pouvoir réaliser tous ses souhaits.

Parfois elle aimerait lui parler ou partager son goûter, mais elle a bien trop peur, elle préfère rêver et imaginer leur amitié.

Les jours de mauvais temps, ils portent chacun un parapluie, elle un noir, lui un gris. Parfois même il neige. Leurs pas crissent, leurs âmes d'enfant s'enthousiasment, ils aimeraient tant se rouler dedans, construire des bonhommes tout blancs, sentir leurs mains gelées et mouillées, attraper quelques flocons et les goûter. Mais ce sont des enfants bien élevés.

Elle l'observe attentivement. Ses cheveux couleur de miel, presque caramel, qui balayent le col de sa chemise et son gilet trop grand, flottent comme une cape au vent. Il porte toujours son cartable sur une seule épaule. La bretelle droite est depuis longtemps cassée mais il semble s'en moquer. Cela lui donne un air nonchalant, presque défiant et, du haut de ses sept ans, elle trouve ça renversant.

Souvent le garçon s'arrête pour ramasser un caillou. Il le fait rouler entre ses doigts, l'étudie attentivement, puis le fait disparaître dans le fond de sa poche. Déçue, la petite fille ne peut qu'imaginer les trésors qu'ils représentent, pour être tant admirés, caressés, collectionnés.

Devant les grilles de leur petite école privée, c'est un véritable défilé : des mères pressées, des chauffeurs privés et quelques gouvernantes au sourire figé. Ils sont les seuls à ne pas être accompagnés et personne ne semble les remarquer ; ils se glissent, invisibles, dans la nuée qui foule le pavé. Une fois le portail franchi, leurs chemins se séparent. Ana le suit du regard, puis rejoint sans entrain ses camarades ; elle partage la classe avec des filles de ducs, d'ambassadeurs ou de chanteurs. Elle se demande d'ailleurs ce qu'elle fait là, elle qui n'est la fille de personne.

La dernière année de sa scolarité en élémentaire resterait pour Ana la seule dont elle se souviendrait. Celle où elle s'était enfin fait un ami. Et pas n'importe qui. Lui. Le garçon. Celui qu'elle suivait comme une ombre chaque matin et dont elle rêvait de tenir la main.

Depuis son entrée à l'école, Ana vivait un véritable cauchemar. Au début, elle était heureuse d'enfin pouvoir quitter la maison, de découvrir le monde, d'avoir la liberté de s'évader de sa prison. Se faire de nouvelles amies, vivre plein d'aventures, mais tout ne fut que désillusion : d'amie, elle n'en aura jamais aucune. Toutes se liguèrent contre celle qui n'est la fille de personne, juste une petite « bâtarde ». Ce mot lui collait à la peau, elle avait parfois l'impression qu'il était tatoué sur son dos. Elle jouait toujours seule, condamnée à se faire oublier.

Mais ce jour-là, elle ne put leur échapper.

Un groupe de fillettes l'avait interpellée, bousculée, encerclée. Toutes se mirent à faire la ronde, à tourner et à chanter en chœur : « Ana est une bâtarde, Ana est une bâtarde ! »

La petite fille plia sous le poids des mots, ils étaient comme des coups. Les larmes n'étaient pas loin, elle les étouffait, elle pensait à sa mère, elle cherchait au fond d'elle la force de ne pas se noyer dans son chagrin.

Et puis soudain la cheffe de file avait pâli et ralenti. Valérie était la plus venimeuse de toutes, la plus virulente aussi. Surprises, les voix de ses camarades avaient faibli et toutes suivirent son regard. Ana ne remarqua d'abord rien, retirée dans son palais, ce fut l'inquiétant silence qui la sortit de sa torpeur.

Les chants avaient cessé, les danses aussi. Toutes

regardaient en direction de la grille qui séparait leur cour de celle des garçons. Un peu hébétée, Ana se tourna elle aussi.

Au début, elle ne vit rien et puis elle comprit.

Derrière la grille se tenait un garçon, son garçon. Ses yeux, noirs, fixaient ceux de Valérie et lançaient des éclairs. Ses petits poings serraient si fort les barreaux qu'ils semblaient capables de les tordre. Mais c'est surtout sa bouche qui intimidait. Aucun son n'en sortait, seules ses lèvres bougeaient, mais aucune ne doutait des mots qu'il proférait : « Laisse-la tranquille ou je répète tout. »

L'intraitable Valérie vacilla. Elle ne semblait pas douter un instant de la véracité du propos.

Connaissait-elle le garçon ? se demanda Ana tandis qu'elle voyait les mains se défaire, la ronde se briser et les petites filles s'éparpiller en silence.

Enfin libre et seule, elle ne savait pas trop comment se comporter. Alors qu'elle se décidait à se relever pour s'éloigner, elle entendit qu'on l'appelait :

— Pssst, psssstttttt ! Ana !

C'était lui. Son cœur manqua d'exploser de bonheur. Il connaissait son prénom. Il avait pris sa défense *et* il connaissait son prénom.

Elle s'approcha timidement de la grille, jetant des regards inquiets autour d'elle. Les filles et les garçons avaient ici interdiction de communiquer. Mais ce midi-là, leur cour ne semblait pas suffisamment surveillée.

Il lui sourit de ses dents aussi blanches et rondes que les perles de Babouchka.

— Ça va ? Pas trop de mal ? demanda-t-il tout doucement.

Le jeune garçon n'avait plus rien d'un cerbère, on aurait même dit un ange.

Ana, un peu hésitante, se contenta de hocher la tête.

— Elle ne devrait plus recommencer à t'embêter, tu sais. Avec Valérie, on est voisins, tu vois. C'est une peste, mais je connais bien ses parents et tous leurs petits secrets. Sois tranquille maintenant.

Ana ne savait pas quoi dire. C'était pour ainsi dire la première fois qu'elle parlait à un garçon et elle avait tant idéalisé celui-ci qu'elle avait fini par croire qu'il n'était que le fruit de son imagination.

— Merci, finit-elle par bégayer.

La cloche retentit et son malaise prit fin.

— À plus ! cria-t-il en s'éloignant.

À plus ! répondit-elle dans sa tête, avant de rejoindre sa classe, un peu sonnée.

À dix-sept heures ce jour-là, Ana quitta l'école la dernière, comme toujours. Elle ne voulait croiser personne dans les couloirs et pouvoir rentrer tranquillement à la maison.

Après seulement quelques pas, une silhouette se glissa derrière elle.

— Tu traînes toujours comme ça ?

Elle sursauta même si elle avait reconnu sa voix.

— Je t'attendais et j'ai bien failli partir, tu sais.

— ...

— T'es pas muette, au moins ? plaisanta-t-il devant son mutisme.

— Non, murmura-t-elle.

— Tant mieux, alors, parce que j'ai bien envie de discuter, moi ! Et depuis le temps que tu me suis, tu dois avoir un paquet de questions à me poser !

Ana rougit vivement. Ainsi il savait. Quelle imbécile elle était ! Il devait se moquer d'elle, c'est sûr.

— Alors, Ana ! Que veux-tu savoir ?

Elle n'hésita pas bien longtemps et se lança, sa curiosité dépassant sa timidité :

— Comment tu t'appelles ?

— Tu plaisantes, j'espère ?

Ana se sentit sacrément bête mais elle avoua que non.

— Jean, je m'appelle Jean Marsan de Parny.

— Ohhh, souffla la fillette, impressionnée par la particule.

— Mouais, il paraît que je fais partie de la haute. Enfin du côté de ma mère, hein, parce que je porte son nom. Je suis un bâtard moi aussi.

Ana ne pipa mot. Les confidences de Jean la perturbaient et la passionnaient à la fois. Il semblait attendre une autre question et elle ne se décida pas à lui demander quoi que ce soit de trop intime.

— Tu es en quelle classe ?

— 10e et toi ?

— 11e...

Ana voyait la moitié du chemin déjà passée et aucune question ne lui venait.

C'est lui qui demanda :

— C'est quand même bizarre qu'une petite fille comme toi vienne seule à l'école. Je veux dire, moi je suis un garçon, c'est différent... Tu habites avec ta mère ? Je ne crois pas l'avoir déjà vue...

Prenant les devants, il posait les questions qui lui brûlaient les lèvres depuis que la petite Ana avait pris, comme lui, le chemin de l'école deux ans plus tôt. Il l'avait observée des mois entiers, cherchant à percer le mystère de cette camarade solitaire et secrète, qu'il n'avait jamais vue avec un adulte.

Ana hésitait. Devait-elle lui dire la vérité ? Il l'avait sauvée, après tout, il méritait bien qu'elle soit honnête.

— Je vis avec ma grand-mère mais elle est malade. Elle ne peut pas sortir.

— Je vois, grommela-t-il un peu déçu. J'espère au moins qu'elle est gentille avec toi, la mienne c'est une vraie terreur.

Ana sourit. Babouchka pouvait être terrifiante aussi. Mais il lui suffisait de sortir de sa chambre et la colère du dragon ne pouvait plus l'atteindre, il restait terré dans sa tanière.

— Non, non, ça va, et puis ma mère me rend visite parfois.

— Tu voudrais venir au parc avec moi un de ces soirs ?

Il avait pris un air nonchalant mais il espérait l'entendre accepter.

— Oh, je ne crois pas, tu sais. Babouchka ne serait pas d'accord. Et puis j'ai mes cours de danse presque tous les soirs. Je veux devenir danseuse étoile, il faut travailler dur. Et toi ?

— Moi ? Je serai un grand explorateur !

Elle trouva que ça lui irait comme un gant.

Devant la porte de son immeuble elle le quitta à contrecœur et pour la première fois de sa vie, elle rentra de l'école le sourire aux lèvres. Elle peina ce soir-là sur la barre, se concentrant difficilement sur ses exercices. Ses pensées étaient ailleurs et ne cessaient de la tarauder : Jean l'aurait-il oubliée demain ?

Le matin qui suivit, son vœu le plus cher se réalisa. Jean l'attendait au pied de son immeuble, tout sourire. Elle se pinça. Non, elle ne rêvait pas.

C'est ainsi que leur histoire d'amitié commença, matin et soir il la raccompagnait jusque chez elle et à l'école, plus personne ne l'embêtait. Elle n'avait pas plus d'amies, mais elle s'en moquait. Elle avait Jean, c'était suffisant.

À chaque récréation ils se retrouvaient à la grille. Dos à dos, cachés derrière un livre, ils se racontaient leurs vies, leurs rêves. Ils avaient tant de points communs, d'espoir. Parfois même, ils ne parlaient pas. L'humeur de Jean pouvait être changeante et s'il tolérait sa camarade, c'est qu'elle savait se faire oublier.

Elle lui demanda un jour pourquoi il n'avait pas non plus d'amis.

— Je n'en ai pas besoin, répondit-il simplement.

— Mais toi, ils t'aiment bien ?

— Oui, et alors ?

Il avait haussé les épaules en signe d'indifférence.

— Je dis simplement que tu pourrais avoir plein d'amis alors que moi…

— Tu aimerais ça, toi ?

Elle réfléchit.

Dans tous ses romans, l'Amour triomphait toujours de l'amitié. Alors, comme elle croyait en l'Amour comme puissance supérieure, elle décréta que non, l'amitié ne lui serait d'aucune utilité.

— Mais nous, nous sommes amis, n'est-ce pas ?

Jean ne répondit pas. Les yeux baissés, elle voyait les traits de son joli minois en proie à une intense réflexion.

— Nous c'est pas pareil, finit-il par lâcher.

Elle devrait s'en contenter.

Les années collège passèrent, pour l'un dans les laboratoires de science, pour l'autre dans les studios de danse. Ils ne se voyaient que rarement, à la bibliothèque parfois, ou seulement au coin de la rue. Puis le lycée les sépara.

Selon ses vœux, Jean intégra une section scientifique avec SVT renforcé dans un lycée privé d'Aix-en-Provence.

La séparation plongea Ana dans un vide incommensurable.

Sans lui, la solitude l'étouffa de nouveau. Car même si avant il n'était déjà pas très présent, maintenant il ne l'était plus du tout. Et ça faisait une différence, immense, intense, atroce.

Ses études l'ennuyaient terriblement, sauf les cours de littérature où Ana s'en sortait honorablement. Le reste n'était pas fait pour elle. À peine dressait-elle une oreille en histoire, alors que la géographie la fatiguait passablement. À quoi bon ? Jamais elle ne voyagerait ! Elle passerait toute sa vie dans ce grand appartement triste, tout comme sa grand-mère. Elle n'avait pas le courage de sa mère et, malgré tous ses efforts, elle avait échoué au concours d'entrée de l'Opéra, tout comme à celui du conservatoire. Elle ne serait jamais une danseuse étoile, elle ne serait personne !

Après avoir sacrifié toute son enfance et son adolescence à ce seul projet, elle se sentait vide. Que lui restait-il ?

Elle n'aurait jamais son bac, elle n'avait aucun ami et encore moins de petit ami. Sa vie sociale s'était toujours résumée à se rendre à l'école et à la danse. Rien de plus. Aucune sortie, aucune fantaisie.

Personne ne semblait se soucier d'elle, de son avenir, ni sa famille ni même ses enseignants.

Comment une jeune fille pouvait-elle être aussi transparente, au point que personne ne lui porte le moindre intérêt ?

Le 30 mai 1985, Ana fêta ses dix-huit ans.

En réalité, la « fête » consisterait à engloutir les quantités astronomiques de *zakouskis* que Maria aurait préparés.

Ce jour-là, en rentrant, elle glissa un œil dans la chambre de Babouchka et découvrit sa grand-mère plus belle que jamais. Pour l'occasion, elle avait revêtu une robe fourreau dorée et était coiffée d'un diadème éblouissant. Ce n'était pas vraiment une tenue pour une femme de son âge mais quelle élégance !

Ana, qui s'était contentée d'enfiler un vieux jeans ayant appartenu à sa mère et un tee-shirt difforme après avoir quitté l'uniforme du lycée, se trouva parfaitement hideuse en comparaison. Même Maria, qu'elle avait croisée dans le couloir, avait fait un effort et portait une jolie robe de velours vert qu'elle ne lui connaissait pas.

Elle hésita un instant et puis se dit que « flûte » ! C'était ses dix-huit ans après tout, et puisque dans cette maison tout le monde semblait toujours déguisé…

Elle fila donc dans sa chambre et se glissa dans sa plus belle tenue, la seule dans laquelle elle se sentait vraiment elle, vraiment belle : son tutu au jupon rose bonbon. Elle compléta sa mise avec un joli chignon et ses chaussons, qu'elle n'avait plus portés depuis son dernier échec au conservatoire.

Elle avait supplié son professeur de ne rien dire à sa grand-mère.

— Elle a le cœur fragile, avait-elle menti. Laissez-moi le temps de lui dire en douceur.

C'est donc une jolie ballerine qui fit son entrée dans la chambre de Babouchka.

— Tu es ravissante, ma petite, une véritable petite étoile.

Elle semblait si fière qu'Ana décida d'y croire encore elle aussi, juste pour ce soir. Le regard de Maria la troubla. Sans savoir pourquoi, elle suspecta sa vieille nurse de connaître la vérité.

La soirée se passa bien mieux qu'elle ne l'avait imaginé. Elle engloutit bien évidemment des dizaines de *zakouskis* que Babouchka et Maria arrosèrent de vodka. Ana les avait souvent entendues, le soir, bavassant comme des pies, riant comme des enfants, dans les tintements des verres qu'on remplit.

La relation entre les deux femmes l'avait toujours intriguée. Quel était réellement le lien qui les unissait ?

Au moment du gâteau, énorme et surmonté de dix-huit bougies, Babouchka, un peu ivre, lui tendit à elle aussi un petit verre que la jeune fille dégusta avec une grosse part de gâteau au chocolat. Elle se coucha l'esprit bien plus léger qu'à l'accoutumée, elle se sentait presque flotter.

Maria vint comme toujours la border. Avait-elle toujours eu les yeux verts ou était-ce la couleur de sa robe qui lui donnait des hallucinations ?

— *Ya lioubliou tibia*, susurra la vieille femme en l'embrassant sur le front.

Venait-elle de lui dire « je t'aime » ?

Elle n'eut guère le temps d'y réfléchir ou même d'y répondre, le sommeil l'avait déjà emportée vers d'autres rêves.

Le lendemain matin, Maria n'était plus là.

Ana s'était réveillée avec un mal de tête abominable.

Son réveil affichait 9 h 06. Pourquoi Macha ne l'avait-elle pas encore levée ? Être majeure ne la dispensait pas de se rendre en cours, et même si c'était son souhait le plus cher, Babouchka y veillait.

L'appartement semblait désert. Elle ne trouva personne à la cuisine, pas de casserole d'eau sur le feu, pas de tartines de pain à griller. Bizarre.

Devant la chambre de sa grand-mère, elle entendit des murmures, alors malgré l'interdiction, elle poussa la porte.

— Macha, Macha, c'est toi ?

La voix de Babouchka était méconnaissable, tremblotante, aussi fluette que celle d'une petite fille.

— Non, Babouchka, c'est moi, Ana.

Tandis qu'elle avançait au milieu des meubles qui surchargeaient la pièce, la jeune fille découvrait pour la première fois l'image de Barbara au saut du lit.

Sa grand-mère était assise sur son séant, dans son petit lit de jeune fille. Deux grandes nattes encadraient son visage inquiet, qui, dépouillé de tous ses apprêts, lui paraissait si fragile et juvénile.

Sa chemise de nuit garnie de rubans flottait autour de sa frêle silhouette et elle se cachait derrière ses draps en murmurant :

— Qui êtes-vous ? Où est Macha ? Macha ?

Barbara semblait totalement affolée et Ana ne l'avait jamais entendu appeler Maria par son surnom.

— Je sonne, je sonne, mais Macha ne répond pas…

Barbara joignit le geste à la parole en tirant vivement sur le cordon relié à une petite clochette directement dans la chambre à coucher de Maria.

— Ne t'inquiète pas, Babouchka, je vais chercher Macha, d'accord ? Je reviens, ne bouge pas.

Un mauvais pressentiment s'empara soudain de la jeune fille, mais elle le chassa bien vite, tout allait forcément s'arranger.

Maria était peut-être partie faire une petite course,

ou elle discutait avec la concierge devant les boîtes aux lettres.

Elle libéra le verrou de la porte et sortit sur le palier. Personne. Elle se pencha dans le grand escalier et aperçut tout en bas le tapis rouge du grand hall d'entrée. Vide.

Elle devait tout de même vérifier dans la chambre de leur gouvernante, Macha était peut-être souffrante...

À bien y réfléchir et avec la soirée qu'elles avaient passée la veille, Ana se persuada vite que Macha avait sûrement un peu trop bu et dormait profondément ou encore qu'elle souffrit d'une indigestion. Elle tira la porte de bois qui s'ouvrait sur un petit escalier aux marches grinçantes et menait sous les toits.

Du temps de l'aïeul Vladimir, l'endroit avait été aménagé en plusieurs grands ateliers où logeaient plus ou moins provisoirement ses amis peintres. L'ensemble de l'étage était depuis longtemps laissé à l'abandon, à l'exception d'une petite pièce, royaume de Macha. Elle avait toujours tenu à avoir son petit chez elle, à l'écart de la famille. Ana n'avait jamais eu l'occasion d'y pénétrer mais elle avait souvent joué au grenier où elle s'arrêtait devant la porte colorée de Macha pour y coller l'oreille, tout comme ce matin-là.

Elle frappa. Pas de réponse. Elle frappa de nouveau et colla son oreille au battant de bois. Toujours rien.

Elle tourna la poignée de porcelaine et poussa la porte.

C'était un sanctuaire, un tout petit de quelques mètres carrés. Et sous un vasistas, qui découpait au plafond un bout de ciel bleu, reposait Macha.

— Macha, murmura-t-elle dans un sanglot.

Macha ne bougeait pas. Étendue dans sa robe de velours vert, un chapelet dans ses mains jointes, elle semblait dormir. La lumière céleste baignait son visage d'une douce lumière et des milliers de paillettes dorées dansaient.

Ana n'osait pas violer son tombeau. Elle tomba à genoux sur le pas de la porte et, des larmes plein les yeux, elle observait, à la fois émerveillée et terrifiée, le jardin secret de sa seule et unique amie. Chaque centimètre de la petite chambre était tapissé d'images, de photos, de lithographies, de peintures représentant la Russie. Les steppes sauvages du Sud, les forêts enneigées du Nord, la diversité de la toundra, les monts de l'Oural, le froid sibérien, les coupoles colorées des cathédrales et les visages enfantins de l'art naïf des contes de son enfance.

Maintenant assise sur les marches devant son immeuble, Ana laissait couler ses larmes. Lorsqu'elle avait retrouvé ses esprits un peu plus tôt, elle avait téléphoné à Maître Terebov. C'est ce qu'elle avait ordre de faire en cas d'urgence, d'autant que l'état de Babouchka l'inquiétait terriblement. Elle ressemblait à une petite fille perdue à la recherche de sa maman.

Pendant presque soixante ans, chaque matin, Macha l'avait levée, toilettée, coiffée, habillée, maquillée et, chaque soir, bordée. Elle était son repère, son phare dans la nuit. Sa lumière était désormais éteinte et, plongée dans l'obscurité, Barbara errait dans la nuit.

Terebov s'était précipité à leur domicile, mais ne s'attendait pas à trouver son amie dans un tel état. Barbara délirait, arpentant la pièce comme une lionne en cage, sous la surveillance d'une jeune Ana terrifiée et terrée dans un coin.

— J'ai prévenu le docteur Garanine, Ana, laisse-nous maintenant.

Dans le couloir, elle avait guetté l'arrivée du médecin, qui avait commencé par rendre visite à sa patiente avant d'aller déclarer le décès de Maria.

Ana l'entendit s'entretenir avec le notaire devant la chambre de sa grand-mère :

— L'état de votre amie est très inquiétant, Terebov. Je ne l'ai jamais vue aussi agitée. Et sans Maria, qui va s'occuper d'elle ? Elle a besoin d'une attention de tous les instants.

— Ana pourrait...

— Laissez donc cette enfant tranquille, gronda le médecin. Vous trouvez qu'elle n'a pas déjà assez payé ? Qu'elle n'a pas le droit à un peu de répit, de liberté ? J'ai laissé les choses se faire, mais vous savez très bien que je désapprouve sa situation. Tout comme mon père en son temps. Tant qu'il y avait Maria, l'enfant ne manquait de rien, mais il est hors de question qu'elle serve de garde-malade. J'ai toujours été très clair à ce sujet. Lorsque Maria ne serait plus là, Barbara partirait. Je signe sa demande d'internement dès maintenant. Dépêchez-vous de lui trouver un endroit convenable ou ce sera l'hôpital psychiatrique !

— L'enfant, l'enfant ! Elle est majeure maintenant ! Elle peut tout de même bien...

— C'est hors de question, Terebov ! N'insistez pas !

Interdite, Ana encaissait les informations. Qu'allait-elle devenir sans Maria, sans Babouchka ? Submergée par les larmes, elle avait dévalé les escaliers et s'était retrouvée ici, dévorée par le chagrin, sous l'œil indifférent des passants.

— Ana ?

Elle connaissait cette voix, mais les pensées se bousculaient dans sa tête et elle n'avait pas l'esprit très clair.

Elle chercha donc à deviner qui se cachait derrière le voile de chagrin qui l'aveuglait.

— Ana, c'est moi !

— Jean ?

— Ben oui, Jean, tu m'as déjà oublié ?

Elle sourit à travers ses larmes. Bien sûr qu'elle ne l'avait pas oublié, comment aurait-elle pu ?

Elle essuya ses yeux et ses joues avec la manche de son tee-shirt et réalisa qu'elle était encore en pyjama et pieds nus !

Jean la dévisageait, inquiet. Il était encore plus beau que dans son souvenir et il tenait un bouquet à la main.

— C'est pour toi, sourit-il en lui tendant les fleurs colorées et parfumées.

Des lys blancs, des roses rouges, jamais on ne lui avait offert de bouquet. Surprise, elle ne sut quoi dire.

— C'était bien ton anniversaire hier ?

Elle acquiesça.

Le lycée ne nous a libérés des cours qu'hier soir et j'ai voyagé par le train de nuit. Les épreuves du bac ne commencent que mi-juin alors je suis revenu ici pour bachoter. Il hésita.

— Désolé, mais tu peux me dire pourquoi tu es dehors, en pyjama, à pleurer comme une Madeleine ?

Il savait Ana sensible, adepte de la larme facile.

— C'est Macha, chouina-t-elle de nouveau. Elle est morte cette nuit…

Mal à l'aise devant cette situation un peu inattendue, Jean se glissa à ses côtés et la laissa se blottir contre son épaule. Ils n'avaient jamais été aussi proches.

Ana continuait de pleurnicher :

— Babouchka a perdu la tête, elle va partir à l'hôpital, et moi, dans tout ça, je fais quoi ?

Jean réfléchissait. La situation d'Ana l'avait toujours consterné et il s'était toujours promis de la protéger. Elle était si différente, si fragile, si belle. Mais elle n'en avait pas conscience, prisonnière de son âme d'enfant. Elle ne voyait pas sa féminité se développer, son corps de femme s'épanouir, elle ne savait pas qui elle était.

— Ana ? Veux-tu m'épouser ?

Il avait posé la question sans réfléchir et lorsque, un peu surprise, Ana lui répondit « oui », il ne fut pas certain d'avoir pris la meilleure des décisions.

Mon cœur, comme de la poussière, se soulevait derrière vos pas.

Gustave Flaubert,
L'Éducation sentimentale

8

— Tu ne vas quand même pas me laisser toute seule ? s'indignait Sophie.

— Arrête de pleurnicher comme un bébé ! Je suis sûr que tu t'en sortiras très bien sans moi.

Dimitri se voulait convaincant, mais il culpabilisait d'abandonner ainsi sa petite sœur. Malgré tout, il ne doutait pas que cela fût un service à lui rendre. Sophie était beaucoup trop timorée et raisonnable, elle devait s'enhardir un peu. La vie n'était pas aussi rose que ce que laissait entrevoir leur situation privilégiée et il était temps que sa sœur se confronte un peu à la réalité.

Il avait jusque-là toujours accepté de la chaperonner, mais à son âge, il avait d'autres priorités. Et puis il ne pouvait mettre Sophie dans la confidence, elle était bien trop bavarde et surtout elle ne comprendrait pas.

— Dis-moi au moins où tu vas, insista-t-elle au bord des larmes.

— Désolé mais je ne peux rien te dire !

Il s'agaçait. L'échec de sa virée nocturne l'avait contrarié et il n'avait pu fermer l'œil avant le petit matin. Avec la fatigue du voyage et le décalage horaire, il était sur des charbons ardents. Impossible d'en rester là, cette fois il irait jusqu'au bout, même s'il prenait le risque d'être découvert.

— Mais je vais faire quoi toute seule ? continuait de pleurnicher Sophie.

— Tu fais comme d'habitude. Surtout, ne change rien ! Tu descends à la plage, tu t'installes à la taverne et tu commandes un truc à boire. Il y aura sûrement les autres, tu leur dis juste que je fais une course pour Papa. Et si tu croises les parents avant mon retour, tu dis que je suis parti plonger à la grotte, OK ?

— Oui, oui, marmonna-t-elle, mais je déteste mentir.

— Ouais, c'est bien quand ça t'arrange.

Sophie voulut rétorquer quelque chose, mais déjà Dimitri s'éloignait d'un pas décidé.

Ses sentiments pour son frère étaient partagés. Elle l'aimait, c'est vrai, mais elle le jalousait aussi. La préférence qu'affichait leur mère, couplée à l'indifférence non dissimulée de leur père, l'affectait de plus en plus, à mesure qu'elle grandissait. Et puis elle trouvait Dimitri bizarre, et même s'il était très populaire, elle décelait chez lui des choses invisibles aux yeux des autres.

Elle hésita. Devait-elle faire ce qu'il lui demandait ou devait-elle rentrer à la maison, au risque de dénoncer son frère ? C'est qu'ils avaient des consignes à respecter : ne jamais se séparer et toujours prévenir de l'endroit où ils allaient. En l'occurrence, Dimitri avait raconté à leur père qu'ils descendaient tous les deux à la plage comme tous les matins et qu'ils remonteraient pour l'heure du déjeuner. Mais il avait menti et elle n'avait aucune idée de l'endroit où il se rendait. *Tant pis pour lui*, pensa-t-elle, vexée, en espérant honteusement que son frère se fasse pincer.

Mais elle ne pouvait se résoudre à contrarier les plans de Dimitri. Il était capable de gâcher le reste de ses vacances. Et puis Lukas serait certainement lui aussi à la plage. Elle espérait tant qu'il la remarque... Mais elle devait se faire une raison, elle ne l'intéressait pas, elle n'intéressait personne. Les autres la toléraient seulement parce qu'elle était la petite sœur de Dimitri.

Toujours ce sentiment d'être invisible et ennuyeuse à mourir. Trop grande, trop mince, trop bavarde aussi, mais il fallait bien combler ce vide, ce trou béant dans sa poitrine : ce manque d'amour.

Même leur gouvernante préférait Dimitri. Tout le monde préférait Dimitri. Maudit Dimitri.

Par habitude, et sans réfléchir, elle emprunta le raccourci escarpé qui dévalait la colline. Sophie en connaissait les moindres dangers et ne craignait pas les pièges disséminés sur le chemin.

La colère qu'elle ruminait se mua bientôt en un sentiment d'inquiétude, grandissant à mesure qu'elle s'enfonçait dans la nature : quelqu'un la suivait.

Au départ, elle songea à un animal, mais la présence s'immobilisait dès qu'elle se retournait. Elle appela, espérant voir surgir ses amis des fourrés, mais seul le silence, menaçant, lui répondit. Elle pressa le pas jusqu'à entendre le battement de son cœur, oppressant. Peut-être n'était-ce que son imagination, mais elle maudissait son frère de l'avoir abandonnée. S'il lui arrivait quelque chose, leurs parents le puniraient-il, au moins ?

Elle déboula enfin sur la plage les jambes tremblantes et le débardeur auréolé de sueur. Pressée de trouver une présence réconfortante, elle balaya la plage et la terrasse de la taverne sans reconnaître le moindre visage ami, si ce n'est celui du propriétaire du petit restaurant qui la salua avec son plateau. Les galets étaient déjà pris d'assaut par quelques familles de touristes, qui profitaient des températures encore supportables avec leurs jeunes enfants.

Sophie ne risquait plus rien ici et elle se détendit, jetant néanmoins des coups d'œil réguliers vers les fourrés, mais rien ni personne n'en sortit. Couverte de sueur après sa descente sportive, l'adolescente se laissa tenter par un bain de mer. C'était tellement agréable et délassant qu'elle barbota un moment dans l'eau, laissant le temps passer, espérant voir enfin ses amis arriver. Mais ils semblaient s'être tous volatilisés.

Elle se décida enfin à sortir, essorant sa longue

chevelure de miel, exposant son corps menu, à peine formé, ruisselant de mille gouttes de soleil. L'échancrure de son maillot exhibait des jambes interminables, un ventre plat et des hanches qui ne demandaient qu'à s'affirmer. Sa poitrine n'était qu'hypothétique promesse, mais ne faisait en rien défaut à son harmonieuse silhouette.

Elle enfila une robe propre sur sa peau encore mouillée et nouait ses cheveux sur le sommet de sa tête lorsqu'elle l'aperçut.

Il était assis à l'ombre de la terrasse et bien qu'il se trouvât un peu loin, elle sut que c'était lui. Elle pouvait sentir ses yeux posés sur elle, comme s'ils lui brûlaient la peau, et son cœur s'emballa. Une évidence lui serra soudain la poitrine : elle ne pourrait pas lui échapper, le destin l'avait envoyé sur son chemin.

⋆

Dimitri savait qu'il prenait des risques inconsidérés. N'importe qui pouvait le voir et le dénoncer. Mais la passion n'était-elle pas justement l'ennemie de la raison ?

Si seulement son père avait accepté de louer le scooter dès leur arrivée, il n'aurait pas eu à en arriver à de telles extrémités. Dans sa poche, les clefs du bateau s'entrechoquaient dans un bruit métallique, identique à celui que ferait une paire de menottes autour de ses poignets. Le jeune homme n'était pas un frondeur et s'appliquait à respecter les lois et son prochain. Mais même si ce qu'il s'apprêtait à faire était en soi illégal, il était bien loin de commettre un crime. Ses jambes n'en tremblaient pas moins, mais il ne savait si c'était d'excitation ou de peur.

Il descendit l'escalier de pierre creusé à même la falaise, aussi farouche qu'un animal aux abois. Personne. Amarré au ponton, l'objet de toutes ses convoitises : le Zodiac de son père.

Jean lui avait appris à le piloter, officieusement, bien

entendu ; Dimitri n'avait pas encore l'âge requis, ni le permis. Son père le tuerait s'il apprenait l'imprudence qu'il se préparait à accomplir.

Pour cela, le jeune homme s'était assuré de ne prendre aucun risque :

— Quoi de prévu aujourd'hui ? avait-il demandé l'air de rien alors que son père venait de se servir une troisième tasse de café.

Jean avait réajusté ses lunettes, comme pour s'assurer que c'était bien à lui que son fils s'adressait.

— Je dois finir de rédiger ma dernière étude. J'ai une réunion dans cinq jours et si je veux obtenir cette subvention, je dois les convaincre.

Dimitri hocha la tête.

— Pas de sortie en mer pour nous, alors…

Il avait l'air sincèrement déçu et berné, son père grimaça :

— Désolé mais ce ne sera pas pour aujourd'hui. Je vais passer la journée enfermé dans mon bureau. Tu parles de vacances !

Il disait toujours ça, mais tous savaient que ses recherches étaient sa véritable raison de vivre. Jean ne s'en cachait pas. Il se réalisait dans sa carrière professionnelle sans se soucier de ce que les gens pouvaient bien penser. Sa famille était à l'abri, il était autant présent que possible, rien ne semblait donc obscurcir le ciel bleu de sa vie.

Les clefs passèrent de sa poche au contact et le moteur cracha avant de vrombir. Le ronflement était tel que Dimitri eut la sensation que toute l'île l'avait entendu démarrer et que son père ne tarderait pas à débarquer, furax.

Il manœuvra avec aisance le canot, qui bientôt quitta la crique pour s'élancer à l'assaut des flots. Grisé par la vitesse, les cheveux au vent, il ne pouvait s'empêcher de sourire bêtement, épaté et fier de sa petite folie qui le conduisait droit vers le bonheur.

Une ombre passa sur son visage lorsqu'il songea à sa mère, qui désapprouverait certainement cette mutinerie. Mais Ana avait foi en l'amour, il le savait, c'était une véritable romantique, au fond, elle comprendrait ses choix. Les souvenirs de la nuit dernière lui revinrent et il se détesta d'abandonner sa mère une fois encore. Elle ne s'était pas levée ce matin et il imaginait sans peine l'état dans lequel elle devait se trouver. Il la connaissait.

Un quart d'heure plus tard il arrivait à destination et il amarrait l'embarcation non sans appréhension.

★

Le soleil filtrait à travers les persiennes, zébrant ses draps blancs de rayons réguliers dans lesquels on pouvait voir la moindre poussière danser. La topaze qu'elle portait à son doigt scintillait dans la lumière et son prisme se découpait en milliers d'éclats sur les murs nus et tristes de sa chambre. Elle n'avait pas la force de bouger beaucoup plus que son doigt et ce petit jeu bien vite la lassa.

Le corps engourdi, l'esprit embrumé, elle ne connaissait que trop bien ces sensations qui la tiraient vers le fond. Il serait tellement plus facile de rester au lit et de se laisser aller à ses noires pensées. Elle le faisait souvent, cédant à une sorte de catatonie, une passivité qui lui permettait de se protéger de ses émotions et des dégâts qu'elles engendraient. Mais jamais ici.

Ici elle maîtrisait toute cette agitation intérieure, elle était celle qui affolait les cœurs, la déesse des passions. Elle s'était persuadé que rien ne pourrait l'atteindre, qu'elle mènerait toujours la danse, elle était amoureuse de l'amour mais ne voulait en tirer que le meilleur. Sinon à quoi bon ?

Jusqu'à hier soir, ses plans semblaient avoir fonctionné, mais aujourd'hui elle devait admettre qu'elle avait échoué.

Elle s'étira longuement en bâillant pour chasser cette

désagréable sensation d'engourdissement. Elle vivait les événements de la veille comme un échec, un affront personnel, un terrible sentiment d'abandon.

C'était un de ces matins où elle aurait volontiers troqué son mug de thé, même très noir, contre un grand bol de café, dont les arômes s'étaient glissés depuis la cuisine jusqu'à sa chambre. Jean en buvait des litres, tandis qu'elle n'avait jamais pu en avaler la moindre gorgée.

Quelques longues minutes plus tard, passées à fixer le plafond et à remettre de l'ordre dans ses idées, elle trouva enfin la force de se lever. Hier encore l'avenir lui souriait, les vacances s'annonçaient radieuses et son humeur était au beau fixe. Aujourd'hui, la pluie tombait sur sa vie, tout était gris, elle n'avait plus envie...

Autant rester au fond de son lit à ruminer...

Elle poussa pourtant les volets bleus avant de reculer, éblouie. Surprise, elle attrapa sa montre posée sur la commode. Les aiguilles affichaient 11 h 12. Mon Dieu ! Elle ne se levait jamais aussi tard, quelle que soit la nuit qu'elle avait passée...

Elle se glissa discrètement dans le salon et tendit l'oreille. Jean devait être dans son bureau car elle pouvait entendre l'imprimante cracher un flot inépuisable de feuilles de papier noircies. Son mari n'était jamais aussi productif que lorsqu'il était ici.

Quelques minutes plus tard, elle avait enfin déniché ses espadrilles et se rendit à la cuisine. Elle y trouva du pain frais, abandonné au milieu des restes du petit-déjeuner. Elle enclencha la bouilloire électrique et se ménagea une petite place au milieu des miettes, des taches de confiture et des verres de jus de fruits tout poisseux. Elle n'avait pas grand appétit, quant à la vue de la tablette de beurre, à moitié fondue et baignant dans son propre gras, elle lui colla la nausée et l'irrita passablement.

— Quelle bande d'empotés, grogna-t-elle entre ses

dents. Même pas capables de ranger une maudite plaquette de beurre.

Contrariée, elle se leva et la jeta au fond de la poubelle.

Ce n'était décidément pas un bon jour. Elle avait l'esprit tourmenté et le cœur serré. Les souvenirs de la veille lui revenaient sans cesse, elle ne pouvait leur échapper.

— Il faut que je lui parle, grommelait-elle pour elle-même. Il va voir s'il en aime une autre... On ne me remplace pas comme ça, moi, ça non...

Lorsqu'elle était vraiment en colère, sa langue « maternelle » refaisait surface et ses enfants savaient que cela n'annonçait rien de bon lorsqu'elle se mettait à parler russe. Tandis qu'elle épluchait et tranchait sa pêche avec aigreur, elle continuait de marmonner, de se plaindre du monde entier. Quand on passe ses journées seule, on finit par parler toute seule. Mais la solitude d'Ana remontait à son enfance et ses longs monologues exprimaient plus un mécanisme de défense, une sorte de bulle dans laquelle elle s'enfermait, bien à l'abri du monde extérieur. Elle s'entretenait alors avec des interlocuteurs imaginaires, s'inventait des histoires romanesques, rêvait un destin hors du commun.

À force d'entendre sa grand-mère lui rabâcher qu'elle épouserait un prince ou un millionnaire, elle avait fini par y croire. Mais ce n'était pas un prince qu'elle avait épousé.

Elle avait sincèrement cru que Jean était son âme sœur, son amour de jeunesse retrouvé, que leur histoire était toute tracée, que le destin les avait réunis, mais elle s'était trompée.

Ses sentiments pour lui étaient vrais et entiers mais relevaient plus de la gratitude, de l'admiration et du respect.

Car, malgré tout, elle le respectait. Infiniment. Pour tout ce qu'il avait fait pour elle, pour l'avoir prise sous son aile. Elle l'aimait, il était sa famille. Elle aurait voulu lui donner des enfants, mais la vie en avait décidé autrement.

Jean n'était pas celui qu'elle attendait, elle le savait. Elle était née pour vivre passionnément, pour mourir par amour. Elle rêvait d'un destin à la Roméo et Juliette et rien ne la faisait plus vibrer qu'un dénouement tragique.

En passant par sa chambre elle ouvrit le clapet de son cellulaire. L'écran affichait cinq messages non lus. Inutile de les ouvrir... Ils venaient tous du même expéditeur et contenaient très certainement de longues excuses, insignifiantes à ses yeux.

Elle ne se sentait finalement pas prête à avoir une discussion avec lui. C'était beaucoup trop tôt. Elle pleurerait sûrement, incapable de contrôler ses émotions et il était hors de question qu'elle perde la face une seconde fois.

Il lui fallait se détendre. Après tout c'était les vacances et elle n'allait pas le laisser tout gâcher !

Quoi de mieux alors qu'une bonne séance de spa pour se relaxer et profiter d'un lieu idyllique ? Ragaillardie à l'idée de se faire masser et de se prélasser dans la piscine à débordement du plus bel hôtel de l'île, elle enfila son maillot préféré, une petite robe légère et attrapa son cabas spécial piscine. Inutile de se pomponner avant un soin du visage, elle se contenta donc d'un léger nettoyage de peau avant de se brosser les dents et les cheveux.

Un petit tour par la cuisine où elle laissa un post-it sur la table qu'elle avait fini par nettoyer.

« Partie au SPA, ce midi c'est SANDWICHES, regardez dans le frigo, *KISS KISS*, Maman. »

Du salon, elle entendait toujours l'imprimante qui crachotait, inlassablement. Elle grimpa les trois premières marches puis renonça. Si Jean avait eu besoin de la voiture, il serait parti aux aurores ; il allait visiblement passer la journée à travailler dans son bureau. Les clefs étaient accrochées dans l'entrée et elle les décrocha sans remords.

Dehors, la chaleur l'écrasa. Il était midi passé et l'on approchait des heures les plus chaudes. Cela n'empêchait pourtant pas les Grecs de descendre à la plage avec parasol et glacière pour déjeuner au bord de l'eau. Pour les touristes, c'était le moment de rentrer se mettre au frais ou de manger à l'ombre des terrasses. Les rues étaient donc très animées avec toutes ces allées et venues, entre ceux qui descendaient et ceux qui remontaient. Elle se faufila dans la foule, croisant sans cesse des connaissances qu'il fallait saluer – voisins, commerçants –, ses grosses lunettes et sa capeline ne lui garantissaient en rien l'anonymat.

Soulagée d'arriver enfin à la voiture, elle se coula derrière le volant avec délice. Elle aimait intensément rouler ici, cheveux au vent, sous le soleil de midi. Prudemment, cela va sans dire, mais cela lui procurait un sentiment de liberté totale. Elle était bien loin des embouteillages de la région parisienne, des travaux interminables et du périph'. Jean lui avait appris à conduire ici, et même si, au départ, elle s'y refusait catégoriquement, elle y prenait maintenant un plaisir difficilement explicable.

Le souvenir d'une certaine image n'est que le regret d'un certain instant.
Marcel Proust, *Du côté de chez Swann*

9

Il n'y avait ici qu'une seule route principale, aucun feu de signalisation, à peine quelques panneaux. C'était comme rouler dans un film américain, le long de la mythique route 66, elle se sentait comme Thelma, mais sans Louise.

Mais aurait-elle aimé avoir une Louise ? Une amie ? Ana en doutait... Elle s'en était bien inventé quelques-unes, mais elles ne l'avaient jamais comprise.

Après avoir jeté son chapeau et son sac sur la banquette arrière, elle démarra. Le petit tout-terrain descendit jusqu'au village sans encombre, il semblait glisser sur le long ruban gris qui se déroulait au milieu des collines. Elle contourna le port et attaqua la remontée du côté est de l'île. Le luxueux hôtel East View se trouvait sur le point culminant de la côte sauvage, parfaitement isolé. Alors qu'elle allait s'engager sur le petit chemin de terre qui menait au complexe hôtelier, une sorte d'instinct l'incita à pousser sa route un peu plus loin. Elle connaissait parfaitement l'endroit car c'était ici qu'ils avaient passé leurs premières vacances sur l'île.

Elle dépassa le camping Rocks où ils avaient planté leur toile de tente dix-huit ans plus tôt. Elle était toujours un peu nostalgique de cette période si particulière dans leur vie.

C'était un lieu chargé en émotions et en souvenirs et qui représentait beaucoup pour elle. Cela expliquait sûrement pourquoi elle se retrouvait là, la nostalgie la rattrapait.

Ce camping, le seul de l'île, n'était rien de plus qu'un tas de cailloux planté de pins et d'oliviers, mais la vue depuis les emplacements était à couper le souffle. On surplombait la baie à droite, l'immensité bleue à gauche.

Elle se gara un peu après le grand portail surmonté d'un panneau de bois qui indiquait les tarifs, dérisoires, puis coupa le moteur. Elle avait besoin de réfléchir.

Tout avait commencé ici ; enfin, à peu près. Ce voyage de noces, elle l'avait attendu désespérément.

— Après mes études, avait promis Jean.

Mais son cursus s'éternisait.

Alors, après tant d'attente, cinq années à dire vrai, elle aurait accepté n'importe quoi, tant qu'ils partaient tous les deux.

Elle ne pouvait pas vraiment dire que son quotidien l'ennuyait car elle avait toujours vécu en solitaire. Les choses en apparence avaient changé, mais sa vie était restée sensiblement la même. Elle vivait toujours dans le même appartement suranné et décrépit, mais partageait désormais sa minuscule chambre d'enfant avec un mari tout juste bachelier qu'elle attendait toute la journée.

Qu'avait-elle fait durant tout ce temps ?

Elle n'en avait pas la moindre idée. En revanche, elle savait ce qu'elle n'avait pas fait. Elle n'avait pas fait d'études, pas cherché de travail, pas appris à cuisiner, ni à repasser.

Elle se souvenait surtout de s'être beaucoup interrogée, notamment sur son mariage, qui la laissait perplexe, bien loin de ce qu'elle s'imaginait. Où était le feu de la passion qui dévorait les corps et les âmes ? Pourquoi ne ressentait-elle pas cette tempête émotionnelle si souvent décrite dans la littérature et dont elle se délectait ? Son mariage n'était pourtant pas l'un de ces mariages de raison, tristes et sans intérêt. Jean était son amour de jeunesse, il était l'élu de son cœur, son âme sœur, comment pouvait-il en être autrement ?

À peine s'étaient-ils dit oui à la mairie du 16e arrondissement que Jean déjà l'avait délaissée. Ses études le passionnaient, il excellait, encouragé par ses professeurs et ses pairs. Il voyageait, assistait à des tas de conférences et Ana connaissait de nouveau la douloureuse sensation d'être transparente.

Les premières années avaient passé, vides et insipides. Jean passait le plus clair de son temps dans les labos de l'université, préparant assidûment son doctorat, lorsqu'il perdit brutalement sa mère. Son humeur s'était alors passablement obscurcie, l'éloignant encore plus de sa jeune épouse, livrée à elle-même.

Il avait refusé qu'elle assiste aux funérailles :

— Ma mère te détestait et tu ne l'as rencontrée qu'une seule fois, crois-moi, ce n'est vraiment pas nécessaire.

— Mais voyons, Jean, c'était ta mère ! Je me dois de lui témoigner mon respect. Je suis ta femme. Que vont penser les gens ?

— Les gens ? Quelles gens ? Ma mère était brouillée avec sa famille et détestait tout le monde. Personne ne sera là pour la pleurer.

— Mais c'est terrible !

— Plutôt réaliste. Tu as vu comment elle s'est comportée avec toi ?

— Tu étais son fils unique, elle voyait mon arrivée d'un mauvais œil, c'est tout.

— Tu n'étais surtout pas à la hauteur de ses exigences…

— Tu sais bien qu'à ce sujet, on a été élevés de la même façon. On s'est bien trouvés, finalement…

— Ce n'était pas son opinion !

Agnès, la mère de Jean, était née juste après guerre dans une vieille famille aristocrate, avec blason, château à la campagne et des valeurs des plus conservatrices. Jeune fille, elle avait passé plusieurs années dans une institution religieuse pour demoiselles de bonne famille. L'éducation stricte et austère qu'elle y avait reçue resurgirait bien plus tard dans celle de son petit garçon. L'humiliation, les privations, la contrition, marqueraient à jamais son esprit pourtant jeune et innocent.

Enfin en âge d'être mariée, libérée du carcan de sa pension, Agnès avait fait son entrée dans le monde. Mais son insouciance fut de courte durée. Invitée par une petite camarade à passer quelques jours de vacances sur la Côte d'Azur, la jeune fille s'était laissé séduire et en quelques heures seulement, sa vie bascula à jamais.

Tout bonnement mise à la porte de la maison familiale, la jeune femme se retrouva de nouveau chez les religieuses, où elle mit au monde son petit garçon. Persuadée que le jeune homme qu'elle avait aimé reviendrait la chercher, elle se démena pour garder leur enfant. Elle l'attendit toute sa vie, en vain. Ses rêves laissèrent vite place à l'amertume, à la colère, à la haine, et il ne resta bientôt rien de la jeune fille de bonne famille, douce et souriante, promise à un si bel avenir. Ses parents ne purent se résoudre à l'abandonner à son triste sort, et par charité chrétienne, ou pour des raisons plus sombres, ils lui permirent d'habiter un petit trois pièces, hérité d'un vieil oncle, tout en lui versant une petite rente mensuelle. Agnès passa sa vie entière dans ce petit appartement. Elle trouva dans la religion de son enfance miséricorde et réconfort, et s'enferma dans une bigoterie intransigeante.

Voilà ce qui avait uni Jean et Ana. Leurs histoires bien trop semblables qui n'en devinrent bientôt plus qu'une : celle de deux enfants illégitimes qui rêvaient de former une famille idéale, mais qui en étaient au fond bien incapables.

Lorsque Jean se décida enfin à parler de leur voyage de noces, Ana s'imagina mille destinations. Elle était terriblement excitée par son tout premier voyage.

— La Grèce, annonça-t-il pompeusement.

Pourquoi pas, se dit-elle. La Grèce était tellement romantique : Santorin, les Météores ou même la Crète.

— Un de mes professeurs à l'université m'a parlé d'une petite île en partie inexplorée. Géologiquement, je veux dire. Il pense que ce serait un sujet parfait pour ma thèse de doctorat.

— Oh...

La déception marqua son beau visage. Il voulait profiter de leur voyage de noces pour travailler.

Leur mariage ne ressemblait décidément pas à ce qu'elle espérait. Mais que pouvait-elle dire, faire ?

Depuis le début de leur relation, il avait tout pris en main et elle se laissait guider, aveugler, mais surtout incapable de prendre une décision par elle-même. Comment le pouvait-elle ? Toute sa vie, jusqu'ici, elle s'était contentée de faire ce qu'on attendait d'elle, rester bien sagement dans un grand appartement vide.

Jusqu'à ses dix-huit ans, sa nounou l'habillait encore chaque matin, la coiffait, lui enfilait ses chaussettes et nouait ses lacets.

Ana finit par se dire qu'elle n'était qu'une égoïste, que Jean travaillait très dur et elle savait combien sa thèse importait à ses yeux. Oui, elle chercha à se convaincre que ce n'était qu'un petit sacrifice d'épouse et qu'ils auraient bien d'autres occasions de voyager.

À l'époque, leurs moyens financiers n'étaient pas ceux d'aujourd'hui. Jean ne s'était toujours pas décidé à vendre le petit T2 de feu sa mère et le jeune couple vivait dans l'appartement de Babouchka, en attendant que le juge statue sur sa mise sous tutelle. Tout comme Maître Terebov, Jean et Ana avaient déposé leur candidature comme tuteurs, sans se douter que Cathy referait surface pour obtenir des droits sur sa mère.

Ana avait été prise d'une crise de panique lorsqu'elle avait ouvert le recommandé émanant d'un grand cabinet d'avocats bordelais. Lorsqu'elle avait lu le nom de la cliente qu'il représentait, Catherine Popov épouse Fedorov, Ana avait frémi avant de se mettre à grelotter puis à claquer des dents. Le souffle court, tétanisée, elle glissa à terre et se roula en boule.

Jean la trouva là, prostrée dans l'entrée, les doigts serrant une feuille de papier, l'enveloppe avait glissé à ses pieds.

— Ana ! Ana !

Elle ne répondait pas.

Il l'avait transportée dans leur chambre et après l'avoir secouée et interrogée en vain, il avait fini par la gifler.

En état de choc, Ana sembla pourtant revenir à elle, recommençant à trembler et cette fois-ci jusqu'à pleurer.

— Ma mère, sanglotait-elle, ma mère, c'est ma mère…

Jean, perplexe, fronçait les sourcils. Les femmes étaient vraiment des êtres inférieurs et fragiles. Ana lui rappelait sa mère, pauvre petite chose fragile, qui se noyait dans un verre d'eau.

Heureusement il était là pour la protéger. Avec elle, au moins, il espérait ne pas échouer.

— Quoi, ta mère ?

Comme la réponse ne venait pas, il lui arracha des mains le courrier qu'elle serrait encore entre ses doigts.

Il lut, levant puis fronçant de nouveau les sourcils.

— C'est la meilleure, ça ! Elle disparaît pendant des années pour réapparaître quand on n'a plus besoin d'elle.

— Quinze ans, Jean ! Elle a disparu il y a quinze ans ! Pas une nouvelle… rien ! Je la croyais morte !

— Elle s'est mariée, on dirait. Et avec un Russe, de surcroît. Si ta grand-mère avait encore toute sa tête, la nouvelle l'aurait sûrement réjouie…

— Mais pourquoi disparaître comme ça ? Je suis sa fille, je méritais des nouvelles, des visites. Ne serait-ce qu'une petite carte pour Noël ! Elle me déteste, c'est sûr ! Regarde, ce courrier, cette demande, c'est une attaque, c'est contre moi !

— Elle a peut-être simplement peur que tu sois trop jeune pour gérer les biens de Babouchka...

— Est-ce qu'elle s'est au moins demandé de quoi je vivais ? Rien n'est à moi ici ! Je ne peux rien vendre, tous les biens sont gelés en attendant la décision du juge et si tu n'avais pas été là, je n'aurais même pas eu de quoi manger !

Ana était persuadée que Jean l'avait sauvée. Que serait-elle devenue sans lui ?

Jean avait tout organisé. Comme d'habitude.

Ana ne gardait pas un bon souvenir de son premier vol en avion. Elle était tellement angoissée par son premier grand voyage qu'elle avait été malade tout du long. Elle l'était encore aujourd'hui, mais elle prenait désormais ses précautions et se gavait de cachets avant de grimper dans l'appareil. Et puis elle essayait de faire bonne figure, pour les enfants. Elle supportait le stress et surmontait ses angoisses pour une seule raison : leur trajet était désormais réglé comme du papier à musique et le voyage n'était plus une plongée vers l'inconnu. Ils prenaient toujours la même compagnie, atterrissaient dans le même aéroport, prenaient le même taxi en direction du même port pour monter sur le même ferry. De quoi faire taire ses inquiétudes.

Plutôt qu'une chambre en pension ou chez l'habitant, Jean avait opté pour les joies du camping lors de ces premières vacances. Ancien scout, il voulait qu'Ana découvre la vie en plein air, la communion avec la nature, les nuits à la belle étoile. Elle se souvenait sans mal de son désarroi lorsqu'elle avait découvert la minuscule tente où ils allaient passer leurs nuits, et, pire encore, lorsqu'elle poussa la porte de l'unique sanitaire à la turque.

Dès le premier soir, Jean l'avait entraînée dans les rues du port à la recherche du fameux restaurant que lui avait conseillé son professeur : *L'Apollon*.

— Il paraît que le patron parle français et qu'il connaît

l'île sur le bout des doigts. C'est l'homme qu'il me faut pour commencer mes recherches.

Incrédule et un peu désorientée, Ana avait suivi son mari sans entrain. L'angoisse commençait à la gagner, loin de ses habitudes, de ses repères, de son pays. Jean, au contraire, semblait surexcité par cette nouvelle aventure.

Et puis Yannis était entré dans leurs vies.

La jeune femme fut immédiatement charmée par cet homme si souriant et avenant, qui leur parla de son île comme s'il parlait d'une femme.

— En fait, c'est elle que j'ai épousée, aimait-il plaisanter.

Ana avait toujours été attirée par les hommes plus âgés. Les psys de comptoir auraient certainement évoqué un fort complexe d'Œdipe, la recherche du père.

Toujours est-il que c'est le rôle qu'il endossa pour eux cet été-là, celui d'un père. Il conseilla Jean sur les démarches à entamer pour ses recherches, les endroits qui lui semblaient indispensables à explorer, et proposa même de l'emmener sur son bateau pour découvrir les petits îlots qui composaient le parc marin de l'île et présentaient des spécificités géologiques incontournables.

— Le bateau !

Ana avait presque crié. Plongée dans ses souvenirs, une idée venait de la rattraper et germait insidieusement dans son esprit. Ce n'était certainement pas la meilleure, mais cela l'aiderait peut-être à faire le point, à mieux appréhender la situation.

Elle descendit de voiture, ouvrit le coffre et en sortit le sac à dos que Jean emportait partout. C'était le parfait auxiliaire de l'explorateur, mais en version pro de la géologie.

Elle savait exactement ce qu'elle y cherchait et ne tarda pas à en sortir une petite paire de jumelles de haute technologie.

Elle rangea le sac dans le coffre et s'aventura d'un pas décidé sous les pins qui bordaient le camping.

L'odeur de terre et de résine, le tapis moelleux d'aiguilles sous ses pieds, tout la ramenait à son premier été ici. Elle se souvenait de son premier coucher de soleil sur la mer, de la douceur des soirées d'été au pied d'un olivier, de la beauté des paysages, de ce paysage, celui qui s'ouvrait là, devant ses yeux, alors qu'elle débouchait à front de falaise. À l'époque il ne lui avait fallu que quelques jours pour tomber sous le charme de l'île.

Ana inspira pleinement devant le spectacle qu'offrait la nature.

Elle choisit une pierre plate où elle s'installa, contemplant la vue, la détaillant, s'enivrant de son parfum, de sa beauté éclatante.

Car ici tout avait un parfum, chaque plage, chaque rue, chaque chemin. Paris et sa banlieue étaient si loin…

À ses pieds, la mer avait tellement dansé qu'elle avait façonné les rochers qui se découpaient désormais comme un escalier.

Elle se trouvait à l'extrémité est de la baie et pouvait, d'un seul regard, embrasser le port entier et son village. C'était grisant, comme de se retrouver sur le toit du monde.

De l'autre côté, dans le bleu infini, on devinait quelques îlots perdus où ne survivaient que quelques troupeaux de chèvres autochtones.

Ana se donna du temps. Elle cherchait du réconfort dans ces paysages tant aimés. Mais elle cherchait surtout un peu de courage, celui d'affronter la vérité, celle qu'elle était venue chercher.

Elle savait parfaitement où regarder et elle ne mit que quelques secondes à faire la mise au point. Le bateau était amarré à sa place habituelle, à l'extrémité ouest de la baie, pile dans son axe de vue. L'embarcation semblait déserte et Ana balaya le port où elle pouvait reconnaître aisément des visages familiers.

Jean s'offrait toujours pour Noël la dernière technologie en matière d'optiques à longue portée et elle était impressionnée par la précision et la netteté de ce modèle. L'utilisation qu'en faisait son mari était nettement moins drôle que la sienne en ce moment même. Observer et repérer des cailloux, encore et toujours des cailloux.

Depuis que son mari avait mis le pied sur cette île, elle l'obsédait. Dès les premières heures, il avait entrepris de l'arpenter, jour et nuit. Il prenait des notes, photographiait, grattait et s'extasiait devant la diversité géologique que représentait l'île.

— Tu te rends compte. Cet endroit est une perle rare ! Il me faudrait des années pour l'analyser.

Il ne croyait pas si bien dire. Il lui fallut sept ans pour rédiger sa thèse de doctorat : « La structure des nappes dans les îles du Nord, le cas de l'évolution géologique de l'île de S ».

Durant cette période de recherches et de travail intense, il s'était souvent rendu sur place en dehors des périodes estivales.

Jean était par la suite devenu chercheur au CNRS et l'un des plus grands spécialistes de la géologie des îles grecques. Il se rendait plusieurs fois par an à Athènes, à Thessalonique et ailleurs dans le monde pour des conférences, pour des colloques et autres séminaires. Il parlait désormais couramment le grec et recevait chaque année sur l'île des étudiants, scientifiques ou confrères. Ana l'apprendrait vite à ses dépens, Jean n'était pas là pour se dorer la pilule au soleil, ni se détendre au bord de la mer.

Au début, elle l'avait accompagné. Mais arpenter les collines sous un soleil de plomb ou escalader des rochers en chaussures à crampons, ce n'était vraiment pas sa conception des vacances...

Alors, au bout de quelques jours, elle avait abandonné, comprenant que leur voyage de noces ne ressemblerait pas à ce qu'elle avait espéré. Elle était triste et seule mais elle se consolait devant la beauté des paysages, la douceur de vivre, et le dépaysement inattendu qu'était ce séjour.

Ouvrir les yeux sur la mer, vivre en maillot, bouquiner toute la journée, même seule, ce n'était pas si terrible.

Elle comprenait les motivations de Jean et connaissait sa soif d'ambition. Elle qui n'avait jamais eu aucune passion ne pouvait que lui envier cette fougue, cet enthousiasme. Elle-même avait cru pouvoir brûler corps et âme pour la danse, mais elle s'était trompée. Elle aurait aimé qu'il s'excuse pour ses absences, qu'il la flatte, qu'il se fasse pardonner, mais il n'en faisait rien, emporté dans sa course folle, comme possédé.

Elle ne le reconnaissait plus. Il rentrait tard, épuisé de ses journées et c'était à peine s'il la touchait. Pour Ana, c'était un coup dur. Le couple essayait en vain d'avoir un enfant depuis le début de leur mariage cinq ans plus tôt et la jeune femme attendait beaucoup de ces vacances qui auraient dû leur offrir de multiples occasions de se retrouver. Grasses matinées, siestes, corps à moitié nus toute la journée, elle misait tout sur ce voyage, la chance enfin leur sourirait.

Depuis leur première nuit, Jean et Ana rêvaient d'être parents et c'était un sujet qu'ils abordaient souvent.

— Tu ne penses pas qu'on soit trop jeunes ? avait-elle demandé.

— Non, je ne crois pas. Ce n'est pas une question d'âge, mais une question d'envie. Tu en as envie ?

— Oh oui, avait rougi Ana.

Devenir mère. Une véritable mère, avec un mari. Une vraie famille. Elle serait une maman formidable, elle en était persuadée.

Jean, comme elle, idéalisait le rôle de père. Il avait besoin de l'endosser, de s'y confronter, d'être à la hauteur. Mais cet enfant n'arrivait pas. Peut-être ne s'y prenaient-ils pas correctement ?

— Voyons, Ana, il n'y a pas dix mille façons, s'était moqué Jean.

Mais le temps passait et rien ne venait. Elle désespérait. Et ce n'était pas la fougue de Jean pendant ces vacances qui allait les aider, pensait-elle sombrement.

Pour ne pas trop ruminer, elle avait dû trouver à s'occuper et c'est pourquoi chaque matin elle descendait à pied sur le port et prenait un copieux petit-déjeuner à *L'Apollon*. Elle riait avec Yannis, qui lui racontait tout un tas d'anecdotes et la traitait comme une reine. L'ambiance y était très familiale et Ana se sentait « comme à la maison ». C'était du moins l'image qu'elle s'en faisait : des grandes tablées, des rires et de la musique. Elle sautait ensuite la case déjeuner et louait un scooter pour visiter les plages de l'île. Ses débuts sur deux-roues avaient été laborieux et cocasses, mais le jeune loueur s'était montré très patient et pédagogue. Surtout lorsqu'il s'agissait de se glisser derrière elle et de coller son corps au sien, pour la guider dans sa conduite. Ana s'amusait beaucoup. Enivrée par cette sensation de liberté, elle qui n'avait jamais pris seule le métro à Paris et n'avait jamais passé son permis.

Ici, ses angoisses s'envolaient. Elle devenait quelqu'un d'autre, une femme libre et spontanée. Elle se surprenait à rire et à chanter, elle d'ordinaire si réservée et morose, ce séjour la métamorphosait.

La nostalgie lui piqua les yeux et derrière les lentilles de ses jumelles, l'image devint floue. Décidément, elle avait la larme facile ces derniers jours. Fichu sentimentalisme !

Elle prit soin d'inspirer et d'expirer, de respirer en pleine conscience, comme le lui avait appris sa professeur de yoga. Au moins, ces séances individuelles hors de prix avaient une utilité. Elle avait récupéré en souplesse aussi, ce n'était pas négligeable.

L'émotion passée, elle reprit ses jumelles et se hasarda de nouveau à épier le navire.

Ses souvenirs n'étaient jamais loin et ce bateau lui en rappelait de si nombreux qu'ils la submergeaient. Cet été-là, ce fameux été, alors que Jean battait la campagne, Ana et Yannis s'étaient, par la force des choses, beaucoup rapprochés. La jeune femme était seule et cherchait un peu de compagnie, lui parlait français et faisait preuve de beaucoup de bienveillance. Il savait l'écouter, s'intéressait à elle, la flattait, c'était tellement agréable, tellement nouveau. Elle découvrait enfin ces sentiments auxquels elle aspirait : frisson, désir et tendresse.

> Elle se répétait : « J'ai un amant, un amant ! » se délectant de cette idée comme celle d'une autre puberté qui lui serait survenue. Elle allait donc enfin posséder ces joies de l'amour, cette fièvre du bonheur dont elle avait désespéré.
>
> Gustave Flaubert, *Madame Bovary*

10

Ce tout premier été, après déjà trois semaines sur l'île, Jean avait décidé de repousser leur retour. Ils n'étaient pas pressés et rien ne les attendait. Ana accepta sa décision sans broncher, heureuse même, de pouvoir rester un peu. Il y avait ce je-ne-sais-quoi qui flottait dans l'air et elle était bien décidée à n'en rien rater.

Bien loin d'admettre que ses échanges avec Yannis prenaient une tournure intime, elle se laissait porter, aveuglée, refusant de voir la vérité : ils flirtaient. Elle était plutôt novice en sentiments et ne s'était jusqu'ici jamais frottée au feu d'une relation. Elle n'avait connu que Jean et s'était ainsi représenté l'amour. Décevant, l'amour était décevant. Il n'était pas comme elle l'avait lu dans ses romans.

Mais ces derniers temps, chaque jour nouveau éveillait en elle des émotions inconnues. Incapable de les nommer, elle se contentait de les observer de loin, naïvement, sans accepter qu'elles bouleversent sa petite vie bien tranquille.

Son cœur semblait trop à l'étroit dans sa poitrine lorsqu'elle se réveillait chaque matin, ses mains tremblaient, ça papillonnait dans son ventre, elle en perdait l'appétit.

Ce jour-là, elle s'était installée comme d'habitude à la terrasse du restaurant. Elle se sentait électrisée, presque endiablée ; elle portait une nouvelle robe, achetée sur le port. Courte, près du corps, pas du tout le genre de vêtement qu'elle se permettait habituellement. Les manches tombaient sur ses épaules et ses tétons pointaient sous le tissu à fleurs. Ses longs cheveux, pâlis par le soleil et la mer, tombaient en cascade sur son dos. Pour la première fois de sa vie, elle voulait plaire. Plaire à un homme.

Elle repensait à Babouchka, à toutes ses toilettes, au soin qu'elle apportait à sa mise et elle comprit. Elle comprit combien il devait être agréable pour sa grand-mère de se faire courtiser par Alexandre Terebov et comme elle devait ainsi se sentir vivante.

Yannis manqua de faire tomber son plateau lorsqu'il la découvrit ainsi. Ses yeux brillaient, son cœur palpitait, elle était encore plus belle aujourd'hui qu'hier. Était-ce Dieu possible ? Mais il savait qu'il ne devait pas, il ne pouvait pas, c'était interdit.

Il prit donc son air le plus détaché et planta ses yeux dans les siens pour échapper aux promesses qu'offrait sa poitrine rebondie.

— *Yassou koukla mou*… Tu es très en beauté aujourd'hui…

Il n'avait pu s'empêcher.

— *Efharisto poli Yannis*. C'est vrai que cette robe est jolie, je me suis dit qu'un peu de couleur…

Elle était un peu gênée, mais tellement ravie qu'il ait mentionné sa nouvelle robe. Il avait certainement le double de son âge et elle se sentit parfaitement ridicule. Comment pouvait-elle s'imaginer un instant que cet homme la trouvât séduisante. Cette île lui faisait tourner la tête, elle ne se reconnaissait pas.

— Un thé, comme d'habitude ?

— Oui, merci. Je prendrai du pain et un yaourt au miel.

— *Endaxi !* Je t'apporte ça tout de suite.

Le ton se voulait professionnel, désinvolte, mais leur gêne pesait aussi lourd qu'un orage au-dessus de leur tête.

Yannis s'éloigna et, tout en préparant la commande, ses pensées se bousculaient, contradictoires.

Quel imbécile ce Français ! Il est fort sympathique mais pour ce qui est des femmes c'est un idiot... Comment peut-on laisser son épouse comme ça, seule, sur une île étrangère ? Pendant leur voyage de noces, qui plus est ? Mais quel idiot, quel idiot ! S'il s'occupait un peu plus de sa femme je ne serais pas là, moi, à lutter contre l'envie de... de...

Il ferma les yeux, préférant ne pas y penser.

Quand il déposa l'assiette de pain sur la table, leurs mains se touchèrent. Ana vivait la scène au ralenti. Elle interprétait chaque geste, intériorisait chaque sensation, à ses yeux le restaurant entier brûlait de leur désir. Elle ne pouvait plus en douter, ce qui se passait là était bien une tension physique, une attirance animale entre deux êtres. Pourquoi n'avait-elle jamais ressenti cela auparavant ? *Jean ! Il ne faut pas que j'oublie Jean. Je l'aime, il m'aime, nous sommes mariés.*

— Ana ?

Elle sursauta.

— Oui...

— Je me disais... si jamais tu n'avais rien de prévu cette après-midi, je... j'ai prévu de faire une sortie en mer, alors...

— Oh c'est gentil, Yannis, mais...

Elle voulut dire que ce n'était certainement pas une bonne idée mais elle s'excusa simplement.

— J'ai déjà prévu quelque chose mais je te remercie d'avoir pensé à moi.

Penser à elle, quelle blague, je ne fais que ça !

— *Endaxi, endaxi...* Je comprends.

La déception se lisait sur son visage et Ana regrettait déjà.

Remords ou regrets ? La question la taraudait. Elle se souvenait vaguement d'un cours de philo à ce sujet. Valait-il mieux avoir des remords ou des regrets ? Voilà ce qui occupait ses pensées cette après-midi-là. La chaleur était étouffante sous la tente et elle avait élu domicile au pied d'un pin. Elle avait été incapable de prévoir quoi que ce soit d'autre et la curiosité la dévorait. Que se serait-il passé si elle avait accepté l'invitation de Yannis ? Elle ne le saurait jamais...

Ou peut-être que si, elle pouvait encore changer d'avis. Non ! Ce n'était vraiment pas raisonnable, elle devait penser à autre chose.

Elle ferma les yeux, mais une image obsédante s'imprimait sur sa rétine : Yannis. Elle ne supporta pas de rester dans le noir, de ne pas savoir, et son esprit romanesque ne sut résister.

Elle sauta sur son scooter et dévala la côte jusqu'au port. Le bateau était encore là, c'était forcément un signe.

Yannis avait dû entendre son moteur car il sortit immédiatement sur le pont. Son sourire et l'éclat dans ses yeux étouffèrent ses derniers doutes et elle monta sur le pont sans la moindre appréhension, seuls les battements de son cœur la guidaient.

Comme promis, Yannis avait largué les amarres et le bateau avait quitté le port. Assise sur la proue, Ana exultait. C'était tellement excitant, elle se sentait à la fois pleine de confiance et totalement confuse. Elle perdait pied et c'était une sensation tout à fait délicieuse.

Après une demi-heure de navigation durant laquelle chacun garda ses distances, ils accostèrent dans une petite crique déserte qu'Ana ne connaissait pas. À flanc de colline, au milieu des oliviers, elle distingua une ancienne maison de berger. Le toit n'était plus qu'un trou béant ouvert sur le ciel, les pignons en pierres s'éboulaient, seule la porte semblait résister aux assauts du temps.

Yannis brisa enfin le silence :

— C'était la maison de mon grand-père.

Rien n'avait en apparence changé et pourtant elle le regardait comme si c'était la toute première fois. La tendresse dans sa voix, la lumière dans ses yeux, le bleu de la mer, la beauté du paysage : elle vivait enfin sa grande scène d'amour, celle qu'elle avait attendue toute sa vie.

Yannis allait ouvrir la bouche pour lui raconter son enfance lorsqu'il sentit ses lèvres se jeter sur les siennes, brûlantes, avides. Leurs dents s'entrechoquèrent. Ses mains cherchèrent ses seins tandis qu'elle s'agrippait à son cou. La pudeur et la candeur de la jeune femme volèrent en même temps que ses vêtements et sous la caresse des doigts qui exploraient son corps, elle devint quelqu'un d'autre.

Ana se découvrit sensuelle, animale et leur étreinte ne ressembla en rien à ce qu'elle avait connu jusqu'ici. Leurs chairs et leurs âmes fusionnèrent sous un soleil aussi brûlant que leurs baisers. La jeune femme ne se reconnut pas dans ces gémissements, encore moins dans ce plaisir qui jaillit et la renversa littéralement, découpant sa silhouette à contre-jour, haletante et libérée.

Le bateau dodelinait sur les flots calmes de la mer Égée, bercé par les clapotis de l'eau contre sa coque. Le soleil avait entamé sa chute vers l'ouest et le couple s'était réfugié dans l'ombre projetée par la cabine.

— Je suis désolée, avait-elle chuchoté, en se recroquevillant comme une petite fille fautive au creux des bras rassurants de son amant. En réalité, elle ne l'était absolument pas. Seule la décence la poussait à s'excuser. Son attitude avait été plus que déplacée, se jeter sur cet homme, elle, une femme mariée. Mais elle ressentait encore au creux de son ventre les délicieuses sensations qui l'avaient fait vibrer un peu plus tôt et ses joues s'empourprèrent à ce souvenir.

— C'est à moi de m'excuser, je n'aurais jamais dû t'inviter…

Il la sentit se crisper dans ses bras et il regretta aussitôt sa maladresse.

— Non, non, ce n'est pas ce que je voulais dire…

mais c'est de ma faute, pas la tienne. Tu n'as rien à te reprocher. Rien.

Il lui embrassa les cheveux, les doigts, les pieds même. Il chérissait chaque parcelle de son corps.

— Tu es tellement belle, tellement parfaite... Je pense à toi tout le temps, tu comprends ?

Ana frissonnait de plaisir, ses paroles plus que ses baisers la réjouissaient.

— Je voudrais que tu n'appartiennes qu'à moi, je t'aimerai comme une reine...

Les deux amants savaient que ce n'était que vœu pieux et qu'ils devraient se contenter de ces moments volés. Aucun d'eux n'avait alors imaginé que cette aventure durerait des années.

⋆

Oui, ils s'étaient aimés de nombreuses fois sur le pont de ce bateau, celui-là même qu'elle épiait maintenant comme une voleuse. Dix-huit ans plus tard, avait-elle finalement des remords ?

Bien sûr que non, comment le pourrait-elle ? Yannis l'avait réveillée, dans ses bras elle était devenue femme et bien plus encore...

Durant toutes ces années, elle avait trouvé en lui un refuge, une présence rassurante et aimante. Mieux encore, il l'adulait. Avec lui, Ana sortait le grand jeu. Véritable tragédienne dans l'âme, elle prenait son rôle très au sérieux. Chaque été, elle préparait tout un scénario et Yannis subissait les conséquences de sa folle imagination. Le pauvre ne savait jamais sur quel pied danser. Il subissait, amoureux et damnable, se satisfaisant des quelques miettes qu'elle lui jetait depuis la scène invisible où elle se produisait.

Elle lui vouait tout de même une confiance aveugle et Yannis fut le seul amant régulier qu'elle se permit de garder. Les autres n'avaient fait que traverser sa vie, quelques souvenirs et du plaisir auxquels elle aimait à repenser.

Ana s'adoucissait à mesure que ses pensées la ramenaient vers ce passé tant aimé, quand une vision soudain la crispa.

Elle ne rêvait pas. Là, en contrebas de la falaise, un peu plus à l'est, amarré au ponton de l'*East View*, le Zodiac de Jean. Il n'y avait aucun doute. Que faisait-il là ? Il n'avait aucune raison de venir dans cet hôtel, c'était typiquement le genre d'endroit qu'il exécrait, Ana le savait et s'y réfugiait, certaine de ne jamais l'y croiser. Elle vérifia une nouvelle fois, le numéro d'immatriculation tatoué en grosses lettres noires ne pouvait lui échapper. C'était bien lui. Aucune chance qu'il soit là pour des raisons professionnelles, Jean bénéficiait d'un bureau mis à sa disposition au sein du centre de recherches marines et il était toujours très fier d'y recevoir ses visiteurs.

Se pouvait-il que lui aussi ne soit qu'un menteur ? Qu'il en aime une autre, la trahisse et l'abandonne ? Toutes ses absences, sa distance… Était-elle si sûre d'elle qu'elle en soit devenue aveugle ? Ne doutant jamais, au grand jamais de la fidélité de son mari.

Elle en avait le souffle coupé. Le vide ne lui avait jamais semblé si près, elle se sentait comme aspirée.

Ses yeux ne savaient plus où regarder, tiraillés d'un bateau à l'autre et soudain ce fut le coup de grâce.

Elle était là. Émergeant de la cabine, minuscule silhouette aussi insignifiante qu'une vulgaire fourmi, moulée dans une robe noire à bretelles. Sans surprise elle était brune – toutes les Grecques l'étaient –, une coupe moderne, bien trop sophistiquée à son goût. Ana la trouva bien en chair, mais de là où elle se trouvait, difficile de juger vraiment. Après tout, la péronnelle était enceinte. Elle-même avait arboré fièrement une silhouette gracile toute sa grossesse, seul son ventre la trahissait.

La jeune femme s'était installée sur la proue et feuilletait un magazine. Comment osait-elle ?

Hors d'elle, Ana sentait la colère lui monter au nez, puis exploser. Voir cette petite opportuniste se prélasser sur leur bateau comme en terrain conquis, c'en était trop. De rage, elle arracha les petites fleurs jaunes d'hélichryse qui poussaient à ses pieds.

Il avait dit qu'il n'aimerait que moi, qu'il ne pourrait jamais en aimer une autre comme moi ! Quel menteur, quel goujat !

Elle l'avait cru, elle se sentait trahie, humiliée, stupide… jalouse ? Ce dernier sentiment n'était pas habituel chez elle, qui aurait-elle bien pu jalouser ? Jamais elle n'avait eu à s'abaisser à ça… Du moins jusqu'ici.

Quant à cet enfant qui allait naître, non, elle ne pouvait pas y penser, cela la rendait folle, complètement folle. Et Jean ! Jean lui aussi la trahissait, lui mentait.

Payait-elle ainsi ses propres trahisons, ses mensonges ?

Elle avait envie de hurler, de se jeter de la falaise. Ils n'auraient plus que leurs yeux pour pleurer et son souvenir les hanterait. Elle défiait le vide du regard, la mort ne lui faisait pas peur, pourvu qu'elle soit tragique.

Plus aucun doute ne subsistait, sa colère était trop grande, incontrôlable. Il lui serait impossible de se tenir face à cette femme et de faire semblant. Tout ce dont elle serait capable serait de lui griffer le visage ou pire encore ! Trouver un moyen d'éviter cette rencontre ne serait que provisoire, elle ne pourrait pas y échapper éternellement. À l'idée de devoir croiser cette femme tous les étés, elle trembla.

Il lui faudrait du temps, beaucoup de temps, pour faire le deuil de sa relation avec Yannis, de tout ce qu'il représentait et d'accepter sa nouvelle vie. Quant à Jean… le trou dans sa poitrine n'en était que plus béant. Les hommes gâchaient toujours tout.

Bafouée, elle ne put retenir ses larmes.

La paire de jumelles était désormais tombée à ses pieds, mais elle s'en moquait. Plus rien d'autre que son chagrin ne comptait. Elle pleura donc de très longues minutes, ressassant sa déception jusqu'à ce que ses pleurs se tarissent.

Jean ne perd rien pour attendre, pesta-t-elle intérieurement. Bien décidée à le confronter, prête à lui offrir l'une de ses grandes scènes, elle chercha des yeux son canot. Mais le ponton était vide, l'oiseau envolé. Trop occupée à se morfondre et à pleurer sur son sort, elle ne l'avait pas vu quitter les lieux.

Elle voulait, elle devait savoir. Même si, proche du désespoir, la vérité pouvait l'anéantir. Ses jambes tremblaient et elle se releva péniblement. La baie n'avait à ses yeux plus rien d'enchanteur et elle détourna le regard, sonnée.

Ana ne vit rien de la route du retour, trop absorbée par son chagrin. Le soleil brillait ardemment dans un ciel éblouissant, mais son esprit flottait dans une brume sombre et grise où tout était couleur de pluie.

La porte s'ouvrit sur sa silhouette tremblante et elle jeta son sac sur le sol. Sa journée, ses vacances, sa vie même étaient gâchées !

Depuis l'étage, elle distinguait très nettement le crachotement insupportable de l'imprimante. Sur le mur, suspendues à leur crochet, les clefs du bateau la défiaient. Quelle mascarade !

Prise d'un doute, Ana ferma les yeux, fouillant dans ses souvenirs. Les clefs du bateau étaient-elles accrochées dans l'entrée lorsqu'elle avait pris celles de la voiture ce matin ?

Impossible de se souvenir. Elle pesta en s'avançant au milieu du salon.

— Jean !

Ana voulait en découdre, mais seul le silence lui répondit.

— Jean ! hurla-t-elle à s'en déchirer les tympans.

La porte de l'étage s'ouvrit et, torse nu, simplement

vêtu d'un vieux short en toile de parachute, un crayon à la bouche, son mari lui répondit :

— Tu m'as appelé ?

Jean ne pouvait distinguer ses yeux rougis qu'elle dissimulait derrière ses lunettes de soleil qu'elle avait pris soin de garder sur le nez.

— Tu es sorti ce matin ?

Sa voix était empreinte de reproches et cela ne lui échappa pas. Jean connaissait tout le répertoire émotionnel de sa femme.

— Non, et toi ? Tu arrives ou tu sors ?

Cette manière qu'il avait de toujours détourner l'attention l'énervait.

— J'arrive, grogna-t-elle. De l'*East View* !

— Je ne t'ai pas entendue sortir, répondit-il simplement. C'était bien ?

Il se moquait d'elle, c'était évident. Il noyait le poisson, comme d'habitude...

— Je t'ai vu ! cria-t-elle. Enfin ton bateau ! Sur le ponton !

Elle rugissait, prête à sortir les griffes et Jean recula instinctivement.

— Comment ça, tu as vu mon bateau ? Voyons Ana, c'est impossible. Tu vois bien que je n'ai pas bougé d'ici. Tu sais aussi que j'ai une réunion très importante qui arrive et que j'ai autre chose à faire que d'aller me promener...

Ana était pétrifiée, empêtrée dans son chagrin, incapable de savoir si elle devait croire ou non son mari.

— Et puis je n'ai jamais mis les pieds à l'*East View* ! Le genre hôtel de riches bien m'as-tu-vu, très peu pour moi !

Elle ne répondit rien. Quand Ana était contrariée, il lui arrivait de ne pas parler pendant des jours. Il n'insista pas.

En vérité, elle réfléchissait, convoquant ses souvenirs, ses impressions pour prendre une décision : Jean était-il lui aussi un menteur ? Son cœur lui disait que non, mais son esprit s'obstinait à la torturer.

Comme si de rien n'était, et pour ne pas terminer la conversation sur ce malentendu, il demanda :

— On mange quoi ? Les enfants sont à la plage et rentrent pour midi...

Devant son mutisme buté, il abandonna. Il avait encore beaucoup de travail et pas de temps à perdre avec une énième crise.

Jean disparut donc dans son bureau laissant sa femme en proie à ses doutes.

Ana finit par sortir de sa prostration et disparut dans la cuisine. Elle avait soif. Avec toutes les larmes qu'elle avait versées, son corps était en train de se dessécher. Elle but la moitié de la carafe du frigo, sa langue était râpeuse, ses lèvres rêches, et elle se sentit un peu mieux.

Le petit mot qu'elle avait laissé sur la table quelques heures plus tôt n'avait pas bougé de place. La bonne humeur qu'il dégageait l'irrita et elle s'acharna sur la feuille de papier, la réduisant en miettes, avant d'ouvrir la poubelle pour la faire disparaître. L'odeur rance du beurre qui s'en dégagea lui souleva le cœur et un sanglot de nouveau lui échappa.

Ana n'eut alors plus qu'une seule envie, disparaître au fond de son lit. Elle se déshabilla dans la pénombre de sa chambre avant de se glisser dans les draps, seule et inconsolable.

*

Sophie sentait sa peau brûler sous son regard. Ou peut-être était-ce simplement le soleil de midi ?

Selon ses habitudes, elle devrait s'installer elle aussi en terrasse, commander un soda et bouquiner, ou encore plaisanter avec ses amis. Mais la plage était désespérément vide de visages familiers.

Elle ne pouvait pas rentrer maintenant ; si elle faisait

capoter ses plans, Dimitri la tuerait. La montre waterproof qui ornait son poignet, perdue dans un tas de bracelets colorés, indiquait 12 h 06. Elle soupira. Encore une heure à perdre.

Contrairement aux autres membres de sa famille, Sophie détestait la solitude. Elle avait cet irrépressible besoin de bavasser, de s'occuper, pour combler le vide, ce vide qui lui faisait si peur. La solitude était pour elle synonyme d'abandon, une véritable angoisse chez la jeune fille.

Enfant, Sophie faisait encore et toujours le même cauchemar. Son frère aimait la tourmenter en insinuant qu'elle avait été adoptée. *Quel crétin !* Oubliée l'image rêvée du frangin protecteur et bienveillant, Dimitri n'était pas le frère qu'elle espérait. Mais elle semblait la seule à voir ses travers et ses petits coups en douce. Allez savoir ce qu'il trafiquait avec le bateau de leur père ? Elle aurait payé cher pour le découvrir…

Le cadran de sa montre digitale affichait maintenant 12 h 10. Les minutes s'égrenaient avec une lenteur désespérante et elle mourait de soif sous un soleil de plus en plus étourdissant.

Elle risqua un coup d'œil vers la taverne. Le jeune vendeur de pastèques n'avait pas bougé d'un pouce, le regard tourné dans sa direction.

Elle hésitait. Jamais jusqu'ici elle ne s'était retrouvée assise seule à une terrasse. Cette idée l'effrayait. Plutôt peureuse et peu débrouillarde, elle avait toujours eu l'habitude d'être accompagnée par Griselda ou Dimitri et le moindre caillou sur son chemin se transformait en montagne.

12 h 12. Le soleil tapait fort sur sa tête et elle se sentit au bord du malaise. *Allez ma grande ! Ce n'est pas la mer à boire… Tu y vas, décontractée, comme si tu avais fait ça toute ta vie. Tu commandes un Coca, ça c'est facile, tu sais faire, et dans quarante minutes max tu payes et tu remontes au village. Fastoche !*

Elle se leva, un peu chancelante, et s'aventura sur les galets brûlants. L'ombre de la terrasse eut l'effet d'un baume sur sa peau crépitante et elle regretta de ne pas s'être mise à l'abri plus tôt. Ses appréhensions lui menaient la vie dure.

Le serveur, un Grec en chemise verte et pantalon noir, l'accueillit avec un chaleureux « *Yassou Sophia !* », et elle se sentit comme à la maison. *Tu vois ! Pas de quoi en faire un fromage*, se gronda-t-elle. Dimitri avait peut-être raison, après tout, lorsqu'il la traitait de chochotte.

Elle s'installa au plus près du restaurant et commanda un soda. Servi promptement, le pschitt du décapsuleur et le tintement des glaçons annonçaient déjà la désaltérante saveur du Coca. Elle but avidement les premières gorgées, glacées, piquantes, et frissonna avant d'éternuer.

Elle était maintenant seule. Le serveur s'était retiré devant un écran télévisé, sous un ventilateur qui ne brassait rien d'autre que de l'air chaud.

Sophie évitait soigneusement de regarder en direction du jeune vendeur de pastèques. Ils n'étaient que tous les deux sous la tonnelle de vigne vierge et aucun autre touriste ne semblait décidé à les rejoindre. La fermeture éclair de son sac gronda quand elle l'ouvrit pour y plonger la main à la recherche de son bouquin : *Roméo et Juliette*. C'était un peu cliché mais elle aimait choisir des lectures de vacances qui en imposent. Du genre intellectuelles et si possible universelles. Lukas était néerlandais. Le message devait passer !

C'était un passage clef de la pièce, celui où Juliette se croyant seule déclarait son amour pour Roméo : « Ô Roméo ! Roméo ! Pourquoi es-tu Roméo ? Renie ton père et abdique ton nom ; ou, si tu ne le veux pas, jure de m'aimer, et je ne serai plus une Capulet. »

Plongée dans sa lecture, obnubilée par cet amour interdit et follement romantique, elle ne l'entendit pas arriver. Il toussota et elle sursauta, comme une petite souris prise au piège.

Il avait l'air bien moins téméraire que dans son souvenir. Timide même. Et il portait un tee-shirt propre. Mais il représentait forcément une menace et, affolée, elle chercha du regard le serveur.

— *Don't worry, don't worry! No problem, no problem!*

Il s'évertuait à la rassurer, mais c'était peine perdue.

Elle se leva, lui faisant face, les jambes coupées, réfléchissant à toute vitesse, avant de se précipiter à l'intérieur, la monnaie qu'elle avait préparée à la main. Le serveur, plongé dans son programme télé, ne remarqua rien de son trouble et pensa qu'elle voulait simplement régler sa consommation. Il lui rendit quelques pièces en la remerciant distraitement.

Inquiète, Sophie resta plantée comme un piquet un moment, le temps de s'assurer que le jeune homme avait disparu avant de retourner sur la terrasse et de fourrer son livre dans son sac, sans remarquer que quelque chose y avait été glissé. Un dernier regard aux alentours et elle fila sans demander son reste.

12 h 47, parfait ! Elle serait à l'heure pour le déjeuner. Survoltée, elle entama la remontée vers le village comme si sa vie en dépendait, mais cette fois-ci elle emprunta la route principale. Son expérience désastreuse à l'aller par le raccourci lui avait suffi et elle avait eu assez d'émotions pour aujourd'hui.

Dans son dos, à distance respectable, le jeune vendeur de pastèques la suivait.

> Ma souffrance est ma vengeance contre moi-même.
>
> Albert Cohen, *Le Livre de ma mère*

11

Il naviguait sur une mer d'huile. Dans son dos le soleil perçait peu à peu l'horizon et ne tarderait pas à éclabousser le ciel de toute sa lumière.

Jean y voyait déjà comme en plein jour et le Zodiac fendait les eaux à grande vitesse. Il ne regrettait pas l'achat du pneumatique qui lui permettait de faire le tour de l'île en quatre heures à peine. Il avait obtenu une autorisation exceptionnelle pour accéder aux différents îlots du parc marin : ici son statut de scientifique était particulièrement reconnu et respecté. C'était pour lui une grande fierté, bien plus qu'il ne pouvait l'exprimer.

Il connaissait désormais chaque centimètre carré de l'île, chaque crique, chaque grotte, mais aussi ses collines et les moindres formations rocheuses jusqu'au point culminant de Touvouli. Les différents travaux qu'il avait menés ces dernières années, seul ou en équipe, avaient permis une révision totale de la structure tectonique de l'île et de sa géologie. Les études stratigraphiques, structurelles et biochimiques conduites sous sa direction avaient bouleversé les précédentes publications sur le sujet. Aujourd'hui encore, ses conclusions sur le caractère et l'origine de la nappe *Palouki*, composée de couches successives de marbre, de roches sédimentaires et de schistes datant des différentes périodes du crétacé, ne lui donnaient pas entière satisfaction. Il devait encore approfondir le métamorphisme de cette formation et les raisons de sa présence sur une île voisine sous la forme d'une structure bien dissemblable. Cette nouvelle étude ferait sûrement l'objet de plusieurs voyages pour l'année à venir et Ana n'apprécierait certainement pas, d'autant que Dimitri devait passer son bac avec un an d'avance, et Jean savait qu'elle exigerait sa présence pour l'encourager et le soutenir. Son fils suivait brillamment une filière scientifique mais Jean ne se faisait pas d'illusion, si Dimitri avait choisi cette voie, c'était pour lui faire plaisir, pour avoir la paix en somme. La grande sensibilité de l'enfant l'irritait passablement mais le jeune homme s'était endurci avec l'âge et s'était enfin décidé à lâcher les jupons de sa mère.

Il n'espérait pas nécessairement façonner Dimitri à son image, mais il savait combien la réussite professionnelle importait et il l'avait toujours poussé à travailler plus. Ainsi, lorsque son professeur de mathématiques demandait à ses élèves de résoudre deux exercices sur la leçon du jour, Jean imposait à son fils de faire l'ensemble de ceux proposés par le manuel.

Une punition pour le jeune homme, un acte de sujétion pour son père.

Physiquement, il se retrouvait en Dimitri et c'était une grande fierté pour lui qui avait souffert, enfant, de n'avoir jamais su à quoi ressemblait son père, ni même s'il lui ressemblait.

« Pas du tout, lui avait tout de même dit un jour sa mère. Tu es un de Parny ! » Mais pouvait-il lui faire confiance ?

La paternité était pour lui un véritable accomplissement, au même titre que d'être devenu une figure incontournable du paysage scientifique international.

Il coupa le moteur alors qu'il approchait de sa destination, une grotte marine aux eaux turquoise, hérissée de stalactites.

À cette heure plus que matinale, il ne risquait pas d'être dérangé par les touristes et il pourrait profiter pleinement du spectacle de cette curiosité naturelle qui l'avait tant fait rêver lorsqu'il était gamin. Il avait longtemps songé à devenir spéléologue puis archéologue, mais comme finalement tout le ramenait à la géologie, son choix avait été une évidence. Sa passion pour les pierres ne datait pas d'hier et remontait à son enfance.

Il se rappelait très bien avoir reçu pendant des années les cadeaux d'un « Père Noël secret », que sa mère semblait lui offrir à regret :

— Je te préviens que ce cadeau n'est pas de moi, je n'ai pas les moyens de t'offrir ce genre de choses inutiles…

Il n'était donc pas mécontent de déballer autre chose que des pyjamas et des caleçons en coton.

Le premier paquet arriva pour ses sept ans.

— L'âge de raison, avait déclaré sa mère.

La fin de son enfance, pensait-il encore aujourd'hui, mais qu'importe, ce fut le plus fantastique des anniversaires.

Il pouvait encore sentir le poids du paquet dans ses mains et la sensation du papier glacé sous ses doigts. Au plus grand agacement de sa mère, il ne l'avait pas ouvert aussitôt, préférant imaginer les centaines de trésors qui pouvaient s'y cacher.

Un bruit d'objets qui s'entrechoquent l'intriguait particulièrement.

— Je pense que c'est un jeu avec des pièces en bois, des dames peut-être…

— Si tu ne te décides pas à l'ouvrir tu ne le sauras jamais, persifla sa mère.

Deux jours plus tard, il se décida enfin à ouvrir le paquet, persuadé d'avoir vu juste et qu'il ne pourrait pas être déçu. Ce n'était pas un jeu en bois, c'était bien mieux encore.

Il déballa délicatement le papier qui dévoilait enfin son secret : une imposante encyclopédie illustrée des minéraux, accompagnée d'un coffret de douze échantillons minéralogiques de pierres brutes et de cristaux. Le petit garçon n'en crut pas ses yeux, il n'avait jamais rien possédé d'aussi précieux. Pour lui, ces pierres ne pouvaient être banales tant elles étaient belles, et leurs couleurs, bien trop surprenantes pour n'être que de vulgaires « cailloux ». Améthyste, grenat, quartz rose, œil-de-tigre, autant de noms fantastiques, presque exotiques.

Sa mère se moqua de son émerveillement et de son enthousiasme, mais il n'y prêta pas attention, elle était certainement jalouse, elle qui ne possédait rien d'aussi beau. Il cacha donc avec beaucoup de soin ses trésors, de peur qu'ils ne disparaissent.

C'est ainsi qu'il avait pénétré le monde magique de la géologie. Grâce à son encyclopédie, il voyageait à travers le monde, découvrait des contrées inconnues au travers de leurs richesses minéralogiques. Structure, composition chimique, propriétés mécaniques et optiques, bientôt cette science n'eut plus de secret pour le jeune garçon avide de connaissances. Aujourd'hui encore il souriait au souvenir de sa candeur, celle qui lui laissait à penser que minéralogie et géologie ne faisaient qu'un. Il avait encore tant à apprendre...

D'autres cadeaux suivirent, pour chaque Noël et chaque anniversaire, jusqu'à son départ en pensionnat dans un lycée privé d'Aix-en-Provence. Globe terrestre, microscope, un tas d'encyclopédies, sa première paire de jumelles, un télescope, un kit de petit chimiste, bref, tout le nécessaire du petit scientifique. Jean eut beau interroger sa mère, quitte à déclencher sa colère, jamais elle ne lui révéla qui se cachait derrière ces présents secrets. Mais l'enfant avait fini par se forger sa petite idée et, agacé, il finit par demander :

— C'est mon père, c'est ça, c'est lui ? Tu ne veux pas que je le voie, tu l'empêches de venir, dis-le !

Sa mère ne prononça aucun mot, mais son visage vira au vert. Elle se leva, toujours sans rien dire, et attrapa le joli sablier de verre qu'il avait reçu à son dernier anniversaire et qu'il avait posé sur le petit secrétaire du salon. Avant même qu'il ne comprenne la situation, Agnès avait ouvert la fenêtre et elle ne la referma qu'après avoir entendu le bruit de verre brisé sur le trottoir. Jean hurla et se précipita dans l'entrée avant de dévaler les escaliers. Au pied du n° 9 il ne restait que des miettes, que les passants piétinaient, inconscients du drame que pouvait vivre cet enfant de dix ans.

Il ne pleura pas. Cela faisait bien longtemps qu'il avait compris que ses larmes ne changeraient rien. Il ne pouvait d'ailleurs s'en prendre qu'à lui-même, il savait qu'évoquer son père en présence de sa mère était très risqué, en général il évitait mais cela lui avait échappé. Il s'installa donc sur un banc et resta assis des heures à regarder les centaines de grains de sable rouler, glisser, emportés par les pas des promeneurs, tout en se demandant si Agnès se confesserait le dimanche suivant, et surtout si elle méritait l'absolution que le prêtre semblait toujours lui accorder.

Jean ne parlerait plus jamais de son père avec sa mère. Jamais. Les cadeaux continuèrent tout de même d'arriver comme si Agnès était contrainte de les accepter et Jean eut l'intelligence de ne plus rien demander. Il avait depuis longtemps compris qu'il ne devrait compter que sur lui-même.

Aujourd'hui il devait pourtant admettre qu'un élément étranger et imprévu avait largement contribué à sa réussite. Ce fameux « Père Noël secret » ne s'était pas contenté de lui offrir des cadeaux, il avait fait bien plus que ça, il l'avait poussé sur chacune des marches menant au succès. Bien évidemment, son ascension était indéniablement due à son travail acharné, à sa force de caractère, à sa propre volonté. Mais pas que.

Il l'apprit un peu par hasard, lors de sa dernière année de lycée, alors qu'il discutait avec son professeur de chimie. Jean évoquait son souhait d'intégrer un laboratoire de géologie pour son stage de fin d'année et monsieur Bouvet lui avait répondu le plus naturellement du monde :

— Je suis certain qu'avec ses contacts, votre oncle saura vous dénicher le stage rêvé.

— Mon oncle ?

— Oui. Le professeur Orson Marsan de Parny, le directeur m'a dit qu'il était votre oncle. C'est bien le cas ?

— Oui, oui, assura le jeune homme tandis que son cerveau bouillonnait.

L'homme dont on venait de lui parler portait le même nom que lui et il savait que l'un des frères de sa mère se prénommait Orson, ce ne pouvait être un hasard.

Une heure plus tard, il avait déniché à la bibliothèque du lycée une revue scientifique où un portrait du physicien Orson de Parny le présentait comme un scientifique reconnu, professeur à la faculté des sciences Paris-XI et membre de l'Académie des sciences.

Tout devint soudain très clair et Jean n'eut aucun doute sur l'influence que cet homme avait eu sur sa vie. Il avait été son « Père Noël secret » et était très certainement aussi à l'origine de son entrée dans ce lycée privé et coûteux. Mais pourquoi ne l'avait-il jamais rencontré ? Pourquoi le frère de sa mère n'avait-il pas joué son rôle, celui d'un oncle visitant son neveu ? Il aurait pu l'emmener au planétarium, au muséum ou encore au cinéma. Mais il ne s'était jamais montré, il n'avait jamais assumé. Jamais accepté que cet enfant qui portait son nom ne soit qu'un bâtard. Il n'était donc pas digne d'une attention publique. Il avait préféré œuvrer en secret, orienter son chemin de vie, faire de lui un singe savant. Cet événement ne fit que décupler sa colère, son envie de réussir. Seul.

Il ne saurait pourtant jamais quelle influence son nom de famille avait eue sur sa carrière. Curieusement, jamais il ne rencontra son oncle en personne, mais il l'avait aperçu, parfois, au milieu du public, lors de ses conférences. Quand on l'interrogeait, il niait avoir le moindre rapport avec cet homme et il avait d'ailleurs très vite abandonné sa particule pour ne conserver que le nom de Marsan. Cela lui assurait une certaine tranquillité d'esprit et lui épargnait beaucoup de questions, du moins jusqu'au jour où cet oncle, célibataire et sans enfants, avait fait de lui son unique héritier.

*

Jean ne savait pas vraiment ce qu'il trouverait en venant sur l'île pour la première fois, dix-huit ans plus tôt. En un sens, cela fut bien au-delà de ses espérances. Et même si aujourd'hui les choses semblaient vouloir changer, il aimait à croire que rien ne pourrait chambouler la vie qu'il s'était construite, qu'il saurait tout contrôler.

Durant toutes ces années, l'île s'était offerte à lui sans retenue. Il l'avait mise à nu, elle avait, pour lui, révélé tous ses secrets, même les plus enfouis. C'était comme si elle cherchait à lui prouver sa bonne foi, à réparer le terrible préjudice subi.

Cette terre était devenue la sienne, il y avait ancré ses racines et c'était un juste retour des choses.

Tandis qu'il se glissait dans la cavité avec précaution pour ne pas abîmer son canot, une sensation étrange le harponna. C'était comme entrer dans la chambre des doutes. L'instant d'avant, c'était un homme confiant, la seconde d'après, il n'était plus sûr de rien. Allongé dans l'embarcation, il se laissa hypnotiser par la couleur presque surnaturelle de l'eau.

— On dirait du sirop à la menthe, avait déclaré Sophie en tirant la langue d'envie, la première fois qu'il l'avait emmenée ici.

Il se souvint d'avoir ri. L'innocence des enfants avait quelque chose de charmant, mais ne devait durer qu'un temps.

La nappe d'eau turquoise qui baignait la grotte était d'une telle limpidité, qu'il pouvait étudier les moindres aspérités des rochers à l'œil nu. L'endroit était trop fréquenté pour qu'un écosystème y soit préservé mais quelques poissons, curieux, venaient tout de même s'y aventurer. Les concrétions elles-mêmes avaient souffert de la main humaine et Jean ne décolérait pas de les voir profanées. Il subsistait heureusement quelques grottes protégées dans le parc marin et il s'en félicitait. Cette cavité restait néanmoins sa préférée, avec l'atmosphère si particulière de ses voûtes de calcaire qui reflétaient intensément la lumière.

Il bascula sur le dos pour observer attentivement les concrétions qui s'étendaient comme des toiles d'araignées et habillaient de dentelle les courbes célestes de la petite crypte. Il les avait toutes étudiées avec une infime attention et connaissait la cartographie de ces solidifications par cœur.

Il ferma les yeux et, derrière ses paupières closes, il pouvait sans peine visualiser chaque centimètre de cet amas calcaire issu de réactions chimiques en chaîne. C'était grisant de maîtriser ainsi les éléments, de tenir les clefs du monde dans sa main.

Il avait toujours réponse à tout et ses enfants adoraient le questionner, même s'il s'agaçait assez vite. « Dis Papa, pourquoi on pleure ? Et ils ont disparu comment les mammouths ? Et toi, tu deviendras aussi un fossile quand tu seras mort ? »

Jean explorait le monde à défaut de son âme. Il se cachait derrière la rigueur scientifique, persuadé qu'elle pouvait tout expliquer. Sa naissance ne pouvait-elle pas seulement tenir à la fusion de deux gamètes, sans s'encombrer de considérations métaphysiques ?

Au fond, il savait bien que non. Mais y croire l'avait longtemps aidé à accepter la situation, à oublier l'absence de son père et les névroses de sa mère. Il n'était pas le fruit d'une relation inavouable, mais celui d'une hasardeuse et savante alchimie, une œuvre de la nature.

Et puis sa mère était morte et toute l'assurance et

les convictions qui l'avaient aidé à se construire, pierre après pierre, volèrent en éclats. Mais c'était il y a bien longtemps déjà.

Depuis, les choses avaient changé : la preuve, il était là.

Sa vie venait une fois encore de prendre un tournant inattendu et il avait ressenti le besoin de se retrouver, de prendre un peu de recul, de réfléchir. Les pensées se bousculaient, il devait faire le tri, analyser, classer et accepter.

Ce n'était absolument pas le moment de flancher. Il avait une réunion décisive dans quelques jours et devait être convaincant. L'octroi d'une nouvelle subvention était en jeu.

Comme si cela ne suffisait pas, Ana les gratifiait d'une crise comme elle seule en avait le secret. Il n'avait pas bien compris ses insinuations concernant le bateau, mais toujours est-il qu'elle s'était enfermée dans sa chambre depuis la veille et, muette, refusait d'en sortir. Habitué depuis longtemps à ces passages à vide, il ne s'inquiétait pas vraiment. Seulement, le moment était mal choisi.

Il ferma les yeux. Bercé par le clapotis de l'eau et les mouvements inconstants du canot, il se sentait tellement léger. Mais sa tête, trop pleine, se rappelait à lui, avec ses questions obsédantes :

Devait-il agir ? Était-ce le bon moment ? Risquait-il de tout perdre ?

Il lui faudrait certainement plusieurs jours pour trouver les réponses à ses questions. En attendant, il peinait à se concentrer sur son travail et rien ne pouvait plus le contrarier.

« Pourquoi fallait-il que cette fichue bonne femme vienne tout foutre en l'air ? Bousculer le fragile équilibre qu'il avait réussi à créer… »

Il grogna. Même dans ce lieu si reposant ses craintes ne le quittaient pas. Inutile de rester là.

Il s'extirpa de la grotte à l'aide de ses bras et, de

nouveau à l'air libre, il se redressa. Derrière l'horizon, le ciel s'embrasait sous l'effet d'une boule de feu orangée. Il était temps pour lui de rentrer.

*

Yannis frappait. Encore et encore.

Il y mettait toute sa rage, toute son amertume. Le son régulier et assommant de la masse sur les poteaux de bois étouffait le bruit de ses pensées. Il s'acharnait comme un forcené, indifférent à la douleur qui irradiait de ses épaules aux poignets ; il voulait juste oublier.

Ana ne répondait pas à ses messages, elle l'ignorait.

Pourtant habitué à ses frasques, il savait que cette fois tout était différent. Et s'il l'avait perdue pour toujours ?

Cette idée lui était insupportable.

Mais cet enfant qui arrivait, il n'envisageait pas non plus de le voir grandir loin de lui. Irina était une jeune femme moderne, indépendante, et il l'imaginait parfaitement capable de partir avec le bébé en claquant la porte. C'était la raison pour laquelle il avait accepté cette histoire de mariage. À son âge !

La reconnaissance de sa paternité était son seul objectif. Pouvoir transmettre son nom, son héritage : cette terre qui le retenait prisonnier et qu'il ne s'était jamais résolu à abandonner.

Yannis ne se faisait aucune illusion sur son couple. Il ne durerait pas... Irina n'était pas une femme d'ici. Elle était jeune et belle, la vie au-delà de l'île finirait par la rappeler.

Elle programmait déjà les mois à venir à Larissa.

Rien de bien surprenant à cela, les femmes de l'île se rendaient dans les grandes villes pour accoucher et la tradition voulait qu'elles passent ensuite quelque temps chez leur mère. Celle d'Irina vivait à Larissa, et bien que la jeune femme ne soit pas toujours tendre à son égard, elle semblait décidée à y aller.

— Ma mère n'est pas la personne la plus maternelle que je connaisse mais je sais qu'elle voudra s'impliquer auprès du bébé. Ça pourrait même nous rapprocher, espérait-elle. Et puis il y a mes tantes, mes cousines, ma grand-mère, elles seront de bons conseils.

Yannis n'en doutait pas, mais il n'était pas emballé à l'idée de se savoir séparé du bébé dès la naissance. Et surtout, il se demandait si Irina reviendrait.

— Ta mère pourrait venir habiter ici quelque temps, avait-il suggéré. La maison est grande et ce serait l'occasion pour elle de voir où nous vivons...

— Elle vient déjà au mariage, c'est suffisant. Et puis si elle s'installe ici, elle ne repartira plus jamais. Son petit appartement à Larissa, ce n'est vraiment pas le même confort !

— Alors pourquoi veux-tu t'enfermer là-bas avec le bébé ? Vous seriez mieux ici !

Yannis ne comprenait pas vraiment la logique d'Irina mais il savait que le problème n'était pas là.

— Mais parce que c'est comme ça, Yannis ! N'insiste pas ! Mes cousines, mes amies, elles ont toutes habité chez leur mère avec leur bébé et il est hors de question que je ne me plie pas à la tradition. Déjà que je suis la dernière à me marier, je veux faire les choses bien. Tu comprends ?

Il comprenait, mais il n'acceptait pas. Chacune de leur discussion n'était que dialogue de sourds et il en venait à tout regretter.

Une petite sonnerie l'arracha à ses pensées et Yannis consulta son téléphone. La petite enveloppe tant attendue ne venait pas d'Ana. « Je t'attends pour la sieste... », disait le message.

Irina ne le lâchait pas d'une semelle, il devait rester prudent. La jeune femme était de plus en plus méfiante et sa jalousie ne faisait aucun doute.

L'image d'Ana s'imposa de nouveau et il ne sut dire qui de son cœur ou de la masse martela le plus fort.

Son indifférence et son silence le rendaient fou ! Depuis deux jours il lui donnait en vain rendez-vous ici, près de la maison de sa mère, là où ils avaient pris l'habitude de se retrouver au fil des ans. Un peu plus bas, au beau milieu d'un champ d'oliviers, se trouvait une cahute de berger. Le soleil s'y infiltrait à travers les pierres plates et branlantes du toit, animant la pénombre d'un voile lumineux qui auréolait sa chevelure d'or. La chaleur sèche et poussiéreuse y devenait moite à mesure de leurs ébats, exhalant l'odeur des herbes foulées et de sa peau sucrée. Les murs s'imprégnaient de son désir, de ses soupirs, immortalisés à jamais dans la pierre. Il l'aimait sur ses terres, avec ce sentiment illusoire d'être propriétaire d'elle, de son corps et de son âme. Mais il n'était qu'un simple invité, autorisé à toucher, à goûter, mais pas à posséder.

C'était ainsi qu'Ana concevait sa liberté.

Il frappait encore, plus fort, mais le fracas n'effrayait en rien ses souvenirs qui l'assaillaient, toujours plus nombreux.

Chaque année les olives de ce champ étaient récoltées, pressées, un liquide or et vert qui avait pour Yannis une saveur bien particulière, aujourd'hui bien amère.

Le poulailler qu'il retapait se trouvait sur le côté de la maison de ses parents, tout près du verger. Depuis son poste, son regard embrassait toute la colline jusqu'à la mer. Un seul chemin de poussière permettait d'accéder à ce flanc escarpé et il ne pouvait en aucun cas la rater, si Ana se décidait enfin à le rejoindre pour s'expliquer. Mais il avait beau user la route à trop la regarder, rien ne venait.

Le bras ankylosé, incapable de continuer, il s'arrêta, et d'un geste rageur, arracha le bouchon d'une bouteille en plastique avant d'en vider la moitié, assoiffé. Furieux contre lui-même, il revivait sans cesse la scène du restaurant, ce moment fatidique où il leur avait annoncé l'arrivée du bébé et son mariage. Il savait combien la nouvelle pouvait sembler violente et inattendue pour Ana. Mais il n'avait pas eu le choix : il voulait qu'elle l'entende de sa propre bouche, pas de celle de Dina ou de n'importe quelle autre commère du village. C'était trop important et il s'était jeté de son plein gré dans la gueule du loup.

Pour éviter le drame, il avait même songé à rompre le contrat qu'ils avaient établi depuis des années.

Ana avait d'ailleurs été très claire à ce sujet :

— Je t'interdis de me contacter lorsque je suis chez moi, en France. Ni appel, ni courrier, rien ! C'est compris ?

— Tu es dure, Ana, avait-il répondu. Onze mois sans nouvelles, c'est long, beaucoup trop long.

— C'est à prendre ou à laisser ! Et puis tu reçois notre carte pour les vœux, c'est déjà bien suffisant. Sans oublier les appels que Jean te passe de temps en temps pour prendre des nouvelles de l'île, comme si ses pierres pouvaient s'envoler !

C'était tout sauf suffisant mais il n'avait pas le choix, Ana devenait intransigeante dès qu'il s'agissait de leur relation. S'il voulait rester, il devrait se plier à ses règles. Alors il avait obéi et n'avait jamais cherché à la joindre. Aujourd'hui il le regrettait. La prévenir, lui laisser le temps de digérer la nouvelle, voilà la stratégie qu'il aurait dû adopter… Mais tout s'était bousculé et il avait agi dans la précipitation.

Son inquiétude quant au fait d'être démasquée rendait Ana prudente et directive. Au fil des années, la jeune femme timide et chaste s'était transformée en une amante déterminée et autoritaire. Du moins, c'était ce qu'elle semblait croire et il ne faisait rien pour la contredire. Ana voulait mener la danse, décider, se faire désirer.

Mais une fois dans ses bras elle n'était plus que douceur et sensualité, il embrassait la même fragilité que la toute première fois.

Il comprenait sa situation et lui-même n'était pas très à l'aise avec tout ça. D'autant qu'il appréciait Jean. Sincèrement. L'homme lui était vraiment sympathique mais à chaque fois qu'ils discutaient, la même idée l'obsédait : il couchait avec sa femme.

Mais renoncer à elle, jamais !

Ana était un personnage rare, une âme habitée et passionnée, un corps qui ne demandait qu'à être réveillé : il ne pouvait lui échapper. Elle était ce genre de passion que l'on cherchait toute une vie. Jamais il n'aurait songé à la supplier de tout quitter pour lui, elle aurait fui. Il devait se contenter de ce qu'elle lui offrait.

Elle lui semblait si loin la première fois où il lui avait dit « je t'aime », murmurant ces mots à son oreille, étonné d'arriver enfin à les formuler après toutes ces années. Sa réaction l'avait quelque peu décontenancé.

Ana avait d'abord souri, timidement, visiblement ravie d'être l'objet de son amour avant de fondre en larmes.

— Pourquoi faut-il que ce soit toi qui me dises ça ?

— Parce que c'est la vérité, avait avancé le Grec, gêné.

— Et Jean ? Pourquoi Jean ne me l'a-t-il jamais dit ? C'est lui qui devrait m'aimer, c'est lui qui m'a épousée…

Voilà que Yannis devait prendre la défense du mari de sa maîtresse ! Une première pour lui !

— Voyons, Ana… Je suis certain qu'il t'aime. Comment pourrait-il en être autrement ? Ou alors cet homme est fou ! Mais il m'a l'air très sensé, alors…

Ses paroles ne la consolaient en rien et elle continua de pleurnicher.

Après cette scène il avait évité de trop s'épancher jusqu'à ce qu'il comprenne qu'Ana n'attendait que ça. S'entendre dire qu'on l'aimait la bouleversait. Elle quémandait de l'amour pour survivre, se nourrissant de tous ces sentiments qu'il lui apportait.

Yannis grimaça. Il n'arriverait jamais à la chasser de ses pensées. Elle s'y accrochait, tenace.

Il était loin d'avoir terminé et le travail ne manquait pas dans la vieille ferme de ses parents. Il culpabilisait d'y savoir sa mère aussi âgée et seule. La vieille femme était têtue et après avoir passé les soixante-dix dernières années ici, elle refusait de quitter cette vieille bâtisse sombre, sans eau courante ni électricité.

Il y montait presque chaque jour pour s'assurer de sa bonne santé, apporter quelques provisions et repartir les bras tout aussi chargés que lorsqu'il était arrivé.

Sa mère n'avait jamais été une femme bavarde. Un regard aussi dur que les pierres de sa maison et des mains ratatinées, qui finissaient toujours par lui faire signe de s'en aller.

Comme si d'avoir son fils sous les yeux lui coûtait.

Yannis n'aurait su dire si cette distance entre eux avait toujours existé, ou si elle s'était creusée au fil des années. Son périple en Europe n'avait certainement pas aidé, mais il s'était senti étouffer sur cette île minuscule et avait ressenti le besoin de s'évader, de vivre la grande aventure, de découvrir le monde. Il était tout juste majeur à son départ et elle lui en avait beaucoup voulu. Mais il était finalement revenu et avait fait sa vie ici. La vieille avait la rancœur tenace.

Elle remplissait pourtant son panier de légumes du jardin, d'œufs, de fruits, d'herbes, des trésors qui finissaient bien souvent dans les assiettes de son restaurant. C'était pour elle un devoir, celui d'une mère, d'une femme d'ici, modelée par la tradition, pliant sous son poids. Parfois elle lui faisait la morale en marmonnant, lui reprochant son célibat, invoquant l'honneur et la réputation de la famille. Mais jamais elle ne le regardait dans les yeux. Ils ne s'embrassaient jamais, ne se touchaient pas, comme deux étrangers.

Un nuage de poussière soudain attira son attention. Petit point au loin, s'engageant sur le chemin.

Son cœur bondit dans sa poitrine et il plissa les yeux. Il voulait être certain, ne pas se tromper, s'assurer que c'était bien elle. D'ici, difficile de savoir et il se fit violence pour ne pas dévaler le chemin.

Le nuage avançait, masquant le véhicule qui peinait à grimper sur la route caillouteuse. La distance se réduisait et à son grand désarroi, la voiture ne bifurqua pas vers le champ en contrebas. Elle continua sa montée et bientôt il put la distinguer.

N'écoutant que sa déception et la colère qui l'étranglait, Yannis reprit avec hargne sa besogne, crachant des râles déchirants à chaque coup de masse.

La voiture finit par se garer sous le grand chêne et lorsque la portière claqua il dut se résoudre à abandonner la lutte. Il releva la tête pour découvrir Irina, moulée dans une robe à rayures beaucoup trop courte et sophistiquée, qui jurait avec le dépouillement rustique de la ferme familiale. Ses talons vernis étaient presque une insulte à la terre qu'ils foulaient.

— Tu n'as pas eu mes messages ?

Le ton était aussi sec que l'air de l'après-midi.

— Non, mentit-il. Je n'entends rien avec cette masse.

Elle grimaça, peu convaincue.

— Tu avais besoin de moi ? demanda-t-il, la poussant à avouer la raison de sa venue ici.

— Non, non, rien de particulier. Je m'ennuyais toute seule et j'avais envie de te voir.

Elle aurait voulu se blottir dans ses bras, onduler son corps contre le sien, marquer son territoire, mais Yannis était couvert de sueur et de poussière.

— Je suis loin d'avoir fini, tu sais, et comme je te l'ai dit, il y a encore beaucoup de travail !

— Je vois ça, oui...

Elle fronça le nez. Elle, la fille de la ville, méprisait ce genre d'endroit.

— Tu veux saluer ma mère ?

Irina se raidit.

— Non, non, je ne veux pas la déranger, et puis à cette heure elle doit se reposer.

Yannis sourit malgré lui. Irina évitait au maximum les contacts avec sa mère et le contraire était également vrai. La jeune femme n'était montée jusqu'ici que pour le surveiller, vérifier que Yannis était bien là où il le prétendait.

Il ne manquerait plus qu'Ana débarque !

Tapie dans l'ombre de sa cuisine, l'œil rivé à sa fenêtre, la vieille Grecque les observait avec attention.

Son fils n'était qu'un bel imbécile ! Toujours attiré par des étrangères, des filles faciles et sans honneur !

Mais cette fois-ci, elle ne pourrait rien y faire, la peste était enceinte et il était bien décidé à l'épouser. L'enfant à naître serait l'héritier de leur terre, de leur nom. De leur réputation !

Dieu en avait décidé ainsi. Il contrariait ses plans, et c'était loin d'être la première fois. Il la punissait pour ses fautes, mais comme cela ne suffisait pas à absoudre ses péchés, elle sortit de sa poche un petit canif dont elle fit glisser la lame sur ses poignets. Juste assez pour ressentir une douleur grisante et apaisante, mais pas suffisamment pour connaître la paix éternelle.

Quand on est aimé, on ne doute de rien.
Quand on aime, on doute de tout.
Colette

12

Ana avait passé la journée entière dans la pénombre de sa chambre, sourde aux sollicitations de Jean qui avait tenté en vain de la secouer.

— Tu ne vas pas rester là comme ça, Ana ! Ce sont les vacances ! Il fait un temps magnifique dehors, ouvre au moins les volets.

Elle avait enfoui sa tête sous son oreiller, refusant de l'écouter.

— Il y a des jours où vraiment je ne te comprends pas..., plaida-t-il. Tu as attendu ce voyage toute l'année, et maintenant que tu y es, rien ne va plus !

Il s'était approché du lit, plein de bonne volonté, mais finit par reculer, impuissant devant la détresse de la femme qu'il aimait. Il avait souvent essayé par le passé de la raisonner, de la consoler, mais rien n'y faisait.

Le retour de ses enfants l'avait finalement tirée de sa torpeur et leur présence eut l'effet d'un baume apaisant. Sa peine laissa donc un peu de place au grand corps maladroit de Dimitri, qui vint s'avachir sur son lit, tandis que Sophie se glissait sous les draps. Leurs cheveux mouillés sentaient la fleur d'oranger, ils avaient la peau douce et dorée.

— On a passé la journée dans la piscine de Clara ! C'était génial ! Et ça change un peu de la plage... On doit y retourner jeudi.

Sophie caquetait joyeusement et ses bavardages l'étourdissaient.

— Maman… On mange quoi ? grogna Dimitri, affamé par son après-midi passée au grand air.

Impitoyable question lorsque Griselda n'était pas là pour préparer les repas. Ana grimaça. Elle aurait préféré ruminer toute la soirée dans son lit, mais ses enfants en avaient décidé autrement. Refuser était impossible. Sortir la rebutait, mais elle devait affronter ses démons.

— Pizza ? grommela-t-elle.

— *Yes!*

— Trop cool ! Je vais le dire à Papa !

Et Sophie bondit du lit alors qu'Ana maugréait :

— Laissez-moi juste le temps de prendre une douche…

Jean avait encore du travail et ils sortirent donc tous les trois pour manger une pizza. Les ados étaient ravis du menu et Sophie, comme toujours, bavassait, tandis que Dimitri, plus réservé, semblait tracassé. Ana observait son fils à la dérobée, tout en essayant d'écouter les nombreux détails dont l'abreuvait sa fille.

— En voulant rattraper le ballon, Zach a marché sur mes lunettes de soleil. Il n'a pas fait exprès, elles étaient sous ma serviette. Tu crois qu'après dîner on pourrait faire une ou deux boutiques pour m'en trouver de nouvelles ? demandait-elle, la bouche pleine de pizza.

— Oui, oui, si tu veux, assura sa mère.

— Super ! J'en avais repéré une paire mais Emma m'a devancé et…

Ana n'écoutait plus et tout en triant sa salade, continuait d'étudier le visage de Dimitri. Il semblait presque triste, empreint de mélancolie. Elle se retrouvait tellement en lui, il était un morceau d'elle, un reflet trouble de sa personnalité. Elle espérait juste qu'il n'hériterait d'aucun de ses démons. Ils partageaient un nez pointu et de hautes pommettes mais pour le reste Ana s'étonnait encore aujourd'hui de la ressemblance entre son fils et son mari. C'était vraiment déroutant, mais elle était la seule à pouvoir s'en étonner.

*

Devant ses difficultés à tomber enceinte, la jeune femme ne s'était pas méfiée lors de ce fameux été, celui de sa première passion avec Yannis. Lorsqu'elle découvrit sa grossesse une fois en France, elle n'eut aucun doute. Son enfant n'était pas celui de Jean, c'était bien trop évident.

Elle ne pouvait décrire l'angoisse sourde et obsédante qui ne l'avait pas quittée jusqu'à l'arrivée du bébé. Heureusement, durant leur voyage, Jean avait parfois délaissé ses recherches pour honorer son devoir conjugal et Ana pria, implora durant neuf mois pour que cet enfant ressemble à son père.

Elle avait beaucoup pleuré avant de lui annoncer la bonne nouvelle, elle craignait qu'il ne devine, que la vérité ne se lise sur son visage.

— C'est bien vrai ? Tu vois qu'il ne fallait pas t'inquiéter… Il fallait juste être patients, la nature est capricieuse.

La mine réjouie de son mari lui serra le cœur. Il méritait tant d'avoir des enfants.

— Tu es content alors ?

— Bien sûr ! Quelle question ! Et toi ? Tu te sens comment ?

— Bien, bien, mais c'est tout récent, tu sais, j'espère que tout va bien se passer…

— Ana, ne commence pas ! C'est une très belle nouvelle, ne noircis pas tout. Je te promets que tout ira bien. Et tu seras une très bonne maman…

Il s'était approché pour la câliner, ce qui était assez rare et avait suffi à la rassurer pour un moment.

Les mois avaient défilé et son humeur oscillait entre peur et bonheur, mais elle s'était battue, pour lui, pour Dimitri. Elle ne pouvait concevoir que ce petit être innocent qui allait naître puisse souffrir de ses inconstances et de ses erreurs.

Après les premières semaines d'euphorie qui suivirent l'accouchement, Jean avait repris ses vieilles habitudes et ses absences pesaient un peu moins chaque jour car Ana n'était plus seule. Elle avait quelqu'un à aimer et surtout elle se sentait aimée, comme jamais. Elle ne pouvait douter une seule seconde de l'attachement que lui portait son enfant, un lien indéfectible les unissait, ils s'appartenaient. Bien sûr elle avait parfois peur : de ne pas être à la hauteur, de ne pas savoir faire ou d'être une mauvaise mère, mais Griselda veillait et prenait le relais lorsque Ana se sentait faiblir.

Dimitri étant né à la mi-avril, Ana jugea qu'il était trop jeune et qu'elle était encore trop fatiguée pour envisager des vacances. Jean avait sauté sur l'opportunité :

— C'est l'occasion pour moi de retourner sur l'île et de consacrer tout mon temps à ma thèse.

— Comme si ma présence t'en avait empêché jusqu'ici..., marmonna-t-elle.

— Qu'est-ce que tu dis ?

— Rien, rien... Enfin si, je pense que ton fils aussi mérite que tu lui consacres tout ton temps.

— Alors ça, c'est facile. Tu sais bien que je ne peux pas passer mes journées à la maison avec lui. Vous êtes déjà deux, c'est suffisant non ?

— ...

— Et puis je trouve très mesquin de ta part de me faire ce genre de commentaires. Tu sais aussi bien que moi ce que c'est *vraiment* que d'avoir un père absent. Et il me semble que ce n'est pas le cas de Dimitri. Alors ne commence pas à lui mettre ce genre d'idées dans la tête. Il n'a que deux mois et ce n'est pas aujourd'hui que je vais lui apprendre à faire du vélo.

Ana ronchonna. Pour la forme. Car elle n'avait pas

grand-chose à dire pour le contredire. Il n'avait pas tort, mais quand même.

— Pas plus d'un mois, alors. Dimitri change tellement vite…

— Promis !

Le baiser qu'il déposa sur son front scella leur accord, mais ne l'empêcha pas de s'absenter six longues semaines.

Ana n'était pas mécontente de se tenir éloignée de l'île, elle n'avait aucune envie de croiser le chemin de Yannis. Une angoisse sourde lui serra le cœur jusqu'au retour de Jean. Elle craignait que quelqu'un ne parle, que Yannis ne devine que l'enfant puisse être le sien, que Jean pose des questions, qu'il comprenne qu'elle l'avait roulé. Mais rien de tout cela n'arriva.

Chétif à la naissance, Dimitri était en quelques mois devenu un beau baigneur aux joues rebondies et, à deux ans, il était le portrait craché de Jean au même âge.

Ana finit donc par se rendre à l'évidence : Dimitri était peut-être finalement le fils de Jean. Elle se raccrocha à cette idée, quitte à balayer tous les doutes qui chercheraient à s'immiscer.

*

— Maman ? Maman !

Sophie s'agaçait tandis qu'Ana s'extirpait de ses pensées.

— Tu ne m'écoutes jamais…

— Mais si, mais si, *maïya kiska*, je suis fatiguée c'est tout. *Ne volnuysya.*

Elle s'adressait volontairement à sa fille en russe et tenait à ce que la jeune fille le parle et le lise couramment. Car si Ana n'avait eu que des doutes à la naissance de Dimitri, celle de Sophie avait fait voler ses derniers espoirs en éclats.

*

Rassurée à l'idée que Jean était bien le père de Dimitri, Ana avait fini par accepter de retourner sur l'île l'année suivante. Plus rien ne l'en empêchait. Leur petit garçon marchait désormais et elle était tout excitée à l'idée de le voir courir sur la plage, patauger dans l'eau claire et ramasser des coquillages.

Jean proposa d'emmener Griselda, et Ana accepta sans hésiter. Même si la pensée de laisser son fils quelques heures lui paraissait insoutenable, elle avait besoin d'un peu de liberté.

Pour le confort de la petite famille, ils avaient loué un appartement sur le port, et Ana, qui regretta d'abord le caractère authentique du camping, s'habitua vite à ce nouvel environnement, tout aussi charmant.

En revanche, elle n'avait pu échapper au traditionnel dîner d'arrivée à *L'Apollon*. Jean tenait à cette tradition et elle ne voyait pas bien quelle raison donner pour y échapper, elle qui avait tant vanté les mérites de la taverne et de son chef lors de son précédent séjour. Elle refusa néanmoins d'emmener Dimitri :

— Le voyage l'a fatigué et puis ce n'est pas un endroit pour les enfants, avait-elle avancé.

— Je suis d'accord mais je veux présenter Dimitri à Yannis. J'ai parlé de lui tout l'été dernier et puis tu sais comment sont les Grecs : un garçon fait la fierté de toute une famille !

Ana était coincée, elle rusa :

— Eh bien, tu pourrais y aller un matin. Dimitri sera en pleine forme et puis le restaurant sera moins bruyant. C'est l'occasion d'une sortie père-fils.

— Très bonne idée ! Mais dépêche-toi, on est déjà en retard…

Ana tremblait comme une feuille lorsqu'ils franchirent le seuil du restaurant. Yannis les avait accueillis comme à son habitude, avec chaleur, et le cœur d'Ana s'emballa dès la seconde où elle entendit sa voix. Ses mains, qui avaient si souvent caressé son corps, s'attardèrent longuement sur ses bras et il l'embrassa avec une douceur infinie.

— Félicitations pour le petit, glissa-t-il.

— Merci...

Elle avait manqué défaillir, mais une fois sur sa chaise, elle avait tenu bon. Jean, à l'époque plus bavard, lui avait parlé de ses nouvelles recherches, de sédiments, de densité ou de structure quelconque. Ana l'écoutait sans entendre, elle menait une bataille intérieure de première importance dont l'issue n'était pas celle qu'elle espérait.

Deux années s'étaient écoulées depuis son aventure et elle avait naïvement pensé que les choses auraient changé. Elle était devenue mère et avait par tous les moyens tenté d'étouffer l'amante qui s'était éveillée en elle sous le feu de la passion. Rêve ou cauchemar, sa liaison extraconjugale n'avait jamais quitté ses pensées, mais elle s'était convaincue que ce n'était qu'une passade, un simple moment de folie et qu'elle n'était pas cette femme lascive et volage, en un mot : infidèle.

Mais ce qu'elle ressentait là ne trompait pas. Les frissons dans la nuque, le cœur qui palpite et qui s'emballe au moindre mot, au moindre geste, les yeux qui brillent. Oui, elle sentait ses yeux briller plus que jamais et devait les garder baissés, de peur de se trahir. Elle n'avait rien pu avaler du dîner, et plus les minutes passaient, moins elle se sentait capable de dissimuler son trouble. Elle était déchirée entre son mari qu'elle idolâtrait et Yannis, pour qui elle brûlait de désir. Elle s'était tellement battue pour l'oublier, faire comme s'il n'avait jamais existé, que se retrouver là, à quelques mètres de lui, la bouleversait profondément. Alors avant de perdre totalement pied, ou même la tête, elle prétexta la fatigue du voyage, pour se retirer. Jean, lui, était resté, heureux d'être là, ignorant tout de la situation, bien loin de s'imaginer qu'Ana s'était enfuie pour pleurer, à l'abri des regards indiscrets.

La jeune mère s'était ensuite arrangée pour ne plus croiser Yannis de tout l'été. Le bébé était une excuse toute trouvée et la présence de Griselda dissuada le Grec de l'approcher. Mais elle se sentait terriblement malheureuse et dépérissait de jour en jour. Était-ce cela, un chagrin d'amour ?

— Votre état m'inquiète, Madame, avait confié Griselda un matin.

Ana, qui avait été élevée dans l'idée d'appartenir à une classe supérieure et habituée d'avoir, depuis sa naissance, du personnel à son service, n'était en rien gênée d'être vouvoyée au quotidien par une femme qui devait avoir plus du double de son âge.

Elle appréciait la discrétion et le professionnalisme de Griselda, mais elle n'avait développé aucune affection pour leur gouvernante ; cela serait revenu à trahir le dévouement dont Macha avait fait preuve toute sa vie, et dont elle n'avait pris conscience que bien trop tard. Elle avait d'abord craint de voir cette étrangère prendre sa place auprès de son bébé, mais Griselda s'était avérée une véritable professionnelle, recrutée dans l'une des agences les plus réputées de la capitale. Jean avait dû se résoudre à vendre l'appartement de sa défunte mère pour payer ses gages et n'avait jamais reculé devant aucun frais pour l'éducation de ses enfants. Qui plus est, l'argent ne deviendrait bientôt plus un problème et Jean ne regretterait jamais son choix.

Griselda avait pris l'habitude de garder pour elle ses réflexions ; il n'était jamais bon de contrarier ses patrons. Les instructions de Monsieur étaient claires, Madame était fragile et il lui fallait un soutien au quotidien. Elle ne savait pas précisément de quoi souffrait Ana, mais son expérience lui avait démontré que les femmes riches avaient bien souvent l'art et la manière de se créer toutes sortes de problèmes. Pourtant, Madame était différente. Elle ne passait pas ses journées à geindre ou à se plaindre, elle n'avait pas d'exigences invraisemblables et se comportait envers elle avec respect. Elle n'en était pas moins bizarre. Elle semblait vivre dans son propre monde, un monde empreint de nostalgie, peuplé de fantômes du passé.

— Tout va bien, Griselda. C'est simplement cette chaleur qui m'épuise. Je ne sais pas comment fait Jean pour supporter de rester dehors toute la journée !

Griselda acquiesça. Elle-même se sentait ici bien plus fatiguée et accompagnait volontiers Dimitri pour sa sieste de l'après-midi ; mais l'excuse d'Ana ne tenait pas. Depuis l'annonce du voyage, elle l'avait trouvé beaucoup plus agitée, presque fébrile, et le séjour n'avait rien arrangé. La jeune femme semblait pourtant heureuse de retrouver cette île, mais quelque chose la hantait.

— Vous devriez vous détendre un peu et profiter de vos vacances. Monsieur serait déçu d'apprendre que vous passez vos journées ici et je n'aime pas lui mentir. Et il finira bien par se rendre compte que vous n'avez pas pris la moindre couleur…

Le sourire d'Ana en disait long. Jean ne remarquerait probablement rien.

— Vous savez aussi bien que moi qu'il y a peu de chance que Jean s'aperçoive de quoi que ce soit. Et personne ne vous demande de mentir, Griselda.

C'était vrai. La gouvernante se contentait juste de garder le silence devant les récits arrangés de leurs journées, qu'Ana livrait à son mari lorsqu'il l'interrogeait.

— Et puis Dimitri est encore petit, il a besoin de moi.

Elle se cherchait des excuses, Griselda n'était pas dupe.

— Croyez-moi, Madame, vous êtes sûrement la mère la plus présente que j'ai connue dans ma carrière. Ce n'est pas parce qu'on s'absente quelques heures qu'on abandonne son enfant. Et puis je suis là pour ça, j'ai parfois l'impression de vous être inutile.

Les sourcils froncés, Ana semblait en proie à une grande réflexion et Griselda se réjouit d'avoir osé lui parler à cœur ouvert, elle qui faisait de son devoir de réserve une priorité.

— Vous pensez vraiment que je suis une bonne mère ?

La jeune femme semblait chamboulée.

C'était donc ça, pensa Griselda.

— Bien entendu ! Dimitri a beaucoup de chance de vous avoir… C'est un enfant très épanoui et dégourdi pour son âge, vous savez. Je n'ai aucune inquiétude à son sujet et croyez-moi, j'en ai connu des enfants ! L'important n'est pas la quantité de temps que vous passez avec votre enfant mais la qualité de ce temps.

Ana réfléchissait. Et si Griselda avait raison ?

Depuis la conception même de son enfant, elle s'était persuadé qu'elle n'était pas à la hauteur et qu'elle avait créé un climat d'insécurité autour de l'existence de Dimitri. Elle ne se résolvait donc jamais à le laisser et restait toujours à proximité, au cas où quelque chose arrivait. Elle devait le protéger, de ses propres choix, de ses erreurs, des autres et d'elle-même.

Mais Griselda semblait penser que rien ne menaçait Dimitri et que tout allait pour le mieux. Peut-être devrait-elle lui faire confiance et prendre un peu de recul, de distance.

— Vous avec raison Griselda… Et puis Jean tient tellement à m'offrir une journée détente au spa de ce nouvel établissement, l'*East View*. J'avoue que l'endroit m'intrigue. Imaginer qu'un hôtel de luxe soit sorti de terre en moins de deux ans, là où il n'y avait qu'un tas de cailloux…

Ana semblait soudainement emballée et un sourire sincère illuminait son visage trop souvent triste.

— C'est une très bonne idée, Madame.

— Oui, je vais demander à Jean de réserver pour demain !

*

Aujourd'hui encore, Ana ne saurait dire si elle regrettait ou non la décision qu'elle avait prise ce jour-là.

Ses yeux croisèrent ceux de Sophie et la jeune fille lui sourit avec une fraîcheur et une spontanéité qui la désarma.

Non, elle ne pouvait pas dire qu'elle regrettait cet épisode de sa vie, même si ses conséquences pesaient encore aujourd'hui lourdement sur sa conscience.

— On peut commander une gaufre ? demanda avec gourmandise la jeune fille, inconsciente des angoisses qui rongeaient encore sa mère, quinze ans après sa naissance.

— Oui, oui, bien sûr. Dimitri ? Tu en veux une ?

Son fils préféra un banana split et Ana eut la nausée rien qu'à regarder la montagne de chantilly dégouliner sur la crème glacée quand le serveur déposa les coupes sur la table.

La nuit avait englouti les paysages, et depuis la terrasse de la pizzeria où ils dînaient, l'île s'était transformée en une masse sombre et inquiétante. Les grappes de lumière distillées au gré des rues et des restaurants ne suffisaient pas à éteindre l'inquiétude sourde et latente qui l'épuisait. Les ombres rôdaient.

— Dépêchez-vous de terminer, qu'on puisse enfin rentrer.

Dimitri avalait consciencieusement des bouchées de crème glacée qui n'en finissaient pas et marmonna la bouche pleine :

— Je dois rejoindre les autres vers vingt-deux heures. Ils veulent jouer aux cartes chez Carl…

Ana ne savait pas qui étaient « les autres » et elle s'en moquait. Une bande d'ados aux visages interchangeables et aux prénoms cosmopolites, des gamins fréquentables issus de familles bien sous tous rapports.

Pas de quoi réveiller son instinct de louve.

Le silence de Sophie, en revanche, retint soudain

son attention. La jeune fille observait les passants en contrebas, la bouche ouverte et l'œil perdu. Elle semblait chercher quelque chose ou quelqu'un. Dans son assiette, la gaufre était à peine entamée, et la boule de glace avait entièrement fondu.

— Sophie ?

La jeune fille sursauta, comme prise en faute.

— Tu ne manges pas ?

Elle regarda son assiette, presque étonnée, puis sa mère, les yeux ronds comme des billes.

— Je crois que je n'ai plus faim…

Ana haussa les sourcils. Sophie avait toujours bon appétit, surtout pour les desserts. Plus petite, elle la surveillait comme le lait sur le feu, craignant de la voir perdre sa frêle silhouette de danseuse. Mais sa fille était restée gracile, chanceuse héritière de la génétique maternelle.

— C'était bien la peine de commander un dessert pour ne pas y toucher, remarqua-t-elle en sortant son portefeuille.

Dimitri, lui, avait terminé et raclait le fond de sa coupe avec une petite cuillère. Il ne restait plus que le petit parasol de papier coloré qu'il collectionnait lorsqu'il était enfant.

Ana lui tendit sa carte bancaire.

— Tu peux aller régler l'addition, s'il te plaît ? Nous on rentre…

Sophie, qui n'avait pas encore l'âge de sortir le soir, la suivit sans protester. Elle se glissa dans les pas de sa mère et, fidèle comme une ombre, se faufila à sa suite dans les rues animées où les touristes déambulaient à la recherche d'un bon restaurant ou d'un souvenir à rapporter.

Dimitri les regarda s'éloigner. Il n'aimait pas mentir à sa mère, mais la confiance qu'elle lui accordait arrangeait bien ses projets. Sa sœur n'avait même pas tiqué, mais Carl n'était pas encore arrivé sur l'île cette année…

Ce que l'amour peut faire, l'amour ose le tenter.

William Shakespeare, *Roméo et Juliette*

13

Une fois la porte passée, Sophie embrassa sa mère et lui souhaita bonne nuit avant de s'éclipser dans sa chambre.

Elle avait besoin de réfléchir. Tout était chamboulé dans sa petite tête bien faite de petite fille modèle.

Il faisait chaud et sombre dans sa mansarde et elle se déshabilla dans la pénombre. Impossible d'allumer la lumière sans risquer d'attirer les moustiques par dizaines. La fenêtre était ouverte, mais pas un brin d'air ne filtrait. Elle déambulait en culotte, dans l'intimité de l'obscurité, faisant les cent pas dans les quelques mètres carrés de sa pensée.

Elle l'avait vu, là, en contrebas, au milieu des passants. Il l'observait, elle le savait. Ses yeux s'étaient agrandis lorsqu'ils avaient croisé les siens et il avait reculé, démasqué. Mais il n'avait pas fui, au contraire, il lui avait même souri, timidement, avant de lui adresser un geste de la main. Déconcertée et bouche bée, elle s'était statufiée. La déception qui passa alors sur le visage du jeune homme la glaça. Elle l'avait peiné, elle, la gamine sans intérêt que personne ne voyait.

Pourquoi se retrouvait-il toujours sur sa route ? L'île était petite, certes, mais elle avait le pressentiment que la réponse n'était pas là.

Épuisée de se torturer l'esprit, elle s'allongea sur son

lit et ferma les yeux. Jamais elle ne pourrait trouver le sommeil !

La maison était silencieuse et le bruit lointain, presque étouffé des ruelles animées, la berça. Son souffle se fit plus long, plus régulier, laissant place à cet état de demi-conscience où ses pensées se libéraient, devenant plus folles encore.

Elle commençait à s'endormir quand un bruit la fit sursauter. Par réflexe, Sophie attrapa son tee-shirt et couvrit son corps à moitié nu. Dans la pénombre, le cadran rétro-éclairé de sa montre indiquait 23 h 45. Elle n'avait pas dû s'assoupir très longtemps.

— Dimitri ? Dimitri, c'est toi ? appela-t-elle sans conviction.

Personne ne répondit mais le bruit se fit de nouveau entendre, comme un grattement.

Quelque chose soudain vola à travers la pièce et s'échoua au pied de son lit. Elle se pencha et ramassa un petit caillou.

Comprenant enfin que quelqu'un jetait des pierres contre ses volets, elle s'approcha, méfiante. Tout aussi trouillarde que curieuse, elle se plaqua contre le mur et coula un regard à l'extérieur. Elle ne vit rien d'autre que le petit toit de tuiles de la dépendance qui s'étendait au pied de sa fenêtre. Elle s'avança un peu plus près et elle le vit. Un petit bouquet de bougainvillier enveloppé dans une feuille de papier.

Son cœur bondit, et tremblante elle se saisit du paquet coloré.

Totalement à découvert, elle en avait presque oublié sa peur. La ruelle était aussi sombre que vide et rien ne bougeait. Elle recula, le précieux cadeau entre ses doigts, et ferma la fenêtre. Ses émotions se bousculaient dans sa tête et elle s'assit à son petit bureau.

S'imaginant déjà mille scenarii, elle alluma sa petite lampe de métal rose et détacha la ficelle qui retenait le bouquet. Une dizaine de fleurettes pourpres s'éparpillèrent sous ses yeux médusés.

Elle lissa la feuille avant de la placer sous la lumière de l'ampoule. Le papier froissé et griffonné se révéla être un croquis, très réussi, et Sophie reconnut sans mal l'illustration de la couverture de *Roméo et Juliette*, sa lecture du moment. Un jeune homme, grimpant au balcon, et sa belle, penchée vers lui, toute en chevelure. Les personnages étaient dénués de visage mais empreints d'une émotion palpable. Juliette portait une sorte de tutu et Roméo avait troqué son costume d'époque contre une paire de jeans et un tee-shirt. Sur le mur de pierres soutenant le balcon, une masse fleurie ressemblant étrangement à un bougainvillier.

Était-il possible que ce dessin, ces fleurs lui soient réellement destinés ? Qui les lui avaient déposés ? Lukas ?

Elle savait bien que non. C'était lui, c'était forcément lui. Le jeune vendeur de pastèques.

Les souvenirs de leur première rencontre et de leurs retrouvailles inattendues à la terrasse de la plage lui revinrent. Trop absorbée par ses considérations de petite fille riche et sa peur infondée de l'inconnu, elle n'avait même pas prêté attention à son physique. Était-il beau ? Elle n'avait vu de lui que l'étranger, la précarité, la crainte.

Voilà qu'elle s'imaginait une idylle avec un Rom ! Était-elle aussi désespérée ? Trois fleurs dans un bouquet et un joli dessin suffiraient-ils à la séduire ? Non, bien sûr que non.

Pourtant son cœur battait fort dans sa poitrine et les images se bousculaient dans sa tête.

Roméo et Juliette... Il avait dû voir le livre qu'elle lisait...

Elle se leva et attrapa son sac posé dans un coin et l'ouvrit pour en sortir le livre qu'elle n'avait pas ouvert depuis la veille. Elle en caressa la couverture, frappée par la ressemblance entre la reproduction et l'original. Il était doué. Très doué même.

Songeuse, elle se mit à jouer avec les pages, les faisant défiler entre ses doigts, le regard perdu dans le vide. Le souffle des pages qui se tournent à grande vitesse lui chatouillait le visage.

Elle rencontra un obstacle. Un marque-pages ?

Coincé entre la dernière page et la couverture, un feuillet plié en deux. Elle n'en avait aucun souvenir et une intuition la bouleversa : c'était encore lui !

De retour à son bureau elle déplia fébrilement le papier. Elle reconnut sans mal la patte de l'artiste mais elle reconnut surtout son propre visage. Le portrait était d'une ressemblance étourdissante. À un détail près : elle se trouvait belle. Ses coups de crayon l'avaient magnifiée. C'était pourtant bien son menton, son nez, ses yeux ou encore son chignon, mais le regard qu'elle portait sur ce portrait n'était pas celui qu'on pose sur son reflet dans un miroir. Elle se voyait à travers les yeux d'un autre et c'était une sensation étrange, presque irréelle.

Sophie s'étonna lorsqu'une goutte s'écrasa sur le portrait. Par réflexe, elle leva les yeux au plafond avant de comprendre qu'elle avait laissé échapper une larme, juste une larme, qui avait perlé de son cœur au papier.

Une larme qui changerait sa vie à tout jamais.

⋆

La chaleur ne semblait pas vouloir retomber. Elle lui collait à la peau, l'entravait comme une robe trop serrée, l'empêchait de respirer. Trouver le sommeil dans ces conditions était impossible et Ana abandonna son lit.

Depuis leur arrivée, elle passait ses soirées et une partie de ses nuits sur la terrasse, à interroger le ciel et les étoiles sur ses malheurs, à pleurer sur le passé. Tout lui revenait soudain en pleine figure et elle s'interrogeait sur ses choix, ses erreurs et ses regrets.

À commencer par la naissance de Sophie. Sans elle, il aurait été plus facile de se fourvoyer, de s'inventer une autre vérité plus facile à porter. Mais le destin finissait toujours par vous rattraper.

★

Ana se remémora combien elle s'était sentie faussement libérée, cet été-là, lorsqu'elle avait laissé son fils pour la première fois. Pas libérée de lui, bien sûr, ni de sa responsabilité, mais libérée d'un poids, celui de la culpabilité. Non, elle n'était pas une mauvaise mère, ni une mère parfaite, d'ailleurs, mais son enfant n'en souffrait aucunement, elle devait se rassurer à ce sujet.

Après avoir profité d'un soin du visage et d'un massage dans le nouveau spa de l'île, Ana avait découvert l'incroyable piscine à débordement de l'hôtel et sa terrasse surplombant la mer.

Confortablement installée sur un transat, le cocktail qu'on lui servit l'aida à chasser ses dernières réticences et elle se détendit. Il était tellement agréable de se laisser aller et d'oublier ses soucis.

Depuis toujours, Ana était mal à l'aise en public. Incapable de trouver sa place, sans réelle identité, transparente ou moquée, elle avait pris l'habitude de se faire oublier. Jean lui avait offert légitimité et sécurité, mais elle continuait en vain de se chercher. Qui était-elle ? Ana, Ania ou même Anastasia ?

Née sans père, abandonnée par sa mère, élevée par des figures maternelles multiples et inadaptées, elle n'était devenue personne.

Jusqu'à ce premier été sur l'île.

Pour commencer, il y avait eu sa rencontre avec Yannis. Leur aventure passionnée l'avait ranimée, comme un bourgeon réveillé par la douceur du printemps. Se sentir admirée, désirée, belle ; tout était nouveau pour elle. Ana découvrait sa beauté, sa féminité, son corps de femme, et sous ses caresses, dans ses baisers, elle trouvait enfin un peu de lumière pour éclairer son chemin.

Elle n'avait jamais connu cela avant. Jean était tout sauf romantique et ne s'encombrait pas de ce genre de considérations sentimentales. Il ne prenait jamais la peine de la complimenter, de l'aimer comme il faudrait. Ana voyait pourtant son œil briller lorsqu'elle portait une jolie robe et faisait quelques efforts de coquetterie. Mais rien de vraiment très assumé.

Les paroles et les images de Babouchka à ce sujet lui revenaient sans cesse.

— Quand on est bien née, on ne peut échapper à son destin, Ania ! Conduis-toi comme une princesse et les hommes feront de toi une reine. Ne l'oublie pas, Ania, les apparences peuvent tout changer…

Babouchka n'était-elle pas la reine des apparences ? Assurément oui ! Ana avait donc été à bonne école, mais il lui avait fallu toutes ces années pour le comprendre. Pour comprendre l'intérêt de ces leçons, l'intérêt de cultiver les apparences.

Grâce à elles, Ana pouvait devenir qui elle voulait ! Fini la jeune femme invisible, Ana voulait plus ! Qu'on la regarde, qu'on la voie, qu'on l'envie même ! Elle voulait voir la fierté briller dans les yeux de son mari, de son fils quand elle était à leurs côtés.

Devenir mère resterait sa plus belle réussite de ces deux dernières années et de sa vie tout entière. Personne ne pouvait le lui enlever, ni le lui contester et aujourd'hui elle l'avait décidé : elle serait une mère éblouissante !!!!

Cette pensée éclata comme un feu d'artifice dans son esprit et grisée par cette nouvelle perspective elle se redressa sur sa chaise longue, soudainement bien plus assurée.

Autour d'elle c'était l'heure de pointe pour la baignade. Tout le monde semblait si beau au bord de cette piscine bleu lagon, dans ce luxueux hôtel aux allures de palace… Et elle était l'une des leurs ! Enfin elle se sentait à sa place quelque part. Babouchka le lui répétait sans arrêt :

— Tu n'es pas n'importe qui, Ania ! Du sang noble coule dans tes veines. Regarde, regarde !

Et elle lui attrapait le poignet de sa main gantée. La petite fille frissonnait, sous le satin les doigts de sa grand-mère étaient glacés. Ana regardait alors, insouciante, les vaisseaux bleus qui affleuraient sous sa peau diaphane.

— Tu représentes notre famille, jeune fille, ne me déçois pas ! Pas comme ta mère...

Elle n'avait jamais su jusqu'ici comment honorer les exigences multiples et insensées de son aïeule. Elle n'était pas à la hauteur, elle ne serait jamais une grande dame comme Babouchka.

Aujourd'hui, pourtant, une petite voix lui murmurait : et pourquoi pas ? Cela ne tient qu'à toi !

Penser à sa grand-mère la contrariait toujours, mais pas cette fois-ci. Ana avait enfin compris l'importance de ce que sa grand-mère lui avait légué : la liberté de devenir qui elle voulait.

Babouchka était décédée quelques mois plus tôt, faisant d'elle son unique héritière. Ana avait renoncé à lui présenter Dimitri, les nouveau-nés restaient un sujet sensible pour la vieille dame, qui dans la prison de sa folie entendait souvent pleurer un bébé. Son bébé.

À la grande surprise d'Ana, sa mère, Cathy, dont elle n'avait jamais eu d'autres nouvelles que ce courrier de demande de tutelle, renonça à sa part d'héritage. La jeune femme, qui avait toute son enfance cru vivre la précarité, où chaque dépense semblait ruiner la famille, se découvrit riche.

Il y avait l'appartement, évidemment, mais aussi les tableaux, les bijoux, et surtout un nombre considérable d'actions, de parts et autres placements financiers auxquels elle n'entendait rien.

Terebov, inconsolable, avait bien tenté de la conseiller mais elle l'avait chassé avec l'interdiction de l'approcher.

— Que vais-je faire de tout cet argent ? avait-elle naïvement demandé à Jean.

— Ce que tu voudras, avait rétorqué son mari, pour qui l'argent importait peu sauf lorsqu'il concernait les fonds de recherche qui lui étaient alloués. Quand tu seras décidée à voir les choses changer, tu sauras bien comment le dépenser, crois-moi.

Ana trouvait que la présence de Griselda était déjà un luxe et les choses restèrent donc en l'état. Elle était attachée à cet appartement et souhaitait que rien ne bouge. Si sa grand-mère vivait ainsi, c'est que cela devait être suffisant. Même la naissance de Dimitri n'avait rien bouleversé et puis Ana était bien trop préoccupée par ses états d'âme pour s'occuper de quoi que ce soit d'autre.

Elle voyait désormais les choses différemment et au bord de cette piscine plus bleue que ses yeux, elle décida qu'il était temps de quitter ce vieil appartement lugubre pour offrir un joli pavillon de banlieue avec jardin à son petit garçon.

Les jours suivants lui semblèrent incroyablement joyeux. Jean était tout à fait disposé à déménager et n'opposa aucune résistance à tous ses projets. Quant à Dimitri, il continuait de lui offrir ses plus beaux sourires et ne semblait pas lui tenir rigueur de ses absences. Sur sa lancée, Ana dévalisa les deux seules boutiques de mode de l'île et s'imagina aussitôt être une autre femme.

Griselda la regardait faire d'un œil méfiant, tandis que Jean se félicitait de la voir prendre les devants, pensant naïvement que c'était une façon pour Ana de faire enfin le deuil de Babouchka.

Les jours suivants défilèrent, identiques et plaisants. Ana quittait Dimitri et Griselda à l'heure du déjeuner pour aller se faire masser. Elle grignotait ensuite une salade en terrasse, avant de choisir une chaise longue à l'ombre et d'y paresser avec un bon bouquin. Quelques plongeons dans la piscine pour se rafraîchir et des jus de fruits frais pour s'hydrater. Elle s'était construit un petit paradis, une bulle où elle se pensait à l'abri.

La semaine qui suivit, alors qu'elle rêvassait au bord

de la piscine, son sang ne fit qu'un tour lorsque les bribes d'une conversation en russe attirèrent son attention. Elle n'avait pas remarqué les deux hommes qui s'étaient installés à quelques mètres et elle plongea le nez dans son roman, pour pouvoir les écouter sans en avoir l'air. Elle tournait les pages un peu trop vite et dut ralentir pour mieux entendre leur conversation et ne pas se faire repérer.

Les deux Russes plaisantaient, visiblement au sujet d'un ami bien naïf, qui avait fait les frais d'une femme plutôt très jolie et qui l'avait dépouillé comme un lapin.

— En parlant de jolie femme, tu as vu le canon là-bas, entendit-elle.

Ana se crispa mais ne broncha pas. Le nez toujours dans son bouquin, elle ouvrait des yeux comme des billes.

— Un canon ? Une bombe atomique, oui !

— Laisse tomber Piotr, elle est certainement mariée...

— Qu'importe ! J'aurais au moins le plaisir de discuter avec une beauté !

— T'as plus qu'à prier pour qu'elle parle anglais, mon vieux...

Ana resta de marbre. Ils étaient peu nombreux autour de la piscine et elle doutait fort que les deux hommes soient tombés sous le charme de ses voisines de transat, à l'âge presque canonique.

Elle ne s'était pas trompée et elle sentit l'un des deux hommes approcher.

— *Can I sit down?* demanda une voix qui se voulait mielleuse mais laissait poindre le caractère assuré et conquérant de son propriétaire.

Ana ne comprenait pas l'anglais et n'aimait guère les opportuns. Elle respira pour se donner du courage et, dans un russe parfait, rembarra l'indésirable :

— Votre ami a raison, je suis une femme mariée et je n'ai pas envie de discuter. Ni en anglais, ni même en russe.

Soufflé par sa répartie, l'homme en resta bouche bée.

— Pardonnez-moi, finit-il par reprendre en russe. Jamais je n'aurais pensé que l'on puisse nous comprendre et qu'une compatriote se cachait sur cette île perdue.

Ana ne souhaitait pas poursuivre la discussion et n'osait pas même jeter un œil à son interlocuteur. Elle n'eut pourtant pas d'autre choix lorsqu'il lui présenta sa main en déclarant :

— Reprenons depuis le début, je m'appelle Piotr.

— Ana, répondit-elle sans conviction. Et je ne suis pas l'une de vos compatriotes.

— Mais la Russie coule dans vos veines, je peux le voir.

Le visage de l'homme se dessina à contre-jour et elle fut frappée par la noblesse que dégageait sa mâchoire carrée, ses cheveux fraîchement coupés, ses yeux bleu acier. Il la fixait sans ciller, sûr de lui. Il continua, très sérieusement :

— Êtes-vous une espionne ?

Et elle ne put s'empêcher de rire devant sa mine de conspirateur.

Elle secoua la tête et ne put ignorer la lumière qu'elle vit s'allumer dans ses yeux soudain moins durs.

— Puis-je vous offrir quelque chose, Ania ?

Il avait osé. Osé ce diminutif, affectueux et très intime, qu'elle n'avait pas entendu depuis longtemps. Elle hésita. Accepter n'était pas raisonnable, elle le savait. Mais le simple fait qu'elle se pose la question la tourmentait. Elle aurait dû refuser d'office, sans réfléchir, alors pourquoi n'avait-elle pas encore ouvert la bouche pour dire non ?

Une sensation qui ne lui était pas inconnue lui chatouillait le ventre, cette indomptable excitation qui vous faisait palpiter le cœur et vous poussait à commettre les choses les plus folles.

— Pourquoi pas..., minauda-t-elle. Mais votre ami doit se sentir bien seul...

— Nicolas ? Ne vous en faites pas pour lui, il est ici

pour affaires et je ne lui donne pas deux minutes avant que son téléphone ne sonne encore.

C'est exactement ce qui se passa et tandis que le fameux Nicolas décrochait son téléphone, ils rirent de bon cœur.

— Je peux vous offrir quelque chose à boire ?

— C'est très aimable mais je n'ai pas terminé ma consommation.

— Que buvez-vous ?

Il avait sorti un cigarillo qu'il roula dans ses doigts avant de l'allumer en tirant de grosses bouffées de fumée grise. L'odeur du tabac brun mêlé à celui de son eau de Cologne vinrent lui chatouiller les narines et elle fronça le nez avant de la humer avec la curiosité de la découverte.

Elle s'apprêtait à lui répondre lorsque le barman s'imposa pour prendre leur commande. Ana ne comprit pas le moindre mot de ce que les deux hommes se dirent, mais le serveur ne tarda pas à revenir avec deux cocktails aussi bleus que l'eau de la piscine et une assiette de fruits frais.

Piotr lui tendit l'une des deux coupes et devant son hésitation lâcha :

— Une Russe qui ne boit pas de vodka, ça n'existe pas ! *Zdorov'ye !*

Ana leva son verre pour trinquer et faillit s'étouffer avec la première gorgée. Les suivantes se firent plus légères et le bavardage de Piotr dans sa langue maternelle lui rappela les messes basses et les rires de Macha et Babouchka lorsqu'elle débouchait une bouteille.

— Alors, comme ça, vous n'êtes pas « vraiment » russe…

— En effet, je suis française.

— La Révolution ? interrogea-t-il d'un air entendu.

— C'est du passé, éluda-t-elle.

Elle prenait un air détaché mais l'alcool n'aidait pas à effacer le sourire qui naissait sur ses lèvres.

— Et que faites-vous d'intéressant en France ?

Ana, un peu prise de court, réfléchit à toute vitesse. Que pouvait-elle bien répondre ? Que ses journées étaient aussi vides que son verre ? Qu'elle attendait désespérément que son mari rentre et daigne lui accorder un peu de temps ? Hors de question !

Une idée s'immisça et elle s'en empara :

— Je suis danseuse de ballet.

— Danseuse ?

Il leva un sourcil et elle précisa :

— Oui, à l'Opéra de Paris.

Elle avait choisi un terrain facile et qu'elle connaissait par cœur. Il allait lui poser mille questions, l'interroger sur sa carrière et elle pourrait enfin être la ballerine dont elle rêvait.

Mais il n'en fut rien.

— Je ne suis pas vraiment un fan de ballet. En revanche j'adore Paris, je trouve les Français amusants...

Déçue, Ana sentit toute sa belle assurance redescendre mais il ajouta :

— Amusants et très chanceux ! Je suis certain qu'ils ne méritent pas une femme comme vous.

Elle rougit en regardant ses doigts de pieds. Depuis le début de la conversation elle évitait ses œillades, gardant avec difficulté ses distances.

— Je vois que vous êtes mariée.

Son alliance à son doigt brûlait de vérité et elle ne pouvait plus reculer.

— Mon mari voyage beaucoup.

C'était un aveu. Un aveu de solitude.

Piotr ne fit aucun commentaire mais commanda sans attendre une bouteille de vodka.

— Ces cocktails sont bons pour les faibles ! Je n'y vois aucun intérêt. Vous me suivez ?

Il la testait, exhibant la bouteille avec provocation. Ana lui tendit son verre avec la certitude qu'elle venait de pactiser avec le diable. L'alcool aidant, Piotr se livra. Un peu. Suffisamment.

C'était un ancien nageur olympique, originaire de Saransk. Il voyageait avec son ami, homme d'affaires millionnaire qui investissait dans ce genre de complexes touristiques haut de gamme. Il parla avec pudeur de ses parents, de ses sœurs.

Ana, déjà un peu ivre, le regarda vider la bouteille. L'homme avait tout pour plaire : un physique d'athlète, d'adorables fossettes, et les mots doux susurrés à son oreille dans une langue qu'elle n'avait plus l'occasion d'entendre lui réchauffaient le cœur bien plus que la vodka.

Le soir tombait et l'obscurité favorisa leur rapprochement. Ana, plongée dans un tout autre monde, se laissa porter, oubliant tout, jusqu'à Dimitri. Cet homme lui était totalement étranger mais la langue et les codes qu'il utilisait étaient si familiers, presque réconfortants. Elle succomba sous ses baisers, sous ses caresses et n'hésita pas une seconde lorsqu'il l'entraîna jusqu'à sa chambre.

Il était presque vingt-deux heures lorsqu'elle rentra chez elle, un peu confuse et tremblante. Dimitri dormait comme un bienheureux aux côtés d'une Griselda qui veillait.

— Jean n'est pas là ? chuchota-t-elle dans la pénombre.

— Comme vous n'étiez pas rentrée, il est sorti dîner chez Yannis…

Je me suis fait du souci, Madame. Ce n'est pas dans vos habitudes de ne pas rentrer pour le dîner…

Ana ne pouvait voir son visage, mais comprenait le sous-entendu.

— Monsieur n'était pas inquiet, lui. « C'est bien qu'elle s'amuse », il a dit…

Griselda retournait le couteau dans la plaie.

— J'ai fait la connaissance d'une jeune femme russe et nous avons discuté pendant des heures. Je n'ai pas vu le temps passer. Pour une fois que je m'amuse un peu, Griselda…

Le silence de la gouvernante en disait long mais Ana décida de ne pas s'en préoccuper. Elle fila donc sous la douche avant de se glisser avec délice dans ses draps. Elle dormait à poings fermés lorsque Jean se coula à ses côtés.

★

Elle ne revit pas Piotr cet été-là. Elle ne le revit d'ailleurs jamais. Mais il lui avait laissé ce genre de souvenir auquel on ne pouvait échapper.

Neuf mois plus tard, l'histoire se répétait et Sophie naissait.

Sophia en grec signifiait « sagesse » et Ana espérait que sa fille, contrairement à elle, n'en manquerait pas.

> Si tu ne te rappelles pas la moindre des folies auxquelles t'as poussé l'amour, tu n'as pas aimé.
>
> William Shakespeare

14

Sophie avait la désagréable sensation de ne pas avoir fermé l'œil de la nuit, mais elle n'avait jamais été aussi excitée d'attaquer une journée. Enfin quelque chose d'intéressant et d'exaltant lui arrivait.

Les fleurs sur son bureau étaient déjà flétries, mais les deux dessins, eux, étaient bien là pour lui rappeler qu'elle n'avait pas rêvé. Un détail qui hier soir lui avait échappé attira son attention. Quelques lettres minuscules qu'elle déchiffra non sans mal : Jona. Était-ce son prénom ? Elle le répéta dans sa tête, y associant le sien, jugeant de l'effet qu'ils produisaient ensemble.

9 h 06. Elle devait se préparer.

Après avoir vidé l'intégralité de sa garde-robe sur son lit, elle se décida pour une jupe en jean blanc et un top avec des broderies anglaises. Une Juliette des temps modernes.

Elle ramassa ses longs cheveux en un chignon haut puis fila se brosser les dents et rafraîchir son visage.

Personne dans la cuisine. *Tant mieux*, pensa-t-elle. Elle n'avait aucun appétit et ne se sentait pas du tout prête à supporter la moindre réflexion ou encore pire à subir un interrogatoire sur le programme de sa journée.

Elle avala un grand verre d'eau et consulta sa montre : 9 h 34.

Sophie escalada les escaliers en courant et frappa sans

ménagement à la porte de son frère. Silence. Elle insista et un grognement la rassura. Dimitri était là.

Elle entra sans se faire prier et ouvrit les volets. La lumière aveugla son frère qui protesta en râlant, la tête enfouie sous l'oreiller.

— Dépêche-toi, Dimi ! Il est presque dix heures et les autres vont nous attendre.

— M'en fous, grommela l'adolescent qui n'avait visiblement pas eu son quota de sommeil.

— Allez, Dimi, steuplaît ! Je t'ai rendu service hier, tu me dois bien ça !

— T'es chiante, tu sais ?

Elle sut que c'était gagné.

— Et puis j'ai faim, grommela-t-il en s'extirpant du lit.

— C'est comme si c'était fait ! s'exclama sa cadette en quittant la chambre au galop avant de dévaler les escaliers en direction de la cuisine où elle lui prépara un gros sandwich de beurre et de chocolat avec un grand jus d'orange.

Elle continua, impatiente, à bousculer son frère, qui se demandait quelle mouche avait bien pu piquer Sophie.

À 9 h 57, ils descendaient enfin à la plage en coupant à travers champs. Quelques amis se trouvaient déjà là et ils s'intégrèrent sans mal à la bande joyeuse et bronzée.

Lukas ne sembla même pas la remarquer mais Sophie s'en moquait. Son cœur battait la chamade et elle ne cessait de regarder partout autour d'elle. Elle savait qu'il viendrait.

Comme d'habitude, les garçons se lançaient de nouveaux défis pour la journée et organisaient les équipes pour le match de l'après-midi. Olivia vint s'asseoir près d'elle et Sophie n'écouta que d'une oreille ses histoires sans intérêt, à peine émit-elle quelques grognements d'adhésion.

— Si je t'ennuie, tu le dis ! se vexa la jeune Anglaise, bien consciente du détachement de Sophie.

L'adolescente allait lui répondre quand elle se figea. Il

était là, à quelques mètres d'elle, droit dans ses baskets, défiant la petite troupe du regard. Ses yeux sourirent lorsqu'ils croisèrent les siens et elle sut qu'il était là pour elle, juste pour elle.

Comme il est beau, pensa-t-elle. *Comment ne l'avait-elle pas remarqué plus tôt ?*

La terre s'était arrêtée de tourner. Autour d'elle, un silence pesant. Ce n'était pas juste une impression, tous le regardaient, interdits, lui l'étranger, qui ne l'était pourtant pas plus qu'eux sur cette île.

Sophie n'hésita pas une seconde. Elle se sentait presque voler, légère comme une plume lorsqu'elle se leva pour attraper sa serviette et son sac à dos.

— Tu vas où ? s'interposa Dimitri, déjà debout.

Il ne comprenait pas vraiment ce qui était en train de se passer mais cela ne lui plaisait pas du tout.

Sa sœur l'affronta du regard.

— Tu as tes secrets, j'ai les miens…

Il ne l'avait jamais vue aussi déterminée, aussi sûre d'elle.

— Pas la peine de t'inquiéter, je ne vais pas m'envoler, ajouta-t-elle en s'éloignant.

Le jeune vendeur de pastèques lui offrit un sourire mi-reconnaissant mi-triomphant lorsqu'elle le rejoignit. Dans leur dos, une bande d'ados médusés les regardait s'éclipser.

Ils traversèrent la plage sans un mot avant de s'installer à l'ombre d'un gros rocher, à l'abri des indiscrets.

D'ordinaire si bavarde, Sophie restait silencieuse. Attentive à la moindre perception, à la moindre émotion, au moindre signe qu'elle pouvait ressentir, elle profitait de l'instant.

Le jeune homme portait lui aussi un sac à dos et il en sortit un calepin et un crayon.

I'm JONA, écrivit-il en lettres capitales avant de lui tendre le crayon.

SOPHIE, nota-t-elle à son tour, la main tremblante.

I KNOW!

Elle sourit. Il connaissait son prénom. Il semblait même tout connaître d'elle. C'était à la fois inquiétant et grisant, tout comme l'idée qu'il ait grimpé à sa fenêtre l'autre soir. Était-ce la première fois ? Elle dormait nue et l'idée qu'il ait pu la voir l'ébranlait. Jamais elle n'oserait lui poser la question.

Alors qu'il se mettait à griffonner fébrilement sur son calepin, Sophie sortit à son tour quelque chose de son sac. Un iPod Mini dernier cri, le cadeau de Noël que toutes ses copines lui enviaient. Elle se rapprocha un peu plus de Jona, si bien que leurs coudes désormais se touchaient. Le jeune homme, surpris, attrapa l'écouteur que Sophie lui tendait et ses yeux brillèrent lorsque la première chanson qu'elle avait choisie résonna à ses oreilles.

Quelques accords de guitare, la voix de James Blunt, des mots qu'ils pouvaient partager…

Jona dessinait avec rapidité ce qui ressemblait à une BD, des petites scènes qui racontaient sa vie. Son pays d'abord, l'Albanie, ses parents, son quotidien. Sophie pouvait lire la peur, la honte, la précarité derrière le trait de son crayon. Elle posa sa tête sur son épaule. L'émotion était palpable et la musique les accompagnait, plongés dans un monde où parler n'était pas nécessaire.

C'était la rencontre de deux âmes incomprises, de deux solitudes, une plongée vers l'autre et l'inconnu.

*

Ana se prélassait sur un transat bien en vue au bord de l'incroyable piscine de l'*East View*. On lui avait servi un smoothie surmonté d'une tranche d'ananas qu'elle grignotait du bout des dents. À l'abri d'un parasol à franges des plus exotiques, elle avait décidé de s'imaginer sous les tropiques. Le bleu lagon de la piscine, l'odeur sucrée du tiaré, il ne lui manquait que les cocos pour se sentir l'âme d'une vahiné.

Il était encore un peu tôt mais l'endroit serait bientôt envahi par les touristes les plus huppés de l'île. Beaucoup de couples d'Italiens, jeunes et moins jeunes, surtout moins jeunes, à la peau trop bronzée et aux manières vulgaires. Quelques bobos européens, reconnaissables à leurs lunettes rétro et leurs baskets blanches. De rares Grecs, souvent d'Athènes, à l'air un peu snob et qui semblaient étonnés de découvrir cette contrée éloignée.

Pour Ana, c'était l'endroit de l'île le plus propice aux rencontres, elle en avait déjà fait l'expérience. Il se cachait toujours au milieu de ces couples et de ces familles, quelques célibataires égarés. C'était d'ailleurs ici qu'elle avait rencontré le beau, l'inoubliable Piotr. Mais c'était il y a bien longtemps déjà...

Elle avait passé une bonne partie de la nuit à convoquer les souvenirs de ses premières années sur l'île et une nostalgie envahissante l'avait accaparée dès son réveil. Cela faisait bien trop longtemps qu'elle ne s'était pas amusée un peu !

Surexcitée par cette nouvelle perspective, Ana avait choisi son maillot de bain le plus sexy, bien décidée à briser des cœurs.

Bien à l'abri derrière ses grosses lunettes aux verres fumés, elle observait les allées et venues autour de la piscine. Elle avait bien remarqué les regards appuyés et les sourires du serveur, mais il était trop jeune, vraiment trop jeune, à peine plus âgé que Dimitri, et Ana ne pouvait l'envisager. La petite étiquette de cuivre épinglée sur sa chemisette d'un blanc aussi éclatant que celui de ses dents l'avait renseignée. Le jeune éphèbe se prénommait Matthew. Il était certainement l'un de ces jeunes Anglais désireux de découvrir le monde et qui avait trouvé le bon moyen de combiner job d'été et vacances tous frais payés. Elle consulta sa montre,

11 h 30 et toujours rien à l'horizon. L'impatience la gagnait, elle trépignait, d'envie, de colère, de désespoir, impossible de savoir. Tout se mélangeait dans sa tête et dans son cœur. Ce genre de situation la rendait fragile, impulsive, imprudente. Mais elle en avait besoin. Besoin de se sentir belle, désirée, de dominer, d'être la maîtresse de la situation.

Les minutes s'écoulaient, aussi longues et insupportables que les cris des enfants qui s'éclaboussaient dans le grand carré bleu bordé de parasols.

— *Would you like something else, Miss?*

Avec sa chemise blanche et son nœud papillon noir, le jeune serveur était terriblement séduisant. Il s'était invité sous son parasol et sans aucune gêne, la dévorait du regard. Encouragée par son attitude ouvertement provocante, Ana en profita pour l'étudier à son tour et elle ne pouvait nier qu'elle aimait ce qu'elle voyait. Ne l'avait-elle pas déjà rencontré ? Non, impossible d'échapper à ce sourire effronté et mordant, à ce corps musclé, vibrant, et elle imaginait sans peine la fougue et l'empressement dont il saurait faire preuve pour la satisfaire. Non, elle s'en souviendrait forcément si elle avait croisé son chemin.

Voilà maintenant qu'elle imaginait ces lèvres douces et fraîches parcourir son corps brûlant et avant de perdre totalement pied, elle ferma les yeux et inspira.

Elle ne pouvait pas, ce n'était qu'un gamin ! Elle n'était pas ce genre de prédatrice. Il lui suffit de songer un instant à Dimitri et tout désir disparut.

— *No, thank you*, articula-t-elle en détournant les yeux.

Le jeune homme semblait hésiter tandis qu'Ana étouffait. Elle priait pour qu'il se décide à partir. Il faisait tellement chaud sous ce parasol… Était-ce sa présence ou le soleil de midi qui transformait l'endroit en fournaise ?

Enfin il s'éclipsa et la tension retomba, mais pas la moiteur qui lui collait à la peau, comme un aveu.

Embarrassée et confuse, elle s'enroula dans son paréo, fourra sa serviette dans son sac et fila comme une voleuse.

Elle conduisait vite, trop vite sur la petite route qui dévalait vers le port qu'elle traversa en vrombissant. Sans plus d'hésitation, elle doubla en klaxonnant le vieux bus qui montait péniblement vers le village. Quelle était cette rage qui la poussait soudain à conduire ainsi, elle d'habitude si prudente au volant ?

Après s'être garée très approximativement sur le parking à l'entrée de la vieille ville, elle traversa les rues au pas de course, sans rien voir ni entendre. La maison était vide lorsqu'elle passa le seuil de la porte. Jean était parti en bateau avant l'aube, les enfants pique-niquaient à la plage avec leurs copains ; elle-même avait prévu de partir pour la journée, mais les choses ne s'étaient pas passées comme elle l'escomptait. Son sac s'écrasa dans un coin tandis qu'elle ruminait à voix haute et en russe. Humiliation, trahison, déception, colère, tristesse ? Elle ne savait lequel de ces sentiments dominait les autres, mais une chose était sûre, elle bouillonnait. Elle se mit à faire les cent pas au milieu du salon, à ressasser, à accuser, jusqu'à s'en faire tourner la tête. Le sofa accueillit son corps étourdi.

Yannis devait payer, elle ne le laisserait pas gagner cette partie. Elle aussi allait s'amuser, se donner à quelqu'un d'autre…

— Hans !

Elle avait presque crié. Hans était la solution à ses problèmes, du moins était-ce ainsi qu'elle voyait les choses du haut de sa montagne d'indignation, et sans plus se poser de questions, elle sortit sur la terrasse et se précipita presque par-dessus le garde-corps.

Ana perçut d'abord des rires, puis distingua les deux fillettes de Hans qui jouaient à la poupée à l'ombre d'un parasol. Aucune trace de l'Allemand. Impatiente, elle s'apprêtait à le héler lorsqu'elle le vit sortir sur la terrasse, deux verres à la main. Elle n'y prêta pas attention, emportée par son enthousiasme et les grands gestes qu'elle envoyait dans sa direction. Et soudain elle la vit, inattendue silhouette féminine, qui se coula bien vite dans les bras du quadra, visiblement tout sauf célibataire. Le couple trinqua avant de s'embrasser et de s'installer près des deux fillettes pour roucouler.

Nan, mais je rêve, pesta-t-elle intérieurement. *Quel goujat ! Et elle sort d'où celle-là ?*

Ana était sûre de ne jamais l'avoir croisée sur l'île. Blonde à l'allure sportive, ils semblaient échanger naturellement, sûrement une Allemande rencontrée sur le continent et qui les avait rejoints récemment.

Quand je pense qu'il flirtait avec moi il y a deux jours à peine ! Cette fille méritait bien de savoir quel genre d'homme il était !

Et Ana se promit que si par le plus grand des hasards elle la croisait quelque part, elle n'excluait pas de gaffer, sotte qu'elle était...

La chaleur était étouffante sur la terrasse et Ana se retrancha derrière les persiennes de sa chambre, avant que la famille voisine n'ait remarqué sa présence. Dans la pénombre, seule et désarmée, elle sentit soudain toute sa colère tomber et un grand désespoir prit sa place. Elle avait cherché à lutter, à se battre pour ne pas sombrer mais elle avait échoué.

Comme à son habitude, elle se réfugia dans son lit pour se livrer à ses états d'âme.

⋆

Ce soir-là, après leur journée à la plage, les enfants ne cherchèrent même pas à la déranger. Sophie, sur son nuage, n'avait pas faim. Quant à Dimitri, il était ressorti pour se chercher une pita.

La maison était silencieuse depuis un moment déjà et Ana finit par abandonner sa lecture, incapable de se concentrer. Elle ne se souvenait même plus de ce qu'elle avait lu deux lignes auparavant. Elle ferma donc son roman et le jeta au pied du lit. De toute façon, elle n'accrochait pas du tout à l'intrigue et l'héroïne lui était antipathique. Elle tendit le bras et au clic de l'interrupteur répondit la pénombre. Elle ferma les yeux mais les images de la journée lui revenaient, cruelles et honteuses. Comment avait-elle pu être aussi désespérée au point d'envisager de se jeter dans les bras de Hans ? Généralement, elle ne cherchait pas l'aventure pour avoir une aventure, non. Ce qui la faisait vibrer, c'étaient l'attente, l'envie, la séduction... Parfois même, elle n'allait pas jusqu'au bout, la romance la satisfaisait, comblait son désir.

Elle se retournait dans l'obscurité, cherchant en vain une position pour s'endormir. Mais rien à faire, le lit semblait inhospitalier, l'oreiller dur comme du béton. Elle s'apprêtait à rallumer la lumière lorsqu'elle entendit la gâchette de la porte claquer, quelqu'un tournait la poignée. Un frisson la parcourut et elle serra ses cuisses nues. Une silhouette se glissa dans la chambre puis dans son lit.

Jean ne s'encombrait pas de préliminaires, il cédait simplement à l'envie animale de la posséder. Ana aurait pu repousser ses assauts, refuser de se donner à lui, mais elle savait que c'était sa façon à lui de l'aimer. Il dévorait son corps, avide, se gorgeait de sa chair, marquait son territoire dans le moindre recoin, maladroit, rapide, inattentif. Avec lui, Ana prenait une autre forme de plaisir. Celui d'être la seule femme de cet homme, qu'elle suffisait à combler.

Elle n'avait jamais eu de doute sur sa fidélité. Mais lui, se posait-il des questions, doutait-il d'elle ? Ana aimait à croire que Jean savait, mais qu'il n'y attachait pas d'importance. Du moins, pas l'importance que lui imposait sa morale judéo-chrétienne. Elle n'avait jamais songé à le quitter, elle était son épouse, et ce pour l'éternité. La femme d'un seul homme, sur le plan moral et familial.

Son corps, lui, n'appartenait qu'à elle et elle le partageait avec qui bon lui semblait.

Une fois que Jean eut regagné sa tanière, Ana se délecta de l'instant. Elle avait finalement obtenu ce qu'elle avait cherché toute la journée et, comblée, se laissa bercer par le chant des grillons à travers les fenêtres ouvertes, avant de s'endormir, apaisée.

Jamais encore elle n'avait senti qu'elle aurait pu l'aimer comme en cet instant où l'aimer devenait désormais chose vaine.

Jane Austen, *Orgueil et préjugés*

15

Ce matin-là et sans que rien ne fût préalablement décidé, toute la famille se retrouva sur la terrasse pour le petit-déjeuner. Il était tout juste neuf heures et Ana s'étonna de voir ses deux ados déjà debout. Plus exceptionnel encore, Jean n'avait pas filé aux aurores et s'installa à table avec eux, visiblement décidé à partager un moment en famille. Tout en épluchant sa pêche, Ana observait son mari avec une curiosité inhabituelle. Elle avait depuis longtemps abandonné tout espoir de le comprendre, il était d'une nature bien trop complexe, d'un esprit bien trop aiguisé, pas du genre clair et limpide.

Sa présence dans son lit hier soir et ici ce matin n'était ni le fruit du hasard, ni un concours de circonstances. Isolément, peut-être, mais les deux réunis, ça non. Quelque chose le tracassait, elle en était certaine. L'âme de Jean était peut-être impénétrable, mais son comportement parfois le trahissait et elle avait appris à reconnaître ces manifestations en apparence anodines, mais qui, lorsqu'on le connaissait un peu, prenaient tout leur sens. Jean était inquiet et comme à chaque fois qu'il l'était, il se rapprochait de sa famille. Ils étaient son repère, il se confrontait à leur amour, à leur réalité, un impérieux besoin de vérifier qu'ils existaient bel et bien, qu'ils faisaient partie de sa vie.

— Quel programme aujourd'hui, les enfants ? demanda

Ana, qui s'inquiétait toujours de savoir où ses petits disparaissaient des journées entières et surtout avec qui.

— J'ai prévu de prendre le bateau pour retourner visiter la grotte de Meristera..., commença Jean, interrompu par les éclats de rire de ses deux ados.

— Qu'est-ce que j'ai dit de drôle ?

Jean interrogeait sa famille du regard...

— Maman a dit « les enfants » !

— Et ?

— Bah c'est toi qui réponds, donc c'est drôle...

— Ah, je vois...

La mine contrite de Jean parlait pour lui. Il avait le don, juste en haussant les sourcils, de vous faire passer pour un imbécile.

— Ce que tu peux être rabat-joie ! C'est vrai que c'était drôle. Essaye d'être un peu moins sévère, je suis sûre que tu es plus aimable avec tes cailloux qu'avec nous.

Ana savait qu'elle dépassait les bornes, mais elle défiait son mari du regard. Conscient du petit jeu auquel jouait son épouse, Jean ne broncha pas et termina ses tartines sans un mot.

— Alors, Dimitri, ce programme ?

Sa mère insistait. Le jeune homme avait espéré éviter les questions mais il ne pouvait désormais plus y échapper. Le nez dans son bol de chocolat, il hésitait. Et puis zut ! Après tout, n'importe quel mensonge ferait l'affaire.

— Je dois rejoindre des copains, on voudrait pêcher du poulpe.

— Au fusil ?

Ana avait presque bondi sur son fauteuil.

— Mais non, Maman, à la main, c'est bien plus amusant.

— Et quasi impossible, ne put s'empêcher de remarquer Jean.

— Ce n'est pas plus mal... Ce qui les amuse c'est la traque, n'est-ce pas Mitia ?

— Ouais, on met en place toute une stratégie, c'est assez marrant.

— Je ne comprendrai jamais le plaisir qu'ont les hommes à chasser...

La remarque d'Ana se perdit dans le chant des cigales. Plus personne ne parlait.

— Et moi ?

— Quoi, toi ? demanda Dimitri à sa cadette.

— Vous ne voulez pas savoir ce que j'ai de prévu aujourd'hui ?

Silence général.

Sophie avait pris une décision. Elle n'était pas comme son frère, une menteuse ou une dissimulatrice. Et puis elle voulait crier son bonheur au monde entier ! Alors elle se lança, tremblante, pleine d'appréhension et d'espoir :

— J'ai rencontré un garçon, il s'appelle Jona et nous avons rendez-vous à la plage, déclara-t-elle fièrement. Il dessine et il a beaucoup de talent. Il faut absolument que je vous montre mon portrait !

Elle s'apprêtait à se lever pour monter le chercher dans sa chambre quand son père, soudain très attentif et le visage rembruni, demanda :

— C'est un garçon que nous connaissons ?

— Je ne crois pas, répondit-elle, mystérieuse et bien trop heureuse d'être enfin au centre de toutes les attentions.

— Je n'aime pas du tout l'idée que tu te retrouves seule avec un garçon, intervint sa mère. Qu'en penses-tu, Dimitri ? C'est l'un de vos amis ? Peut-on lui faire confiance ?

L'adolescent était pris au piège. S'il disait quoi que ce soit à l'encontre de sa sœur, elle se vengerait et ses propres mensonges seraient exposés. Ses menaces sur la plage étaient très claires. Mais il était aussi réticent à l'idée que Sophie fréquente ce garçon plus âgé et dont il ne savait rien, si ce n'est son milieu et ses origines qu'il jugeait peu fréquentables. Il se détestait de penser ça, mais il s'inquiétait réellement pour sa sœur.

Tout s'embrouillait dans sa tête, le bien, le mal, son secret et les conséquences si Sophie parlait. Sa sœur était idiote d'avoir tout raconté à leurs parents, à sa place il n'aurait rien dit. C'était d'ailleurs ce qu'il faisait, il se taisait.

Mais il ne pouvait décemment pas laisser Sophie aux mains de cet individu et Dimitri prit donc le risque de se compromettre :

— Sophie s'est entichée d'un des jeunes vendeurs de pastèques ! Il est beaucoup plus âgé qu'elle et franchement je n'aime pas du tout la voir traîner avec lui. On ne sait pas d'où il sort, ni d'où il vient...

— Un vendeur de pastèques..., répéta bêtement Ana qui ne semblait pas bien comprendre de qui l'on parlait.

— Tu veux dire un de ces traîne-misère qui vend des pastèques sur le bord des routes ?

La voix de son père était anormalement aiguë et Dimitri acquiesça mollement.

Sophie sentait battre son sang dans ses tempes et des larmes lui piquaient les yeux. Comment pouvaient-ils juger Jona sans même le connaître ? Aveuglée par son désarroi, elle en oubliait qu'elle-même l'avait d'abord mésestimé.

— Vous vous trompez, pleurnicha-t-elle en hoquetant. C'est un garçon très bien.

— Tu le connais depuis deux jours...

Sophie fusilla son frère du regard et Dimitri sut qu'elle ne l'épargnerait pas.

Pourtant sa sœur resta silencieuse.

— Il est hors de question que tu fréquentes ce garçon, admonesta Jean. Je ne comprends vraiment pas ce qui t'est passé par la tête ! Tu veux avoir des problèmes ?

La tête baissée, Sophie n'était plus qu'un petit tas de chagrin hoquetant.

— Ton père a raison, siffla Ana. C'est inenvisageable !

— Pour la peine, tu es consignée dans ta chambre, jeune fille ! Et si tu ne veux pas que la punition dure toutes les vacances, il va falloir te reprendre. C'est bien compris ?

Accablée, bouleversée, Sophie quitta la table en jetant sa serviette.

— Je vous déteste ! cria-t-elle aussi fort qu'elle le put.

Ils entendirent ses pieds marteler les marches de l'escalier puis la porte de sa chambre claquer.

— Ce qu'elle peut être susceptible, s'agaça Ana. Tu as bien fait de nous prévenir, Dimitri. Il est hors de question que ta sœur fréquente ce genre de personne. Je ne comprends pas ce qui lui a pris et encore moins comment elle a pu le rencontrer...

— Tu dois bien le savoir, toi, puisque tu étais censé la surveiller.

La voix de son père sonnait comme un reproche, et Dimitri, qui se sentait déjà coupable, n'en menait pas large.

— J'en sais rien, moi ! J'suis pas toujours sur son dos !

Son agressivité trahissait sa culpabilité, mais sa mère qui le voyait toujours d'un œil bienveillant et conciliant prit sa défense :

— Laisse-le tranquille, Jean ! Tu connais Sophie, elle n'a besoin de personne pour se créer des ennuis.

*

Une bonne heure plus tard, après que Jean et Dimitri eurent quitté la maison, Ana se décida enfin à monter voir sa fille. Elle n'était pas vraiment douée pour consoler ses enfants, c'était d'ailleurs plutôt le contraire qui se produisait d'habitude, mais les savoir malheureux la contrariait. Et Ana détestait être contrariée. Elle l'était déjà suffisamment ces derniers temps, et n'avait pas besoin de gérer en plus les états d'âme d'une ado susceptible. Vraiment, Sophie exagérait.

Elle frappa à la porte.

Aucune réponse, Sophie boudait.

— J'entre, annonça-t-elle en ouvrant la porte.

Sa fille lui tournait le dos, recroquevillée sur son lit, le corps secoué par de petits spasmes. Ana s'assit au bord du lit. Le malheur des autres l'importunait, elle avait bien assez du sien. Mais lorsqu'il s'agissait de ses enfants, elle arrivait à faire preuve d'un peu de compassion. C'était pour elle la preuve irréfutable que l'instinct maternel existait.

— *Maïya kiska*, murmura-t-elle, tu ne vas pas pleurer toute la journée. Comprends-nous...

— ...

— Je suis sûre qu'au fond tu sais que l'on fait ça pour ton bien... Les parents, ça sert aussi à ça, à vous remettre sur le droit chemin...

— ...

— Et n'en veux pas à Dimitri, il est là pour te protéger. J'aurais bien aimé avoir un frère, moi, tu sais.

Ana, embarrassée par la situation, n'en était que plus maladroite et ces quelques mots n'étaient pas du tout ceux qu'attendait Sophie. Voilà qu'elle lui réservait le bon vieux couplet sur son statut d'enfant unique et la grande chance qu'elle avait d'avoir un frère comme Dimitri.

Sophie avait besoin d'être rassurée, de se sentir comprise et aimée, pas d'être comparée à son frère. Car le problème se trouvait là. Sa mère adorait Dimitri et elle ne supportait plus cette préférence qu'elle avait constamment ressentie. L'adolescente était certaine que sa mère accepterait toute personne dont son frère tomberait amoureux. Sans discuter.

Depuis toujours, Sophie s'était pliée en quatre pour obtenir les bonnes grâces d'Ana. La séduire, chercher à lui plaire, était un travail quotidien et épuisant. Danse classique, solfège, chant, piano, dessin, elle avait tenté par tous les moyens de devenir une vraie petite fille modèle. En vain.

Une fois de plus, sa mère l'abandonnait, Sophie ne répondait pas à ses exigences. Elle la décevait, lui faisait honte même, jusque dans ses choix amoureux. Qu'avait-elle fait pour mériter ça ? Sa mère ne l'aimait pas, voilà son terrible constat. Cela ne faisait qu'attiser son désir de se jeter à corps perdu dans une histoire d'amour où elle serait le centre de toutes les attentions. Pour se sentir enfin parfaite aux yeux de quelqu'un.

Sophie ne cédait pas et s'obstinait à lui tourner le dos. Ana soupira. Le mutisme de sa fille n'était pas habituel. Elle boudait habituellement quelques minutes, puis le moulin à paroles reprenait de plus belle. Peut-être avait-elle simplement besoin d'être seule et de réfléchir ? C'est ce qu'Ana aurait voulu, elle. Qu'on lui fiche la paix !

Elle décida donc que ce qui était bon pour elle devait l'être aussi pour sa fille et elle caressa l'épaule de Sophie :

— Je crois que tu as besoin d'être un peu seule. Si tu me cherches, je suis sous la douche…

La porte se referma doucement derrière elle.

Sophie, désormais seule et le cœur dévasté, laissa éclater de gros sanglots.

Elle devait parler à quelqu'un.

Quelqu'un qui la comprendrait, qui saurait l'écouter et la réconforter : son amie Isabelle. Elle avait pris l'habitude, durant l'été, de lui écrire de longues lettres dans lesquelles elle décrivait tous les détails de ses vacances. Mais la situation exigeait de pouvoir lui parler sans délai.

Sophie se glissa en silence hors de sa chambre et descendit les escaliers sur la pointe des pieds. Derrière la porte de la salle de bains, un bruit d'eau ruisselante aussi clair que celui d'une cascade la rassura. Sa mère était encore sous la douche. Aussi rapide et furtive qu'un chat, elle se faufila dans la chambre du bas, attrapa le téléphone posé sur la commode et le glissa dans sa poche. Elle remonta les escaliers avec un air qu'elle voulait innocent, mais qui, pour quiconque la connaissait, trahissait son méfait.

Après avoir verrouillé sa chambre, elle se lova sous son bureau et ouvrit le clapet du précieux téléphone. L'écran rétro-éclairé s'anima et Sophie sentit son cœur palpiter d'excitation. La notion d'interdit rendait l'acte encore plus réjouissant pour la jeune fille d'habitude si raisonnable et obéissante. Mais elle n'était plus la même...

Curieux. L'écran d'accueil affichait huit messages non lus. *Forcément une urgence*, se dit Sophie. Maman n'a pas dû consulter ses messages depuis un moment...

Piquée par la curiosité, elle ne put s'empêcher d'activer la touche lecture. Les petites enveloppes digitales se suivaient rigoureusement et provenaient toutes du même expéditeur, une seule et unique lettre, Y.

Les doigts tremblants, elle ouvrit le premier message, puis le deuxième et le troisième, et ainsi de suite jusqu'à en avoir les yeux qui piquent, la tête qui tourne.

Sa mère avait une liaison.

Les messages ne laissaient aucun doute. Son esprit bouillait, cherchant une autre réponse, plus concevable. L'expéditeur, lui, le soupirant éperdu, se dévoilait sans peine derrière une écriture approximative et quelques mots de grec : *Yannis ! Qui d'autre ?* pensa-t-elle.

Sophie réfléchissait à cent à l'heure, tout se mélangeait, se recoupait, pour soudain devenir limpide. Comment avait-elle pu être aveugle à ce point ? C'était tellement évident, tellement horrible...

Elle sentit la boule grossir dans sa gorge mais elle avait déjà tant pleuré que les larmes n'arrivaient plus à couler. De toute façon, elle n'était bonne qu'à ça, chouiner, pire qu'un bébé. Dimitri avait raison.

Elle se sentit soudain très vide. Vide de sens. Comment sa mère pouvait-elle lui faire la morale sur ses relations, alors qu'elle-même vivait dans l'adultère ? Comment reprocher à une adolescente de simplement tomber amoureuse lorsque l'on trompait son mari ? Et Dimitri ! Que cachait-il ? Quelle bande d'hypocrites ! La colère gonflait, l'égarait. La trahison l'étouffait, elle les détestait.

Le téléphone vibra entre ses doigts et une nouvelle enveloppe apparut sur l'écran.

Sophie hésita. Longuement.

Elle revoyait leurs balades en bateau, Yannis aux commandes et le sourire de sa mère ; ces interminables soirées au restaurant où le temps semblait s'être arrêté, les glaces qu'il lui offrait en cachette et dont elle se régalait. Elle n'était alors qu'une enfant et la vie semblait si simple ; il n'y avait ni bien, ni mal. Juste son innocence, aujourd'hui envolée.

Le visage triste et défait de sa mère quelques jours plus tôt lui revint en mémoire et elle comprit. L'annonce de Yannis, son mariage, le bébé, Ana n'avait pas supporté. Sophie rageait d'incompréhension. Sa mère aurait dû la comprendre mieux que quiconque aujourd'hui. L'écouter, la consoler, avec complicité et compassion. Elle n'avait fait que l'accabler, la sermonner. Quelle hypocrisie ! Critiquer sa relation alors que la sienne était plus inavouable encore…

Remontée, Sophie n'eut alors aucun scrupule et appuya de nouveau sur la touche lecture : « 11 h 00 à Elaia, je t'attends, il faut parler. »

Elaia signifiait « Olivier » et c'était ainsi que Yannis appelait la maison de sa mère, là-haut, dans les collines.

L'adolescente consulta sa montre : 10 h 34.

Cela faisait trois jours que Yannis montait chaque jour chez sa mère pour attendre désespérément Ana qui ne venait pas. Ce qui voulait dire qu'il ne serait ni en ville, ni au restaurant, ni au bateau…

Sophie se déplia et bondit sur ses jambes, aussi souple qu'un élastique. Elle se concentrait mieux en bougeant et arpenta sa chambre en marmonnant. Elle s'interrogeait, cherchait des réponses à ses questions, pesait le pour et le contre tout en faisant rouler les bracelets autour de ses poignets.

Quelques minutes plus tard, Sophie avait pris sa décision. Elle enfila ses baskets, sa casquette et son sac à dos, avant de se glisser par la fenêtre ouverte. C'était la première fois qu'elle se faufilait par là et elle paniqua un peu quand elle se retrouva sur le toit de la petite dépendance, les tuiles semblaient glisser sous ses pieds mal assurés. Tremblante et le cœur battant, elle grimpa à califourchon sur le muret de pierres et observa. Personne en vue, elle en profita pour sauter, légère comme une plume.

L'amour est simplement folie.
William Shakespeare

16

Yannis ôta son tablier avant de l'abandonner en boule sur le comptoir. Il n'était pas dans ses habitudes de quitter le restaurant à cette heure mais il sentait que la situation l'exigeait.

— Je descends voir Irina. Elle n'est pas très en forme ce matin… Et après, je dois monter chez ma mère, je suis loin d'en avoir fini avec ce fichu poulailler !

Vassili sourit. Il savait combien Yannis détestait les bêtes à plumes.

— Aucun problème ! On gère la boutique. N'est-ce pas, Yorgos ?

Yorgos, qui passait le balai dans la salle, leva la main en signe d'approbation.

— Merci les gars, je pars tranquille, alors. Et pas d'inquiétude, je serai là pour le coup d'feu.

Et tandis qu'il s'éloignait, la voix de Vassili lança :

— Bonne chance, hein !

Yannis grimaça, incapable de savoir si son ami parlait pour Irina ou ce maudit poulailler.

Il trouva sa compagne sur le pont avant, plongée dans la lecture d'un magazine people à la couverture racoleuse. Elle ne l'entendit pas arriver et sursauta lorsqu'il lui caressa les cheveux.

— Tu m'as fait peur ! grogna-t-elle.

— Je peux m'acheter des chaussures à grelots si tu veux. Comme ça tu m'entendras arriver…

— Très drôle, grimaça-t-elle.

Il s'installa à même le pont, le dos contre le balcon de métal qui bordait la poupe du bateau. Ils se faisaient face, tels deux étrangers.

— Tu ne m'aimes plus, c'est ça ?

La question, simple et spontanée, le prit au dépourvu.

Derrière ses lunettes de soleil aviateur, les yeux de la jeune femme, déjà noirs, scrutaient le moindre frémissement, le moindre soubresaut, n'importe quel signe qui pourrait le trahir. Depuis le début de leur relation, elle le surveillait comme le lait sur le feu. Elle entendait les chuchotements, devinait les gestes entendus, ne doutait pas un seul instant des commérages qu'elle suscitait sur l'île. Mais depuis l'annonce de sa grossesse et de leur mariage imminent, les mauvaises langues avaient dû se trouver un autre sujet de conversation. Elle s'était elle-même assurée que la nouvelle fasse le tour de l'île, ce qui avait profondément agacé Yannis.

Tant pis.

C'était désormais comme s'il portait un écriteau « chasse gardée », et c'était bien son intention.

— C'est le bébé ? Tu n'en veux plus ?

Sa voix se brisa et le cœur de Yannis aussi. Sans aucune pitié, elle jouait sur la corde sensible. Elle abattait sa dernière carte, elle le savait et n'allait pas s'en priver.

Dès leur rencontre, elle avait deviné son talon d'Achille, sa faiblesse, son désir inavoué d'être père.

— Ne dis pas ça, Irina ! lâcha-t-il à contrecœur. Tu sais très bien que je le veux, ce bébé ! Tu oublies que je refais la maison pour lui, pour toi. Qu'est-ce qu'il te faut de plus ? Dis-moi !

Il semblait vraiment contrarié et en colère. Elle était peut-être allée un peu loin en l'attaquant dès son arrivée. Mais elle sentait qu'il lui échappait et ne le supportait pas.

— Et le mariage, j'ai même accepté de me marier... À mon âge !

C'était vrai.

Bon, elle ne lui avait pas vraiment laissé le choix, s'ils avaient ce bébé, ils devaient se marier. Il en allait de sa réputation et de celle de leurs familles. Elle savait combien Yannis était attaché aux valeurs familiales, aux traditions. Même s'il avait fait ses études à l'étranger et qu'il était l'un des hommes les moins conservateurs de l'île, il avait finalement fait sa vie ici, il n'avait pas renié ses origines, pas renoncé à la personne qu'il était.

— Je te demande pardon, recula-t-elle prudemment. Je suis un peu sur les nerfs en ce moment, ce doit être les hormones.

Gêné par ces considérations féminines – ici la maternité était une histoire de femmes, de femmes seulement – il changea de sujet.

— Tu veux des œufs ?

— Oui, s'il te plaît, minauda-t-elle pour se rattraper.

Et tandis qu'il disparaissait dans la cabine, il l'entendit crier :

— Il reste du bacon ? Et du tarama ?

C'est fou d'avoir autant d'appétit, pensa-t-il. *Elle forcit à vue d'œil. À ce rythme-là, elle aura vraiment du mal à perdre ses kilos de grossesse. Elle mange pour deux mais quand même…*

Il alluma le petit réchaud à gaz et sortit sa vieille poêle en aluminium, dans laquelle il cassa deux beaux œufs sur le plat. Le bacon grésillait, la cafetière crachotait et la petite cabine était déjà saturée de vapeur et de fumée. Yannis, lui, n'y prêtait aucune attention. L'esprit bien loin du petit bateau et des odeurs de graillon, il pensait à Ana, à son corps svelte et délicat.

Elle était si belle l'autre soir, dans sa robe blanche, la peau et les cheveux dorés. Un rayon de soleil semblait l'habiter tant elle irradiait de beauté.

Il avait redouté des mois durant ce moment et il ne s'était pas trompé. Il avait vu sa déception, sa colère, mais il était impuissant.

Qu'attendait-elle de lui, au juste ?

Il se posait cette question depuis tant d'années qu'il avait renoncé à y répondre. Ana restait insaisissable. Aussi fuyante que les petites athérines qui s'échappaient de ses filets de pêche.

Il ne savait pas comment qualifier leur relation qui chaque année dévoilait son lot de surprises. Il y avait les étés platoniques, où ils jouaient au chat et à la souris sans échanger le moindre baiser, et les autres, torrides et passionnés, où ils se retrouvaient en cachette dans la cabane de berger ou les petites criques isolées. Au souvenir de leurs ébats, de sa peau frémissante au goût de sel et de ses baisers humides, il sentit l'excitation monter.

— Tu n'es pas fâché, au moins ?

La voix d'Irina eut l'effet d'une douche froide et il se détourna pour dissimuler la bosse qui gonflait son pantalon.

— Mais non, tenta-t-il de la rassurer. Tout va bien, arrête de t'en faire…

Le bas-ventre collé à la petite table pliante, il tartinait le pain frais d'une épaisse couche de tarama maison. C'était une recette qu'il maîtrisait parfaitement et dont il avait pourtant dû abandonner la préparation la veille, incapable de la monter correctement. Vassili avait dû prendre la relève, au risque de voir tout leur stock d'œufs de mulet perdu.

Ce n'était pas la première fois que cela arrivait. Chaque été, c'était la même histoire, Ana réapparaissait et Yannis perdait la tête.

Irina se glissa derrière lui et l'entoura de ses bras tout en susurrant à son oreille :

— Tu crois que tu aurais un peu de temps à me consacrer ce matin ?

Yannis se crispa, priant pour que son corps ne le trahisse pas. Non, il ne pouvait pas. À la seule idée du corps d'Irina, nu, et du sien, si proches, l'envie de hurler le submergea. Impossible de se débattre, de s'enfuir, les bras d'Irina étaient comme un étau qui se resserrait, l'étouffait. Ses mains caressaient son torse et elle n'allait pas tarder à déboutonner sa chemise.

Il ferma les yeux, inspira, et sans que l'image d'Ana ne quitte ses pensées, il marmonna :

— Ma mère m'attend. Je lui ai promis d'y retourner ce matin, tu sais, le poulailler... J'ai bien avancé hier mais je suis loin d'avoir terminé.

Déçue, Irina relâcha son étreinte.

— J'avais oublié...

Il lui tendit une assiette gargantuesque, avec bacon, œufs et tartines de tarama.

— Tiens, je t'apporte ton thé dans une minute.

— Un café, trancha-t-elle, je préférerais un café.

— Tu sais bien que ce n'est pas bon pour le bébé, je...

— Je prendrai un café, trancha-t-elle, des éclairs au fond des yeux.

— *Daxi, daxi*, un café pour la une !

Il espérait que ce petit clin d'œil la dériderait.

Elle ne pouvait pas oublier que lorsque leur relation n'en était qu'à ses balbutiements et qu'Irina venait au restaurant, il l'installait toujours à la table n° 1. Elle était tellement élégante dans son tailleur sombre, perchée sur des talons qui dessinaient joliment ses mollets. Elle entrouvrait son chemisier une fois son travail à la banque terminé et ses grands yeux noirs pétillaient.

C'était quelques mois plus tôt, alors que l'île s'apprêtait à hiverner, que le dernier touriste s'en était allé et que la mer avait perdu ses précieux degrés.

Irina avait débarqué et un vent de nouveauté avait soufflé sur le port où on ne prononçait plus que son nom.

Yannis, lui, avait le cœur triste, le moral à zéro. Il avait passé l'été auprès d'Ana, elle avait toléré sa présence et ils avaient même partagé quelques moments d'intimité.

Quand Vassili lui parla de la nouvelle venue en sifflant entre ses dents, Yannis avait à peine relevé.

— C'est une brune ?

— Ça oui ! Une bien jolie brune comme on en fait chez nous.

Yannis soupira.

— Tu crois vraiment qu'elle est pour toi, celle-là ?

— Et pourquoi pas ?

— Tu dis ça à chaque fois qu'une nouvelle débarque ici, Vassili ! Et tu es toujours aussi seul que le moine Nikolaos.

— Tout comme toi ! s'exclama Vassili, las d'être toujours comparé au vieux moine chauve et célibataire qui vivait retiré dans une bergerie au milieu des collines.

— Moi ? Eh bien, moi, ce n'est pas pareil ?

— Et pourquoi, je te prie ?

Les deux hommes préparaient des *tiropita* et le travail de la pâte demandait de la dextérité et surtout beaucoup d'énergie pour l'étaler aussi finement qu'une feuille de papier à cigarette. Leurs échanges musclés donnaient de l'ardeur à leurs mouvements et rythmaient le travail des rouleaux.

C'était traditionnellement une tâche réservée aux femmes, mais leurs mères se faisaient vieilles et, n'ayant ni sœur ni épouse pour prendre la relève, cela faisait plusieurs années qu'ils préparaient ce plat en secret pour le jour du Ochi.

Deux familles, deux recettes, chacun respectait donc à la lettre les recommandations maternelles.

Yannis, les mains couvertes de farine, émiettait la farce composée de feta et d'œuf qui garnirait les feuilles de pâte.

— Tu vois bien ce que je veux dire, s'enorgueillit-il en bombant le torse. J'ai toujours eu beaucoup de succès auprès des femmes, moi, alors que toi…

— Ah ça, c'est sûr ! Je ne suis pas un tombeur comme toi, je respecte les femmes, moi !

— Pour les respecter, tu les respectes ! Tu n'en as pas touché une depuis dix ans !

— *Malakas !*

Yannis esquiva de justesse le rouleau que Vassili lui jeta au visage et les deux hommes rirent comme deux gamins.

— Tu es vraiment ridicule avec ce tablier, tu le sais, hein, mon ami ?

— Regarde-toi avant de parler, tu as de la feta jusque dans les cheveux.

— C'est pour te laisser plus de chance avec la belle Irina.

— Il en faudrait bien plus que ça pour qu'elle ne te remarque pas. Même si tu n'es qu'un vieux Grec aux cheveux gris, je vois bien comment les jeunes femmes te regardent...

Vassili plaisantait, mais en réalité son cœur souffrait. Il avait connu des femmes, et des hommes surtout, mais il n'avait jamais aimé personne comme il aimait Yannis. Il avait mis des années à le comprendre, et aujourd'hui encore il ne l'acceptait pas vraiment. Pourtant, il ne pouvait plus fermer les yeux devant la vérité de ses sentiments. Mais il savait que Yannis ne les partagerait jamais et qu'il risquait de perdre son amitié s'il les révélait au grand jour. Il restait donc dans l'ombre, ami fidèle et confident de toujours.

Le « jour du Ochi » était l'une des deux fêtes nationales grecques, célébrée tous les 28 octobre, en souvenir de ce fameux jour historique de 1940 où la Grèce avait fermement répondu « non » (*ochi*) à l'ultimatum de Mussolini. Cela n'empêcha en rien les troupes italo-allemandes d'envahir leur pays, mais ce « non » était devenu l'expression de la dignité du peuple grec.

C'était pour tous l'occasion de sortir les drapeaux, de décorer les maisons et de se rendre à la messe avant le grand défilé. Les enfants, dans leurs uniformes d'écoliers, portaient haut les couleurs de leur pays, tandis que la fanfare jouait maladroitement l'*Hymne à la liberté*.

Ce jour-là, Vassili regarda sans surprise son ami

aborder la jolie Irina pour se présenter et, le cœur serré, il ne put qu'assister, impuissant, à la naissance de leur idylle.

★

Dimitri gara son scooter derrière un buisson dense et piquant, invisible depuis la route principale, qui prenait ici des airs de piste africaine. Lorsqu'il était enfant, il avait parfois l'impression d'être dans la savane, dès lors que les routes bétonnées laissaient place à des pistes de terre et de cailloux. Son père rugissait alors comme un fauve et le petit garçon frissonnait de frayeur et de bonheur, un curieux mélange de sentiments que l'on ne ressent que quand on est un enfant. Jean quittait rarement son costume de précepteur et Dimitri se demandait si son père avait été lui aussi un jour un enfant, un vrai. Mais le plus difficile à accepter était son intolérance.

Il soupira.

Son père était loin aujourd'hui, il s'en était assuré. Rien ne pourrait l'empêcher de vivre ce précieux moment, même si Sophie avait bien failli tout gâcher.

Il glissa les clefs du deux-roues dans sa poche et s'enfonça au milieu des pins et des chênes, sur un sentier crevassé, presque raviné, où la terre n'était que poussière, aussi fine et volatile que du sucre glace. Il marcha presque un kilomètre dans la touffeur de la forêt où le soleil filtrait parfois, dispersant des flaques de lumière sur les tapis d'épines et de feuilles roussies.

Le frottement des bretelles de son sac à dos commençait à lui brûler la peau et son tee-shirt collait à son torse moite ; il fut donc soulagé lorsque les arbres cédèrent leur place à un promontoire rocheux sur lequel il se percha. En contrebas, une petite crique aux eaux turquoise défiait les falaises.

Il n'aperçut pas tout de suite la silhouette qui se détacha soudain de l'ombre grignotant les contours de la petite plage. Son cœur s'emballa et, sans aucune retenue, il dévala le petit sentier accidenté qui descendait vers la mer. Sportif, bien qu'un peu maigrichon, il avait le pied sûr et il arriva sans encombre sur les galets gris qui roulèrent sous ses pieds. La silhouette s'avança et accueillit avec fougue son corps impatient et trempé.

Leurs yeux brillaient et leurs bouches, haletantes, avides de baisers, ne leur laissaient pas le temps de respirer.

— Matthew..., murmura Dimitri.

Son prénom dans sa bouche était aussi rond et sucré qu'un bonbon.

— *Shut your fucking lovely mouth!*

Et le jeune Anglais joignit le geste à la parole en écrasant ardemment ses lèvres humides sur les siennes.

— *Come!*

Matthew l'entraîna par la main vers le rivage où il quitta ses vêtements, bientôt éparpillés sur les galets. La nudité de son *boyfriend* ne lui posait aucun problème, bien au contraire, mais Dimitri n'avait pas la même assurance que Matthew. Un peu en retrait, il se contenta d'ôter son tee-shirt et de regarder, les pieds dans l'eau, les fesses rondes et musclées du beau serveur disparaître dans les eaux chaudes et turquoise de la mer Égée.

Matthew se donnait en spectacle, jouant avec son corps sous les projecteurs des milliers de gouttes de lumière qui perlaient dans ses cheveux et sur sa peau.

— Tu n'es pas drôle aujourd'hui. Un problème ? demanda-t-il en anglais.

— Non, non, tout va très bien, assura Dimitri.

Ce qui n'était pas très vrai, mais ce petit mensonge n'aurait aucune conséquence. La vérité, c'est que le jeune homme était tout chamboulé et qu'il n'était plus trop sûr de savoir ce qu'il voulait.

Il avait rencontré Matthew l'année précédente. Le jeune Anglais campait avec quelques amis sur l'île et ils s'étaient croisés à plusieurs reprises sur la plage.

C'était la première fois que Dimitri assumait son attirance pour les garçons et la première fois qu'il envisageait une relation avec un homme. En France, il n'aurait jamais osé, alors qu'ici, sur cette île, tout devenait possible. Il se sentait plus libre, plus sûr de lui, de ses sentiments, des secrets de son cœur.

Il s'était mis beaucoup de pression, cherchant à se persuader que ce serait enfin pour cet été, qu'il allait franchir le pas. Mais ce n'était visiblement pas le cas.

C'est le moment que choisit Matthew pour sortir de l'eau, et venir ébrouer son corps nu et mouillé juste sous son nez. La silhouette du jeune homme se découpait à contre-jour et les ombres dessinaient merveilleusement bien ses abdominaux. Dimitri évitait néanmoins de regarder son entrejambe même s'il sentait un délicieux frisson le parcourir et des chatouillis dans le bas-ventre.

Matthew attrapa une serviette et s'installa à ses côtés avec une attente plus que visible. Ses mains puissantes et aguerries se promenaient maintenant sur son corps et Dimitri sentait le désir monter en lui. Son corps, affolé, ne lui obéissait presque plus et il dut s'arracher à ses caresses presque avec violence.

— *No Matthew, no…*

L'autre le regarda avec les yeux d'un chien à qui l'on venait de retirer son os.

— *Are you sure?* demanda-t-il avec une mine déconfite.

— *I'm sorry, you know…*

— *OK, OK, understood!*

Non, Dimitri n'était pas prêt et il ne devait pas laisser son corps parler pour lui. Il avait passé ces derniers mois à imaginer ce moment, à se demander s'il était prêt, si c'était une bonne idée… Coucher avec Matthew, perdre sa virginité, c'était accepter son homosexualité. Les caresses, les baisers, c'était une chose, mais le sexe en était une autre. Et puis il avait peur : de ne pas être à la hauteur, d'être ridicule, de ne pas plaire à Matthew.

Il était si beau, si compréhensif et surtout si patient avec lui. Mais il avait aussi une sérieuse expérience et pas mal d'amants dans sa manche. Des hommes plus vieux, avait cru comprendre Dimitri, et cela l'effrayait un peu. Il se demandait même ce que Matthew lui trouvait.

— J'ai vu ta mère hier, à l'*East View*..., marmonna Matthew, une cigarette entre les dents.

Dimitri avait passé toute l'année à bosser son anglais et il était maintenant capable de converser avec assez d'aisance.

— C'est vrai ? Je t'avais prévenu qu'elle y allait souvent. Tu t'es fait discret j'espère...

— Tu me connais, plaisanta Matthew.

— C'est bien le problème ! Et puis tu es tellement beau que tu ne passes pas inaperçu...

Matthew alluma sa cigarette à l'aide d'un Zippo doré, et, allongé sur le dos, regarda les volutes de fumée se prendre pour des nuages sur le fond de ciel bleu.

— C'est une très belle femme...

Dimitri ne répondit pas. Il n'aimait pas beaucoup parler de sa mère ; il aurait d'ailleurs préféré ne l'avoir que pour lui, qu'elle n'existe pas aux yeux des autres, ne pas avoir à la partager.

— Elle avait l'air bizarre...

Là, Dimitri tiqua. Il s'inquiétait constamment pour sa mère.

— Bizarre comment ?

— Je ne sais pas trop, son comportement... et sa façon de me regarder. Je me demande même si elle ne m'a pas reconnu...

— Tu crois ? De toute façon, ça n'a pas d'importance, tant qu'elle ne sait rien pour nous...

— Tu n'es toujours pas décidé à leur en parler ?

Dimitri détourna son regard pour le perdre dans la mer. Devant son silence, Matthew enfonça le clou :

— Tu seras toujours gay, tu sais ! Il faudra bien que tu t'y fasses et eux aussi.

Les larmes mouillaient déjà ses yeux, mais il ne voulait pas se montrer faible ou vulnérable aux yeux de son amoureux. Dimitri s'allongea donc sur le ventre et enfonça la tête dans sa serviette. Pourquoi fallait-il que les choses soient toujours si difficiles ?

Vous êtes si dure avec ceux qui vous aiment, Scarlett. Vous prenez leur amour et vous le brandissez comme un fouet au-dessus de leur tête.

Margaret Mitchell,
Autant en emporte le vent

17

Ses plans avaient changé et rien ne pouvait plus le contrarier.

Lorsqu'il s'était approché de la grotte de Meristera, il n'avait pu que constater la situation : quelques bateaux de tourisme y mouillaient déjà et aucune chance de les voir partir de sitôt. Ils allaient certainement passer la journée ici, c'était l'un des plus beaux spots de l'île pour la plongée sous-marine. Il avait fait demi-tour, non sans grogner un peu, ce genre de déconvenue arrivait bien trop souvent et l'empêchait de travailler correctement.

Tandis que son Zodiac fendait les eaux, il réfléchissait à une solution de repli. Il n'avait pas pris tout son matériel et devrait donc se contenter d'une exploration sommaire. Mais c'était souvent ainsi qu'il avait fait ses plus belles découvertes et il restait encore des coins de l'île qui n'avaient pas révélé tous leurs secrets.

— Tu veux dire que tu n'as pas encore réussi à retourner chaque pierre de cette île minuscule ? se moquait souvent Ana.

Ce n'était pas dit méchamment, mais Jean savait que sa femme souffrait depuis toujours de cette passion dévorante qui prenait toute la place dans sa vie. Il avait tout gâché, il en avait conscience, mais il aimait l'idée de se défausser de cette culpabilité : ce n'était pas sa faute, il était ainsi programmé, ses gènes étaient responsables, pas lui. On ne pouvait en revanche pas lui reprocher d'avoir abandonné sa famille. Il subvenait à leurs besoins, il était présent, du moins autant que faire se peut, bref, il tenait son rôle de père. Ce qui à ses yeux n'était pas donné à tout le monde.

Alors qu'il réfléchissait, il laissa le bateau filer le long des côtes sauvages. L'île était si petite qu'on pouvait en faire le tour en une journée seulement. Une aubaine pour lui qui ne cessait d'aller et venir, de vérifier un point, puis l'autre, de la parcourir de long en large.

Lorsque la belle villa abandonnée apparut, il ralentit comme par instinct ; il rêvait de la posséder. Curieux pour un homme tout sauf matérialiste et qui ne s'intéressait qu'aux éléments à l'épreuve du temps, qui pouvaient traverser les siècles, voire les millénaires, ce qui n'était le cas ni de cette maison, ni de l'argent qui dormait sur son compte en banque.

Il accosta sur le ponton de bois encore en très bon état et les planches craquèrent sous son poids lorsqu'il y sauta. Il se pencha pour enfiler une paire de grosses chaussettes et ses chaussures de marche. Son sac à dos sur les épaules, sa casquette sur la tête, il était prêt. Rien ne lui procurait autant d'excitation que de partir en exploration.

Ses jumelles pendaient lourdement à son cou. Sans elles, impossible d'imaginer la moindre expédition. Il vérifia la mise au point.

— Nan, mais je rêve ! grogna-t-il.

Les lentilles étaient couvertes d'une poussière grise et de grains de sable qu'il souffla avec précaution avant d'essuyer les objectifs.

Encore un coup des gamins. Ils empruntaient sans cesse son matériel sans autorisation et rien ne pouvait plus l'agacer. Il ne manquerait pas de leur remonter les bretelles. Décidément, la journée commençait mal. Entre sa déconvenue à la grotte, les égarements de Sophie, les crises d'Ana et tout le reste, ce n'était pas juste cette journée, c'était sa vie entière qui tournait au fiasco !

Marcher, prendre l'air ne pourraient lui faire que du bien, l'aider à mettre un peu d'ordre dans ses idées.

Il aimait la partie septentrionale de l'île, particulièrement escarpée et riche en découvertes géologiques. Il s'étonnait encore de sa chance, celle d'avoir pu mener, presque en solitaire, toutes ces années de recherches ici. Sur cette île qu'il n'avait pas vraiment choisie et qui s'était imposée à lui. La vie était pleine de surprises…

Le promontoire rocheux qu'il apercevait au loin lui offrirait un très beau panorama, notamment sur ce curieux rocher façonné. Quinze minutes plus tard, il s'y hissa et s'enivra de ce paysage si cher à ses yeux.

Sur la crique en contrebas, il devinait deux silhouettes enlacées. Il ne comptait plus le nombre de culs nus ou de couples en pleins ébats qu'il avait croisés au cours de ses excursions. Il avait d'ailleurs souvent repéré le bateau de Yannis, mouillant dans l'une de ces petites criques isolées, mais il ne s'était jamais approché. Sa pudeur n'avait pas d'égale, pas même sa curiosité.

Il chaussa ses jumelles pour juger de la situation. Il n'était en rien voyeur, mais il avait prévu de descendre ici pour étudier de nouveau la formation rocheuse en contrebas. Passer par la plage restait l'accès le plus facile et le plus rapide. La mise au point ne fut pas nécessaire et l'image qui se matérialisa, brutale, le fit reculer d'un pas. La sueur perlait maintenant sur son front froid et il sentait son cœur rebondir dans sa poitrine comme sur un trampoline.

Non, ce n'était pas possible, il devait se tromper. Il respira avant de porter la main sur son thorax.

Jean, calme-toi ! Tu as dû mal voir, il fait chaud, tu as beaucoup marché… Il tentait maladroitement de se rassurer, d'oublier ce qu'il venait de voir. Pourtant, il devait vérifier, et lorsqu'il réajusta de nouveau ses jumelles, il sut que rien ne serait plus comme avant.

L'image se confirma, incontestable, avec une violence qu'il n'aurait pu imaginer. L'air se raréfia soudain et ses poumons ne semblèrent plus en trouver suffisamment pour oxygéner son cerveau. Il suffoquait.

*

Ana espérait toujours qu'une bonne douche suffirait à noyer ses idées noires. C'est pourquoi elle en usait et abusait, jusqu'à en avoir les doigts de pieds fripés. Elle observait toujours attentivement l'eau s'engouffrer dans le siphon, comme si elle pouvait aussi y voir passer sa culpabilité, sa colère ou encore sa déception. Cela n'arrivait jamais, pas plus aujourd'hui que les autres jours. Déçue, elle coupa l'eau et sortit encore dégoulinante dans la petite salle de bains. Elle chassa la buée qui s'était formée sur le miroir avec la paume de sa main et observa son reflet.

Ana détestait se voir ainsi, sans artifice, au naturel, les cheveux mouillés et emmêlés, le visage sans fard, le corps sans vie. Elle se sentait faible, fragile, totalement mise à nu, exposée. La vraie Ana. Celle qu'elle n'avait jamais aimée et contre qui elle se battait sans cesse.

Elle soupira. Rien ne se passait comme elle l'attendait. Elle avait rêvé de ces vacances toute l'année, elles étaient sa bulle d'oxygène, le seul moment où elle arrivait à s'échapper.

Ana n'arrivait décidément pas à digérer la situation. Yannis lui devait une explication, ou plutôt des excuses. Elle n'en démordait pas. Et puis non, pas d'excuses, elle avait besoin d'entendre qu'il l'aimait mais que tout était trop compliqué.

Elle prit le temps de s'habiller avec soin, de se coiffer et de se maquiller. Une robe longue à fleurs, dont elle savait pertinemment que Yannis appréciait le décolleté plongeant, de fins colliers dorés qui scintillaient sur sa peau bronzée et des bracelets qui tintaient à ses poignets. Un frisson de parfum entre ses seins.

Le miroir lui renvoyait maintenant une tout autre

image, bien loin de celle du chien mouillé de tout à l'heure. Elle voyait une femme forte, féminine, prête à affronter le monde. Mais elle savait que tout cela n'était que le jeu des apparences, derrière les bijoux et le mascara, cette femme n'existait pas.

Cherchant en vain son téléphone, elle finit par sortir sans même avoir pu consulter ses messages. Peu importe, elle savait qu'ils ne contenaient pas ce qu'elle attendait, elle voulait une grande déclaration, celle que l'on attendait toute une vie. La littérature regorgeait d'amours impossibles, son histoire avec Yannis n'était pas finie.

Comme Jean avait pris le bateau, Ana put descendre en voiture. L'angoisse l'étreignit tandis qu'elle se garait maladroitement dans l'une des rues hautes du village.

Et s'il ne lui disait pas ce qu'elle voulait entendre ? Si elle se couvrait de ridicule ? Elle en avait déjà fait l'expérience et, dans ce genre de situation, elle perdait vite pied. Mais elle ne pouvait plus reculer.

Elle prit son temps, flânant dans les rues, personne ne devait deviner qu'elle était là pour lui. Elle consulta sa montre : onze heures. L'air de rien et après un simulacre de lèche-vitrines, elle grimpa la volée de marches qui conduisait au restaurant. La terrasse était presque vide et elle trouva Yorgos, dressant les tables, avec le même air las que d'habitude. Il lui adressa un bref signe de tête auquel elle ne répondit pas ; elle cherchait Yannis des yeux.

Depuis la cuisine ouverte, le regard de Vassili croisa le sien. Il épluchait des légumes tout en écoutant la radio, la taille ceinte d'un tablier taché. Ana s'approcha.

— *Yassou Vassili !*

L'homme répondit en hochant simplement la tête. Ana ne saurait dire pourquoi, mais elle avait toujours ressenti une certaine animosité de la part du bras droit et ami de Yannis. Vassili n'avait jamais semblé être sensible à ses charmes. Pire, il affichait avec elle une froideur bien éloignée de sa réputation amicale et débonnaire. Ana était très mal à l'aise avec les hommes sur lesquels elle n'exerçait aucun pouvoir, c'était comme s'ils pouvaient voir son autre visage, la femme sans fard, nue et fragile.

— Yannis est là ? demanda-t-elle dans un grec un peu tremblant.

Décidément, Vassili lui faisait perdre tous ses moyens.

— *Ochi !*

Surtout ne développe pas, pensa-t-elle. Le bougre était bien décidé à ne pas l'aider.

— Et tu sais où il est ?

Mauvaise foi incarnée, l'homme haussa les épaules en levant les mains au ciel comme si Ana lui demandait l'impossible. Elle était d'ailleurs prête à parier que Vassili savait très bien où se trouvait son ami et patron. Il n'était pas dans ses habitudes de quitter son poste de travail à cette heure avancée de la matinée.

— Merci quand même, maugréa-t-elle, le sourire forcé et en français.

Contrariée et remontée, elle avait tourné les talons et alors qu'elle s'apprêtait à passer le petit portail, Yorgos la héla.

— Il ne va pas tarder, il est juste descendu au bateau.

— Merci Yorgos, murmura-t-elle.

Elle devait prendre une décision et en quelques secondes elle trancha : elle allait l'attendre. D'un pas qu'elle voulait décidé, elle s'engagea dans la rue qui descendait au port et s'avança sur la jetée. Elle savait que le bateau se trouvait tout à l'extrémité, mais elle savait aussi qu'Irina devait s'y trouver et même si elle en mourait d'envie, elle devait s'abstenir. Elle s'installa donc sur un muret en pierres blanches, à l'ombre de la falaise qui surplombait cette partie du port. Elle s'imaginait la scène : elle, débarquant sur le bateau, Irina intimant à Yannis de faire son choix, la colère et les cris, et sans grande surprise, il la choisirait elle, Ana.

Pourquoi était-elle si attachée à Yannis, à leur histoire ?

Elle s'interrogea un moment, alors qu'un petit bateau de pêche venait d'amarrer sous son nez et qu'elle observait distraitement le capitaine et son second, déroulant les filets sur la jetée. Le vieil homme à la barbe grise sortit un petit tabouret et se mit à ravauder ses filets à l'aide d'une grosse bobine de fil vert, tout en tirant sur un mégot qui s'éteignait sans arrêt.

Oui, Yannis avait toujours un statut particulier, une place à part dans son cœur. Pour lui, elle avait des sentiments, elle ne pouvait pas le nier. Ce n'était pas le genre d'aventure sans lendemain à laquelle elle cédait parfois, pour se sentir vivante, pour basculer un moment dans cette excitation grisante et ne plus être prisonnière de son propre royaume.

Des cris soudain l'alertèrent. Le capitaine sur son tabouret sembla lui aussi s'animer. Leurs regards se tournèrent au même moment vers l'extrémité de la jetée. Sur le pont du bateau de Yannis, Ana l'aurait reconnu entre mille, une femme brune s'égosillait devant la frêle silhouette d'une jeune fille blonde qui paraissait paniquée. Ana eut bien du mal à analyser la situation, jusqu'à ce que la jeune fille s'enfuît du bateau presque en courant et qu'elle ne reconnaisse sa fille.

— Sophie !

Ana avait bondi et crié. Que faisait sa fille sur le bateau de Yannis ? Elle pensait l'avoir laissée, punie et fâchée à la maison, et voilà qu'elle la retrouvait ici, au beau milieu de ses intrigues amoureuses.

Alors que Sophie se trouvait maintenant à sa hauteur et ne semblait pas vouloir s'arrêter, Ana l'attrapa par le bras pour la stopper.

— Tu me dois des explications, jeune fille, marmonna-t-elle entre ses dents, le plus discrètement possible.

Les yeux de sa fille lançaient des éclairs. Elle ne lui connaissait pas ce visage, si dur, et une inquiétude sourde l'agrippa. Ce n'était plus sa petite fille qu'elle regardait là. C'était désormais une jeune femme, délivrée d'elle, de son emprise, libre de ses pensées et de ses sentiments.

Sophie restait silencieuse. Les yeux d'Ana trahissaient une panique grandissante, mais cette fois-ci elle ne lui offrirait aucun secours. Autour de son bras la pression se fit plus forte et elle tenta de se dégager. Mais sa mère s'agrippait à elle comme à une planche de salut, elle la tenait si près d'elle qu'elle pouvait sentir son haleine, fraîche et mentholée.

L'adolescente n'aurait jamais cru en être capable, lui faire face, tenir bon et ne pas fondre en sanglots. La défiance de leur regard s'intensifiait à mesure que la douleur grandissait. Ana enfonçait maintenant ses ongles dans la chair de son propre enfant, terrorisée à l'idée de ce qui avait pu se passer.

— Que faisais-tu sur ce bateau ? cracha-t-elle.

La colère défigurait son joli visage et Sophie ne se souvenait pas l'avoir déjà vue en pareil état ; sa mère était démasquée.

Bien décidée à ne rien lui dire, la jeune fille continuait de se tortiller pour échapper à l'étau qui la retenait prisonnière. Plus rien d'autre n'existait que leur lutte contenue, presque invisible de l'extérieur.

Ana devait savoir ce que Sophie avait découvert et, devant le silence obstiné de sa fille, elle changea de tactique.

— Réponds-moi, Sophie, je t'en supplie…

Son visage s'était radouci, elle cherchait à l'amadouer. *Bien essayé, mais ça ne prend plus !*

L'adolescente tenait bon sans savoir pour autant comment se sortir de cette situation. Elle n'avait aucune envie de se mettre à hurler ou encore de se débattre au beau milieu du port. Elle gagnerait autrement et son vœu fut exaucé plus vite qu'elle ne l'aurait pensé.

Une ombre se glissa soudain à leurs côtés et une main se posa sur le poignet de sa mère, insistante.

Ana sursauta. Elle détestait qu'on la touche. L'étranger

avait la peau brune, les traits fins et des yeux intelligents, de ceux qui déshabillent votre âme et vous voient telle que vous êtes dès le premier regard. Elle comprit avant même que Sophie n'ouvre la bouche.

— Jona...

Elle avait prononcé son nom avec une telle dévotion que sa main relâcha instantanément la pression. Elle ne pourrait rien face à leur amour, cet amour qui donnait à sa fille la force de l'affronter.

Ana recula, honteuse. Le jeune homme tenait Sophie par la taille, en protecteur, et elle l'envia d'avoir trouvé quelqu'un prêt à se battre pour elle. Pouvait-elle en dire autant ? Elle savait bien que non.

Sa fille sortit alors de sa poche un objet qu'elle glissa dans sa main et Ana trembla lorsqu'elle reconnut son téléphone portable. Il n'y avait plus aucun doute, Sophie savait.

Sans formuler le moindre mot, l'adolescente serra le bras du jeune homme aux yeux noirs et le couple s'éloigna sans même se retourner.

Ana passa alors par toutes les couleurs. Verte de rage, blanche de peur, rouge de honte, elle se retrancha dans un coin, accroupie derrière une rangée de voitures, bien à l'abri des regards.

Vingt bonnes minutes lui furent nécessaires avant d'être capable de refaire surface. Mais ce n'est pas la tête haute, comme à son habitude, qu'elle traversa le village pour rejoindre sa voiture. Elle frôlait presque les murs, la mine défaite, les épaules basses, et, derrière son volant, elle s'autorisa enfin à pleurer.

L'amour de sa cendre éteinte ne se rallume jamais.

Alexandre Pouchkine, *Eugène Onéguine*

18

Après avoir tiré une dernière bouffée, Irina expédia d'une pichenette son mégot dans la mer. Elle le regarda s'éteindre dans un chuintement puis flotter dans les eaux presque noires. Au-dessus d'elle, la lune imposait sa lumière diaphane dans le crépuscule mourant.

Elle hésita avant d'allumer une seconde cigarette. Si Yannis la surprenait, il la tuerait c'est certain. Elle avait bien essayé d'arrêter, mais lorsque le stress se faisait trop présent, voire envahissant, elle aimait cette impression de le voir s'évaporer dans les volutes de fumée. C'était idiot, mais elle se sentait tout de suite plus détendue, et puis elle aimait retrouver le goût de la première cigarette de ses douze ans. Non pas qu'elle fût nostalgique de ces années-là, mais il y a des premières fois que l'on n'oublie pas.

Sa main tremblait et elle dut s'y reprendre à deux fois avant que la flamme de son briquet n'enflamme le tube de papier rempli de tabac qui grésilla délicieusement à ses oreilles.

Le moins que l'on puisse dire c'est que cette saleté de gamine l'avait mise dans tous ses états. Ces derniers jours avaient déjà mis ses nerfs à rude épreuve et la visite de la gosse n'avait pas arrangé les choses ; bien au contraire. Irina était complètement partie en vrille. Elle savait qu'elle était allée trop loin, mais c'était plus fort qu'elle. Ce que Sophie était venue lui raconter l'avait rendue complètement hystérique. Elle avait déversé sa colère et sa haine sur la jeune fille et elle se demandait encore ce qui l'avait retenue de la gifler. Peut-être son visage apeuré dans lequel elle avait reconnu celui de sa mère, alors que son père continuait de la frapper encore et encore, malgré ses cris et ses pleurs.

Elle repoussa cette image avec force et imagina combien un bon verre de vodka l'aiderait à oublier. Mais les deux verres qu'elle avait déjà bus pesaient sur son crâne et elle savait que si elle remettait le nez dans la bouteille, Yannis la trouverait saoule à son retour et cela ruinerait tous ses efforts. Elle avait déjà craint de le voir revenir dans l'après-midi, alors qu'elle cuvait les deux verres qui l'avaient assommée et surtout empêchée de faire quelque chose de stupide. Mais Yannis n'était pas réapparu. Elle voyait bien qu'il l'évitait, et elle avait maintenant une explication : cette pétasse de Française venait de se mettre en travers de son chemin.

— Ma mère et Yannis ont une liaison, avait dit la gamine, la voix tremblante mais dans un anglais très correct.

— Vous devez faire quelque chose, avait-elle ajouté devant le silence d'Irina qui, glacée de l'intérieur, digérait la nouvelle.

C'était donc ça. L'attitude fuyante de Yannis, ses absences, son air coupable. Jamais Irina n'aurait pensé avoir de la concurrence. Certes, Yannis était un coureur, mais elle était une prise de premier choix pour un homme comme lui.

La colère et la déception avaient formé une boule dans son ventre et qui, d'un seul coup, s'était frayé un chemin dans sa gorge, puis dans sa bouche, jusqu'à exploser au visage de la gamine :

— Dégage ! Dégage espèce de sale menteuse ! Tu n'es qu'une peste !

Elle avait hurlé, le visage déformé par la haine. Plus

rien ne comptait alors que la terrible désillusion qui venait de la frapper sans prévenir.

Irina attendait le retour de Yannis avec appréhension. S'il avait appris son petit dérapage, il risquait de la mettre à la porte. Il était tellement attaché à cette gamine et à cette maudite famille de Français. Elle pourrait toujours jouer la carte du bébé ou encore celle des hormones, mais elle craignait que plus rien ne fût comme avant. Et surtout, combien de temps faudrait-il encore avant que Yannis ne découvre la vérité ?

Sa solitude pesait soudainement bien lourd sur ses épaules. Rien n'allait comme elle le voulait et elle ne supportait plus cette vie de recluse sur cette île de dégénérés. L'été n'apportait que peu de distractions, Yannis était débordé avec le restaurant et elle se retrouvait seule. Seule et dans la merde. Pour la première fois, la situation lui échappait et elle envisagea un instant de tout plaquer. Elle pourrait faire ses valises et s'enfuir, tout recommencer sans avoir à s'inquiéter des conséquences de ses actes.

Mais le prochain bateau ne partirait que le lendemain matin et elle ne pourrait pas quitter l'île discrètement. Tout le monde la connaissait, alors bien évidemment on l'interrogerait et en moins d'un quart d'heure, juste le temps d'acheter son billet, la nouvelle se serait répandue et tout le monde saurait. Yannis y compris. Elle était devenue prisonnière d'une machination qu'elle avait elle-même orchestrée et elle ne savait plus comment y échapper.

Il ne restait qu'Angelina. Angelina était la seule à connaître la vérité : Irina s'était entichée de Yannis pour mettre la main sur ses terres et son argent.

La mutation d'Irina sur l'île n'était pas le fruit du hasard. Sa liaison avec son patron avait fait grand bruit et elle s'était retrouvée enterrée ici. Les premiers jours, elle avait cru mourir d'ennui. Et puis elle était tombée sur les comptes bien garnis d'un de leurs clients. Un coup d'œil à son dossier lui avait appris qu'il était célibataire, sans enfants, et le fils unique d'une vieille femme sûrement grabataire. L'homme était certes un peu âgé, mais la moitié de l'île lui appartenait. Des champs d'oliviers et d'amandiers surplombant la mer, qui intéresseraient certainement les investisseurs immobiliers. Irina avait souvent eu l'occasion de voir ce genre de transaction et elle flairait le potentiel touristique de cette île encore vierge. S'ajoutaient à la liste un restaurant, trois maisons et un bateau. Le jackpot, en quelque sorte.

Prête à tout, la jeune femme ne s'était en revanche pas attendue à ce que Yannis ne soit si charmant, cela avait rendu son sacrifice un peu moins dur.

Elle faisait les cent pas sur le pont du bateau tandis qu'elle composait le numéro d'Angelina. Cette partie du port était déserte et personne ne risquait de l'entendre, elle pourrait cracher sa colère en toute impunité.

Elle avait dû attendre minuit avant de pouvoir téléphoner à son amie, qui travaillait dans un cinéma de la banlieue de Larissa.

— Décroche, putain ! Décroche !

Seule l'insupportable tonalité répondait à ses jurons. Angelina ne décrochait pas. Elle réitéra, enfonçant ses ongles rouges et pointus sur les petites touches en caoutchouc de son clavier. Après deux sonneries, la voix de son amie retentit enfin :

— Tu veux quoi, Irina ? Je suis en rencard !

— Encore un de ces ratés qui t'a draguée au boulot ?

— T'es gentille, ma vieille, mais on n'a pas tous la chance de travailler dans une banque, OK ? Alors on fait avec ce qu'on a. Et puis, il a l'air gentil celui-là...

Elle disait toujours ça, mais cette fois Irina n'avait pas envie de le lui rappeler.

— J'ai besoin de toi...

Elle suppliait et entendit Angelina soupirer derrière le combiné.

— OK, OK, je vais lui dire que je dois fermer. Et

j'espère pour toi qu'il sera encore là quand j'en aurai fini avec toi.

Irina se sentait déjà mieux. Elle entendit au loin la voix d'Angelina qui congédiait son rendez-vous, puis la porte des toilettes claquer. Son amie aimait l'intimité des commodités pour discuter.

— Bon ! Qu'est-ce qu'il t'arrive encore ? Le vieux a découvert le pot aux roses ?

— Non ! Non ! T'es folle ! S'il avait découvert que je ne suis pas vraiment enceinte, il m'aurait foutue dehors. Ou pire encore...

— Dis pas de conneries, Nana, il m'a l'air d'être un chic type.

— Ce salaud me trompe, Angie, il me trompe !

Elle criait, emportée par sa colère, par la peur de voir ses plans partir en fumée.

— Calme-toi, va ! Qui trompe qui ? Hein ? Réfléchis !

— C'est pas pareil...

Elle se cherchait des excuses mais Angelina avait raison.

Le bébé était la seule idée qu'elle ait trouvée pour le garder. Il allait la quitter et elle ne pouvait le supporter. À l'automne, ils seraient mariés et à trois mois de grossesse une fausse couche n'était pas rare. Elle n'avait jamais désiré d'enfants et faisait le nécessaire pour ne jamais en avoir. Devant l'attitude fuyante, presque méfiante de Yannis, elle avait dû ruser. Elle s'empiffrait pour voir ses seins et ses hanches s'arrondir, elle simulait des nausées, une grande fatigue, bref, la totale.

— C'est cette maudite Française, tu m'entends, cette fichue putain de Française. Je te jure que si je la croise, je lui règle son compte !

À l'autre bout du fil, Angelina tentait de la raisonner mais la colère la rendait folle, il lui fallait une autre cigarette. Elle descendit dans la cabine où elle cachait son paquet. Alors qu'elle retournait son tiroir de culottes en dentelle, un bruit sur le pont l'alerta.

— Angelina, je raccroche, je crois qu'il y a quelqu'un sur le pont. Si c'est Yannis, je suis morte. À plus !

Le clapet de son téléphone claqua et elle referma le tiroir, l'oreille aux aguets.

— Yannis ? Yannis, c'est toi ?

Pas de réponse.

Intriguée et surtout inquiète de savoir que quelqu'un avait pu l'entendre, elle grimpa les quelques marches et déboucha sur le pont.

— Yannis ?

Seul le silence de la nuit lui répondit.

*

Il était presque deux heures du matin lorsque Yannis descendit la grille qui clôturait la petite terrasse où les Anglais prendraient leur *breakfast* dans quelques heures seulement. La soirée s'était éternisée avec un groupe de touristes allemands, peu enclins à rentrer se coucher, et qui avaient commandé deux fois des desserts et quelques tournées de bières. Ce genre de groupe faisait ses affaires et il n'était pas mécontent de sa soirée, d'autant que lui non plus n'était pas pressé de rentrer. Il était pourtant éreinté, mais à l'idée de devoir s'allonger dans le même lit qu'Irina, son estomac se serrait.

Depuis plusieurs jours déjà il l'évitait et la jeune femme semblait s'en être aperçue. La grossesse l'avait rendue plus irascible et les ombres qui passaient sur son visage laissaient entrevoir une nature bien moins facile qu'il ne l'avait cru. Avait-il commis une terrible erreur en s'engageant avec elle ? Les doutes l'assaillaient tandis qu'il descendait à pied les ruelles désormais vides et silencieuses.

Le matin même, après avoir ouvert le restaurant et organisé la journée avec son équipe, il était rentré prendre le petit-déjeuner avec Irina, laissant Yorgos et Vassili gérer le service du matin. Il n'aimait pas abandonner le restaurant comme ça en pleine saison, mais il devait faire des concessions. L'opération n'avait pas remporté un franc succès et le malaise qui s'était installé entre eux en disait long sur l'état de leur relation. Il avait saisi l'occasion de la visite à sa mère pour s'échapper et l'absence d'Ana à leur rendez-vous obscurcit son humeur un peu plus.

Le port semblait désert. Yannis longea les quelques emplacements saisonniers occupés par des yachts luxueux, puis ce fut le défilé des caïques, ces traditionnels et rustiques petits bateaux de pêche, aux couleurs bariolées et aux coques usées. Il connaissait chaque embarcation, leur nom, leur propriétaire et avait pêché sur la plupart d'entre elles. Quelques-unes manquaient à l'appel. La pêche de nuit était réglementée mais encore autorisée. Il regrettait par exemple que l'on ne puisse plus pêcher le calamar à la lampe. C'est un mets qu'il aimait proposer à sa carte, mais il devenait difficile d'en trouver des frais. Son rafiot était amarré à l'écart, juste en limite de baie. C'était un coin tranquille et on lui avait accordé sans difficulté l'autorisation d'y mouiller pendant la durée des travaux de sa maison. Ici, tout était discutable, négociable.

Il sortit son téléphone de sa poche. L'écran affichait 2 h 02 mais toujours aucun message. Ana avait encore ignoré ses excuses toute la journée. Bizarrement, Irina ne l'avait pas non plus harcelé. Passé une heure du matin, elle avait l'habitude de commencer à s'impatienter, demandant toutes les quinze minutes quand est-ce qu'il pensait rentrer.

Dans quel pétrin s'était-il fourré ?

Sa modestie légendaire l'empêchait d'avouer à voix haute qu'il avait largement dépassé l'âge de toutes ces bêtises et même s'il avait toujours rêvé d'être père, sa situation n'était pas des plus favorables pour accueillir un enfant. Il allait avoir soixante ans à la fin de l'année, et bien que son père les eût quittés à plus de quatre-vingt-dix ans et que sa mère en prît le même chemin, il savait au fond de lui qu'il allait bientôt ressembler à un vieillard.

Mais il devait assumer ce bébé, comment faire autrement ?

Il arrivait au mauvais moment, c'est vrai, mais ce n'était pas de sa faute, il n'avait rien demandé.

Le pire dans tout ça, c'est qu'il avait décidé de quitter Irina le jour même où elle lui avait annoncé sa grossesse.

— Il faudrait que je te parle ce soir, c'est important, lui avait-il annoncé par téléphone.

Au silence qui avait suivi, Yannis songea un instant que la jeune femme avait compris de quoi il retournait.

Mais elle reprit, toute guillerette :

— Ça tombe bien ! Moi aussi j'ai quelque chose à te dire...

Il ne savait pas vraiment à quoi s'attendre mais certainement pas au coup de massue qui lui tomba sur la tête ce soir-là.

— Tu vas être papa, avait gloussé Irina. Je voulais attendre un peu pour te le dire, je ne le sais que depuis ce matin. Mais je savais combien la nouvelle te remplirait de joie.

Ce n'était pas vraiment le cas. Il se sentit surtout piégé. Lui qui se réjouissait de voir arriver Ana dans un mois à peine se retrouvait coincé avec une jeune femme qu'il n'aimait pas et qui portait son enfant.

— Tu n'es pas content ?

Le ton était agressif. Irina semblait vexée du manque de réaction de Yannis.

— Si, si, bien sûr, mais je suis surpris, c'est tout. Je ne suis pas tout jeune, Irina, tu crois que c'est une bonne idée ? Enfin, ce que je veux dire, c'est que je trouve dommage qu'une belle jeune femme intelligente comme toi s'enchaîne à un vieux comme moi.

C'était la première fois qu'Irina l'entendait utiliser cet adjectif à son sujet. Elle lui avait d'ailleurs trouvé soudain l'air las et fatigué, et elle se demanda si toute cette histoire était une bonne idée. Mais elle n'allait pas tout abandonner maintenant.

Le bout de la jetée était plongé dans l'obscurité mais la nuit était claire, la lune presque ronde et Yannis grimpa le petit escalier de pierres qui menait à l'embarcadère sans difficulté.

Son bateau était niché là, dans un recoin rocailleux, à l'abri des regards et du bruit. Tout était noir. Apparemment Irina dormait et il se réjouit de ne pas avoir à supporter ses reproches. Il était tout aussi fatigué que contrarié et se savait capable de craquer à tout moment.

Il ôta ses chaussures et sauta sur la poupe. La nuit était calme et semblait lui appartenir. Il aimait ces moments de solitude où il ne faisait qu'un avec son île. Au loin, un chien aboya.

Sans bruit, il se glissa dans la cabine et se déshabilla à tâtons avant de grimper dans la couchette avec précaution. La niche était étroite et Irina avait tendance à s'étaler, il devait donc se coller au cadre de bois pour ne pas la réveiller. Mais, très vite, quelque chose l'alerta, la couchette était vide. Irina n'était pas là. Il tâtonna, l'interpella, rien. La cabine restait silencieuse. Une fois la lumière allumée, il ne put que constater l'absence de la jeune femme et, après avoir vérifié la petite salle de bains, il ressentit le besoin de s'asseoir pour réfléchir.

Une sensation d'urgence l'assaillait mais son esprit était comme obscurci et ses jambes tremblaient.

Calme-toi, voyons, se rabroua-t-il, *ce n'est sûrement rien. Ses affaires sont encore là, elle n'a pu partir bien loin. Le bébé, c'est forcément le bébé, il a dû se passer quelque chose. Mais pourquoi ne m'a-t-elle pas prévenu ?*

La réponse se trouvait sous son nez et il s'empara du téléphone qu'Irina avait laissé sur la table. Son dernier appel avait été pour son amie Angelina à 0 h 07. Mais Angelina habitait sur le continent et Irina ne pouvait pas être avec elle. Pas d'appel à sa mère, ni au médecin, ni aux secours.

Le pont ! Il devait vérifier le pont, même s'il n'avait rien vu à son arrivée, elle avait pu faire un malaise et il ne l'avait pas vue dans l'obscurité. Dans sa précipitation, il renversa le tabouret sur lequel il était assis et gravit les quelques marches qui le séparaient du pont en deux enjambées. En quelques secondes, il avait fait le tour du bateau, soulevant même la bâche de protection, rien. Irina avait bel et bien disparu.

La sensation étrange de malaise qui l'oppressait ne le quittait pas. Comme un mauvais pressentiment. Irina ne pouvait pas avoir disparu comme ça, quelque chose clochait, il n'en démordait pas. Inquiet, il s'avança sur le pont avant et appela : « Irina ! Irina ! »

Sa voix se brisa contre la paroi rocheuse qui se dressait dans son dos et il abandonna. Au loin, les lumières du village et du port dansaient devant ses yeux affolés. Il commençait à paniquer et son regard fouillait l'obscurité à la recherche d'une réponse. Dans les eaux noires, la lune se découpait comme une flaque de lumière et soudain il la vit. Dans l'ombre du bateau, on distinguait à peine son corps, flottant dans le silence de la nuit.

— Irina !

Dans l'affolement, Yannis enjamba le bastingage avant de faire machine arrière. Il ne pouvait pas plonger d'ici, le niveau de l'eau était trop bas et il se briserait les jambes sur les fonds rocheux.

Tout en continuant de rugir son prénom, il se rua à l'arrière du bateau, trébucha, se releva, écorcha ses pieds nus sur les rochers avant de se retrouver trempé jusqu'à la taille. Les secondes lui semblaient des heures, il avançait difficilement sur les roches coupantes.

Lorsqu'il arriva enfin à sa hauteur, le spectacle lui coupa la respiration, il suffoqua.

Seules, sur la masse sombre du corps lourd et humide d'Irina, deux orbites blanches semblaient fixer la lune.

L'amour, qu'est-ce que l'amour ? se disait-il. L'amour s'oppose à la mort. L'amour, c'est la vie.

Léon Tolstoï

19

Yannis avait finalement réussi à déposer le corps d'Irina sur le béton froid de la jetée. Elle ressemblait à un tas de chiffons abandonnés. Ses cris et ses lamentations finirent par attirer l'attention et, alerté, Yorgos, l'officier de garde, avait débarqué la mine ensommeillée.

— Oh merde ! avait-il lâché en découvrant le corps d'Irina.

Agenouillé près d'elle, Yannis ne pouvait détacher son regard de l'horrible spectacle.

— Mais qu'est-ce qu'il se passe, putain ? Yannis ! C'est quoi ce bordel ?

Il avait haussé les épaules sans même lever les yeux.

— J'en sais rien…

— Quoi ? Parle plus fort bordel !

— J'en sais rien, je te dis !

Yannis s'était désormais relevé et il hurlait au visage du jeune officier :

— Je suis rentré du resto et je ne l'ai pas trouvée ! Elle n'était nulle part, alors je suis sorti sur le pont, j'ai appelé et c'est là que je l'ai trouvée !

— *Daxi, daxi*, ça va, ça va, calme-toi…

Et il lui tapota amicalement l'épaule.

— Je sais pas, elle a dû tomber, je comprends pas…

L'air désespéré de Yannis faisait peine à voir. Jamais Yorgos n'aurait imaginé voir un homme comme lui sangloter comme un bébé.

— On va gérer tout ça, t'inquiète pas ! Va donc boire quelque chose, tu en as bien besoin.

Trempé jusqu'aux os, Yannis s'était traîné jusqu'à la cabine de son bateau. Il ne supportait pas la sensation collante de l'humidité sur son corps et il arracha violemment son tee-shirt avant de le jeter dans un coin. Il comprit vite d'où venaient ces picotements : ses jambes, son torse, ses bras étaient égratignés ; il ne s'en était pas aperçu, trop occupé à repêcher Irina. Les rochers ne lui avaient pas facilité la tâche.

Il n'y avait pas grand-chose dans ses placards, mais il dénicha une vieille bouteille de rhum qu'il utilisait pour flamber les langoustes. Le bouchon sauta sous un rageux coup de dent et, après avoir porté la bouteille à ses lèvres, il sentit le liquide brûlant couler entre ses organes dévastés. Mais son corps semblait déjà anesthésié par la douleur et rien ne pouvait lutter contre la détresse qui l'habitait.

Il épongea les traces de sang qui suintaient de ses égratignures. Ses yeux balayaient l'intérieur de la cabine et partout où ils se posaient, l'image d'Irina se matérialisait. Son fantôme était déjà là.

S'il restait ici, il deviendrait fou ; il sortit donc sur le pont après avoir enfilé une chemise propre et un pantalon. Un groupe de badauds s'était déjà formé près du bateau et un murmure monta lorsqu'il apparut. Il reconnut quelques visages, mais pour la plupart ce n'étaient que des touristes dont les bateaux mouillaient là pour la nuit. Mais il savait que la nouvelle ne tarderait pas à se répandre et que, d'ici le lendemain matin, il serait au cœur de toutes les conversations.

Un nouveau murmure gronda et la foule s'ouvrit sur un homme à l'allure juvénile. Yannis reconnut sans mal le nouveau médecin de l'île. Il grogna. Ce type ne lui inspirait pas confiance. Bien trop jeune, bien trop sûr de lui, bien trop arrogant.

Il le regarda s'agiter, donner ses instructions et un

drap fut tendu le temps qu'il procède à l'examen du cadavre. Un cadavre, voilà ce qu'était Irina désormais. Plus jamais elle ne rirait. Plus jamais elle ne laisserait les marques de son rouge à lèvres sur le miroir de la salle de bains. Plus jamais elle ne se baignerait nue avec lui. Et elle ne mettrait jamais au monde leur enfant. Son enfant. Une larme coula sur sa joue, mais il la chassa d'un revers de la main.

Le temps lui échappait et il ne saurait dire si l'attente avait été courte ou longue, avant que quelqu'un vienne lui parler.

— Yannis…

C'était Yorgos.

— Je suis désolé mais je vais te demander de venir avec moi.

Yannis hocha la tête. C'était sûrement la procédure et, après tout, il était le seul témoin.

— Yannis…

— Quoi ?

— Ils vont devoir emmener Irina à Volos.

— À Volos ? Mais pour quoi faire ?

— C'est la procédure dans ce genre de cas…

— Comment ça, la procédure ? Quel genre de cas ?

Yannis s'agaçait et le ton montait.

— Eh bien, le médecin a classé la mort comme suspecte et il demande une autopsie.

— Quoi ? Une autopsie ! Mais pourquoi ? Il est complètement cinglé, ce type. Regarde-le, c'est un gamin ! Je suis sûr qu'il fait ça pour se rendre intéressant !

— Yannis ! Yannis !… Écoute-moi ! Écoute, bordel !

Il peinait à se faire entendre et avait fini par hurler.

— Je les ai vues, de mes yeux, vues ! Les marques de strangulation, là ! Et il posa les mains sur son cou pour illustrer ses propos. On l'a étranglée putain et tu es notre seul témoin. Alors crois-moi que ça ne m'amuse pas du tout mais je dois te conduire au poste. On va t'interroger, je n'ai pas le choix… Tassionis va rester ici avec le médecin.

Yannis leva la tête et aperçut la silhouette du vieux policier penchée sur le corps d'Irina. Les deux hommes étaient vaguement cousins, mais ne s'adressaient plus la parole depuis des différends familiaux. Une histoire d'héritage entre leurs deux grands-mères.

Une fois au poste, Yorgos avait rapidement été rejoint par le reste de son équipe, dont la moitié était composée de citoyens réservistes. Ils connaissaient tous Yannis et, sous le choc, lui témoignèrent leur sympathie. Une même question les obsédait mais personne n'osait la formuler à voix haute.

Les instructions furent données et, la mine sombre, ils se déployèrent sur le port pour préserver la scène de crime tandis que le médecin finissait ses observations. Même s'il n'était pas légiste, ses constatations suffisaient : Irina n'était pas morte par noyade, mais par strangulation. Sur ces îles isolées, le rôle du médecin allait bien souvent au-delà de ses attributions, mais c'était la première fois qu'il avait affaire à un meurtre. Irina ne pouvait pas s'être suicidée et il n'y avait aucune trace de l'arme du crime ; les policiers fouillaient encore le bateau.

— On cherche quoi, en fait ? vint lui demander Rigakis.

Le jeune médecin garda son calme. Après tout, il n'était pas le seul novice en matière d'homicide.

— Je ne sais pas vraiment… Une corde, une ficelle, un lien. Tout ce qui aurait pu servir à l'étrangler. Je suppose que vous devez également saisir les affaires personnelles de la victime : téléphone, ordinateur…

— Docteur !

C'était Tassionis. Le vieux policier s'avança et lui tendit un sachet transparent.

— Qu'est-ce que c'est ? demanda le médecin.

— Une serviette tachée de sang…

— La victime ne semble pas blessée, on ne sait pas si c'est son sang.

Tassionis haussa les épaules.

— OK, on embarque !

— Prenez aussi les brosses à dents et à cheveux.

— C'est Maroudas qui s'en charge. J'ai également saisi les chargeurs de téléphones. Ce sont des câbles, mais je n'y crois pas trop, ils étaient rangés dans un tiroir…

— Les marques me semblent bien plus larges. Mais c'est le boulot du légiste, pas le mien.

Tassionis était impressionné par le sang-froid du médecin, puis il se dit qu'il devait avoir vu beaucoup de morts et que, finalement, il n'y avait pas de quoi s'émouvoir.

L'homme le regardait en se frottant les mains, soudain maladroit et hésitant, et l'officier sut qu'il allait lui poser *la* question.

— Vous pensez que c'est lui qui a fait ça ?

La question resta suspendue un moment entre les deux hommes, avant que Tassionis ne la chasse d'un haussement d'épaules. Il préférait ne pas y répondre.

Pendant ce temps, au poste, Yorgos et Yannis avaient regardé les minutes, puis les heures s'écouler, interminables, sans dire un mot. Chacun pensait, réfléchissait, sans formuler à voix haute ses peurs et ses doutes. Le téléphone sonna à plusieurs reprises, et Yorgos chaque fois s'éloignait pour chuchoter.

*

Sur la petite plage privée de l'*East View*, deux corps enlacés attendaient le lever du soleil sur la mer. L'horizon s'était déjà nimbé de couleurs orangées, comme un prélude à l'arrivée du chef d'orchestre, qui d'un seul coup de baguette enflammerait le ciel.

C'était la première fois que Dimitri découchait.

Matthew finissait généralement son service vers minuit

et les deux jeunes gens se retrouvaient le temps de quelques heures, avant que l'adolescent, raisonnable, ne retrouve le domicile familial.

Parfois il l'attendait en vain, les extras n'étaient jamais planifiés, mais très bien payés.

Mais cette nuit-là, Dimitri avait décidé de prendre les devants...

Il avait trouvé la maison vide en rentrant de leur petite escapade amoureuse à la crique. Aucune trace de sa mère ni de Sophie. Quant à son père, les clefs du bateau n'étaient pas dans l'entrée, il n'était visiblement toujours pas rentré. Après les montagnes russes d'émotion et de déception qu'avait été son après-midi, Dimitri ne s'était pas senti capable d'affronter sa famille toute la soirée, il voulait se changer les idées et prouver à son *boyfriend* qu'il en valait la peine.

Matthew avait souvent insisté pour qu'il rejoigne l'une de leurs petites fêtes, organisées dans les bungalows du personnel à l'entrée de la pinède qui jouxtait le camping. Les employés de l'hôtel étaient pour la plupart des saisonniers, de jeunes étudiants européens toujours prêts à s'amuser. Dimitri s'était donc décidé, Matthew apprécierait certainement de le voir s'intégrer et participer à l'une de leurs soirées. Ce matin il regrettait.

Il avait commencé par traîner en ville, indécis, grignotant une pita du bout des lèvres, l'estomac noué d'appréhension. Serait-il à la hauteur devant les amis de Matthew ? Assumerait-il son statut de petit ami ?

Le temps s'étirait avec une lenteur exaspérante, et prenant son courage à deux mains, il s'était enfin décidé, vers vingt-deux heures, à rejoindre la pinède. Il y découvrit, à la lueur des flambeaux, une grande tablée joyeuse et décontractée sur fond de musique reggae. L'odeur des pins disparut, laissant place à celle de l'alcool, de la citronnelle et de la marijuana.

— Regardez qui voilà ! s'exclama l'un d'eux en anglais et avec un fort accent espagnol. Le nouveau joujou de Matthew !

Il avait bien insisté sur le terme « joujou » et Dimitri regrettait déjà d'être venu. Quel imbécile il faisait !

— Laisse-le, Joaquin ! Ce n'est pas de sa faute si Matthew t'as jeté…

Ainsi c'était donc lui, l'ex dont Matthew lui avait parlé. Il se sentait parfaitement insignifiant à côté de ce grand brun ténébreux, musclé et tatoué, à la peau mate et au regard de feu.

— Viens t'asseoir avec nous, *kiddy*, lança une blonde qui semblait être la plus âgée de la tablée.

Elle désignait une chaise sur laquelle il prit place, aussi mal à l'aise que s'il était assis sur des braises.

— Tu bois quoi ? demanda un autre qui portait ses dreadlocks enroulées sur la tête.

Dimitri déglutit. Il n'était pas vraiment un habitué des soirées alcoolisées. Ses parents étaient plus que sélectifs concernant ses sorties et, avec ses amis, il se contentait de quelques bières, histoire de rester cool tout en gardant le contrôle. Vu le nombre de bouteilles étalées sur la table, il ne s'en sortirait pas comme ça.

— Tu me proposes quoi ? finit-il par lâcher, défiant.

L'autre lui servit ce qui devait être un whisky-coca bien tassé. Il but les premières gorgées les lèvres pincées et puis, l'alcool aidant, il se laissa aller et vida son verre.

L'ambiance était détendue, chacun racontait ses anecdotes de la journée, ni les clients, ni leur patron n'étaient épargnés. Matthew ne parlait jamais de son travail et Dimitri écoutait fasciné. Parfois les langues se mélangeaient, mais pas un ne parlait français.

On lui avait servi un autre verre, à base de rhum cette fois-ci, c'était fruité et sucré, bien plus à son goût.

Au moment du bain de minuit, il préféra rester et

attendre Matthew, tandis qu'une bonne partie de la bande descendait à la plage. L'Allemand aux dreadlocks se roula un pétard avant d'attraper sa guitare. Il ne savait jouer que quelques classiques, Nirvana, Bob Dylan ou encore les Red Hot.

Dimitri était déjà un peu saoul et quand Joaquin lui tendit avec défiance le joint qui tournait, il ne se débina pas et tira plusieurs bouffées qui lui arrachèrent les poumons. Sa gorge, déjà anesthésiée par l'alcool, supporta la fumée sans broncher : l'honneur était sauf. Pour le moment.

Matthew n'arrivait toujours pas et Dimitri commençait à se sentir mal, entre bouffées d'euphorie et de mélancolie. Il avait la nausée et envie d'uriner.

Un peu chancelant, il se leva et s'éloigna dans les pins quand Joaquin le héla :

— Tu vas où, gamin ?

— Pisser ! Tu veux m'aider ?

Il dut prendre appui sur un arbre pour ne pas arroser ses chaussures et, quelques secondes plus tard, ce fut le trou noir.

La suite, c'est Matthew qui la lui avait racontée.

Personne ne s'était inquiété de ne pas le voir revenir et ce n'est que vers deux heures du matin en voyant Matthew arriver que Joaquin, complètement éméché, avait ricané :

— Ton *Frenchy* est passé nous voir mais je crois qu'il n'a pas aimé la soirée.

— Dimitri ? Quand ? Il est parti où ?

Matthew paniquait. Il avait senti le jeune homme particulièrement fragile depuis son arrivée et cette après-midi à la crique il l'avait même vu pleurer.

Joaquin continuait de rire bêtement tandis que Dan pointait la pinède d'une main mal assurée.

— Vous être vraiment trop cons ! cracha Matthew en s'enfonçant dans l'obscurité de la forêt.

Il l'avait appelé, cherché, avant de finir par le trouver

au pied d'un arbre, complètement dans les vapes, une bosse sur le front et les bras griffés. Il l'avait porté, bien décidé à le remettre sur pied. Craignant le coma éthylique, il avait commencé par le faire vomir. Dimitri avait repris connaissance tout en débitant des propos incohérents, dans un français auquel l'Anglais ne comprit rien.

Matthew partageait sa chambre avec trois autres saisonniers, il ne pouvait donc pas y imposer son protégé. Il le traîna donc jusqu'à la plage où ils s'enveloppèrent dans une grande couverture. Dimitri grelottait mais la chaleur partagée de leurs corps serrés l'un contre l'autre finit par l'apaiser. Ils dormirent deux ou trois heures, juste de quoi se réveiller ankylosés, mais heureux d'être ensemble.

Matthew avait bayé aux corneilles avant de regarder sa montre.

— Je dois être à mon poste dans une demi-heure. Et je crois que j'ai besoin d'une bonne douche, ajouta-t-il en reniflant sa chemise.

— Tu penses qu'on a le temps de voir le lever du soleil ?

— Serais-tu romantique ?

Dimitri grimaça.

— Avec toi, je pourrais le devenir...

Ils sourirent et Matthew le serra plus fort encore. Il aimerait tant pouvoir l'emmener dans sa valise, lui faire visiter Londres et le présenter à ses parents. Mais cela n'arriverait probablement jamais.

Dimitri, lui, repensait aux derniers événements et, un peu honteux, demanda :

— Tu n'es pas fâché après moi ?

Matthew rit. La candeur de Dimitri lui rappelait la sienne et il aurait voulu le protéger comme il aurait aimé qu'on le fasse pour lui, mais la vie était une belle garce.

— Non, non, bien sûr que non. Tu es plutôt mignon dans le genre « bébé qui apprend à marcher »...

Dimitri lui lança un petit coup de coude dans les côtes, histoire de protester ; avec Matthew il avait appris à lire entre les lignes, et ces petites réflexions n'étaient rien d'autre que des marques d'affection. Le jeune homme le gratifia d'ailleurs d'un baiser dans le cou et Dimitri en frissonna de plaisir.

Il espérait ne pas avoir trop déçu son amoureux et se promit de se rattraper.

— Si Monsieur Soleil pouvait se dépêcher, je dois aller travailler, moi !

Matthew fanfaronnait alors qu'il mourait d'envie de rester là.

— Tu entends ? demanda soudain Dimitri.

L'autre le regardait sans comprendre.

— Le bruit ? C'est dans ma tête ?

Matthew allait se moquer quand il l'entendit lui aussi. Un bruit de moteur, vrombissant.

— Qu'est-ce qui peut faire autant de bruit à cette heure ?

Ils se redressèrent juste à temps pour voir passer plusieurs vedettes parfaitement identifiables.

— Les flics !

*

Il était 6 h 22 quand Rigakis déboula au poste, tout excité.

— La scientifique est là ! Ils ont débarqué en vedette avec du renfort, on aurait dit une série télé !

Ses yeux croisèrent alors ceux de Yannis, et confus il baissa la tête avant d'ajouter :

— On s'est fait engueuler parce qu'on a touché à tout et qu'on a certainement contaminé la scène de crime. Mais on a seulement fait ce que le médecin nous a dit…

Yannis regarda Yorgos avec une grimace en coin qui voulait dire : *Je te l'avais dit, ce mec fait n'importe quoi.*

Deux heures plus tard, le corps d'Irina quittait l'île, le travail de la scientifique était déjà terminé. Une foule de curieux se pressait sur le port et devant le poste de police. On s'interrogeait, on échafaudait, on paniquait. L'ordre avait été donné : personne ne devait quitter l'île.

Les femmes ont permission d'être faibles, et elles se servent sans scrupules de ce privilège.

Madame de Sévigné, *Lettres*

20

Cette fois-ci elle reconnut sans mal le bruit des cailloux sur ses volets et bondit hors de son lit. Dans un sursaut de pudeur elle attrapa son drap dont elle s'enveloppa et, telle une déesse grecque, elle apparut à sa fenêtre. Son visage s'éclaira lorsqu'elle reconnut Jona qui l'apostrophait et elle s'empressa de s'habiller pour le rejoindre. Sa montre indiquait 8 h 15, il était encore tôt, mais qu'importe, elle avait hâte de le retrouver. Elle enfila ce qui lui passait sous la main et sans même se coiffer, les cheveux en cascade, elle se glissa pour la deuxième fois par la fenêtre de sa chambre. Pas besoin de sauter ce matin-là, Jona lui tendit les bras et accueillit sa descente. Leurs corps, comme aimantés, se collèrent avec intensité. Ils ne s'étaient quittés que depuis quelques heures, mais il lui sembla qu'une éternité s'était écoulée. Sophie respira son odeur, mélange d'herbe sèche et de métal, Jona dormait sur de la paille à l'arrière d'un vieux pick-up rouillé.

Il la serrait si fort qu'elle finit par s'en inquiéter et se libéra de son étreinte pour le regarder. Sa mine grave lui avait jusque-là échappé et elle sut que quelque chose était arrivé.

— Quoi ? lui demanda-t-elle en anglais, inquiète. Que s'est-il passé ?

Jona, silencieux, jetait des coups d'œil nerveux dans

la ruelle et sursauta lorsqu'elle glissa sa main derrière sa nuque pour l'obliger à la regarder dans les yeux.

— Viens ! fut sa seule réponse et il l'entraîna dans le dédale des rues où ils ne croisèrent personne, si ce n'est un vieux pope à la longue barbe grise, vêtu et coiffé de noir, qui les salua d'un petit geste de la tête.

Où sont passés les gens ? se demanda Sophie alors que Jona continuait à la guider par des passages qu'elle ne connaissait pas.

Elle n'eut pas le loisir de s'interroger plus longtemps que déjà le jeune homme la poussait à travers la brèche d'un mur de pierres croulant et les deux adolescents débouchèrent sur la terrasse d'une villa abandonnée. Aucun vis-à-vis, juste le bleu du ciel et un champ d'amandiers, personne ne viendrait les déranger.

Essoufflée et déboussolée, Sophie se laissa choir au pied d'un petit escalier, sous l'ombre découpée d'un vieil olivier fatigué. Jona lui faisait face et sa nervosité crevait les yeux.

— Que se passe-t-il, Jona ? Dis-moi !

Sophie le poussait à s'expliquer avant de rapidement comprendre qu'elle aurait préféré ne jamais savoir, ne jamais avoir entendu cette histoire.

Le jeune homme trébucha sur ses mots, s'emmêla, mima des gestes avec ses mains aux doigts si fins. L'histoire qu'il lui raconta la laissa d'abord sans voix, puis rapidement vinrent les larmes.

Tout se bousculait dans sa tête et l'ordre de ses priorités était désormais chamboulé.

Cette nuit, Irina avait été assassinée. Peu après minuit, comprit-elle, heure à laquelle Jona l'avait raccompagnée chez elle. Après la confrontation avec sa mère, Sophie avait fait le choix de braver l'interdit et avait passé la soirée auprès de lui. Ils avaient discuté des heures, parfois sans se comprendre – ce qui les avait fait beaucoup rire –, ils avaient partagé des *souvlakis* et une barquette de frites sur la plage, ils avaient dansé au clair de lune.

Sophie, qui restait une jeune fille raisonnable, avait fini par rentrer. Persuadée d'être attendue de pied ferme par un comité d'accueil hostile, elle fut surprise de trouver la maison vide et silencieuse. Elle n'avait pas osé jeter un œil dans la chambre de ses parents mais celle de Dimitri était vide. Elle le suspectait de découcher tous les soirs, mais elle devait désormais faire face à des problèmes beaucoup plus graves.

Irina avait été assassinée ! La phrase tournait en boucle dans sa tête et elle se concentrait difficilement sur ce que Jona tentait de lui expliquer.

— La police est partout, disait-il. Ils bloquent les bateaux, plus personne ne peut partir. Ma famille a peur, très peur. Quand il y a des ennuis, c'est toujours nous les coupables ! Tu comprends ?

Sophie hocha la tête sans vraiment entrevoir où Jona voulait en venir.

— Tu étais sur le bateau avec cette fille hier, je t'ai vu, reprit-il.

Le chant des cigales était-il toujours si entêtant ? se demandait-elle, ignorant ce que Jona cherchait à lui dire.

— Je t'ai vue, Sophie. Tout le monde t'a vue. Vous vous êtes disputées et avec ta mère après. Je suis venu t'aider. Tout le monde m'a vu avec toi là-bas. Ici les gens parlent, ils n'aiment pas les étrangers. J'ai peur que la police m'arrête.

La jeune fille ne comprenait toujours pas.

— Tu crois que la police va penser que c'est toi qui as tué Irina ?

Jona baissa la tête. C'était l'histoire de sa vie, mais ça, Sophie ne pourrait pas l'accepter.

— Tu étais avec moi toute la soirée !

— Pas après minuit, reprit-il.

— Mais tu ne la connaissais pas et puis tu n'es pas un tueur !

Elle avait crié, tellement innocente, tellement convaincue. Elle était si belle.

Comment avait-il pu penser un seul instant qu'il méritait une fille comme elle ? Sophie représentait tout ce qu'il n'était pas, tout ce qu'il ne posséderait jamais. Elle avait été un doux rêve qui l'accompagnerait jusqu'à sa mort, jamais il ne l'oublierait. Jona était résigné. L'aventure s'arrêtait là. Il était déjà chanceux d'avoir pu toucher du bout des doigts cet amour-là.

— Je dois partir aujourd'hui avec ma famille. Quelqu'un nous aide à traverser depuis le nord de l'île. La police ne peut pas tout contrôler et c'est notre seule chance...

Son monde s'écroulait de nouveau. Que pouvait-elle dire ou faire pour le retenir ?

Jona s'approcha et l'aida à se relever. Ses mains caressèrent son visage avec une infinie tendresse et il murmura à son oreille :

— Tu es ma Juliette, pour toujours...

Et dans un ultime sanglot, Sophie comprit. Elle comprit que leur amour sonnait comme dans un drame shakespearien, impossible, maudit, mais il n'en était que plus précieux à ses yeux.

Elle se serra contre lui, s'imprégnant de sa présence, de son odeur, le nez enfoui dans sa poitrine, trempant son tee-shirt de larmes. Jona se dégagea et lui tendit son calepin à dessins.

— Pour toi ! Un cadeau...

Sophie survola les pages noircies, les yeux trop embrumés pour pouvoir en apprécier son contenu. C'était un cadeau d'adieu. Que pouvait-elle lui donner en retour ? Elle ne portait sur elle qu'un tee-shirt, un short... et sa montre. Sans hésiter elle en détacha le bracelet et la lui tendit.

— Tu es sûre ? demanda-t-il.

Elle acquiesça, serrant le calepin sur son cœur.

— Je dois y aller maintenant. Ma famille m'attend.

Sa voix trahissait son émotion. Il se détestait de devoir partir comme ça, comme un voleur. Jona recula de quelques pas. Il devait faire vite, ou il ne partirait jamais.

Encore quelques mètres et il sauterait par-dessus le muret, son visage alors disparaîtrait.

— Attends !

C'était un cri du cœur, déchirant.

— Embrasse-moi… s'il te plaît…

Le suppliait-elle ? Quelle folie ! Voilà des jours qu'il en rêvait sans jamais oser.

En une seconde il fut près d'elle, la soulevant dans ses bras pour lui offrir son premier baiser. Doux, passionné, aussi beau qu'au cinéma. Lorsque ses pieds touchèrent à nouveau terre, elle vacilla et Jona en profita pour s'échapper. Sa silhouette escalada le mur de pierres et il ne resta bientôt plus rien qu'une délicieuse sensation sur ses lèvres et dans son cœur.

*

Elle ne sut combien de temps s'était écoulé depuis le départ de Jona. Sophie consulta sa montre par réflexe et ne put que se confronter au vide que lui offrait son poignet. Une partie d'elle s'était envolée, déboussolée, elle n'avait plus aucun repère.

Le soleil se faisait plus mordant et la soif la torturait. Elle s'arracha difficilement de l'atonie qui la paralysait et, un peu chancelante, elle prit le chemin de la maison.

Les ruelles étaient toujours aussi vides et silencieuses. Avec ce qui s'était passé, elle s'étonnait de ne pas voir toutes les ménagères à leur porte, à s'interpeller et à commenter les derniers événements. Seuls les chats, impassibles, bâillaient au soleil.

Devant la porte bleue, elle hésita. Elle n'avait aucune idée de l'heure qu'il était, ni de l'accueil qui lui serait réservé. Ses parents étaient-ils au courant de ce qui était arrivé ? Obnubilée par le départ de Jona, elle en oubliait presque l'horreur de la nuit passée. La maison était aussi vide et silencieuse que les rues du village.

Incapable d'affronter ses parents, Sophie se glissa discrètement dans les escaliers et, arrivée sur le palier, un grand bruit la fit sursauter.

Quelqu'un tambourinait à la porte d'entrée qu'elle venait tout juste de refermer. Le bruit était assourdissant et son père ne tarda pas à émerger de sa chambre, les cheveux en bataille et les yeux fatigués.

Sans un regard pour sa fille qu'il ne sembla même pas voir, il dévala les marches et allait ouvrir la porte d'entrée lorsque son épouse, elle aussi alertée par le bruit, le rejoignit. Ana portait un simple déshabillé et ne semblait pas avoir fermé l'œil de la nuit. Elle ne l'avait pas aperçue et Sophie se recroquevilla sur la plus haute marche, se faisant toute petite, les mains sur les oreilles. Ce qui allait arriver, elle le savait, dévasterait tout.

La tornade qui déboula dans leur salon n'était autre que leur voisine Dina, ou du moins quelque chose qui lui ressemblait et portait son tablier. Elle semblait s'être habillée à la va-vite et sa mise en plis d'habitude impeccable ne ressemblait plus à rien. On aurait dit qu'elle était sortie avec un poulpe sur la tête. Les joues rouges et les yeux exorbités, elle avait l'air d'une folle furieuse. Ses propos étaient confus, elle parlait vite et Ana ne comprenait rien à ce que racontait la Grecque. Elle vit Jean reculer de quelques pas, visiblement sous le choc.

— Jean ? Jean ? Qu'est-ce qu'elle raconte ? Que se passe-t-il ?

Ana paniquait. Elle pensa à ses enfants, à Sophie qui n'était pas rentrée après leur dispute. Elle s'imaginait déjà un drame et, s'avançant vers son mari, elle aperçut en haut des escaliers l'adolescente qui semblait bouleversée. Au moins sa fille était rentrée.

— C'est Dimitri ? demanda-t-elle avec effroi.

Jean continuait de lui tourner le dos et ne se préoccupait aucunement de ses angoisses. Il rassurait Dina, une main sur son épaule, et Ana reconnut ce ton calme et sécurisant qu'il prenait pour calmer ses propres inquiétudes. La tornade Dina ne soufflait plus et Jean la raccompagna calmement jusqu'à la porte.

Ana patientait, pétrifiée. Un mouvement attira pourtant son attention. Sur le palier, à l'étage, la silhouette de Dimitri se découpa derrière celle de sa sœur. Son fils allait bien. Elle sentit ses jambes faiblir. Le pire était passé. Ses petits étaient en sécurité, plus rien ne pouvait la tourmenter.

Si ce n'est le visage que Jean offrait à ce moment-là. Livide.

Il ouvrit la bouche mais aucun son n'en sortit. Il déglutit avant de pouvoir articuler sombrement :

— Irina est morte. La police a bouclé le périmètre et plus personne ne doit quitter l'île.

Ana ne cilla pas. Se pouvait-il que son souhait le plus secret se fût exaucé ?

Tu n'as pas honte ! se gronda-t-elle. Penser ainsi à cette pauvre jeune femme, enceinte qui plus est ! Parfois elle se faisait peur.

Une interrogation chassa soudain ses divagations intérieures.

— La police ? Pourquoi la police ?

Silencieux, Jean se contentait de la regarder, affligé, incapable de formuler la vérité. La petite voix de Sophie s'éleva alors du haut des escaliers, piquante et amère :

— Parce qu'on l'a étranglée. Quelqu'un a tué Irina.

Un silence de mort accueillit ses mots et Ana se sentit elle-même étouffer sous la pression de mains invisibles lorsque Dimitri l'acheva :

— La rumeur dit que c'est Yannis qui l'a tuée. Ils sont en train de l'interroger.

En bas de l'escalier Ana vacilla, avant de s'évanouir au beau milieu du salon.

*

Il était presque dix heures quand ils virent débarquer un type mal fagoté et malaimable qui, à peine franchie la porte du poste de police, avait piqué une énorme colère.

— Comment ça, ce type n'est pas en cellule ? Vous vous fichez d'moi c'est ça ? C'est notre seul témoin et surtout notre principal suspect !

Yorgos, l'officier, tenta d'expliquer la situation, qu'aucune instruction préliminaire n'avait été lancée, mais le gros bonhomme continua de crier et de postillonner :

— Je ne veux rien savoir ! Dans un meurtre, il y a toujours deux suspects : le mari et l'amant. On n'a pas de mari, c'est forcément l'amant ! Vous êtes tous aussi cons ici ?

Yannis, qui se trouvait au beau milieu de la scène, n'en croyait pas ses oreilles. On l'accusait de la mort d'Irina.

— Foutez-le-moi en salle d'interrogatoire !

— On n'en a pas, lieutenant... Mais on a un bureau qui peut faire l'affaire...

— Va pour le bureau ! Mais qu'on ne vienne pas encore me dire que je fais mal mon travail si je n'ai pas les moyens de le faire correctement !

Abasourdi, Yannis se laissa conduire dans l'un des bureaux où le gros lieutenant tira les stores.

— Ioannis !

— Oui, lieutenant !

— Va donc me chercher à manger. Je n'ai rien eu le temps d'avaler avant de sauter dans la navette. Tu trouveras bien quelque chose de potable pour me contenter, quoique ici...

Et il rit, d'un rire gras et bête.

Yannis n'en revenait pas. C'était cette espèce d'Australopithèque qui allait mener l'enquête. Ses yeux devaient parler pour lui car l'autre l'interpella :

— Ne vous méprenez surtout pas. J'ai mené des

enquêtes bien plus complexes dans ma carrière, et ce genre de petite affaire n'est qu'une histoire d'heures.

Yannis ne rêvait pas. Cet imbécile venait bien de parler du meurtre d'Irina comme d'une « petite affaire ».

— J'ai un alibi, se contenta-t-il de déclarer, avant même qu'on ne lui pose la question. Le restaurant était complet toute la soirée et j'ai des témoins qui pourront confirmer que je n'ai pas quitté les lieux avant deux heures du matin.

— Ce n'est pas très malin de parler d'alibi lorsque l'on n'est pas censé être coupable, monsieur Alexiou.

— Vous venez de m'accuser publiquement il n'y a même pas deux minutes ! Remerciez-moi plutôt de vous faire gagner du temps. Je n'ai rien à voir avec ce qui est arrivé à Irina.

— C'est en effet ce que vous avez déclaré à mes collègues et nous allons vérifier tout ça...

Qu'insinuait-il ? Qu'il mentait ? Yannis n'allait pas entrer dans son jeu. Il n'avait rien à cacher et ses dires étaient facilement vérifiables.

— C'est bien joli un alibi, reprit Vlaïkos, mais encore faut-il qu'il corresponde à l'heure du crime...

Voilà qu'il continuait. Yannis comprit que l'homme ne savait rien du tout pour le moment et qu'il allait à la pêche aux infos.

— Tout ce que je sais, c'est qu'elle était bien vivante quand je suis parti...

— Que vous dites...

Yannis ne réagit pas.

— J'attends les conclusions du légiste et, croyez-moi, les corps finissent toujours par parler...

La porte s'ouvrit sur Ioannis.

— Ah ! Je crois que mon déjeuner est arrivé. Je vais en profiter pour examiner les dépositions des témoins de ce matin et pour éplucher le téléphone de la victime. Les téléphones, eux aussi, finissent toujours par parler. Quant à moi, je réfléchis mieux l'estomac plein.

Et il extirpa son imposante carcasse du vieux fauteuil en velours, visiblement ravi de cette perspective à venir.

— Ioannis ! Monsieur va rester ici à ma disposition. J'aurai sûrement encore quelques questions à lui poser.

Il faut punir jusqu'au bout, ou pardonner jusqu'au bout.

Alexandre Pouchkine,
La Fille du capitaine

21

Dimitri se précipita au chevet de sa mère, tandis que la voix plaintive de Sophie s'élevait en haut des escaliers :

— C'est de ma faute ! C'est de ma faute si Yannis a tué Irina !

Personne ne l'écoutait et elle disparut en claquant la porte de sa chambre.

Le jeune homme se pencha sur le visage pâle de sa mère, mais son père le repoussa, le regard aussi froid que sa voix :

— Laisse-la ! Ta mère est fragile, elle doit simplement se reposer. Je m'occupe d'elle, on n'a pas besoin de toi.

Jean s'accroupit au chevet d'Ana avant de la soulever comme une simple poupée et de disparaître avec elle dans la chambre du bas.

Dimitri était à la fois confus et en colère. Le ton de son père lui avait paru si dur, ses mots si blessants. Comment sa mère pouvait-elle supporter de vivre avec lui ? Malgré les années et tout ce qui les séparait, elle gardait pour son mari un mélange de bienveillance aveugle, d'indulgence et d'absolution éternelle. C'était à vomir. Il la tenait emprisonnée, l'infantilisait, Dimitri le voyait maintenant très nettement.

Les choses devaient changer. Comment ? Il n'en avait aucune idée, mais il ne la laisserait pas tomber, il allait la sauver. Yannis désormais rayé du tableau, il ne restait plus que son père pour se dresser entre eux.

Sa présence était indésirable et il n'hésita pas une seconde avant de quitter la petite maison qu'il venait pourtant tout juste de retrouver. Il ne songea même pas à Sophie. Le comportement de sa sœur ces derniers jours avait été révélateur, elle n'avait besoin de personne. Dans cette famille, c'était chacun pour sa pomme ! Seule sa mère semblait avoir besoin de lui, mais son père en avait décidé autrement. Il traversa le village quasi désert, touristes ou habitants, tous étaient massés sur le port. Il enfourcha son scooter et boucla son casque en grimaçant. La migraine qui tenaillait son crâne depuis le réveil devenait insupportable. Matthew, comme tout bon barman, saurait quoi lui servir pour arranger ça. Avec un tel remue-ménage, il pouvait sans crainte se présenter au bar de l'hôtel, personne ne ferait attention à lui, tous les regards étaient tournés vers le port.

Sans surprise, le centre-ville était noir de monde et il dut se faufiler au milieu des badauds au ralenti. Des rubalises fluos ainsi que la présence d'officiers en uniforme et armés rappelaient le drame de la nuit passée. Dimitri était impressionné mais il ne se sentait aucunement en danger, il pensait à la détresse de sa mère et à l'insensibilité de son père. Derrière lui, on klaxonna et il reprit sa lente progression à travers la foule.

À l'hôtel, c'était la débandade. Tous les touristes voulaient quitter l'île au plus vite et la réception était prise d'assaut par des clients furieux et impatients. Dimitri se glissa jusqu'au bar extérieur et s'installa directement au comptoir. Le sourire de Matthew valait bien la peine d'avoir traversé une île en état de siège, et de prendre le risque de s'afficher en public.

— Sale journée, pas vrai ?

Le jeune Anglais le taquinait mais il n'avait pas meilleure mine.

— Ma tête…, se contenta de grimacer Dimitri.

— Attends, j'ai ce qu'il te faut.

Matthew s'affaira derrière le bar et Dimitri ouvrit

des yeux ronds comme des billes quand son ami posa devant lui un simple verre d'eau où dansait un cachet effervescent.

— C'est ce qu'il y a de plus efficace, crois-moi.

La terrasse était vide, ainsi que la piscine, et Dimitri apprécia le calme apparent de l'endroit. Au moins, ils étaient tranquilles.

— Tu as des nouvelles ? finit par demander Matthew.

La question lui brûlait les lèvres depuis l'arrivée de Dimitri et il devinait que le jeune homme était bien plus tracassé par cette affaire qu'il ne le laissait paraître.

— Non, non, rien de plus que ce matin.

Matthew haussa les épaules et continua d'essuyer méthodiquement les verres à cocktail avant de les aligner avec précision sous le comptoir.

— Tu veux manger quelque chose ? Il reste des pancakes...

Dimitri secoua la tête.

— Merci mais je n'ai vraiment pas faim.

Il était bien trop barbouillé pour avaler quoi que ce soit et rien que d'imaginer la moindre nourriture, son estomac se soulevait. Il payait ses excès de la nuit et se promit de ne plus jamais s'y laisser prendre.

— Alors comme ça, c'est lui qui l'a tuée ?

Matthew savait que Yannis était un ami de la famille et, avec une curiosité qu'on ne pouvait pas lui reprocher, il voulait en savoir un peu plus.

— J'en sais rien, marmonna Dimitri.

Il n'avait aucune envie d'en parler et aurait préféré que son ami le comprenne.

Déjà ce matin, lorsqu'ils étaient remontés de la plage et, arrivés à l'hôtel, on leur avait annoncé la terrible nouvelle, Matthew l'avait inondé de questions.

Il n'était même pas 6 h 30 que déjà la rumeur se répandait sur l'île. Le boulanger ne s'était pas contenté de livrer son pain frais et la réceptionniste s'était empressée de tout répéter.

*

Yannis était resté seul, complètement sonné, tant par les événements de la nuit dernière que par le caractère surréaliste de sa situation. Cet imbécile d'inspecteur cherchait à lui mettre la pression, à le faire douter. Il ne devait pas tomber dans le piège qu'on lui tendait. Rester sur ses déclarations et surtout tenir bon jusqu'à ce que les conclusions de l'enquête l'innocentent et que le vrai coupable soit recherché.

Le coupable… C'était la première fois qu'il y pensait.

Qui avait bien pu faire ça ? Avait-on vraiment étranglé Irina ?

Cette question en soulevait tellement d'autres que son cerveau se mit en quête d'un début de vérité. Il fouillait dans ses souvenirs, croisait les informations, en vain… Il n'avait pas le moindre indice.

Ioannis lui apporta un sandwich et une bouteille d'eau. On envoyait volontairement un étranger et Yannis ne chercha pas à discuter, il remercia, simplement. On l'autorisa à se rendre aux toilettes, puis il regagna le petit bureau. L'après-midi s'étirait et rien ne se passait. Yannis finit par se demander si le lieutenant ne s'était pas accordé une petite sieste, mais il finit par réapparaître, une grosse tache de sauce sur sa chemise déjà auréolée.

— J'ai examiné le téléphone de mademoiselle Athanassiou.

Enfin il se décidait à l'appeler par son nom.

— C'était vraiment très instructif, vraiment…

Yannis attendait. Il ne céderait pas à ces provocations.

Le téléphone d'Irina n'avait en vérité rien dévoilé. Quelques messages à Yannis et à une amie, une certaine Angelina, qui avait été son dernier appel la veille au soir, juste avant le meurtre. Rien d'autre à se mettre sous la dent. Il avait bien essayé d'appeler la fameuse amie, mais son téléphone était sur messagerie. Il avait donc envoyé une équipe de Larissa à son domicile et attendait impatiemment leur appel. En attendant, il se concentrait sur ce que le téléphone du suspect avait confessé.

— Mais pas autant que le vôtre !

Il déposa délicatement le téléphone de Yannis sur le bureau avec un sourire mauvais. Il semblait jubiler de son pouvoir, se délecter de ses petits secrets.

— Je n'ai rien à cacher.

— Ah non ?

— Non.

Les deux hommes se défiaient du regard.

— Alors j'ai une question assez simple à laquelle vous devriez pouvoir répondre sans difficulté...

— Je vous écoute...

— Vous avez déclaré que mademoiselle Athanassiou et vous attendiez un enfant.

— C'est juste.

— Et que vous deviez vous marier à l'automne...

— C'est le cas.

— Alors comment expliquez-vous ces très nombreux messages adressés, en français, à une certaine Ana ?

Vlaïkos sortit un petit calepin de sa poche et se mit à lire :

— Ana, pardonne-moi. Ana, je t'aime. Il n'y a que toi...

Vlaïkos semblait très fier de lui et mimait bêtement les textos d'une voix haut perchée avant de reprendre d'un ton plus grave :

— Sans oublier tous ces rendez-vous secrets...

Le silence du suspect l'agaçait.

— Il se trouve que j'ai étudié le français au lycée, monsieur Alexiou, et j'avoue que cela ne me sert jamais à rien. Sauf aujourd'hui...

Yannis se sentait piégé, mais cela ne faisait pas de lui un coupable. Il devait réfléchir.

L'autre continua son petit manège :

— J'ai interrogé mes collègues. Ils étaient très étonnés

d'apprendre que vous entreteniez ce genre de relation avec cette Française, une femme mariée qui plus est. Eux qui vous pensaient innocent, je pense avoir réussi à les faire douter. Il suffit souvent de gratter un peu pour voir le vernis s'écailler…

Merde ! Cet imbécile était capable de s'en prendre à Ana, il devait l'éloigner d'elle et se décida à parler :

— Je ne vois pas où est le problème. N'avez-vous jamais aimé qu'une seule femme lieutenant ?

Là, c'était lui qui le provoquait. Ce gros balourd ne lui arrivait pas à la cheville. Une alliance émergeait difficilement de ses gros doigts boudinés, mais Yannis imaginait sans mal le désert sexuel que devait être sa vie. Cet homme le prenait de haut car il l'enviait, il aurait voulu lui ressembler.

— Je ne suis accusé de rien…

— Je suis innocent…

— *Daxi !* Alors expliquez-moi ! J'aimerais comprendre…

— J'entretiens une relation avec Ana depuis des années, mais elle est mariée. Nous n'avions aucun avenir ensemble. Irina était mon avenir, elle attendait mon enfant et j'allais l'épouser.

— Alors pourquoi ces messages ?

— Ana ne s'attendait pas à ce que je me range… Elle a été surprise et s'est vexée. J'ai simplement cherché à rattraper le coup.

— Dans quel but ? Vous alliez vous « ranger », non ?

— Comme je vous l'ai déjà dit, devrions-nous n'aimer qu'une seule femme ?

— Donc, si je comprends bien, vous envisagiez une relation extraconjugale.

— Oui, je l'envisageais.

Yannis mentait. Du moins, il arrangeait la vérité sans trop s'en éloigner. Comment pouvait-il expliquer sa relation avec Irina en avouant n'aimer qu'Ana ? Il aurait été trop risqué d'expliquer que l'arrivée du bébé avait bouleversé ses plans et qu'il avait d'abord envisagé de quitter Irina.

— De mon point de vue d'enquêteur, cette histoire offre un mobile parfait pour le crime. Irina apprend votre liaison, menace de vous quitter ou de tout raconter, vous la tuez. Puis vous paniquez et vous repêchez son corps avant d'appeler les secours.

Seul le rire nerveux de Yannis lui répondit.

— Ou alors, comme vous clamez tant votre innocence, Ana apprend vos projets et, jalouse, elle tue Irina.

— Alors là, vous délirez complètement ! On voit que vous ne connaissez pas Ana !

Son irritation était palpable et son emportement si vif que Vlaïkos sourit, victorieux. Il avait réussi à le coincer. La Française était son point faible et il allait s'en servir sans le moindre scrupule.

Yannis pouvait lire dans les pensées du policier comme dans un livre ouvert et il sut que l'homme ne reculerait devant rien, il voulait sa peau. Il devait détourner son attention, le lancer sur une autre piste, mais Yannis avait beau réfléchir de toutes ses forces, rien ne lui venait. Son esprit fatigué et meurtri n'arrivait plus à se concentrer.

Il sursauta lorsqu'on frappa à la porte, qui s'ouvrit de nouveau sur le visage juvénile de Ioannis. Quel âge pouvait-il bien avoir ? Vingt-trois, vingt-cinq ans ? Yannis imaginait sans mal la carrière désastreuse qu'aurait le pauvre homme après avoir été formé par un abruti comme Vlaïkos.

— Lieutenant ! J'ai le légiste en ligne, il demande à vous parler en personne.

Le visage de Vlaïkos s'illumina, perfide.

— Bien, bien, bien...

Il se serait presque frotté les mains, mais il se contenta de se lever et de quitter la pièce en claquant la porte. Cette fois, Yannis ne sursauta pas, mais le bruit résonna longuement à ses oreilles.

La fatigue commençait à peser lourdement sur son

corps et son âme, et il se demanda ce qui pouvait bien se passer à l'extérieur.

Le restaurant était-il fermé ? Que faisait Vassili ? Avait-on prévenu sa mère et, si oui, s'inquiétait-elle ? Le pensait-elle coupable ? Et Ana ? Qu'allait-elle donc penser ?

Il serra les poings sur la table et y appuya son front un court instant. Il était hors de question que ce sale flic ne profite de sa faiblesse, il devait être fort, plus fort que lui.

Les minutes passaient et il pouvait entendre dehors les murmures de la rue ; l'unique fenêtre se découpait sur le ciel azur et il décida de se raccrocher à cela, dehors, le soleil brillait encore.

Dans un des autres bureaux, Vlaïkos se tortillait sur le fauteuil de cuir un peu étroit et tapotait de ses gros doigts le sous-main gribouillé et usé. La secrétaire avait assuré que le légiste serait disponible d'un instant à l'autre.

Pourquoi appeler alors qu'il n'est même pas au bout du fil ? C'est un comble ! râlait-il en son for intérieur.

Enfin, un déclic se fit entendre.

— Lieutenant Vlaïkos ?

— Lui-même ! aboya-t-il.

— Excusez-moi pour l'attente, je finissais de remplir un dossier… J'ai fait au plus vite pour le cas arrivé ce matin, mais ce ne sont que des premières constatations. Vous comprendrez…

— Bien, bien, je vous écoute. Du nouveau sur l'heure de la mort ?

— Il est difficile d'être plus précis, mais je pense que le décès a eu lieu autour de minuit.

— Elle est large comment votre fourchette ? avait grogné Vlaïkos, mécontent.

— Une heure, plus ou moins. L'autopsie n'est pas terminée, je pourrai certainement vous en dire plus demain.

Contrarié par cette information qui n'allait pas dans

son sens, le policier décida que deux heures de marge d'erreur étaient plus convenables.

— C'est tout ? bougonna-t-il.

— Non ! Et vous allez être content… Votre victime s'est très certainement débattue et j'ai retrouvé des cellules épithéliales sous ses ongles. J'espère qu'elles n'ont pas été trop endommagées par leur séjour dans l'eau. Elles sont parties au labo et j'espère avoir les résultats d'ici vingt-quatre à trente-six heures.

— Le plus vite sera le mieux, mais pour la comparaison avec notre suspect, ça va être coton…

— J'ai cru comprendre que c'était son compagnon, non ?

— C'est bien ça, oui, pourquoi ?

— Figurez-vous que vos collègues ont saisi les deux brosses à dents présentes dans la salle de bains du bateau, ne sachant laquelle appartenait à la victime… J'ai donc pris l'initiative de les faire analyser. Il y avait aussi une serviette tachée de sang…

— Efficace et perspicace, se félicita Vlaïkos, ravi de se voir faciliter la tâche.

— C'est mon travail, lieutenant, aider la police à démasquer les coupables.

Le policier sourit. Le légiste était certes indispensable, mais le plus gros du boulot était pour eux, sur le terrain, devant enquêter dans des conditions parfois difficiles et dangereuses, loin de la propreté, de l'ordre et du calme des laboratoires.

— Pas d'empreintes ?

— Rien d'exploitable pour le moment…

— On fera avec ce qu'on a, alors, marmonna Vlaïkos.

— Attendez lieutenant, j'ai gardé le meilleur pour la fin…

Une pointe d'excitation lui chatouilla soudain le bas du dos, il en frétillait presque. Comment ça ? Le coup des brosses à dents n'était pas le meilleur ?

— Je suis tout ouïe, docteur !

— Le dossier que vous m'avez transmis mentionnait que la victime était enceinte...

Il laissa sa phrase en suspens pour ménager son annonce, obligeant Vlaïkos à confirmer :

— Oui, oui, en effet...

— Eh bien, il n'en est rien ! Aucune grossesse en cours, ni même antérieure.

Soufflé, le policier en restait muet.

— Je vous laisse travailler, lieutenant, j'ai du pain sur la planche. Je vous envoie mes conclusions au plus vite.

— Bien, bien, merci, baragouina Vlaïkos, dont le cerveau bouillonnait après ces révélations.

Lorsque la porte du petit bureau s'ouvrit de nouveau sur un Vlaïkos au visage triomphant, Yannis sentit tout son courage et ses bonnes résolutions s'envoler.

— L'étau se resserre, mon vieux ! Le doc' est formel, la victime a été étranglée entre minuit et deux heures du matin.

La familiarité, c'était une technique à lui pour déstabiliser les suspects et elle avait souvent fait ses preuves. Il devait pousser le restaurateur dans ses derniers retranchements avant de lui jouer son grand finale. Il avait assez de cartes en main pour le faire craquer, mais il ne devait pas toutes les jouer d'un seul coup.

Il fallait être patient, ferrer son poisson, la prise n'en serait que plus belle.

Yannis se ressaisit néanmoins et répondit le plus fermement possible :

— Je vous ai déjà dit que je me trouvais encore au restaurant...

— Sauf que personne ne peut le confirmer. Nous avons les dépositions de vos clients allemands et de vos employés. Ils ont tous quitté l'établissement entre 0 h 45 et 1 h 15, et c'est seulement à 2 h 15 que les premiers témoins affirment vous avoir entendu crier. Cela nous laisse donc une bonne heure pendant laquelle personne ne vous a vu.

Vlaïkos bluffait un peu, mais il était certain que le légiste finirait par étayer son hypothèse.

Le suspect, bouche ouverte, ne trouvait rien à redire. *À quoi bon s'épuiser*, se disait-il, *je suis le coupable idéal.*

Il ne croyait pas si bien dire.

Cette histoire de correspondance ADN attisait l'excitation du policier. Il n'avait aucunement envie d'attendre les conclusions du légiste, des aveux rapides auraient mieux fait son affaire, mais il n'avait pas encore placé Alexiou en garde à vue. Il cherchait à gagner du temps.

Il l'observa attentivement. Les mains posées sur ses genoux, l'homme ne soutenait plus son regard et ses grands yeux vides fixaient un point invisible sur le mur gris. Il ne restait rien de sa brillante colère, ni de sa prestance. Il finirait comme les autres, broyé par le système.

— Je peux vous poser une question, monsieur Alexiou ?

L'autre le regarda avec lassitude et hocha la tête.

— Vous êtes-vous blessé récemment ? Je veux dire, écorché, griffé ?

Il ne pouvait pas forcer le suspect à se déshabiller mais, parfois, c'est en demandant simplement et gentiment que l'on parvenait à ses fins.

— Si je me suis blessé récemment ? répéta Yannis, hagard.

— Oui, c'est bien ça.

Et à son grand étonnement, l'homme commença à se déshabiller. Il déboutonna lentement sa chemise avant de baisser effrontément son pantalon. Il lui fit face et Vlaïkos, abasourdi, découvrit son corps couvert de blessures.

Yannis, presque nu, et avec le reste d'humanité qui lui restait, déclara :

— Et encore, si vous pouviez voir mon cœur, c'est lui le plus meurtri ! Ce n'est pas parce qu'on ne le voit pas qu'il ne saigne pas.

Mal à l'aise, Vlaïkos lui demanda simplement de se rhabiller et déclara leur discussion terminée. Il avait prévu d'abattre la carte « bébé inventé », mais il jugea que le moment était mal choisi, le suspect avait encore bien trop de ressources, il devait faire le point sur sa stratégie. La culpabilité d'Alexiou ne faisait pour lui aucun doute, il lui fallait seulement plus de preuves, des preuves irréfutables.

Pour commencer, finir le travail :

— Je vais devoir vous placer en garde à vue, monsieur Alexiou, dans le cadre de l'instruction préliminaire du meurtre de votre compagne, Irina Athanassiou. Je vais prévenir le procureur et vous passerez la nuit en cellule.

Un peu sonné, Yannis rétorqua :

— Dans ce cas, j'exige la présence de mon avocat.

— C'est votre droit. Tout comme celui de téléphoner. Je vous envoie Ioannis.

Yannis serra les dents. Il commençait à douter de se voir innocenter.

★

Lorsque le téléphone sonna, Vassili sursauta. Il avait été prévenu du drame dès les premières heures et s'était présenté au poste au plus tôt pour sa déposition. On ne lui avait pas laissé voir Yannis mais Yorgos l'avait rassuré, il allait bien. Le pauvre Vassili n'avait aucune idée de l'heure à laquelle Irina avait été tuée et il pensa bien faire en assurant que Yannis n'avait pas quitté le restaurant de toute la soirée. Lui-même était parti juste après les Allemands, vers 1 h 15.

Il avait donc attendu près de son téléphone, espérant désespérément une bonne nouvelle. Bizarrement, l'appareil était resté muet. Dans ces petites îles, pas besoin de téléphone, les nouvelles allaient bien plus vite de bouche à oreille.

— *Nai ?*

— Vassili, mon ami…

— Yannis ? C'est toi ?

— Mais oui, idiot ! Je savais que je te trouverais là !

— Tu vas bien ? Ils vont te laisser sortir ?

— Écoute, écoute-moi bien. Je n'ai que quelques minutes, alors c'est moi qui parle.

Obéissant malgré son inquiétude, Vassili écouta.

— Les choses se compliquent ici. Tu sais aussi bien que moi que je suis innocent mais il va me falloir de l'aide. Appelle ma cousine Maki à Volos, son mari est avocat. Dis-lui de ramener ses fesses ici au plus vite. Ferme le restaurant et, s'il te plaît, prends soin de ma mère. Les vautours ne vont pas tarder et je ne veux pas qu'elle se fasse emmerder, *daxi ?*

— Tu peux compter sur moi.

Yannis sembla hésiter, puis se lança :

— Et si tu vois Ana...

Sa voix se brisa, tout comme le cœur de Vassili à ce moment-là.

— Si tu vois Ana, dis-lui bien que ce n'est pas moi, que je n'aurais jamais fait ça et demande-lui pardon, j'ai besoin de savoir qu'elle me pardonne.

Il raccrocha avant même que son ami puisse lui répondre et Vassili lâcha quelques grosses larmes avant de se ressaisir. Son ami avait besoin de lui. Il extirpa le répertoire téléphonique du tiroir sous le comptoir et composa le numéro de la cousine de Yannis. Il comptait bien tenir toutes ses promesses, à une exception près...

La haine, comme l'amour, se nourrit des plus petites choses, tout lui va.

Honoré de Balzac

22

Le réveil tomba par terre lorsque la lourde main s'écrasa pour le faire taire. Encore à moitié endormi, l'homme crachait déjà quelques jurons à l'encontre du petit appareil en plastique blanc qui continuait d'émettre son insupportable sonnerie. L'homme finit par basculer son corps lourd et pansu au pied du lit et se retrouva vite à quatre pattes sur le tapis de laine à la propreté douteuse. L'alarme cessa enfin.

Il toussa, puis se releva péniblement en grognant. *La journée commence bien !*

La chambre n'était pas bien grande et, en trois enjambées, il gagna la porte-fenêtre dont il ouvrit les battants non sans forcer un peu. Le bois avait visiblement gonflé et la peinture bleue, écaillée, méritait un petit rafraîchissement. Il s'avança sur le minuscule balcon où son imposante silhouette logeait difficilement. Le garde-corps semblait solide et il s'y accouda pesamment avant de sortir un paquet de cigarettes de la poche de la chemisette dans laquelle il avait dormi. L'emballage en carton semblait avoir été piétiné, et la Marlboro qu'il en sortit était aussi plate que tordue. Cela ne l'empêcha pas de l'allumer et d'apprécier les premières bouffées de nicotine. Sous ses fenêtres et dans une grande confusion, on se pressait, on se bousculait, et la clameur de la rue lui rappela Athènes.

La nuit avait été courte, et il savait déjà qu'il n'aurait

pas le temps de se restaurer correctement s'il voulait être à l'heure pour les premières auditions.

La dure journée de la veille n'avait pas eu raison de son appétit et il pensait déjà aux quelques pitas qu'il pourrait engloutir entre les interrogatoires. Son estomac gargouilla.

Impossible. Il lui fallait quelque chose à se mettre sous la dent, sans quoi il ne pourrait pas se concentrer sur son travail.

L'enquête s'annonçait sans difficulté majeure, si ce n'était la gestion de ces fichus touristes. Il tenait déjà le coupable mais il s'était promis de toujours faire les choses dans les règles. Ils allaient donc continuer à interroger des dizaines de témoins, les habitants notamment, qui, bien que choqués, commençaient déjà à s'insurger contre ce qui s'annonçait comme une saison ratée.

Pour lui, en revanche, ce n'était qu'une petite affaire, intimement persuadé qu'il était taillé pour de grosses enquêtes autrement plus palpitantes.

La chambre d'hôtel qu'il avait réquisitionnée était, pour ainsi dire, au cœur de l'action. Il pouvait voir, depuis son balcon, les rubalises orange que la police scientifique avait déroulées sur toute la partie ouest du port. Il manquait cruellement d'effectifs et sa demande de renfort semblait s'être perdue entre ici et Volos, mais il estimait qu'une fois les touristes auditionnés et repartis, les choses seraient beaucoup plus simples.

Ce mec était vraiment trop con, il allait le faire tomber en moins de deux. Il avait déjà l'avantage et les analyses scientifiques asséneraient le coup de grâce. On le féliciterait d'avoir vu juste depuis le départ et il pourrait rentrer chez lui, pas peu fier d'avoir montré de quoi il était capable.

Leur priorité aujourd'hui ? Mener de front l'enquête à proprement parler, et enregistrer les identités et coordonnées de tous les touristes souhaitant quitter l'île. Il faudrait ensuite contrôler tous les bateaux au départ.

Aucune arrivée n'était pour le moment autorisée, mais l'île allait bientôt manquer de vivres. *Quel bordel !* Ce n'était pas avec une dizaine d'hommes qu'il allait pouvoir travailler correctement.

La sonnerie stridente du téléphone retentit et il s'extirpa du petit balcon pour répondre.

— Vlaïkos, j'écoute.

Ioannis, son brigadier, l'informait de la situation d'urgence : les touristes, déjà nombreux, faisaient la queue devant les bureaux de la police locale pour régler les formalités obligatoires, dans l'espoir de quitter l'île avec le premier bateau. Toute la journée d'hier ils n'avaient cessé de s'indigner de la situation, on les retenait contre leur gré, c'était un scandale.

— Commencez sans moi. Je vais d'abord devoir gérer tout ce merdier sur le port. Gardez-moi bien le suspect à l'isolement, je m'occuperai de son cas plus tard. On va le laisser mariner un peu… Il doit s'y connaître en marinade, le cuistot !

Son rire rauque et chargé lui déclencha une quinte de toux et il raccrocha avant de cracher dans le petit lavabo en faïence blanche.

Il espérait vraiment boucler cette enquête rapidement. Ce genre de petite île paumée, c'était sa hantise. Lui était un gars taillé pour la ville. Il ne craignait ni la pollution, ni la crasse des trottoirs, et chaque jour il regrettait l'atmosphère étouffante et bruyante des rues d'Athènes. Il ne digérait toujours pas d'avoir été mis à pied, puis envoyé dans cette préfecture de péquenauds qui servait de juridiction pour toutes les îles des Sporades. Lui n'avait fait que son travail, celui pour lequel on le payait. Mais il y avait eu tout ce tapage médiatique autour du sort des migrants et il n'avait pas réussi à étouffer ce qu'il appelait « son affaire », qui n'était rien d'autre qu'un tabassage dans les règles, comme il en avait souvent vu dans sa carrière. Le préfet avait dû le sacrifier :

— C'est vous ou moi, Vlaïkos !

— *Daxi !* Mais il va falloir négocier parce que je ne vais pas tout prendre à votre place.

Et ils s'étaient arrangés. Avec le recul, Vlaïkos trouvait qu'il s'était bien fait rouler.

Sa femme avait refusé de le suivre et était partie vivre chez ses parents dans la banlieue d'Athènes. Cela faisait des années qu'elle menaçait de le quitter s'il ne changeait pas un peu, elle avait eu là une excuse toute trouvée. La seule chose qu'il regrettait, c'était sa bonne cuisine maison. Lui qui était déjà un peu enveloppé était désormais carrément bedonnant et, devant le miroir, il peinait à boucler sa ceinture. Maudits plats à emporter.

Vlaïkos n'avait pas le temps de prendre une douche, ni de changer de chemisette. Sa priorité était de se restaurer. Il prit quand même quelques secondes de son précieux temps pour humidifier ses mains et aplatir les quelques cheveux qu'il lui restait sur le dessus du crâne et lisser ceux qui bouclaient derrière ses oreilles. Son arme, ses lunettes de soleil et son paquet de cigarettes : *Check!* Il quitta sa chambre sans même avoir pris le temps de pisser.

— Putain d'journée, grogna-t-il en dévalant lourdement les escaliers.

La patronne était derrière son comptoir et, sans même la saluer, il demanda :

— Vous avez de quoi déjeuner ? Mais un truc costaud, hein, pas une de ces cochonneries de petit-déjeuner continental pour touristes !

*

Yannis venait de passer sa première nuit dans l'unique cellule du modeste poste de police, et le pauvre homme ne comprenait toujours pas comment il s'était retrouvé là. La situation était totalement irréelle, c'était forcément un cauchemar, il allait se réveiller, Irina à ses côtés.

Irina… Il ne devait pas penser à elle ! Pourtant l'image de son corps lourd, humide, et de ses grands yeux vides ne cesserait jamais de le hanter, nuit après nuit. Quant à l'enfant, la nausée le prenait quand il imaginait cette petite vie volée avant même d'avoir pu serrer ses petits doigts dans les siens.

La porte s'ouvrit sur un Yorgos fatigué et à la chemise froissée. Il tenait à la main une tasse de café bien serré et des petits pains à la cannelle. L'estomac de Yannis se serra et son cœur aussi, lorsqu'il huma le doux et suave parfum familier.

Yorgos s'installa sur le banc avec lui et lui tendit amicalement la tasse fumante :

— Gianna t'a préparé des petits pains. C'est sa façon à elle de te dire qu'elle croit en ton innocence. C'est le cas de tout le monde ici… Enfin, à peu près.

Son hochement d'épaules voulait tout dire, il n'avait aucun moyen d'empêcher la tornade Vlaïkos de faire des dégâts. C'était son supérieur et il devait lui obéir.

— Il est où, le grand chef ?

Yorgos rit en mordant dans un petit pain.

— Sur le port. Si tu voyais ce bordel…

Mais Yannis n'avait pas le cœur à rire et son ami reprit :

— Ioannis est débordé avec les dépositions, alors j'en ai profité pour te rendre une petite visite officieuse, si tu vois ce que je veux dire.

Yannis hocha la tête et attaqua un deuxième petit pain qu'il noya sous de grandes gorgées de café.

— Il faut que je te dise quelque chose…

L'officier regardait désormais ses pieds et Yannis comprit que ce qu'il allait lui dire ne serait pas plaisant à entendre.

— Irina…

— Quoi Irina ?

— Elle n'était pas enceinte…

Il avait murmuré et Yannis lui cria :

— Quoi ?

— Le légiste est formel. Je ne sais pas trop quoi te dire. On enquête de ce côté-là mais tu comprends bien que c'est une munition de plus pour Vlaïkos. Il le savait déjà hier mais je sais qu'il ne t'en a pas parlé. Je pense qu'il veut s'en servir pour te déstabiliser, profiter de ta surprise ou de ta colère, enfin, tu vois.

Yannis acquiesça. Les questions se bousculaient dans sa tête mais le sentiment qui finit par dominer était un étrange soulagement et il en eut honte.

— Je risque mon job, là, Yannis, alors fais au moins semblant d'être surpris, mais je ne veux pas que Vlaïkos se serve de ça pour te coincer. Je pense que le test ADN suffira à t'innocenter.

— Le test ADN ?

La surprise de Yannis était réelle et Yorgos soupira :

— Ça non plus il ne t'en a pas parlé ? Je ne sais pas à quoi il joue mais c'est vraiment un sale type !

Il se leva.

— Je dois y aller ou Ioannis risque de me griller. Écoute, t'en fais pas, hein, tout va rentrer dans l'ordre et tu seras bientôt dehors.

Yannis sourit maladroitement et, alors que Yorgos refermait la porte de cellule, il lui lança :

— T'es un chic type, Yorgos. Merci, vraiment.

Le chic type lui adressa un clin d'œil avant de disparaître.

Yannis resta seul dans le silence de sa cellule.

*

Après avoir englouti une omelette et des tartines de fromage arrosées d'huile d'olive, Vlaïkos s'était décidé à se rendre sur le port, où une équipe se déployait pour gérer les départs et les arrivées.

Pour les arrivées, rien de bien compliqué, il avait finalement été décidé, ordre du préfet, que seuls les résidents et les marchandises pouvaient entrer sur l'île pour le moment. Vlaïkos y voyait un avantage non négligeable, il n'aurait pas ces fouille-merde de journalistes sur le dos. Pour les départs, en revanche, ça se corsait. Les touristes devaient d'abord passer par le poste pour déposer une courte déposition et surtout fournir leurs identités et adresses.

Le procureur avait été très clair :

— Il est bien évidemment impensable d'imaginer pratiquer des prélèvements ADN sur les touristes étrangers, à moins de vouloir déclencher la colère de toutes les ambassades du pays. De toute façon, vous tenez le coupable. N'est-ce pas, Vlaïkos ?

Le lieutenant avait marmonné que oui avant de raccrocher.

Vers midi, il rejoignit le poste, où Ioannis l'interpella. L'équipe de Larissa avait téléphoné : ils avaient interrogé l'amie de la victime et ils attendaient son appel.

— Ils ne pouvaient pas simplement envoyer leur rapport ?

— Apparemment, c'est plutôt croustillant, et le lieutenant Florous voulait vous raconter ça en personne.

— Toujours à vouloir se rendre intéressant, celui-là, grogna Vlaïkos en décrochant le téléphone.

Trois sonneries plus tard, Florous décrochait.

— Alors Vlaïkos ? On a tiré le gros lot, on dirait !

— M'en parle pas, encore deux jours sur cette île paumée et je me tire une balle avec mon arme de service.

Florous s'esclaffa avant d'ajouter :

— Je crois que je vais pouvoir t'aider à te tirer de là. Écoute, on a eu du mal à loger la copine, elle avait passé la nuit chez son rencard, tu vois le genre, mais on l'attendait à son boulot et elle n'a pas trop apprécié de se voir traînée au poste. Faut dire qu'on la connaît, la cocotte, déjà fichée pour escroquerie et recel, enfin bref. Elle n'a eu aucun mal à se mettre à table quand on lui a dit que sa meilleure amie était morte étranglée. Et elle a chargé le type, votre suspect.

— Ah oui ! s'exclama Vlaïkos en sortant une cigarette et son briquet. Il n'était pas censé fumer ici, mais il avait vraiment besoin d'accompagner cette discussion de délicieuses bouffées de nicotine.

— Ouais ! Apparemment votre Irina n'était pas vraiment une sainte. Elles ont grandi ensemble dans un quartier pauvre de Larissa et elles s'étaient toujours promis de devenir riches, tu vois le tableau. Irina a été la plus maline des deux et a réussi à décrocher un diplôme qui lui a permis d'être embauchée dans une banque. Bref, je te la fais courte mais sa spécialité c'était de séduire les grosses fortunes pour les faire cracher au bassinet ou se faire épouser. Après avoir couché avec son patron et tenter de briser son mariage, on l'a mise à pied puis envoyée sur une île paumée.

Vlaïkos n'en revenait pas, les seuls témoignages qu'ils avaient obtenus jusqu'ici dressaient le portrait d'une jeune femme sérieuse et sans problèmes. Même ses collègues la présentaient comme professionnelle et consciencieuse.

— T'es toujours là, Vlaïkos ?

— Oh que oui ! Continue, continue...

— Bon ! Alors accroche-toi bien ! La victime avait mis le grappin sur l'homme le plus riche de l'île.

— Alexiou ? s'étonna l'autre.

— Lui-même ! Un vieux célibataire, sans descendance, avec des terrains à perte de vue...

— Tu déconnes ?

— Pas du tout ! Et la cerise sur le gâteau : une fausse grossesse pour se faire épouser !

— C'était donc ça ? s'écria Vlaïkos. Florous, tu viens sûrement de résoudre mon affaire ! Avec ça, je tiens mon bonhomme !

— Attends ! Attends la suite ! J'ai mieux ! Le soir du meurtre, si la victime a téléphoné à sa copine, c'est parce qu'elle venait d'apprendre que le vieux la trompait ! Elle n'arrêtait pas de dire qu'il finirait par tout découvrir, elle était visiblement très agitée. Et au moment de raccrocher il semblerait qu'elle ait entendu du bruit sur le pont du bateau, et elle a dit mot pour mot : « Je crois qu'il y a quelqu'un sur le pont, si c'est Yannis, je suis morte. »

— Oh putain !

— Tu l'as dit, avec ça il est cuit !

— C'est certain ! Je te rappelle quand je tiens ses aveux !

— *Daxi !*

Les yeux brillants et le cerveau en ébullition, Vlaïkos gueula :

— Ioannis ! Je veux le suspect en salle d'interrogatoire dans cinq minutes !

— D'accord, mais son avocat est arrivé il y a une heure et ils n'ont pas terminé…

Vlaïkos rugit :

— Tu ne pouvais pas commencer par là ?

Imbécile ! pensa-t-il.

— Comment est-il arrivé ? Et comment se fait-il que personne ne m'ait prévenu ?

Il suspecta les flics du coin de l'avoir volontairement court-circuité.

★

Christos, l'avocat de Yannis, ne décolérait pas, et lorsque Vlaïkos se présenta dans le petit bureau, il n'hésita pas une seconde à lui faire savoir.

— C'est très ingénieux de votre part, lieutenant, d'avoir gagné six heures d'interrogatoire avant de placer mon client en garde à vue.

— Voyons Maître, nous n'avions pas encore les éléments nécessaires pour lancer une instruction préliminaire. Monsieur étant le compagnon de la victime, nous avions seulement quelques questions à lui poser. Ce n'est qu'après l'appel du légiste que nous avons décidé de le placer en garde à vue et de prévenir le procureur.

— Sauf que, d'après monsieur Alexiou, vous le considériez comme le suspect principal depuis le départ !

— Simple interprétation de sa part...

— J'en référerai au procureur, son interprétation sera peut-être la même. En attendant, mon client fait valoir son droit à garder le silence. J'ai consulté le dossier, vous n'avez pour le moment aucune preuve tangible. J'espère bien voir sa garde à vue prendre fin à dix-huit heures ce soir...

— Sauf si des éléments nouveaux nous permettent de le déférer devant le procureur...

— Quels genres d'éléments ?

— Un témoignage accablant pour commencer et des nouvelles du légiste qui ne devraient plus tarder. Je pense donc que je ne vais pas m'épuiser à interroger un suspect muet et attendre patiemment que les preuves tombent.

L'avocat se leva avant d'esquisser une grossière révérence et referma la porte derrière lui.

— Quel balourd ! souffla Christos.

— Je t'avais prévenu...

Yannis ne savait plus quoi penser. La présence de Christos lui permettait de faire valoir ses droits, mais voilà que le policier ne souhaitait plus l'interroger.

— C'est quoi ce témoignage « accablant » ?

— Ne t'inquiète pas, je vais demander à le consulter.

— Et cette histoire d'ADN ?

— Écoute, tu étais le compagnon d'Irina, alors, même si c'est ton ADN, ça peut s'expliquer. Mais si cette preuve est étayée par d'autres éléments et qu'on trouve un mobile crédible, les choses se compliqueront. Je vais voir ce que je peux faire, tiens-toi tranquille, je m'occupe de tout.

*

Vassili montait la garde. Le restaurant était devenu la cible des curieux et il n'était pas rare d'entendre quelqu'un crier « *Murderer!* » en passant devant la devanture. C'étaient surtout des touristes, l'usage de l'anglais le prouvait, excédés par le blocage de l'île. Les locaux, eux, étaient plus réservés, pour la plupart persuadés de l'innocence de Yannis, même si quelques-uns en profitaient pour cracher leur venin.

Comme il l'avait promis, Vassili avait contacté la cousine de Yannis à Volos et son mari avocat. Avec la complicité d'un ami pêcheur, il avait même organisé l'arrivée de Christos en toute discrétion sur une petite crique au nord de l'île. L'effet de surprise fut total et, une fois au poste, les enquêteurs n'avaient pu qu'autoriser l'homme de loi à s'entretenir avec son client.

— Le nouveau chef ne va pas apprécier, avait grimacé Yorgos.

— Qu'est-ce que ça peut faire ? Yannis n'est pas coupable et tu le sais parfaitement. Autant mettre toutes les chances de notre côté.

— Il va lui en falloir, de la chance. Parce que l'autre n'est pas près de le lâcher…

Vassili ne s'attarda pas, il avait autre chose à faire que d'écouter les allégations de celui qu'il avait considéré jusqu'ici comme un ami, mais qui n'hésiterait visiblement pas à retourner sa veste.

Bien sûr, dès que la nouvelle était tombée, et avant même que Yannis ne lui téléphone, Vassili était monté chez madame Alexiou qui n'avait pas cillé face au drame qu'il lui avait annoncé.

— Je l'avais prévenu. Les étrangères n'apportent que des malheurs.

L'insensibilité de cette femme l'avait toujours frappé, mais aujourd'hui plus que jamais se dévoilait l'aridité de son cœur.

Son collègue Yorgos l'avait accompagné et se tenait en retrait. La vieille Alexiou était la cousine de sa mère et les deux femmes n'avaient jamais eu la moindre tendresse l'une pour l'autre. D'ordinaire, il évitait même tout contact avec elle, mais aujourd'hui il devait prendre ses responsabilités et protéger sa famille.

— Je vais rester ici.

Soulagé, Vassili le remercia et ajouta :

— Ta présence éloignera les curieux. De toute façon, le restaurant restera fermé tant que Yannis ne sera pas de retour.

Yorgos acquiesça tandis que la vieille Grecque, acerbe, marmonnait dans son coin qu'elle n'avait pas besoin d'un imbécile pour s'occuper d'elle.

— Bon courage, mon ami, salua Vassili avant de s'échapper.

Quelle famille ! avait-il songé en grimpant avec soulagement dans sa voiture.

Plongé dans ses pensées, il sursauta lorsque quelqu'un secoua la lourde grille de métal de la terrasse pour attirer son attention. Il reconnut Sophie, la petite Française, et se dépêcha d'aller lui ouvrir.

La mine triste, elle expliqua en anglais et en haussant les épaules :

— J'avais besoin de parler à quelqu'un et je ne savais pas où aller.

— Je comprends, répondit-il maladroitement et avec un accent terrible. Tu veux boire quelque chose ?

Elle hocha la tête et ils s'installèrent au comptoir où il lui servit une limonade.

— J'ai peur… pour Yannis…, pleurnicha-t-elle.

Touché par la détresse de la jeune fille qui faisait écho à ses propres craintes, il confessa :

— Moi aussi j'ai peur, tu sais…

— Mais c'est de ma faute, le coupa-t-elle. J'ai un secret, mais je ne peux pas le garder… c'est trop horrible !

Vassili connaissait Sophie depuis sa naissance. C'était

une enfant sensible et raisonnable, mais quelque chose aujourd'hui dans son regard avait changé.

D'habitude, il détestait devoir parler anglais, et Yannis le charriait souvent en disant qu'il le parlait comme un enfant. Mais là, c'était trop important, il devait faire un effort.

— Un secret ? À propos de Yannis ?

— Tu es son ami, pas vrai ?

Il acquiesça.

— Tu me promets de ne rien dire à personne ?

— *Epaggelia*, promit-il en grec, la main sur le cœur.

Sophie se lança en sanglotant :

— Je crois que c'est de ma faute si Yannis a tué Irina. J'ai découvert que ma mère et Yannis avaient une aventure, j'ai simplement voulu les arrêter, parce que c'est mal de faire ça. Alors je suis allée voir Irina et je lui ai tout dit. Le soir même, elle était morte. C'est de ma faute, Vassili, tu comprends ?

Sa détresse était si touchante que le Grec ne put se retenir de la serrer dans ses bras avant de plonger ses yeux dans les siens. Elle ressemblait tellement à sa mère…

— Regarde-moi, Sophie, et écoute bien ! Yannis n'a pas tué Irina, d'accord ?

Elle ne semblait pas du tout convaincue. Il insista :

— C'est impossible, Sophie ! Yannis n'aurait jamais, jamais fait ça. Tu dois me croire. Irina était déjà morte quand il est arrivé. Il était ici, avec moi, au restaurant. D'accord ?

Sophie hocha mollement la tête, silencieuse. Elle sirotait sa limonade à l'aide d'une paille et ses longs cheveux dégoulinaient sur le comptoir. Elle avait les yeux rougis, bouffis, de ceux qui ont trop pleuré.

— Où sont tes parents et ton frère ?

Elle haussa les épaules et tarda à répondre.

— Maman est enfermée dans sa chambre depuis trois jours et Papa ne parle pas…

— Et Dimitri ?

— J'en sais rien. Il a disparu. Je crois qu'il a une amoureuse.

Vassili, qui avait souvent observé le jeune homme, avait une autre idée sur la question mais il la garda pour lui. Sophie semblait noyer son chagrin dans son verre de limonade et, attendri, il insista :

— Tu n'as pas d'amies ?

La jeune fille éclata alors en sanglots et, consterné, il se leva pour lui trouver une boîte de mouchoirs en papier.

Depuis le départ de Jona, Sophie étouffait dans sa solitude. Il ne lui restait de lui qu'un calepin rempli de dessins, quelques mots d'amour crayonnés de-ci de-là, et une promesse écrite en toutes lettres : « Je reviendrai pour toi. »

Tous les êtres ont une fatalité au bonheur.
Arthur Rimbaud

23

— Et merde !

Vlaïkos explosa avant même d'arriver dans ce qu'il avait rebaptisé « mon bureau ». Il avait espéré retarder l'arrivée de l'avocat mais il s'était fait avoir. Maintenant son suspect en tirait avantage pour faire valoir son droit au silence, et il savait que son conseil ne le laisserait pas se compromettre.

Il consulta sa montre : 13 h 15 et toujours aucune nouvelle du légiste. Il disposait d'un faisceau de présomptions important mais d'aucune preuve irréfutable, le procureur risquait donc de relâcher le suspect s'il ne lui présentait rien de tangible.

Il appela Ioannis trois fois avant que le jeune officier ne passe la tête par la porte.

— Il faut bétonner le dossier Alexiou, le procureur doit impérativement nous suivre sur ce coup-là !

Son poing martela le bureau et l'écran de l'ordinateur trembla. Il continua :

— Je te laisse gérer la paperasse, moi, je dois réfléchir à tout ça.

Ioannis acquiesça avant de disparaître et Vlaïkos s'enfonça dans le fauteuil de cuir. En trois clics, il lança une partie de réussite sur son ordinateur et, persuadé que cette activité stimulerait sa vivacité d'esprit, il se laissa prendre au jeu sans plus se soucier de rien d'autre.

Une heure plus tard, lorsque le téléphone du bureau sonna, il sursauta, un peu ahuri.

— Vlaïkos à l'appareil.

— Lieutenant, j'ai enfin des nouvelles !

C'était le légiste et Vlaïkos fut instantanément disposé et attentif.

— Les premiers résultats sont tombés. L'analyse ADN n'est pas terminée mais nous obtenons pour le moment une correspondance à hauteur de 28 %. Je crois que vous tenez votre homme !

Vlaïkos n'en revenait pas. Comme il l'avait prédit, les preuves tombaient sans qu'il ait rien à faire de plus.

— Je vous l'avais dit ! Ce mec était foutu depuis le départ.

— Mes constatations vous rejoignent, lieutenant, même si je maintiens une heure de décès autour de 0 h 30.

— C'est du détail, tout ça, l'ADN est irréfutable et avec toutes les autres preuves que nous avons, je peux d'ores et déjà déférer le suspect.

— Très bien, lieutenant. Je vous envoie mon rapport complet dans la soirée, dès que les résultats définitifs seront tombés.

— Parfait ! C'était un plaisir de travailler avec vous.

La joie rendait Vlaïkos un peu trop mielleux et le légiste sourit derrière son combiné.

— Merci lieutenant et bonne fin de journée !

Ravi et galvanisé par un sentiment de victoire, Vlaïkos lissa ses cheveux, avant d'aller annoncer la grande nouvelle. Il frappa donc poliment à la porte du bureau où se trouvaient Alexiou et son avocat, puis entra lorsqu'on l'y invita.

— C'est l'heure ! déclara-t-il devant les deux hommes, interdits. Les résultats ADN sont tombés et je peux désormais vous déférer officiellement devant le procureur !

Yannis s'attendait à tout, sauf à ça. Et lorsqu'il se retrouva, vingt minutes plus tard, menotté dans la vedette qui le conduisait vers Volos, il sombra. On l'arrachait à son île, aux gens qu'il aimait, on le traitait comme un criminel, lui qui était innocent.

La nouvelle se répandit comme une traînée de poudre. Un premier bateau avait pu quitter l'île chargé de touristes, un deuxième suivit la vedette. Même si le coupable avait été arrêté, personne ne voulait passer un jour de plus dans cette atmosphère macabre.

Les habitants se retrouvèrent seuls, avec leurs questions et leurs doutes, consternés par la nouvelle à laquelle ils ne voulaient pas croire.

⋆

Dina ne tarda pas à se précipiter chez ses voisins.

Elle pensa un moment la maison vide et se demanda si la famille n'avait pas finalement quitté l'île.

La porte s'ouvrit sur Jean qui avait le visage défait et elle regretta presque d'être venue. Ils étaient tous très attachés à Yannis, et la nouvelle qu'elle apportait les anéantirait. Elle-même était bouleversée, mais l'excitation était plus grande encore.

— Bonjour Dina, marmonna-t-il.

— Vous avez mauvaise mine, monsieur Marsan…

— Vous exagérez, Dina, je travaille beaucoup et nous vivons une période éprouvante…

Le Français s'exprimait dans un grec parfait, mais avec un vocabulaire trop précieux, trop désuet, et elle aimait l'imiter devant ses amies pour se moquer un peu.

— Je crains d'avoir encore une mauvaise nouvelle.

Elle attendait une réaction qui ne vint pas. Déçue, elle continua :

— Ils ont déféré Yannis. Ils ont des preuves irréfutables, paraît-il.

Toujours aucune réaction. Dina tenta vainement de jeter un œil à l'intérieur mais les volets étaient tirés et la maison silencieuse.

— Merci de nous avoir prévenus, répondit simplement Jean en reculant pour refermer la porte.

Elle insista :

— Ana va bien ? Et les enfants ? Je ne les ai pas vus depuis un moment.

— Les enfants ? répéta-t-il bêtement avant d'ajouter : Ils sont certainement à la plage.

— Et Ana ?

— Ana se repose, merci pour votre sollicitude, Dina.

Et il referma la porte, sans plus de manières.

Votre sollicitude, gloussa-t-elle en rentrant, *il faudra que je m'en souvienne de celle-là !*

⋆

La nuit était tombée sur l'île qui connaissait des heures particulièrement sombres. La sortie du suspect pour être déféré avait déclenché la colère de la foule venue en soutien, et Vlaïkos avait été hué.

Ce qu'ils peuvent être crétins, pensa le policier. Il ne fallait pas être bien malin pour comprendre que 1 et 1 font 2 !

Il se moquait bien de ce que la populace pensait et il regagna sa chambre pour prendre un peu de repos. Il comptait bien régler les derniers détails le lendemain, et enfin retrouver la ville qu'il aimait tant.

Il commanda un plat en *room service*, du poulet et des frites, qu'il engloutit allongé sur le lit, l'assiette posée sur son ventre proéminent. Il se laissait abrutir par une émission de divertissement sur une chaîne câblée, somnolant, lorsque son téléphone sonna.

— Putain ! grogna-t-il. On ne peut jamais être tranquille.

Si c'était Ioannis avec une de ces questions débiles, il allait le recevoir.

— Vlaïkos !

C'était Ioannis.

— On a un problème, lieutenant. Un sérieux problème.

— Quoi encore ?

Ioannis semblait hésiter, conscient de la tempête qu'il allait déclencher.

— C'est le légiste, il a téléphoné. Les résultats ADN ne correspondent pas !

Estomaqué, Vlaïkos cracha :

— Comment ça, ils ne correspondent pas ?

— En fait, ils ne correspondent qu'à 49,4 %.

Il ne comprenait pas.

— L'échantillon est corrompu ?

— Non, non, ce n'est pas ça. L'échantillon est valide, mais il ne correspond pas à celui du suspect.

— Vous venez de me dire qu'il correspondait à 49,4 % ?

Vlaïkos s'énervait.

— Il correspond bien, mais à hauteur de 49,4 % seulement, tant sur la serviette tachée que sur la brosse à dents. Ce n'est pas l'ADN d'Alexiou sous les ongles de la victime, le légiste est formel.

— Mais alors...

Sa phrase resta en suspens.

— C'est celui de son fils, lieutenant, c'est l'ADN du fils d'Alexiou.

Soufflé, Vlaïkos en tomba à la renverse.

— Bordel de merde...

— Vous l'avez dit, lieutenant, et les collègues ici sont soufflés. Pour eux, Alexiou n'a jamais eu d'enfants...

*

Au poste de police, c'était l'effervescence. Toute l'équipe avait été convoquée, le gros lieutenant faisait les cent pas, le temps que chacun prenne place.

Une fois l'effectif au complet, il cala son postérieur sur le bureau qui craqua, et fulmina :

— Comment peut-on être aussi aveugle ? Vous vivez tous sur cette île depuis votre putain de naissance, vous fréquentez Alexiou tous les jours ! C'est votre job de connaître les moindres secrets, les moindres ragots qui circulent sur votre voisin ou votre propre mère !

Silence général. Bien sûr, Vlaïkos était en grande partie responsable de ce fiasco, son acharnement et sa précipitation à déférer Yannis les avaient conduits à l'échec. Mais le lieutenant n'avait pas tort. Comment avaient-ils pu passer à côté de quelque chose d'aussi gros ? Cette info, c'était une bombe, une bombe qui avait fini par exploser.

— Et cette histoire d'ADN ? On est certain de ce que le légiste avance ? demanda Yorgos, confus.

— Vous remettez en cause les résultats du légiste ?

Vlaïkos le toisait, les sourcils dressés comme des toiles de tente.

— Non, non, mais j'aimerais comprendre cette histoire de correspondance. Il ne peut pas y avoir eu un problème avec l'échantillon ?

L'officier refusait l'idée même que Yannis ait pu avoir un fils, assassin qui plus est.

— Ce n'est pas bien compliqué à comprendre, mon gars ! Les prélèvements sur le bateau ont permis d'identifier l'ADN d'Alexiou, sur l'une des deux brosses à dents et sur une serviette tachée de sang. Un autre ADN, non corrompu et parfaitement identifiable, a été retrouvé sous les ongles de la victime. Cet ADN présente une correspondance de vingt-sept segments partagés. Le légiste a été très clair, il ne peut s'agir que de son fils.

— Plus aucun soupçon sur Alexiou alors ?

Vlaïkos rageait de devoir exposer ses manœuvres peu orthodoxes.

— Disons que les résultats ADN plus l'heure du crime qui ne correspond pas…, finit-il par grommeler, embarrassé.

— Comment ça, l'heure ne correspond pas ?

Tous se regardaient, consternés.

— La fourchette du légiste s'est considérablement

réduite depuis ses premières constatations. Son rapport statue sur une heure de décès à 0 h 30.

— Donc l'alibi d'Alexiou tient...

Vlaïkos regarda le bout de ses chaussures sans répondre.

— On s'est bien plantés, les gars, s'exclama Rigakis, effaré.

Tous se taisaient, conscients du drame qui s'était joué bien malgré eux. Un innocent était en prison.

— On fait quoi maintenant ?

Yorgos se sentait merdeux. Il avait douté trop facilement de cet homme qu'il connaissait depuis toujours, et il n'avait rien fait pour aider à l'innocenter.

— Comment ça, on fait quoi ? On trouve le détraqué qui a tué cette pauvre fille ! Elle était censée être enceinte d'Alexiou, ce n'est pas une coïncidence si le fils « caché » réapparaît à ce moment-là pour la tuer !

— D'accord, mais on cherche qui ? Et comment ?

— Vous habitez sur cette île depuis assez d'années pour savoir avec qui Alexiou couchait ! ironisa Vlaïkos.

Le vieux Tassionis ne put s'empêcher de rire niaisement.

— Ça vous fait marrer, vous ? grogna l'autre en le désignant du menton.

— En effet, lieutenant, répondit le vieil officier, narquois. Vous devez savoir qu'Alexiou a couché avec la moitié des femmes sur cette île. L'autre moitié étant de sa famille, des cousines pour la plupart.

L'air amusé et goguenard de son supérieur l'obligea à préciser :

— Ma femme est une de ses cousines, je suis tranquille de ce côté-là.

— Ta sœur, en revanche...

Le regard noir qu'il jeta à Yorgos en disait long. En d'autres circonstances, il lui aurait collé son poing dans la figure.

Vlaïkos s'emporta :

— Vous n'allez tout de même pas me dire que la moitié des hommes de moins de quarante ans sur cette île sont possiblement des suspects ?

— Rigakis le premier ! provoqua Tassionis.

— Je t'interdis de dire un mot sur ma mère ! Et tu ferais mieux de te poser des questions sur tes neveux ! Yorgos a raison, ce n'est un secret pour personne, tout le monde sait que ta sœur trompait son mari avec Alexiou !

Le visage de Tassionis vira au vert. Mâchoires serrées et veines dilatées, la chaise bascula lorsqu'il se leva brusquement, contenant difficilement sa colère. Les murs tremblèrent quand la porte claqua derrière lui et tous se regardèrent, un peu penauds.

— Quoi d'autre ? relança Vlaïkos. Vous semblez tous en savoir bien plus que vous ne voulez le dire.

Yorgos réfléchit et lâcha à contrecœur :

— Franchement, entre les touristes, ses voyages à l'étranger ou dans les îles voisines, ça doit faire un paquet de possibilités. Faut pas oublier qu'il a presque soixante ans et qu'il est resté célibataire toute sa vie.

— Une vie bien remplie, visiblement…

Ioannis, avec tout son sérieux, venait de déclencher l'hilarité de son supérieur.

Yorgos et les siens, eux, ne riaient pas. L'idée qu'un meurtrier puisse se cacher sur leur île depuis toutes ces années les sidérait, et surtout, comment l'identifier ?

— On ne peut quand même pas interroger toutes les femmes de l'île ! Et même si l'une d'elles avait eu un enfant, jamais elle ne l'avouerait. Nos femmes sont en apparence bavardes, mais quand il s'agit de protéger leur famille, ce sont de vraies tombes !

Vlaïkos savait combien c'était vrai. Mais il devait bien commencer par quelque chose.

— Ioannis, appelle l'avocat ! Maintenant que son client est tiré d'affaire, peut-être qu'il acceptera de collaborer. Alexiou est le mieux placé pour nous donner des noms.

Et qui sait, l'existence de cet enfant n'est peut-être pas un secret pour lui...

— Bien, lieutenant ! Mais il est deux heures du matin passées et je doute que l'avocat apprécie d'être dérangé à cette heure. Et puis maintenant Alexiou ne sera relâché que demain matin...

— *Daxi, daxi.* On se laisse jusqu'à demain, alors. Mais je vous veux tous avec une liste précise des relations connues ou supposées d'Alexiou. On doit tout éplucher, c'est compris ?

L'équipe hocha mollement la tête, pas vraiment emballée à l'idée de devoir enquêter sur ses voisines, cousines, camarades d'école ou encore sur l'épicière ou la boulangère. Ils quittèrent le poste las et préoccupés, pressés de rentrer, avec la vilaine sensation d'être impuissants à protéger leur île et ses habitants. Passée la porte de leur maison, aucun ne réussirait à se taire et, comme pour conjurer le mal, ils se confieraient, à leur femme, à leur mère, à leur fille ou à leur sœur. Et la rumeur se propagerait dans un élan de solidarité féminine.

Restés seuls, Vlaïkos et Ioannis s'apprêtaient eux aussi à rejoindre leur hôtel. Sur le pas de la porte, l'un se grillait une cigarette bien méritée, tandis que l'autre mâchouillait bruyamment son chewing-gum, les mains dans les poches.

Fumer l'aidait à réfléchir et Vlaïkos eut soudain une idée :

— Dis-moi, Ioannis, la Française, celle du téléphone... Elle a un fils ?

— Yorgos m'a parlé d'un adolescent de seize ou dix-sept ans..., mais je n'ai pas noté son nom. Vous ne croyez quand même pas qu'un gosse ait pu tuer cette fille ?

— Et pourquoi pas, Ioannis ? À cet âge, on n'est plus vraiment un enfant...

— D'accord, mais Alexiou a plutôt l'âge d'être son grand-père que son père.

— Possible, possible, marmonna Vlaïkos en jetant son mégot dans le caniveau.

L'idée germait pourtant dans sa tête et il se promit de creuser cette piste dès le lendemain.

*

L'hôtel était désert. Comme la plupart des employés, Matthew avait obtenu sa soirée. Le grand patron ne désespérait pas de voir les touristes revenir avant le mois d'août et voulait garder ses équipes au complet. Pour ça, il fallait les amadouer, et le service minimum avait été instauré jusqu'aux prochaines arrivées. Presque tous avaient accepté de rester, Matthew le premier.

Dimitri, lui, répugnait à rentrer chez lui. Ils avaient passé la nuit précédente à la belle étoile, et le jeune homme en gardait un souvenir ému. Comment d'aussi belles choses pouvaient-elles survivre et s'épanouir dans un monde aussi sombre et hostile ? Il culpabilisait presque de ressentir autant de bonheur dans ce chaos qu'étaient leurs vies.

L'annonce de l'arrestation de Yannis l'avait secoué. Il ne le pensait pas coupable, mais il était maintenant rassuré de le savoir loin de sa mère. Aurait-il pu la tuer elle aussi ?

Il avait d'abord pensé que la mort d'Irina suffirait à les éloigner. Ana ne pouvait rien supporter de plus que son propre malheur et celui de Yannis aurait été de trop. Mais les événements avaient pris une tout autre tournure. Dimitri imaginait sans mal le désespoir de sa mère lorsqu'elle apprendrait la nouvelle. Assurément, Yannis sortirait définitivement de sa vie. Comment pouvait-on pardonner à un assassin ?

Il aurait aimé pouvoir l'aider mais il se savait impuissant. Jean imposerait sa volonté et l'éloignerait d'elle. Il avait toujours jalousé leur relation privilégiée.

Les couloirs étaient silencieux et le bruit de leurs pas étouffés par l'épaisse moquette. C'était une aile de l'hôtel assez isolée et Matthew savait où passer pour éviter les caméras de surveillance. Il tenait dans une main la clef qu'il avait subtilisée à la réception, dans l'autre celle chaude et moite de Dimitri. La porte de la chambre 212 s'ouvrit, et les deux jeunes hommes entrèrent en pouffant dans la grande et confortable *master room*.

Matthew avait tout préparé : le champagne, les pétales de fleurs et même de quoi grignoter.

— Et c'est moi le romantique ? taquina Dimitri en s'affalant sur le lit *king-size* ultra moelleux.

Son *boyfriend* sourit de le voir si heureux. Lui-même ne se serait jamais cru capable de ce genre d'attentions. Et pourtant. Devoir imposer à son petit ami de dormir dehors parce qu'il ne pouvait pas l'accueillir au bungalow le rendait malade. Dimitri restait fragile, il le savait et il voulait lui offrir un peu de légitimité. L'homosexualité, ce n'était pas vivre caché ou dans l'adversité, et il était bien décidé à le lui prouver.

— Il y a même une baignoire balnéo…

— Tu plaisantes ?

— Bien sûr que non, viens voir !

Dimitri s'extasia sur la salle de bains au marbre blanc et à la robinetterie chromée avant de demander :

— Tu crois que je peux ? Je n'ai pas pris de douche depuis trois jours et l'eau de mer, j'en ai ma dose !

— C'est même fortement conseillé, *sir* !

Et Matthew fit couler l'eau du bain dans laquelle il vida une mignonnette de gel douche pour son invité. Dimitri se déshabilla sans la moindre gêne et se coula dans la mousse douillette et parfumée.

— Tu viens ?

L'Anglais n'attendait que ça et sans se faire prier quitta ses habits pour se glisser près de lui. L'intimité et la proximité de leurs corps n'étaient plus pour Dimitri un problème. Il était désormais certain de ce qu'il désirait vraiment. Il se laissa savonner, masser, chouchouter, aimer, désirer, jusqu'à ce que ses dernières réticences disparaissent sous les gestes tendres et affectueux de son amoureux.

Trempés et tremblants de désir, ils finirent par rejoindre le grand lit où ils s'abreuvèrent de caresses et de baisers. Leurs corps vibraient à l'unisson, dans une quête de plaisir sans limite. Plus rien n'existait d'autre que l'union de leurs âmes, à travers l'expression de leur amour charnel.

Dans le monde, un homme capable de folie en amour est un prodige assez rare.
Georges Sand, *Indiana*

24

Quelque chose n'allait pas. Quelque chose n'allait pas et une inquiétude sourde, muée en une intuition féroce, lui tenaillait le ventre.

Depuis combien de temps était-elle allongée là, seule, dans l'obscurité ? Bien trop longtemps sans voir ses enfants, c'était évident.

Elle fouillait dans sa mémoire ; lui avaient-ils rendu visite ? Elle se souvenait bien de Jean, il lui apportait des plateaux, la forçait à boire et cherchait à la consoler avec des mots creux et vides qu'elle n'entendait même pas. Mais aucun souvenir de Dimitri ou de Sophie.

Elle s'en étonna. Ses enfants n'avaient pas l'habitude de l'abandonner ainsi.

Elle avait des flashes qu'elle repoussait en fermant les yeux le plus fort possible. Yannis, Sophie, Irina, Dimitri, tout se mélangeait dans sa tête, elle ne distinguait plus ce qui était réel de ce qui ne l'était pas. Irina, Yannis. Yannis, Irina. L'image était trop forte, trop présente. Le danger était là, elle pouvait le sentir, le toucher du bout des doigts. Elle l'avait tant redouté, imaginé, conjuré, qu'il n'était pas en mesurer de la tromper, le danger arrivait.

Elle se redressa dans son lit, les sens en alerte. La maison lui parut soudain bien trop silencieuse. Sa montre sur la table de chevet affichait 9 h 15, peut-être dormaient-ils tous encore. Elle se leva, un peu groggy, et renonça à ouvrir les volets. Ses yeux ne le supporteraient pas.

La porte grinça comme toujours et elle s'avança dans la cuisine. La cafetière était vide, aucun verre poisseux ni aucune miette ne traînait sur la table. Elle resta un moment les bras ballants, incapable de se décider.

Le salon était désert et elle grimpa lourdement les marches de l'escalier. Elle poussa une à une les portes des chambres, toutes vides. Était-ce un mauvais rêve ? Impossible, le mal de crâne qui la torturait ne pouvait être que réel.

Ressaisis-toi, Ana, ils ne doivent pas être bien loin. Tu t'inquiètes toujours beaucoup trop pour eux...

De nouveau au rez-de-chaussée, elle constata que les clefs de la voiture n'étaient pas là.

Ils sont sûrement descendus petit-déjeuner sur le port...

Jean le faisait, parfois. Lire le journal sur une terrasse, regarder les bateaux entrer au port et engloutir deux ou trois parts de *bougatsa*.

Ana ouvrit le frigo et se versa un grand verre de jus d'orange. Elle avait besoin d'énergie. Pour réfléchir ou pour oublier, elle ne savait plus très bien. Le liquide, glacé, lui brûla l'œsophage. Elle attrapa une biscotte qu'elle grignota du bout des lèvres au-dessus de l'évier.

La main dans le tiroir de sa commode, elle tâtonnait à la recherche d'une culotte propre et tomba sur son téléphone portable. Elle ne se souvenait pas l'avoir laissé là, mais qu'importe, elle ne pouvait désormais plus échapper aux souvenirs qui l'assaillaient et cherchaient à s'imposer. Les yeux bleus et durs de Sophie, son mépris. La silhouette brune sur le bateau. Les messages de Yannis, son arrestation.

Le souffle court, elle ouvrit le clapet. L'icône « batterie faible » clignotait, mais aucune enveloppe ne s'affichait sur l'écran. Elle vérifia dans la boîte de réception, rien. Rien depuis trois jours, depuis qu'elle était descendue sur le port et que Sophie l'avait mortifiée en public.

Dissimulée derrière une rangée de voitures, elle avait lu et relu les messages échangés, ces messages que sa fille avait aussi consultés. Aucun doute n'était permis à leur sujet et la réaction de Sophie ne lui laissait aucun espoir. Elle savait !

Elle misait sur le bon sens de l'adolescente. Elle était peut-être en colère, mais parler à Jean ou à Dimitri, c'était prendre le risque de détruire leur famille. Et Sophie était raisonnable. Elle en était persuadée.

Le silence de Yannis était en revanche, à ses yeux, beaucoup plus inquiétant. Elle hésita longuement avant d'appuyer sur la touche « Appel ». Les sonneries se perdirent d'abord dans le vide, puis la voix sur le répondeur lui réchauffa le cœur. Elle hésita encore avant de composer le numéro du restaurant. Elle pourrait toujours dire qu'elle cherchait à joindre Jean qui était parti sans son téléphone. Avec un peu de chance, Yannis répondrait. La ligne sonnait occupée, elle réitéra pendant de longues minutes sans obtenir le moindre résultat. Ce n'était pas normal. Rien de tout ça n'était normal. Trois jours avaient passé et personne ne lui avait donné de nouvelles de Yannis. Jean n'avait fait que noyer le poisson avec des phrases banales, celles qu'il répétait toujours comme un disque rayé.

« Tu vas voir, tout va s'arranger, ce n'est qu'un mauvais moment à passer, j'ai confiance en toi Ana, bla bla bla… »

Mais il n'avait apporté aucune réponse à ses questions : où était Yannis et que se passait-il vraiment, là, derrière l'obscurité de sa prison ?

Il n'y avait pas trente-six façons de le savoir. Bien décidée à découvrir la vérité, Ana se prépara à la hâte. Une robe, une paire de sandales, ses cheveux ramassés en chignon, le cœur au bord des lèvres, elle s'échappa, fuyant ses peurs et ses angoisses ; bien inconsciente de courir au-devant de ses propres démons.

*

Deux heures plus tard, après être descendue au port, puis remontée dans un état de panique démesurée, Ana était enfin arrivée.

Devant la porte de la maison, elle faillit s'évanouir, au bord de la syncope. Elle avait grimpé la colline dans un état frôlant l'hystérie, mais elle avait enfin atteint son but. Cela ne voulait pas dire que son fils était sauvé. Jean allait l'aider, il le fallait, il le devait. Mais il lui faudrait expliquer, exposer au grand jour ce qu'elle cachait depuis tant d'années.

Elle n'avait plus le choix. Après ce qu'elle avait entendu, impossible de reculer. La mort d'Irina menaçait de révéler au grand jour son plus grand secret.

Ana poussa la lourde porte et entra dans la maison à la fraîcheur glaciale. Voilà qu'elle grelottait. Ses dents s'entrechoquaient et son corps entier tremblait.

Un silence de mort régnait toujours dans la maison et elle se demanda si son mari était enfin rentré. La porte n'était pas verrouillée mais elle était incapable de se souvenir si elle l'avait bien fermée en partant. *Qu'importe, il y a plus urgent, trouver Jean !*

Elle traversa le salon, raide comme un automate, et trouva son mari dans la cuisine, la cafetière à la main. Sans même la regarder, il continua de s'affairer et se servit un grand bol de café avant d'enfin se soucier de son épouse :

— Je me demandais où tu étais passée. Tu es enfin sortie de ton lit, c'est bien…

— Jean…

Le ton de sa voix, sombre et tourmenté, sonnait comme un glas. Il leva lentement les yeux sur sa femme et découvrit son fantôme. Blanche comme un linge, trempée de sueur, les cheveux collants et emmêlés, elle semblait en proie à un terrible cauchemar. Les deux imposants sacs en plastique qu'elle portait à bout de bras s'écrasèrent par terre avec fracas, tandis que de grosses larmes remplissaient ses yeux, et inondaient bientôt ses joues.

Un sentiment de malaise assaillit Jean. C'était comme une petite piqûre, un caillou dans sa chaussure, un grain de sable dans les rouages. Quelque chose allait arriver. Il ne savait pas quoi, mais il avait la certitude que cela changerait tout.

— Voyons, Ana, regarde dans quel état tu es. Viens, et raconte-moi ce qui t'arrive. Tu es triste à cause de Yannis, c'est ça ? Je te l'ai dit, c'est certainement une erreur, il faut vraiment que tu apprennes à contrôler tes émotions. Tu es descendue sur le port, c'est ça ??

Il l'entraîna doucement vers le salon avant de l'aider à s'asseoir sur le canapé. Les larmes ne cessaient de couler sur le visage d'Ana et elle sanglotait tout en reniflant bruyamment. Elle aurait voulu se blottir dans ses bras, pleurer sur son épaule, vider son sac, tout lui avouer. Mais elle ne pouvait franchir cette barrière de mensonges qui s'était dressée entre eux depuis tant d'années.

Le visage de son fils refit surface, et elle sut qu'elle devrait affronter son mari si elle voulait sauver Dimitri. Elle reprit donc ses esprits et essuya ses joues d'un revers de main. Elle renifla un bon coup et, le corps tendu, les mains tremblantes, elle parla.

— Je crois que c'est Dimitri qui a tué Irina.

Elle s'était attendue à tout, sauf à entendre son mari éclater de rire. Un rire qu'elle ne lui connaissait pas et qui la glaça.

— Voyons, Ana…

Elle ne supporta soudain plus ce ton si condescendant qu'il employait toujours à son égard. Pourquoi ne la prenait-il jamais au sérieux ?

Il se leva du canapé et regardait sa femme avec pitié.

— Qu'est-ce que tu me racontes là ? C'est insensé, voyons !

Il hésita.

— Tu as entendu parler de quelque chose ?

Elle hocha la tête.

— Ce n'est pas Yannis le coupable. La police s'est trompée, ils ont une autre piste.

— C'est vrai ?

Il semblait à la fois soulagé et confus.

— Répète-moi ce que tu as entendu.

Ana déglutit difficilement.

— J'étais à la pharmacie et j'ai entendu Panaïota discuter avec la femme du boucher. Elle disait que la police s'était trompée, que ce n'était pas l'ADN de Yannis qu'ils avaient retrouvé.

— Alors nous devons nous réjouir, s'exclama Jean. Yannis va être libéré, je te l'avais dit.

Ana continuait de trembler comme une feuille et Jean rebondit :

— Mais pourquoi racontes-tu donc ces sornettes sur Dimitri ? Tu veux qu'on ait des ennuis ?

Ana secoua la tête.

— C'est tout ?

Elle hésita, et secoua de nouveau la tête. Elle pouvait reculer tant qu'elle voulait, la vérité finirait par éclater. Ils devaient impérativement prendre le prochain bateau et rien ne les en empêcherait, même pas son plus gros secret.

— J'ai compris que l'ADN retrouvé est celui du fils de Yannis.

Jean sembla vaciller, puis se rassit lourdement aux côtés de sa femme, sans un mot.

— Tu as dû mal comprendre, c'est impossible, Yannis n'a pas de fils... Tu es vraiment sûre de ce que tu as entendu ?

— Oui, souffla-t-elle à regret.

Son mari sembla soudain plongé dans une réflexion intense. Les sourcils froncés, le regard perdu dans le vide, silencieux.

— Mais alors, pourquoi diable dis-tu que c'est Dimitri

qui a tué cette pauvre fille ? Ça n'a aucun sens, Ana... Ana ?

Le moment était arrivé. Celui qu'elle redoutait tant.

— Parce que c'est son fils.

Elle avait parlé vite, débitant les mots comme les balles d'une mitraillette. Mais Jean la regardait fixement, impassible. Il ne semblait pas comprendre.

— Comment ça, son fils ?

Le courage la quitta soudain. Jamais elle n'y arriverait. Elle adopta une autre tactique :

— C'est le fils de Yannis qui a tué Irina.

La réaction qu'elle attendait n'arriva pas. Elle osa le regarder, cherchant à déchiffrer les expressions de son visage, le langage de son corps. Il semblait tourmenté, le visage crispé, les poings serrés ; une veine battait dans son cou, vite, très vite. Pourtant, elle ne décelait aucune colère en lui. Elle attendit.

— Tu es certaine d'avoir entendu que c'était son fils ? Sa voix était dure, presque agressive, elle se tendit.

— Oui. Je te le répète. C'est pour ça qu'ils se sont trompés et qu'ils ont d'abord cru que c'était Yannis.

Jean se leva d'un bond et se mit à arpenter la pièce comme un animal pris au piège. Elle ne comprenait pas vraiment sa réaction, et n'était pas certaine qu'il ait bien compris où elle voulait en venir. Elle attendit encore, le laissant revenir vers elle. Le temps pressait, mais elle ne voulait pas le bousculer plus que ça. Elle avait besoin de lui pour l'aider à fuir avec Dimitri.

Lorsqu'il se mit à marmonner, l'inquiétude la gagna. Ce comportement était inhabituel.

Il s'arrêta net, la dévisagea, les yeux soudain grands ouverts sur la vérité.

— Je répète ma question. Si c'est le fils de Yannis qui a tué Irina, pourquoi penses-tu, toi, que c'est Dimitri qui l'a tuée ?

Elle plongea ses yeux dans les siens, le suppliant

tacitement de ne pas l'obliger à prononcer ces mots, de ne pas confesser sa trahison.

Un éclair passa sur son visage et, comme frappé par la foudre, il bondit en arrière.

Elle le vit soudain devenir comme fou. Son visage se déforma, il marmonnait des choses incompréhensibles. Puis son discours se fit plus audible :

— C'est lui que j'aurais dû tuer. Oui, c'est lui que j'aurais dû tuer, pas elle… Et j'aurais dû le faire depuis longtemps.

Elle n'y comprenait rien. Fou, il était devenu fou. Confus, du moins, le choc peut-être.

— Et toi ! Espèce de… de salope ! Tu me l'as volé, hein, tu m'as volé mon père ! Tu veux détruire notre famille, c'est ça ? Mais je ne te laisserai pas faire, ça non !

Les yeux exorbités, il hurlait, postillonnait, la bouche tordue, monstrueux. Il se jeta sur elle, l'entravant sur le canapé, pesant de tout son poids sur son corps. Elle ne pouvait plus bouger. Il glissa ses doigts autour de son cou. Elle pouvait sentir ses veines battre dans les paumes de ses mains.

— Je dois te tuer, je dois te tuer…

Ana ne comprenait rien à ce qu'il racontait, mais une chose était sûre : son mari allait la tuer. Son mari irait en prison, tout comme son fils qu'elle avait été incapable de protéger.

Elle sentait son corps se vider. Elle ferma les yeux pour ne plus voir ce visage difforme, mais pour voir le doux sourire de ses enfants. Elle les revit, assis les pieds dans l'eau, leur petit chapeau de paille sur la tête, pataugeant joyeusement dans l'eau claire et transparente d'une plage de sable fin. Petit à petit, l'image devint floue.

Avec son dernier souffle, il lui sembla expier tous ses péchés. Elle était enfin libre.

Je t’aime et je t’ai toujours aimé, quand on aime ainsi une personne, on l’aime telle qu’elle est et non telle qu’on la voudrait.
Léon Tolstoï, *Anna Karénine*

25

Tout était blanc. Blanc et collant. Elle se sentait engluée, molle et incapable de bouger. Ses yeux brûlaient lorsqu’elle les entrouvrait, mais elle luttait quand même pour les ouvrir en grand. Elle était persuadée d’entendre Babouchka lui parler. Rêvait-elle ? Les voix se mélangeaient, les langues aussi, elle était tiraillée, tout tanguait. Elle avait la nausée.

Soudain un sursaut l’extirpa des forces qui la retenaient prisonnière, et de ses grands yeux vides aux pupilles dilatées, elle observa, apeurée, tout ce qui l’entourait. Des appareils qui bipaient, des tuyaux qui gouttaient, elle n’eut aucun doute sur l’endroit où elle se trouvait. Mais pourquoi ?

Elle se concentrait, difficilement, la tête aussi lourde qu’une enclume.

Dimitri, elle se souvenait de Dimitri. *Où est Dimitri ?*

Incapable de bouger ou de parler, elle luttait pour faire fonctionner son cerveau, seul organe qui semblait vouloir répondre. Elle cherchait, fouillait dans sa mémoire, pour se souvenir, pour comprendre.

Elle se souvint du voyage en bateau et de l’arrivée sur l’île, de sa maison aux volets bleus, des galets chauds et de la douceur de l’eau sur sa peau. Ses enfants souriants et bronzés, dévorant une pizza. Mais où était Jean ? Le fil de ses souvenirs s’échappait et elle lutta pour le rattraper. Elle se trouvait maintenant à *L’Apollon* et le visage de Yannis lui apparut, souriant, puis soudainement remplacé par celui de Jean, monstrueux. Il se transformait en une gueule énorme et effrayante dans laquelle Dimitri semblait être avalé. Elle voulait hurler et se débattre mais elle n'eut qu'à rouvrir les yeux pour découvrir un visage rassurant.

Une jeune femme aux cheveux bruns et aux joues rondes lui tenait fermement la main. Elle était vêtue de blanc et chuchotait en grec :

— Doucement, doucement, tout va bien maintenant.

— Dimitri, Dimitri, murmurait-elle, priant pour que la jeune femme l'entende et la comprenne.

— Quelqu'un va venir vous voir, d'accord ? Mais je dois d'abord avertir le médecin que vous êtes réveillée.

Sa voix était douce et Ana se sentit rassurée. Elle cligna des yeux et essaya de se détendre.

Un moment plus tard elle découvrit un nouveau visage, moins doux, mais tout aussi rassurant. Cela tenait peut-être à l'uniforme bleu brodé d'écussons que portait la jeune femme dont le visage, tiré par une longue queue-de-cheval, s'habillait de grands yeux noirs dessinés au liner.

— Madame Marsan ?

L'officière parlait français avec un accent des plus charmants. Ana cligna des yeux.

— Je m'appelle Pénélope et je suis l'agent chargée de votre sécurité. Ma mère est française et je parle parfaitement votre langue, c'est pourquoi j'ai été choisie pour assurer votre sécurité.

Sa sécurité ? Elle allait demander de quoi il s'agissait lorsque l'image de Dimitri s'imposa de nouveau.

— Dimitri ? Mon fils...

Elle avait murmuré dans un gargouillis et la douleur la fit grimacer.

— Vos enfants vont très bien, ne vous en faites pas. Ils sont à l'hôtel pour le moment et...

— Dimitri ? Dimitri est à l'hôtel ?

Les mots luttaient au bord de ses lèvres tandis que sa gorge meurtrie refusait de coopérer.

— Oui, Dimitri et Sophie sont à l'hôtel. L'ambassade les a pris en charge, ils ont demandé à rester ici pour le moment.

— Ici ?

— Oui, ici, à Volos.

Ana semblait perdue.

— Je peux vous appeler Ana ?

Elle acquiesça.

— Bien. De quoi vous souvenez-vous, Ana ?

— Dimitri. Je suis inquiète pour Dimitri, j'ai peur qu'il aille en prison…

Elle hoqueta, incapable de pleurer.

— Vous confondez, Ana. Je suis désolée mais c'est votre mari, Jean, qui est en prison.

Ana s'agita.

— Jean, en prison ? Non, c'est impossible, c'est Yannis qui est en prison…

Tout se mélangeait dans sa tête, et des souvenirs qu'elle cherchait à refouler l'assaillaient.

— Ana, quelle est la dernière chose dont vous vous souvenez ?

L'officière avait avancé une chaise près du lit et s'était assise à son chevet. Sa main était chaude lorsqu'elle saisit la sienne, et Ana, qui n'aimait pas les familiarités, se laissa pourtant gagner par ce contact sécurisant. Elle ferma les yeux pour mieux se concentrer.

Elle se souvint de sa course folle dans les collines, de son besoin impérieux de sauver Dimitri. Elle poussait de nouveau la porte de la maison aux volets bleus. Jean, Jean était là, devant elle, puis soudain sur elle, lourd, étouffant, le visage déformé.

— Jean ! Jean ! cria-t-elle.

— Calmez-vous, Ana, ouvrez les yeux, je suis là.

La lumière de la chambre suffit à l'apaiser. Elle n'était plus en danger.

— Jean, je crois que Jean me voulait du mal.

L'officière hocha la tête.

— Ana, je vais vous demander d'être forte. D'accord ? Votre mari a tenté de vous étrangler et c'est un voisin qui vous a sauvée.

Muette, Ana encaissait le coup. C'était impossible, Jean ne lui aurait jamais fait le moindre mal. Mais lorsqu'elle ferma les yeux, elle revit nettement la scène à laquelle elle tentait d'échapper.

— Quel voisin ? demanda-t-elle difficilement.

— Je crois qu'il s'appelle Kostas.

— Kostas ? Vous êtes certaine ?

Ana ne pouvait imaginer le brave Kostas en sauveur.

— Oui. Il raconte qu'il vous a vue traverser le village, et que votre comportement l'a inquiété. Il vous a suivie, et comme la porte était restée ouverte il a entendu une dispute éclater. Il est entré et vous a trouvée aux mains de votre mari. Il l'a assommé avec une chaise puis vous a réanimée. Sans son intervention, vous ne seriez pas là aujourd'hui.

Ana peinait à croire ce qu'on lui racontait. Elle se débattait avec cette vérité qu'on voulait lui imposer mais qu'elle refusait d'entendre. La pauvre femme n'était pourtant pas au bout de ses peines.

— C'est pour ça que Jean est en prison ?

Silence.

— Et si je ne porte pas plainte ? On pourra tous rentrer à la maison ? continua-t-elle.

La policière ouvrait de grands yeux.

— C'est un peu plus compliqué que ça, Ana... L'avocat de votre mari voudrait vous voir.

— Mes enfants ! Je veux voir mes enfants !

Elle s'agitait et Pénélope estima qu'elle en avait assez dit. La Française devait se reposer. Elle sonna l'infirmière avant de rassurer Ana : elle pourrait voir ses enfants dès que cela serait possible.

Alors que l'infirmière entrait, l'officière s'approcha, et

les deux jeunes femmes s'isolèrent pour discuter sans être entendues.

— Elle t'a parlé ? demanda Marinela.

— Oui, elle est secouée mais elle semble n'avoir aucune séquelle… C'est une bonne nouvelle pour l'enquête, mais pour elle, la vérité va être dure à avaler.

L'infirmière frémit à cette pensée et Pénélope posa une main affectueuse sur son épaule avant de reprendre :

— En tout cas, merci de m'avoir laissée la voir avant la visite du médecin. Je reviendrai cette après-midi avec l'avocat du mari. Andreas est dans le couloir, c'est lui qui va me remplacer. L'affaire s'ébruite et il y a des journalistes partout. Personne ne doit entrer dans cette chambre…

Marinela hocha la tête. Toute l'équipe soignante avait reçu des instructions.

— Pas de problème, j'étais contente de pouvoir t'aider, mais pas un mot, même à tes parents. Je risque ma place, tu sais…

— Ne t'inquiète pas, sourit Pénélope avant d'étreindre amicalement sa cousine, je serai muette comme une tombe !

Marinela n'en doutait pas. Sa cousine était une personne de confiance et elle regrettait de ne plus la voir aussi souvent qu'avant. Autrefois, les deux fillettes passaient tout leur temps ensemble ; elles se ressemblaient comme deux gouttes d'eau et on les prenait souvent pour des sœurs.

En voyant Pénélope sortir de la chambre, elle eut un léger pincement au cœur, et puis la porte se referma et son attention se reporta sur Ana. Instantanément, ses états d'âme s'envolèrent, elle avait plus important à faire.

Marinela avait l'habitude de voir des patients à la vie brisée, mais il y avait des situations plus délicates que d'autres.

Pauvre femme…, pensa-t-elle, avant de se reprendre

et de s'atteler au protocole de soins habituel tout en observant attentivement le visage de la Française.

Elle lui enviait ses cheveux blonds, son teint doré ; et les yeux clairs qu'elle avait entraperçus avaient dû faire chavirer plus d'un cœur. L'infirmière s'apprêtait à quitter son chevet lorsque la porte s'ouvrit sur le médecin chef du service. Elle trembla. Dans l'effervescence ambiante, personne n'avait dû voir sa cousine se glisser dans la chambre ; elle ne craignait donc rien. Pourtant ses joues s'empourprèrent, et elle bégaya un bonjour des plus coupables.

Les consignes étaient très claires, personne ne devait interroger la patiente avant le feu vert du médecin. Elle avait enfreint les ordres, mettant sa carrière en danger, ainsi que la santé de sa patiente. Elle avait pourtant commencé par vouloir prévenir ses supérieurs, mais le chef de service avait été appelé en urgence au moment du réveil d'Ana, et Pénélope traînait dans le couloir depuis plusieurs heures, à l'affût du moindre mouvement. Cette affaire semblait lui tenir très à cœur et Marinela avait voulu lui faire une faveur. Elle avait donc fait entrer sa cousine, missionnée pour surveiller la Française. La policière voulait surtout s'assurer que la patiente pourrait témoigner et enfin faire avancer l'enquête. *Rien de bien méchant*, se rassura-t-elle.

Elle redressa donc la tête et les épaules, planta ses yeux dans ceux du chef de service qui l'abreuvait déjà de questions, et respira avant de lui répondre avec calme et professionnalisme.

★

Ana flottait dans un océan de coton, loin de ses démons, anciens comme nouveaux. Les sédatifs avaient parfois du bon. Elle ne ressentait ni tristesse, ni colère, ni inquiétude. En fait, elle ne ressentait plus rien du tout. Privée de ses émotions, elle n'était plus vraiment elle-même, mais n'était-ce finalement pas mieux ainsi ?

L'avocat de Jean lui avait rendu visite un peu plus tôt et elle n'avait pas supporté d'entendre toutes les sornettes qu'il avait voulu faire entrer dans sa tête. Tout s'était alors précipité, mélangé, et incapable de discerner le faux du vrai, elle avait disjoncté. Par sécurité, il avait été décidé de lui administrer un calmant, et les médicaments avaient rapidement instauré la distance nécessaire entre sa raison et ses sentiments. Ana ferma les yeux. Le visage de Macha se matérialisa et elle se souvint de ce soir d'ivresse, celui de son dix-huitième anniversaire, la dernière fois qu'elle vit le sourire le plus maternel qu'elle ait jamais connu. L'instant suivant, elle dormait profondément.

Lorsqu'elle rouvrit les yeux, quelques heures plus tard, elle découvrit la jeune policière brune endormie sur un fauteuil près de son lit. C'était elle, qui, la veille, avait accompagné ce satané avocat et sa présence réveilla de douloureux souvenirs chez Ana qui recommença à s'agiter. Tirée de son repos par des plaintes inquiètes, Pénélope sursauta, l'esprit gourd, honteuse de s'être ainsi assoupie.

Dans son lit, la Française se débattait et ses grands yeux apeurés la dévisageaient avec effroi. La jeune Grecque culpabilisait terriblement d'être la source de ses tourments mais elle espérait cette fois réussir à l'apaiser.

Elle s'approcha donc timidement du lit en murmurant, rassurante :

— Ana, Ana, je vous en prie, vous devez m'écouter.

Mais Ana secouait la tête avec la ferme intention d'échapper à cette messagère des Enfers.

— Non ! Non ! Laissez-moi tranquille !

La Française se débattait de plus en plus et Pénélope, bien décidée à jouer son ultime carte, celle sur laquelle

elle comptait pour convaincre Ana de témoigner, tenta sa chance :

— Dimitri, c'est votre fils Dimitri qui m'envoie.

Ana se figea et Pénélope sut qu'elle était sur la bonne voie. Son fils était la clef pour l'amadouer.

— J'ai vu Dimitri et Sophie hier. Je sais que vous aimeriez beaucoup les voir et eux aussi. Mais c'est impossible. Nous vous avons expliqué que votre statut de témoin...

— Mes enfants, je veux mes enfants, gémissait Ana.

Pénélope devait reculer. Dès qu'elle abordait le sujet qui fâche, la Française perdait pied.

— Soyez rassurée, vos enfants sont en sécurité et entre de bonnes mains. Votre gouvernante est arrivée hier soir et...

— Macha ? Macha est là ?

— Oui... les enfants l'ont appelée et elle a pris le premier avion...

Pénélope croyait se souvenir que la nurse se prénommait Griselda mais les nounous portaient bien souvent des tas de petits noms, alors pourquoi pas Macha.

L'information sembla étonner et rassurer Ana qui ouvrit de grands yeux ronds avant de déclarer :

— Macha, Macha est avec les enfants...

Pénélope continua :

— Dimitri vous a écrit, Ana. Comme il ne peut pas vous téléphoner, ni vous visiter, il a demandé à vous écrire.

Ana hocha la tête, les yeux brillants d'une soudaine attente.

Pénélope marchait sur des œufs. Le statut de témoin de la Française était capital dans cette enquête et, au vu des circonstances, le procureur avait ordonné son isolement. La jeune officière comprenait combien il devait être difficile pour cette mère de ne pouvoir voir ses enfants, surtout dans ces conditions.

Elle sortit donc de sa poche une enveloppe froissée dont elle retira un carré de papier plié avec soin.

Elle en connaissait déjà le contenu et se sentait un peu gênée d'avoir violé cette intimité, celle d'une lettre d'un fils à sa mère. Mais elle n'avait pas eu le choix, ses supérieurs avaient exigé un contrôle total sur cet échange, et son embarras était amplifié par la stratégie que représentait en réalité cette missive.

Ana tendit une main tremblante et Pénélope y glissa la feuille de papier.

— Laissez-moi, je vous prie.

Le ton était dur, le regard aussi. Cette simple lettre ramenait Ana au présent, à la nécessité de se battre, pour ses enfants.

Pénélope sourit, satisfaite, avant de quitter la chambre un peu à regret. C'était la réaction qu'elle attendait mais elle aurait espéré pouvoir rester, rebondir et convaincre Ana d'accepter cette confrontation.

> *Maman,*
>
> *Tout va bien pour Sophie et moi, nous sommes en sécurité, ne t'inquiète surtout pas pour nous.*
>
> *Tu dois t'accrocher, Maman. Tu dois faire ce qu'on te dit et après on pourra enfin rentrer, ensemble. Nous sommes une famille et une nouvelle vie nous attend.*
>
> *On peut tout pardonner, Maman, tout...*
>
> *Je t'aime et j'attends ton retour avec impatience.*
>
> *Mitia*

Dimitri l'attendait. Il allait bien et il l'attendait. Et il l'aimait, malgré tout.

Elle devait sortir de là. Sortir de là et rejoindre ses enfants. Et pour ça, elle n'avait pas d'autre choix : elle devait accepter de faire ce qu'on attendait d'elle, affronter la vérité et ne pas sombrer.

Le message de Dimitri était très clair, il lui pardonnait. Elle relut attentivement les mots choisis : on peut tout pardonner. Il lui pardonnait, sa naissance, son égoïsme, tout.

Ses doigts caressaient le papier avec tendresse, comme s'il était un prolongement de ses enfants.

Oui, sa décision était prise, elle devait être forte, pour eux. Impossible de les abandonner à leur sort, comme sa propre mère l'avait fait avec elle. Poussée par une force et un optimisme qu'elle ne se connaissait pas, elle sonna l'infirmière qui ne tarda pas à entrer, la policière dans ses pas.

— C'est d'accord, dit-elle en français. Je vais faire ce que vous me demandez. Mais je veux la garantie de voir mes enfants immédiatement après.

— Je m'y engage personnellement, déclara Pénélope, une main sur le cœur en guise de bonne foi. Je préviens Maître Alexandre et mes collègues et je reviens vous voir au plus vite.

Ana regarda les deux femmes sortir. Leur complicité sautait aux yeux, et elle se demanda ce qui pouvait bien les unir. Elle balaya ces considérations inutiles pour se focaliser sur l'essentiel, la confrontation qui l'attendait.

La veille, elle avait refusé d'écouter cet avocat aux cheveux gominés et à la cravate criarde, que Jean devait pourtant payer une fortune. Il avait visiblement demandé le meilleur avocat français du pays, et c'est ce charlot qu'on lui avait envoyé depuis Athènes.

Il n'était pas venu seul et Ana avait sans mal reconnu le crâne dégarni de Christos. Yannis avait apparemment loué ses services pour la défendre. De quoi se mêlait-il, s'était emportée Ana, soudain très remontée contre son amant grec.

La situation de Jean la rendait irritable et elle n'était pas du tout prête à entendre ce que les deux hommes de loi avaient à lui dire.

C'était impensable, il y avait forcément une erreur !

— Acceptez la confrontation, avait insisté Maître Alexandre. C'est le seul moyen pour vous de connaître la vérité. Monsieur Marsan a été très clair : il ne parlera qu'en votre présence. En tant qu'avocat, je me dois de me plier à sa volonté. Et il veut parler.

— C'est non !

Ana n'en démordait pas, elle refusait de participer à cette mascarade. Et lorsque l'avocat s'était fait plus insistant en mentionnant Irina, Ana avait perdu pied. C'en était plus qu'elle ne pouvait supporter.

Jean s'en était pris à elle, c'est vrai. Mais il avait ses raisons. Ce qu'elle lui avait avoué l'avait mis très en colère et jamais jusqu'ici il n'avait levé la main sur elle.

Il ne voulait pas lui faire de mal, elle en était certaine.

Mais « ça », cette chose dont on l'accusait, non, elle n'y croyait pas. Et elle refusait d'en être la complice. Rejeter cette confrontation, c'était un peu sa manière de tenir cette éventualité à distance : la possibilité que tout cela puisse être vrai…

Hier encore la situation la dépassait totalement et elle se sentait incapable de l'affronter. Mais aujourd'hui elle n'avait plus vraiment le choix. Il y avait ses enfants, et elle ne les abandonnerait pas. Sans eux, elle n'existait plus.

Pardonne-moi mes torts : je veux les expier à force d'amour.

Pierre Choderlos de Laclos,
Les Liaisons dangereuses

26

Ana sentait tous les regards braqués sur elle et regrettait déjà le choix de sa tenue. Mais c'était la robe que Jean préférait, la preuve qu'elle avait foi en lui. Les flashes crépitaient, la foule grossissait et elle sentit la pression autour d'elle devenir insoutenable. Le bruit, les cris, elle trébucha, mais Christos la serrait de très près et elle ne tomba pas. Il l'attrapa par le bras et avec fermeté l'aida à grimper les quelques marches qui conduisaient au commissariat. Ana luttait pour ne pas faiblir, elle sentait le poids de la culpabilité sur ses épaules, il pesait tant qu'elle arrivait péniblement à redresser les épaules.

Une fois à l'intérieur du bâtiment, tous se pressèrent autour d'elle, et elle ne vit rien de ce qui l'entourait. Les visages se multipliaient devant ses yeux et le vertige la gagna. Des mains se tendaient, les langues se mélangeaient, mais son corps, paralysé, ne bougeait pas.

Dans la confusion, Pénélope remarqua le regard vide et fuyant de la Française, et, bousculant tous ces phallocrates inflexibles, attrapa les deux mains froides ornées de pierres colorées. Elle planta ses yeux dans ceux d'Ana.

— Ana ! Ana ! appela-t-elle doucement. Vous êtes avec nous ?

Comme sortie d'un songe, Ana cligna des yeux et hocha la tête avant de murmurer :

— Allons-y, je suis prête.

L'officière acquiesça et la guida, sa main toujours glissée dans la sienne. Ce contact n'était pas pour lui déplaire, l'aura de la Française était telle qu'elle ressentait une certaine fierté de la confiance qu'elle lui accordait. Mais le regard de ses collègues gâchait ce moment et elle se redressa pour ne rien perdre de sa prestance. Elle avait vite compris que, dans ce milieu d'hommes, aucune faiblesse ne lui serait tolérée, et qu'au moindre faux pas elle se ferait écraser. Le trait de liner qu'elle dessinait chaque matin était une revendication, celle d'être à la fois flic et femme.

Devant la porte de la salle d'interrogatoire elle s'arrêta, lâchant avec soulagement la main de l'étrangère. Elle ne devait sa présence ici qu'à son statut d'interprète et, comme le lui avait demandé le lieutenant Delenikas, qui la pressait en fronçant les sourcils, elle s'adressa à Ana :

— Comme je vous l'ai dit, votre mari ne veut parler qu'en votre présence. Il explique n'avoir de comptes à rendre qu'à vous seule. Du fait de la situation inédite, le procureur a accepté. Si la confrontation est trop pénible ou si vous souhaitez tout arrêter, n'hésitez pas à le dire. Quoi qu'il en soit, je reste avec vous.

Le silence s'installa entre les deux femmes et le lieutenant Delenikas en profita pour s'imposer de sa longue main velue qu'Ana serra à contrecœur.

— Delenikas ! grogna-t-il.

L'homme, visiblement impatient, trépignait sur place. La barrière de la langue l'obligeait à rester en retrait et il n'était pas du genre à tenir le second rôle, d'autant que la pression sur ses épaules était grande après le désastre qu'avait été le début de cette enquête. Mais il en était désormais le responsable et le moins que l'on puisse dire, c'est qu'il avait hâte d'en finir. Le procureur ne cessait de le harceler, tout comme le cabinet du ministre des Affaires étrangères. Quant à la presse, elle devenait incontrôlable.

Il se caressa la moustache comme s'il réfléchissait à la meilleure manière d'aborder la Française.

— Merci d'avoir accepté cet... entretien, articula-t-il finalement en grec.

La beauté de la Française l'impressionnait, et il se sentit soudain tout étriqué et mal à l'aise devant l'élégance naturelle et le charisme de cette femme.

Quel gâchis..., pensa-t-il tandis qu'il lâchait à regret la main souple et douce qu'elle lui avait tendue.

S'engouffrant à son tour dans la brèche, l'avocat de Jean s'avança dans son costume impeccable de mauvais goût. Le nez d'Ana se retroussa instinctivement, comme incommodé par sa présence.

— Madame Marsan, commença-t-il en français, je suis vraiment ravi de vous voir et...

Christos, sans le laisser finir, s'interposa :

— Je crois que madame Marsan souhaiterait en finir au plus vite et retrouver ses enfants.

Surprise et soulagée, Ana acquiesça, reconsidérant soudain l'intérêt d'avoir un avocat. Réduit au silence, Maître Alexandre se contenta de toussoter en réajustant nerveusement sa cravate.

Ils se tenaient tous devant la porte d'une pièce vitrée aux stores tirés, et aucun d'entre eux ne semblait décidé à entrer. La tension était palpable, chacun se demandant où cet entretien allait les mener. Delenikas rendossa pourtant son rôle de supérieur et, la main sur la poignée, s'apprêtait à lancer les hostilités lorsqu'il fut interrompu par l'arrivée fracassante d'un gros bonhomme qu'Ana regarda avec dégoût.

— Désolé pour le retard, mais c'est le bordel dehors !

Delenikas fronça les sourcils, Christos soupira bruyamment et le regard qu'échangèrent Pénélope et Maître Alexandre en disait long.

L'homme ne sembla rien remarquer et souriait, satisfait, jusqu'à ce que ses yeux se posent sur Ana. La lumière libidineuse qui s'y alluma n'échappa à personne, pas plus que le sourire gras qui fendit son visage rond comme un ballon.

Il s'apprêtait à ouvrir de nouveau la bouche mais Pénélope ne lui en laissa pas le temps :

— On y va ? insista-t-elle en foudroyant son supérieur du regard et en se glissant, protectrice, entre la Française et le dernier venu.

Cet abruti de Vlaïkos avait commis assez d'impairs jusqu'ici et elle s'étonnait de le voir encore sur l'enquête. Mais il se murmurait dans la brigade que le procureur lui en devait une.

La porte s'ouvrit enfin et Ana dut se pondérer pour ne pas se précipiter à l'intérieur de la salle.

Elle entra donc avec une retenue feinte et découvrit, derrière une table en métal sombre et froid, le visage de Jean qui lui souriait. D'un sourire timide et triste, un peu loin de son flegme habituel, mais tellement plus sincère.

Un immense soulagement l'assaillit et ses jambes tremblèrent un peu sur ses talons, comme si elle venait juste d'échapper à une catastrophe.

C'était bien Jean. Son Jean. Loin de l'image monstrueuse qui n'avait pas quitté son esprit ces dernières heures. Comment avait-elle pu s'imaginer un instant qu'il lui avait vraiment voulu du mal ?

Elle respirait déjà mieux, mais le poids sur ses épaules n'en était pas moins lourd, la culpabilité toujours l'habitait.

On avança des chaises et on l'installa face à son mari.

Ils étaient bien trop nombreux dans cette pièce exiguë mais Ana n'en ressentit aucune gêne car, dès lors que ses yeux aimantèrent ceux de son mari, ce fut comme s'ils n'étaient plus que tous les deux, comme si le monde autour n'existait plus. Ils étaient de nouveau deux gamins délaissés qui, ensemble, faisaient front face à l'adversité.

Autour d'eux on parlait procédure, P-V d'audition,

on se chamaillait, chacune des parties voulant tourner cet entretien à son avantage.

— Ça suffit ! grogna Delenikas au milieu du brouhaha. Je vous rappelle que cette déposition est enregistrée et filmée. Tout ce que vous déclarerez pourra être utilisé durant votre procès.

Ana frémit à cette idée avant de vite la chasser de sa tête.

— Monsieur Marsan, reprit le lieutenant, vous avez demandé à vous exprimer concernant la tentative de meurtre sur votre épouse ici présente ainsi que sur le meurtre de mademoiselle Athanassiou.

Cette fois, Ana ne trembla pas, Jean saurait expliquer et elle saurait écouter. Elle espérait que tous auraient son bon sens.

Jean toussota et réajusta ses lunettes ; sa mèche tombait sur son front et Ana réprima l'envie de la remettre en place, tout comme le besoin soudain de le rassurer, de le protéger. Il avait l'air si las, si faible, lui qui avait toujours été le roc auquel elle s'accrochait dans la tempête qu'était souvent sa vie. Les rôles aujourd'hui s'inversaient.

— Je voudrais d'abord présenter mes excuses et mes remords les plus sincères à mon épouse. Je n'ai jamais voulu lui faire le moindre mal.

Jean semblait s'adresser à l'assemblée mais ses yeux ne quittaient pas les siens, et Ana savait que c'était à elle seule qu'était destiné son repentir.

Elle portait cette robe couleur corail qu'il affectionnait tant et cette idée même le rassurait. Elle ne l'avait pas choisie par hasard, Ana ne choisissait *jamais* ses tenues au hasard. Il se remémora un instant la jeune adolescente en jean délavé et tee-shirt extra-large qu'il avait épousée. Il avait aujourd'hui conscience de n'être en rien responsable de sa métamorphose et se demanda comment il avait pu être si aveugle, cet été-là, le premier qu'ils avaient passé sur l'île...

Le discours de Jean était celui d'un homme raisonnable et sincère, et Ana ne douta pas un instant de son honnêteté. Le reste de l'auditoire, en revanche, ne pouvait s'en contenter. Tous hochèrent donc la tête patiemment en attendant la suite. L'homme avait tout de même tenté d'étrangler sa femme, et bien pire encore.

— Ana, je te dois des explications mais j'ai surtout besoin que tu comprennes, tu le sais bien, toi, que je ne suis pas un monstre.

Le ton n'était pas enjôleur, il ne cherchait pas à la convaincre.

Oui, elle le savait, et, à la surprise générale, elle hocha la tête en souriant.

Rassuré, Jean se mit à parler, beaucoup, comme jamais, les mots se bousculaient, l'animaient, il semblait presque exalté de pouvoir enfin se libérer de son passé, de tout ce qu'il avait dissimulé.

— Ana, je t'ai menti, menti depuis le début. Enfin non, pas depuis le début, mais j'ai voulu te protéger, tu comprends… Tu avais déjà eu une vie difficile et je voulais que ta vie avec moi soit facile. Alors quand ma mère est morte je ne t'ai rien dit. J'ai voulu t'épargner le récit de son suicide, de la liste des comprimés qu'elle avait avalés, et de l'état dans lequel je l'ai retrouvée.

À la fois stupéfaite et touchée, Ana s'en voulut de n'avoir rien vu. Elle comprenait maintenant l'empressement de Jean à la tenir éloignée des obsèques de sa mère. Quelle égoïste elle faisait, Jean avait dû tant souffrir.

— Elle m'a laissé une lettre, tu sais.

Silence.

— Elle m'a révélé qui était mon père. Mais pas par remords ou bonté d'âme, non, mais pour que je la venge ! Sa lettre était pleine de haine et de mépris à son égard, au mien aussi. Elle m'exhortait à le retrouver et à lui faire payer sa misérable vie ! Elle m'a toujours considéré comme une erreur, un péché, c'était de sa faute à lui et de la mienne aussi.

La boule d'amertume qui grossissait dans sa gorge l'obligea à s'arrêter pour déglutir.

Autour d'eux, l'avocat français et la jeune officière traduisaient ses propos au reste de l'assemblée mais il ne les entendait pas. Tout ce qui comptait, c'était Ana. Il lui devait la vérité.

Patiente, elle attendait qu'il reprenne son récit, un sourire encourageant sur les lèvres. Elle tenait sa tête penchée sur le côté et ses grands yeux curieux l'observaient. Bon Dieu, qu'elle était belle ! Comment pouvait-elle rester aussi lumineuse dans toute cette noirceur ?

C'était une chose qui l'avait toujours fasciné. Elle avait ce pouvoir, celui de ne jamais se ternir, quelles que soient les circonstances. Elle brillait, telle une pierre précieuse que l'on extrayait d'une roche vulgaire et sombre. Oui, elle était sa plus belle pierre, la plus précieuse, la seule qu'il ait jamais vraiment possédée.

Un toussotement le ramena au présent. Tous attendaient et il reprit à contrecœur :

— Mon père avait séduit ma mère le temps d'un été. Il lui avait fait tout un tas de promesses et, naïvement, elle l'avait cru. Quand elle a découvert sa grossesse, il était trop tard, il était déjà reparti. Elle a bien essayé de lui écrire, mais ses lettres sont restées sans réponses.

Il hésita et ajouta :

— C'était un étranger. Elle n'a jamais su si ses lettres étaient bien arrivées et les années passant, elle a fini par délirer, persuadée qu'il lui avait menti, qu'il ne vivait pas là où il le prétendait. Elle l'imaginait parcourant la planète, semant des enfants à tout-va, bafouant et piétinant l'amour qu'elle lui avait voué, oubliant jusqu'à son souvenir.

Personne dans la salle ne broncha, tous attendaient suspendus à ses lèvres, même le lieutenant Vlaïkos qui pour une fois se tenait à carreau.

— Elle n'a jamais trouvé le courage de faire le voyage. De venir vérifier par elle-même. Je crois qu'elle a préféré se cacher derrière sa colère et ses désillusions plutôt que d'affronter la vérité sur mon père.

Ana ne s'habituait pas à entendre Jean prononcer ces mots qu'elle n'avait jamais entendus ni dans sa bouche ni dans la sienne : « mon père ». Pourquoi lui avoir caché qu'il connaissait son père ? Une curieuse sensation la chatouillait mais elle la repoussa, trop absorbée par le récit de Jean qui toussota comme soudain mal à l'aise avant de préciser :

— C'est comme ça que nous sommes arrivés sur l'île.

L'attention de l'assemblée redoubla, tandis que celle d'Ana s'essouffla. Elle était perdue. Avait-elle raté un épisode ? Quel était le rapport entre le père de Jean et leurs vacances sur l'île ?

Son affolement n'échappa pas à son mari qui se mit à douter du bien-fondé de cette confession. Devait-il vraiment lui imposer ça ? Il pouvait encore renoncer, changer d'avis, et se confier seulement aux enquêteurs...

Mais il y aurait un procès, Ana serait certainement appelée à témoigner et c'était bien ce qu'il redoutait. Il avait donc négocié par le biais de son avocat avec le procureur : ses aveux complets en présence d'Ana, avec la promesse qu'elle serait tenue éloignée de son jugement.

Il était prévu qu'elle reprenne l'avion le soir même pour la France et qu'elle ne remette plus les pieds dans ce maudit pays. C'était la meilleure chose à faire pour elle et les enfants.

Les enfants... À cette pensée, il se crispa.

— Monsieur Marsan ?

Son avocat lui enjoignait de continuer.

Il inspira et se lança, comme on se jette dans le vide, sans rien savoir de l'atterrissage.

— Mon père est grec, Ana, et alors que ma mère s'est torturé l'esprit toute sa vie pour savoir s'il lui avait menti, il m'a suffi d'ouvrir un guide touristique pour connaître la vérité. Je cherchais juste à me renseigner sur cette île, celle que ma mère m'avait indiquée. Et j'ai trouvé son nom, inscrit en toutes lettres dans la rubrique « Où manger ? ». Trouver un restaurateur grec qui parle couramment français sur une petite île perdue de la Méditerranée était assez insolite pour être mentionné et recommandé.

Le monde s'arrêta de tourner mais Jean continua de parler :

— C'est Yannis, Ana. Yannis est mon père. Je suis désolé...

Un bourdonnement se mit à résonner à ses oreilles. Ana ferma les yeux, elle voulait disparaître. Ne pas comprendre, ne pas savoir, oublier ce qu'elle venait d'entendre. Mais les anxiolytiques qu'on lui avait fait avaler l'empêchaient de basculer, elle ne pouvait plus se retirer dans son palais : les portes étaient fermées à clef, elle devait affronter la réalité.

— Un verre d'eau pour mon épouse, s'il vous plaît !

La voix de Jean était comme un coup d'épée, elle ne voulait plus l'entendre, c'était trop douloureux.

Au ralenti, les pièces s'assemblaient dans son esprit et la terrible vérité lui apparaissait. Comment était-ce possible ? Comment le sort pouvait-il s'acharner ainsi ? Qu'avait-elle fait pour mériter ça ?

On déposa quelque chose sur la table et Ana ouvrit les yeux sur un verre d'eau qu'elle choisit de ne plus quitter du regard. Pouvait-elle encore affronter Jean alors qu'elle avait entretenu une relation avec son père biologique et qu'il lui avait donné un enfant ?

Dimitri ! Son cœur se serra si fort qu'elle en eut la nausée.

Ana n'était plus avec eux, Jean le savait et il devait trouver comment la ramener, comment l'aider à se relever.

Il allait l'interpeller quand le lieutenant Delenikas décida de prendre les choses en main. Il avait beaucoup de questions et il lui fallait des réponses. Jean parlait grec couramment, il s'adressa donc directement à lui :

— Vous êtes donc le fils biologique de monsieur Yannis Alexiou ?

Jean hocha la tête.

— Monsieur Alexiou était-il au courant ?

— Non. Personne n'était au courant…

— Maintenant, en tout cas, il le sait !

La voix narquoise de Vlaïkos lui siffla aux oreilles et Jean serra les dents.

Il avait tant de fois voulu se confier à Yannis et tout lui raconter. Mais il avait craint de voir le si fragile équilibre qu'il avait créé voler en éclats. Peur que Yannis ne le rejette, peur de perdre celui qu'il avait attendu toute son enfance.

Il ne pouvait pas dire si le Grec correspondait ou non à ce qu'il attendait… Les mots de sa mère avaient été terribles à son encontre, mais il la savait aigrie et rancunière. L'homme qu'il avait découvert en arrivant sur l'île la première fois était accueillant et très sympathique, Jean avait vite compris que Yannis était marié à son île, qu'il ne pouvait l'abandonner, vivre loin d'elle. Ces quelques mois passés en France n'avaient été qu'une parenthèse, mais il n'avait jamais songé à s'y installer. Peut-être que s'il avait su qu'Agnès attendait un enfant, les choses auraient été différentes… Mais il n'en avait jamais rien su. Agnès était belle, ils étaient jeunes, c'était l'été et la réputation de Yannis avec les femmes n'était plus à faire.

Jean posa son regard sur Ana. Même avec ce qu'il avait appris, il ne lui en voulait pas, il ne *leur* en voulait pas. Tout était de sa faute, il était l'unique coupable et lui seul devait payer.

Vlaïkos reprit la parole.

— Pouvez-vous nous expliquer ce qu'il s'est passé la nuit du 10 juillet ?

Jean déglutit.

— Je sais que cela n'excuse rien, mais j'avais passé une très mauvaise journée...

L'image de Dimitri, qu'il avait surpris dans les bras d'un homme, nus sur une plage, s'imprima de nouveau sur sa rétine. Rien n'y faisait, il ne parvenait à s'en défaire, mais ce n'était pas la pire à le hanter.

L'homosexualité ne faisait pas partie des plans qu'il avait élaborés pour ses enfants. Il les envisageait brillants et accomplis, lisses et parfaits comme il pensait l'être lui-même. C'était pour lui un gage de réussite et l'homosexualité ne figurait pas au tableau. Et puis cela lui renvoyait un sentiment d'échec, en tant que père, il était forcément responsable. Du moins le croyait-il encore à ce moment-là.

— Continuez...

— J'étais contrarié depuis notre arrivée et je n'arrivais pas à dormir. Comprenez que je venais d'apprendre que Yannis allait avoir un enfant... C'était difficile pour moi, je ne savais pas trop comment me positionner face à tout ça...

Et c'était vrai, l'annonce de Yannis lui avait fait l'effet d'une bombe, bousculant toutes ses convictions, tous ses repères. Mais le pire restait à venir.

— Il m'arrivait souvent de prendre le Zodiac la nuit, c'était apaisant de faire le tour de l'île. J'avais un peu l'impression de l'avoir juste pour moi...

— Donc ce soir-là vous avez pris le bateau ?

— Oui. Je n'avais pas vraiment d'idée en tête et puis j'ai soudain eu très envie de voir à quoi elle ressemblait...

— Mademoiselle Athanassiou ?

— Oui. Yannis allait l'épouser, j'étais curieux... et j'ai pensé que la voir me permettrait de mieux comprendre ce que je ressentais.

Le regard plongé dans l'eau du verre posé sur la table, Ana écoutait. Son cerveau bouillonnait. Allait-il vraiment avouer ce qu'elle se refusait de croire ?

— Que s'est-il passé ?

— J'ai amarré le canot avant l'entrée du port et je me suis faufilé dans les rochers. Il faisait noir et je ne savais pas bien ce que je verrais, mais la curiosité était trop forte. J'étais à quelques mètres du bateau quand je l'ai vue sortir sur le pont et allumer une cigarette, puis deux… Elle faisait les cent pas.

— Qu'avez-vous fait ?

Silence.

— Je me suis approché un peu plus. Quelque chose ne tournait pas rond et j'étais comme attiré. Je devais comprendre ce qu'il se passait…

— Et ?

— Elle a passé un coup de fil…

C'était le moment où il devait expliquer, expliquer un geste insensé :

— Je l'ai distinctement entendu dire qu'elle n'était pas enceinte et que Yannis ne devait rien apprendre ! Tout s'est bousculé dans ma tête et les choses me sont apparues très nettement. Je connais cette île sur le bout des doigts, chaque parcelle, chaque crique ! J'ai étudié les cartes, les cadastres, je sais que Yannis possède une bonne partie de l'île et j'ai compris ! Compris ce qu'elle manigançait !

Il revivait la scène, la colère montait…

— Vous avez donc tué mademoiselle Athanassiou parce qu'elle voulait spolier votre père ?

Les mots tombèrent comme un couperet. Il avait tué Irina. Ana n'en revenait pas. Ils ne lui avaient pas menti. Cela expliquait tout ! Pourquoi l'ADN du fils de Yannis s'était retrouvé sur les lieux du crime. Ce n'était pas Dimitri, c'était Jean !

Elle sursauta quand deux mains agrippèrent les siennes. Jean avait pourtant interdiction de la toucher, mais il devait saisir sa chance pour qu'elle le comprenne.

— Ana ! Ana, regarde-moi !

Elle agita la tête en signe de refus.

— Ana, tu dois m'écouter, tu dois comprendre. Ce n'est pas ce qui s'est passé !

— Que s'est-il passé alors, monsieur Marsan ?

— Elle l'a menacée ! Elle a menacé Ana ! Elle parlait d'une « putain de Française » qui couchait avec Yannis ! Au début, j'ai cru qu'elle parlait de ma mère et puis j'ai compris, j'ai compris qu'elle parlait d'Ana. Elle avait l'air si déterminée, si mauvaise, elle piétinait tout ce qui comptait à mes yeux sur cette terre. Ses mots dans sa bouche étaient si durs que je l'ai fait taire. Je l'ai étranglée pour ne plus l'entendre cracher son venin.

Sonnée, Ana redressa pourtant les yeux, puis la tête. Jean l'observait avec attention. Il tenait toujours ses mains dans les siennes et jouait avec les bagues qu'elle portait, qu'il lui avait offertes.

— Ana ? J'ai simplement voulu protéger notre famille. J'ai compris, tout compris...

Sa voix était douce, compatissante.

— Quand tu as essayé de m'expliquer pour Dimitri, c'est elle que j'ai vue, pas toi. Elle, voulant de nouveau détruire notre famille... J'étais encore sous le choc et je culpabilisais de l'arrestation de Yannis. Je ne te voulais aucun mal, tu es ce qui m'est le plus précieux sur cette terre.

Une larme roula sur la joue d'Ana.

Il continua :

— J'ai eu tout le temps de réfléchir ces derniers jours. J'ai été tellement égoïste... C'est moi qui t'ai emmenée sur cette île, qui t'ai délaissée, je comprends que tu te sois sentie si seule... J'ai été aveuglé par mon secret. Cet endroit comptait tant pour moi, cette île, ce sont mes racines, je me la suis appropriée à ma manière, c'était un peu ma récompense... Mais j'ai tout raté, Ana ! J'ai échoué avec toi, avec les enfants, avec mon père... Tout est de ma faute, je vous ai tous entraînés dans cette spirale infernale, je dois payer !

Ana acquiesça, elle comprenait. Mais surtout, lui aussi comprenait. Était-il possible qu'il puisse la pardonner si facilement de l'avoir trompé ? d'avoir eu un fils avec son père ? Comment le pouvait-il ?

La réponse s'imposa à elle comme une évidence. Il l'aimait. Depuis toujours. À sa façon, maladroitement, comme il pouvait, mais il l'aimait. Il l'avait toujours protégée, ils étaient une famille, la seule qu'ils aient jamais connue.

À cette pensée, elle sentit son cœur se gonfler et exploser d'amour. Comment avait-elle pu être aveugle si longtemps ? C'était lui ! C'était lui, sa grande histoire d'amour ! Celle qu'elle cherchait obstinément tandis qu'elle se trouvait là, simplement sous ses yeux. Il l'avait sauvée… Il était prêt à tout lui pardonner… Il avait tué pour elle ! S'il pouvait lui pardonner, elle pourrait en faire de même, assurément. Il ne l'avait jamais laissé tomber, à elle maintenant d'en faire autant.

Ana souleva la main qui tenait la sienne, l'étudiant sous tous les angles, comme si elle pouvait y lire la vérité. Puis, sous les regards ébahis, elle la porta à ses lèvres, cette main qui avait tué pour elle, et l'embrassa tendrement.

— Rien ne pourra nous séparer, Jean. Je suis ta femme, pour le meilleur comme pour le pire…

⋆

— Bah merde alors ! ne put s'empêcher d'exploser Vlaïkos, alors qu'ils se retrouvaient seuls après qu'Ana eut quitté le commissariat et que Jean eut regagné sa cellule.

— La femme est aussi tordue que le mari ! continua-t-il en agitant sa grosse main boudinée pour illustrer son propos.

Pénélope se retint de le gifler. Cet imbécile n'avait

visiblement rien compris aux circonstances du drame qui s'était dénoué sous leurs yeux. Elle avait d'ailleurs eu bien du mal à continuer de traduire leurs échanges tant ils étaient chargés en émotion. Plongée dans ce tourbillon de confidences, de non-dits, d'abnégation, de sacrifice même, elle n'avait pu retenir ses larmes, perdant la face devant ses collègues.

— Boucle-la, Vlaïkos !

Delenikas n'avait pas sa retenue. Passablement agacé par le mépris et l'incompétence de son collègue, il avait osé dire tout haut ce qu'elle pensait tout bas.

Le gros policier grimaça.

— C'est facile de jouer les héros quand tout t'est apporté sur un plateau… Je n'aurais pas donné cher de ta peau, là-bas, sur cette île de merdeux ! Sans ces maudites analyses ADN, on n'aurait eu que dalle ! Une famille étrangère au-dessus de tout soupçon, pas sûr que tu aurais misé le moindre centime sur eux. Et puis tu l'as vu ? Scientifique émérite, respecté par tous, sans lien apparent avec la victime… Comment je pouvais deviner ?

Delenikas n'avait que faire de ces jérémiades et justifications foireuses :

— Tu n'as aucune excuse, Vlaïkos. C'était justement ton boulot de trouver un lien, de creuser, d'enquêter ! Au lieu de ça, tu t'es acharné sur ce pauvre type ! Tu auras de la chance s'il ne te poursuit pas pour abus de pouvoir !

— C'était le coupable idéal, s'offusqua Vlaïkos, qui n'aimait pas du tout la tournure que prenait cette discussion. Il s'était déjà fait remonter les bretelles par le procureur mais il restait intouchable.

— Il avait un alibi ! hurla presque Delenikas qui ne supportait plus les ingérences de cet abruti que le procureur semblait protéger.

— Mais le légiste…

— Laisse le légiste où il est ! Tu n'en as fait qu'à ta

tête et tu n'en tires aucune leçon ! C'est dingue d'être aussi buté !

Delenikas s'emportait, tandis que Pénélope ouvrait de grands yeux, à la fois étonnés et admiratifs. Vlaïkos, lui, encaissait sans un mot. Son silence en disait long. Il pourrait se trouver toutes les excuses possibles, rien ne l'acquitterait aux yeux de ses collègues. Il avait perdu toute leur confiance et travailler avec eux deviendrait un enfer.

Il haussa les épaules comme si rien de tout ça ne l'atteignait, ce qui n'était pas totalement faux. Un simple appel au cabinet du procureur et il obtiendrait sa mutation dans l'heure. Il était temps pour lui de changer d'air, mais le procureur attendrait, c'était l'heure du déjeuner.

★

Le taxi qui emportait Ana vers l'hôtel slalomait entre les scooters et les voitures. Quelques journalistes tentaient de les suivre, mais le chauffeur avait reçu des mains de Christos un gros billet pour les semer et il semblait prendre sa mission très à cœur.

Là-bas, Ana retrouverait ses enfants et Griselda. La pauvre femme se remettait difficilement du choc qu'elle avait ressenti lorsque Sophie lui avait téléphoné pour lui annoncer la terrible nouvelle, mais pire avait été son arrivée. Dimitri lui avait présenté le jeune homme qui l'accompagnait comme son petit ami et la fervente catholique avait réprimé l'envie de se signer. Quant à Sophie, elle n'était plus la même. La petite fille raisonnable et volubile avait mué. C'était désormais une adolescente muette au regard sombre, pleine de colère et de déception.

Épilogue

Il glissa la clef dans la serrure et déverrouilla la porte avec appréhension.

Les émotions qu'il ressentait en entrant différaient d'un jour à l'autre, et il ne savait jamais vraiment à quoi s'attendre.

Pourtant il s'obstinait et revenait régulièrement.

Ici, il avait rendez-vous avec les fantômes de sa vie.

Il faisait sombre derrière les volets clos, mais il ne les ouvrait jamais. Leur odeur flottait encore entre les murs, son odeur...

Ses yeux s'égarèrent et rencontrèrent le grand escalier bleu, plongé dans l'obscurité. Un spasme lui serra l'estomac. Le courage lui manquait pour y grimper, trop douloureux, et il se contentait, parfois, de s'asseoir à son pied.

Fidèle à ses habitudes, il poussa la porte de la chambre et s'imprégna de la présence qui hantait les lieux. Avec une infinie précaution, il s'assit sur le lit. Rien ne devait bouger et il prenait bien garde à ne rien déranger, comme si les habitants de la maison pouvaient revenir d'un moment à l'autre. C'était son vœu le plus cher mais l'espoir s'amenuisait chaque jour un peu plus.

Depuis la grande psyché, un homme l'observait dans la pénombre. Yannis ne se reconnaissait pas dans ce visage creusé, marqué, nimbé d'une masse de cheveux gris, indisciplinée.

— On dirait le moine Nikolaos, avait tenté de plaisanter Vassili. Tu es fâché avec ton coiffeur ?

Son ami n'avait pas tort, Yannis n'était pas loin de vivre en ermite.

Il n'avait jamais pu emménager dans sa nouvelle maison, conçue pour accueillir les joies d'une famille heureuse, et son bateau n'était plus qu'un lointain souvenir, abandonné et sans avenir.

Yannis avait donc pris possession de la maison de sa mère après son décès, quelques mois plus tôt. Là-haut, seul dans la colline, il fuyait les regards entendus et les murmures convenus.

Penser à sa mère ne l'aidait pas. Elle était à ses yeux une victime collatérale de cette affaire et il culpabilisait, comme pour tout le reste.

Les enquêteurs s'étaient acharnés, alors même qu'il n'était plus suspect. Ils s'obstinaient à vouloir démêler l'écheveau, bien que le coupable eût déjà tout avoué.

Ils avaient débarqué comme des cow-boys, envahissant la maison et l'intimité de cette petite vieille de quatre-vingt-dix ans bien tassés, et lui avaient tiré les vers du nez.

— Vous avez bien quelque chose à nous raconter..., l'avait flattée le lieutenant Delenikas en sirotant le café que la vieille dame avait eu la bienséance de leur servir.

Elle avait secoué la tête, le visage impassible.

— Vous n'aviez aucune idée de l'existence de cet enfant ? Enfin, de ces enfants..., avait-il continué, un peu mal à l'aise.

La vieille Grecque se murait dans le silence oppressant de sa petite maison triste, se drapant dans la dignité de sa robe aussi sombre qu'un jour de deuil. Elle ne dirait rien.

L'affaire était complexe et le lieutenant marchait sur des œufs. Que n'aurait-il pas fait pour les beaux yeux de Pénélope ?

La jeune femme l'accompagnait, toujours très professionnelle, tirée à quatre épingles dans son uniforme impeccable. Maintenant qu'il savait ce qui se cachait sous le tissu bleu : un corps aux courbes parfaites et à la peau douce, il ne pouvait plus la regarder ailleurs que dans les yeux sous peine d'en perdre son sérieux.

C'était elle qui avait insisté pour approfondir l'enquête.

— C'est un drame qui s'est joué sur toute une vie, avait-elle déclaré, le soir de leur premier rencard.

Il l'avait invitée sans trop y croire, après cet improbable interrogatoire où le coupable avait tout avoué et sa femme tout pardonné.

— Il a commis l'irréparable, je te l'accorde, mais il y a parfois des circonstances...

Elle avait laissé sa phrase en suspens, les yeux perdus dans le vide, mordillant la paille de son cocktail couleur turquoise.

Delenikas ne saurait jamais à quoi elle pensait. Son terrible secret. Celui de son demi-frère incarcéré pour meurtre sans préméditation. Elle se persuadait qu'il n'était pas totalement coupable, que cet acte n'était que le résultat d'un ensemble de circonstances... Il en allait de même pour le Français. Elle l'avait bien écouté, il n'y avait rien de mauvais en lui, pas plus que chez son frère.

— Je veux l'aider, avait-elle déclaré, déterminée, à la plus grande surprise du lieutenant.

— Je ne suis pas certain que ce soit l'idée du siècle, avait grommelé son supérieur, bien plus concentré sur la bouche boudeuse de sa collègue que sur ses élucubrations.

— On peut encore creuser, aller au bout de cette enquête. On ne va pas juste se contenter de ses aveux ! On doit tout vérifier... C'est notre job, non ?

— Mouais, plutôt celui de son avocat, si tu veux mon avis...

Les éclairs que jetèrent ses yeux la rendirent plus

séduisante encore et il avait cédé. Le procureur s'était lui aussi laissé convaincre, c'était l'occasion de racheter les erreurs commises sur cette enquête. Le procès se déroulerait sans accrocs, d'autant que les caméras étrangères seraient de la partie.

Pénélope observait les mains de la vieille dame. Elles tremblaient. La vieillesse, peut-être. Mais lorsqu'elle fit tomber sa petite cuillère sur le sol et qu'elle se pencha pour la ramasser, sa manche laissa entrevoir son poignet, couvert de multiples cicatrices. Surprise de trouver ce type de scarifications sur une femme de cet âge, Pénélope n'eut en revanche plus aucun doute : madame Alexiou portait le poids des secrets.

— Vous mentez.

Le ton était ferme, presque insolent, et tous la dévisagèrent, surpris, sauf la vieille femme qui continuait de fixer le fond de sa tasse vide.

— Pour le moment, tout le monde vous plaint, vous êtes la pauvre mère dont le fils a été accusé à tort. Vous êtes une victime, comme lui. Mais que vont penser les gens quand ils apprendront que vous n'êtes qu'une menteuse. Que vous avez menti à la police et que vous n'avez rien fait pour empêcher tous ces drames ?

Sa collègue allait beaucoup trop loin, mais Delenikas ne savait comment reprendre le contrôle de la situation. Yannis, lui, s'apprêtait à intervenir quand il vit le visage de sa mère se décomposer à mesure que la policière parlait. Ce changement l'intrigua, lui qui ne l'avait jamais vu perdre la face. Se pouvait-il que la jeune femme ait raison, qu'elle sache quelque chose ? Il attendit.

— Dites-nous la vérité, madame Alexiou. Une femme est morte et votre fils mérite de savoir.

La vieille hésitait, elle tremblait de plus en plus et soudain lâcha prise. Ses épaules se voûtèrent, sa tête plongea, elle n'était plus qu'un petit tas de regrets et de remords.

— Ce n'est pas mon fils, marmonna-t-elle.

— Quoi ?

Yannis avait bondi de sa chaise mais, d'un geste, Pénélope lui intima de rester en retrait.

— Vous parlez de Yannis ? demanda-t-elle. Yannis n'est pas votre fils ?

L'autre secoua sa tête, si basse, que son menton frottait sa poitrine.

— C'est le fils illégitime de mon mari. Je n'ai jamais réussi à lui donner d'enfants...

— Que s'est-il passé ? l'encouragea doucement Pénélope, qui reprenait un rôle plus habituel.

— Tous les étés, des journaliers venaient nous aider pour la récolte des olives et des amandes. Nos terres étaient grandes et mon mari ne faisait pas confiance aux gens de l'île, il se persuadait qu'ils nous volaient. Alors il faisait venir des étrangers. Des étrangères, surtout. Les femmes ne volent pas, qu'il disait. Elles m'ont pourtant volé mon mari.

Sous la carapace se dévoilait une femme trahie et bafouée.

— La suite n'est pas difficile à comprendre. Adonis voulait un fils, un héritier, et l'une de ces filles le lui a donné.

Des larmes roulaient sur son visage et Yannis ne se souvenait pas l'avoir déjà vue pleurer. Il avait presque de la peine et de la tendresse pour cette femme qui ne lui en avait jamais donné. Mais il pressentait que l'histoire ne s'arrêtait pas là.

— Pourtant l'avez-vous élevé comme votre fils ? continua Pénélope.

— J'ai essayé.

Elle haussa les épaules comme un aveu de son échec.

— Que s'est-il passé ensuite ?

La vieille sortit un mouchoir de sa poche et épongea ses joues avant de le tordre et de le torturer, comme s'il s'agissait de sa propre culpabilité.

— Quand Yannis est parti à l'étranger alors qu'il

n'avait que dix-huit ans, son père est devenu fou. Il n'avait qu'une crainte, que son fils ne revienne pas, qu'il épouse une *étrangère*.

La Grecque employait ce terme sans arrêt et Pénélope comprit que toute son animosité se cristallisait autour de cette idée. Les femmes venant d'ailleurs représentaient pour elle un danger.

— Mais je suis revenu, intervint soudain Yannis qui écoutait avec attention et appréhension les confidences de celle qu'il ne pouvait considérer autrement que comme sa mère.

— Oui, tu es revenu. Mais tu n'es pas arrivé seul. Après toi sont venues les lettres.

— Les lettres ?

Pénélope était très excitée. Cette histoire n'en finissait pas. C'était comme ces petites poupées gigognes colorées que sa mère gardait sur une étagère et avec lesquelles elle n'avait pas le droit de jouer.

— Une fois par semaine je descendais à la poste pour récupérer le courrier. J'ai tout de suite compris que ces lettres seraient un problème. Alors je les ai brûlées à mesure qu'elles arrivaient.

— Pourquoi ? cria soudain Yannis, qui jusqu'ici était resté silencieux devant les révélations sur sa naissance. Il se sentait gelé de l'intérieur, prisonnier d'un carcan de glace. La simple pensée que ces lettres auraient pu changer le cours de sa vie lui donnait la nausée. Il allait vomir s'il restait là.

— C'était une étrangère ! Elle n'aurait apporté que du malheur. Tu serais parti avec elle, avec l'enfant, et ton père ne l'aurait pas supporté…

— L'enfant ! Quel enfant ? Tu savais que j'avais un fils ?

Elle gémit, prise dans les filets de ses propres mensonges.

— Il y a eu quelques photos, un petit garçon et puis plus rien. J'ai pensé qu'elle avait tourné la page, qu'elle s'était peut-être remariée, qu'elle nous laisserait en paix.

C'était plus que Yannis ne pouvait entendre. Il avait

quitté la maison en claquant la porte et, une fois dehors, avait hurlé sa rage et son désespoir. Agnès lui avait écrit. Le destin s'acharnait et il se demanda ce qu'il avait bien pu faire pour mériter ça. Sa mère était morte quelques semaines plus tard et Yannis n'en avait ressenti ni tristesse, ni soulagement. Son sort lui était indifférent.

★

Lorsqu'il avait appris qu'Ana vendait la maison, il n'avait pas hésité un seul instant. C'était tout ce qui lui restait d'eux. Avec l'aide de son avocat il rusa pour que personne ne découvre qu'il en était l'acheteur et, comme pour tout ce qu'il possédait sur cette île, il avait fait de Dimitri et Sophie ses héritiers. Pour qu'ils puissent faire la paix avec leur passé et se sentir un jour ici comme chez eux.

Le procès était encore loin et il préférait ne pas y penser. Témoigner contre Jean ne faisait pas partie de ses plans. Il avait aujourd'hui perdu tout espoir de voir Ana ou les enfants reprendre contact avec lui. Tous le tenaient pour responsable de tous ces drames, lui-même ne pouvait plus porter ce fardeau. Il avait bien essayé, mais l'échec se faisait chaque jour plus lourd. Il respira une dernière fois l'odeur de son oreiller et caressa la couverture du livre posé sur la table de chevet. Il ferma la porte de la maison comme il fermait la porte de sa vie, emplie d'amour et de chagrin, écrasé par le destin.

Remerciements

Je remercie très sincèrement les éditions Nouvelles Plumes et France Loisirs pour leur confiance renouvelée et adresse une pensée particulière au jury de lecteurs, qui rend une nouvelle fois ce rêve possible.

Parmi eux, des lectrices fidèles : Béatrice, Muriel, Sylvie ou encore Estelle, un lecteur devenu correcteur : merci Jean-Luc ; et surtout une lectrice devenue amie : Martine. Sans elle, ce livre ne serait pas entre vos mains. Son soutien, sa lecture attentive, sa sensibilité et ses conseils m'ont permis de terminer son écriture. Merci.

Être éditée fut une merveilleuse aventure, partagée avec mes proches, les lecteurs, mes ami(e)s auteur(e)s et les équipes des boutiques France Loisirs que je remercie pour leur enthousiasme et leur accueil.

Ce roman est habité par les gentils fantômes du passé. Ma babouchka, Olga, mais aussi Vladimir, Barbara, la Russie, ils sont mes racines, ils font partie de ma vie.

L'île de cette histoire n'existe pas.

Elle est le fruit de mes souvenirs d'enfant. Romancée, fantasmée elle est devenue le lieu rêvé pour dérouler une intrigue.

Sa jumelle, la vraie, a le goût des *pita*, des *portokalada*, d'un masque et d'un tuba. J'y ai emprunté des visages, des noms, des paysages, des anecdotes et des secrets…

Il est mon *Bescherelle*, mon *Larousse*, mon traducteur, mon encyclopédie, merci Papa.

Elle est mille choses à la fois, merci Maman d'être là.

À ma famille et mes ami(e)s, vous voir me lire fut le plus beau des cadeaux.

À Pierre, Paul et Arthur, ma vie est tellement plus belle grâce à vous !

Composition et mise en pages
Nord Compo à Villeneuve-d'Ascq

Cet ouvrage a été imprimé par
CPI Bussière à Saint-Amand-Montrond
en novembre 2019

Numéro d'éditeur : 1958924
Numéro d'imprimeur : 2048013
Dépôt légal : décembre 2019

Imprimé en France